박경리 朴景利 (1926. 12. 2. ~ 2008. 5. 5.)

본명은 박금이(朴今伊). 1926년 경남 [보이지 않음]
동리의 추천을 받아 단편 「계산」으로 [보이지 않음]
약국의 딸들』(1962), 『시장과 전장』(196[보이지 않음] 사회
와 현실을 꿰뚫어 보는 비판적 시각이 강한 문제작을 잇달아 발표
하면서 문단의 주목을 받았다.

1969년 9월부터 대하소설 『토지』의 집필을 시작했으며 26년 만인
1994년 8월 15일에 완성했다. 『토지』는 한말로부터 식민지 시대
를 꿰뚫으며 민족사의 변전을 그리는 한국 문학의 걸작으로, 이 소
설을 통해 한국 문학사에 뚜렷한 족적을 남긴 거장으로 우뚝 섰다.
2003년 장편소설 『나비야 청산가자』를 《현대문학》에 연재했으나
건강상의 이유로 중단되며 미완으로 남았다.

그 밖에 산문집 『Q씨에게』 『원주통신』 『만리장성의 나라』 『꿈꾸는 자
가 창조한다』 『생명의 아픔』 『일본산고』 등과 시집 『못 떠나는 배』 『도
시의 고양이들』 『우리들의 시간』 『버리고 갈 것만 남아서 참 홀가분
하다』 등이 있다.

1996년 토지문화재단을 설립해 작가들을 위한 창작실을 운영하며
문학과 예술의 발전을 위해 힘썼다. 현대문학신인상, 한국여류문학
상, 월탄문학상, 인촌상, 호암예술상 등을 수상했고 칠레 정부로부
터 가브리엘라 미스트랄 문학 기념 메달을 받았다.

2008년 5월 5일 타계했다. 대한민국 정부는 한국 문학에 기여한 공
로를 기려 금관문화훈장을 추서했다.

토지

박경리
대하소설

토지

5부 5권

20

마로니에
책방

차례

제5편

빛 속으로!

2장 - 7장

2장 합류(合流)

그에게서 청백리의 자손으로 오기에 가득 차 있던 지난날 그 미소년 이상현의 흔적은 찾아볼 수 없었다. 가풍에서 비롯하여 비록 말류이기는 했으나 실팍한 한학자의 훈도도 받은 터라 신언서판(身言書判)을 갖춘 선비의 풍모를 방불하게 했으며 일본으로 건너가서는 서양의 신사조(新思潮)에도 접했고, 동서의 지식을 그 깊이가 얕으나마 두루 수렴했던 이른바 지식인, 서울로 돌아온 후에는 쟁쟁한 무리에 어울리어 그의 청춘이 빛났으며, 유교적 교양과 학문이 도저한 경지에다 새로운 문물에 대한 식견 또한 만만치 않았던 괴수격인 서의돈이 촉망하고 사랑했으며 또한 그의 논적이자 연적(戀敵)이기도 했던 이상현, 낙양의 지가를 올릴 정도는 아니었지만 일부의 주목을 받은 바 있는 소설가, 그 이상현은 한낱 늙은 주정뱅이로 하얼빈 뒷골목을 배회하는 말로를 걷고 있었다.

이날도 술에 만취가 되어 시비가 붙었고 늘씬하게 두들겨맞아 길바닥에 누워 있는 것을 정석이가 찾아내어 둘러메고 거처로 돌아오는 것이었다.

'전보다 더 가벼워졌구나.'

본시 체질이 깡마른 편이기는 했으나 요즘 들어 이상현은 한층 무게가 줄어든 것 같았다. 육십이 되려면 아직 한참 세월이 남았는데, 석이가 거처에 들어섰을 때 상현을 돌보아주고 있는 만주인 부부는 또 일을 벌였구나, 하듯 별로 놀라지 않았다. 석이 역시 아무 말 않고 상현을 방에 내려놨다. 벽을 짚어지듯 앉은 상현은,

"언제 왔어."

실눈을 뜨고 정석을 쳐다보며 혀 꼬부라진 목소리로 물었다.

"아침나절에 왔습니다."

"언제 갈 건가."

"글쎄올시다……. 형편 되는 거 봐가면서, 그보다 괜찮겠습니까?"

"괜찮아."

"입술이 터졌는데 약 바르셔야겠습니다."

"피딱지가 앉으면 괜찮겠지. 한두 번 겪는 일인가?"

상대가 누군지 모르지만 가랑잎 같은 몸매, 많이 생각해서 때렸나 보다고 석이는 생각한다. 전에는 팔이 부러진 일도 있었으니까.

'하기는 깡다구가 아직은 남아 있으니까.'

담배를 꺼내어 불을 붙여서 석이는 상현에게 건네주고 자신도 담배를 붙여 문다. 담배 연기가 서리는 석이 얼굴에는 연민의 빛이 감돌았다.

"그래도 이번에는 꽤 오래 참으셨습니다."

"오래 참았다구? 누가 그러던가."

"누가 그러기는요, 한집안에 있는 사람이지 누구겠습니까."

"내 일상을 세세히 알아서 뉘한테 보고라도 하는 겐가?"

석이는 쓰게 웃는다.

"그럴 수도 있겠지요."

"흥! 이래 봬도 나 창자가 아주 썩지는 않았다구."

수염이 엉성한 얼굴을 일그러뜨렸지만 분노하여 한 말 같지는 않았다. 창자가 아주 썩지 않았다는 것은 조직에 누를 끼칠 짓은 안 한다는 뜻이었다. 두 달 만에 하얼빈으로 돌아온 석이는 방이 텅 비어 있는 것을 보고,

"이선생 어디 가셨소?"

만주인 부부에게 물었을 때 한 달가량 나가지 않고 집 안에서 잘 견디더니 아까 낮에 나갔는데 보나 마나 술 마시려고

10

나간 거 아니겠느냐는 설명을 했던 것이다. 이상현이 가는 곳, 다니는 길은 뻔했기 때문에 석이는 찾아나섰던 것이다.

이상현이 북만주 거리에서 얼어 죽지 않고 그나마 지붕 밑의 잠자리를 누리는 것은 옛날 용정 상의학교의 동료였던 송장환과 그 시절 상의학교 생도였던 이홍의 배려 때문이기도 했으나 실질적으로 거처를 제공해준 사람은 윤광오 부부였다. 아니 보다 정확하게 말하자면 수앵의 백부 심운구였다. 집은 윤광오 내외가 사는 주택 뒤켠에 붙은 작은 가옥으로써 담벽 하나를 사이에 두고 있었으며 각기 집의 대문은 반대편에 나 있었다. 작은 가옥을 드나드는 골목은 미로같이 여러 갈래, 길이 복잡했다. 그러니까 윤광오 부부가 사는 그쪽의 집들은 조촐하고 규모가 컸으나 반대편의 가옥들은 거의가 작았고, 초라한 서민들의 거주지였던 것이다.

본래 윤광오 부부와 이상현은 잘 아는 사이였다. 특히 수앵이는 어릴 적부터, 연추에 있을 적에 상현을 만났다. 이동진이 연추로 망명하여 독립운동을 하고 있었을 때 수앵의 부친 심운회하고는 막역한 사이였던 것은 잘 알려진 사실이며 하얼빈의 거상이자 독립운동의 후원자였던 심운구하고도 이동진은 남다른 인연을 맺었던 것이다. 결국 망명지 연추에 뼈를 묻고 그 한 많은 생을 닫고 말았으나 이동진의 독립투사로서의 명성과 고결한 인격에 대해서 사람들은 아직 그를 잊지 않고 있었다. 삼십여 년 전 최서희 일행과 함께 간도 용정촌에

당도한 이상현은 그때 부친 이동진을 찾아 연추로 갔었고 심운회 집에서 어린 수련과 수앵 자매를 처음 만났던 것이다.

자매는 귀엽고 깜찍스러웠다. 그들은 아저씨라 부르며 상현을 몹시 따랐다. 그 후 최서희로 인하여 돌이킬 수 없는 깊은 상처를 받은 상현은 일본으로 유학하고 오라는 부친의 당부도 있었고 해서 귀국했다. 그것은 지극히 형식적인 것이었지만 동경서 몇 해 공부는 했고 심장이 폭발할 것만 같았던 3·1민족봉기를 겪었으며 신문사 기자 생활, 소설을 발표하기도 했다. 그러나 독립 쟁취를 위하여 일어섰던 조선 민족의 절규가 허사로 끝나고 만 3·1운동은 많은 청년들에게 좌절과 허무감을 안겨주었다. 국제사회의 냉엄하고도 그 비정함에 얼마나 절치부심하였는가. 민족자결이라는 근사한 간판을 내걸어놓고도 조선 민족의 필사적인 구조 신호를 묵살했던 국제사회의 휴머니스트들, 수천 년을 단일민족으로 찬란한 문화와 고유한 언어를 가졌음에도, 엄연한 주권을 가졌음에도 저들은 조선의 고대사를 묻어버리고 역사를 날조하여 기득권을 주장하며 자주할 능력 없는 야만족으로, 일본의 기득권은 대체 무엇인가! 그들이야말로 몽매무지한 야만족으로 유구한 우리 문화의 세례를 받음으로써 눈을 뜨지 않았는가. 이와 같은 제반 사정을, 기독교 문화권의 국제사회 신사들은 알고도 모르는 척, 불의에 눈을 감아버린 것이다. 핏줄이 터져버릴 것만 같은 그 분노 절망감 속에서 술로 밤을 지새며 자조와

무절제한 생활에서 상현은 기생 기화를 범했고 임신한 사실을 알게 되자 도망치듯 황망하게 만주로 왔던 것이다. 지칠 줄 모르는 갈등, 악몽과도 같은 자기혐오, 자책의 세월을 안고 상현이 만주 연해주를 방랑했을 무렵, 한때는 심운회 집에서 식객 노릇을 한 적이 있었다. 그때 수앵은 다감하고 아름다운 소녀로 자라 있었다. 소설가라는 그 사실만으로도 수앵은 이상현을 존경하지 않을 수 없었다. 준수하면서도 고뇌에 찬 그 모습은 수앵에게는 너무나 감동적인 것이었다.

이상현의 말로를 누구보다 슬퍼한 사람은 수앵이었다.

물론 이동진의 음덕을 그의 아들이 보답받은 것은 사실이나 상현이 또한 전적으로 무위도식한 것만은 아니었다. 조직에서 내는 간행물 같은 것을 제작하기도 했고 지하신문을 만들기도 했다. 다만 이상현의 입장에서는 그런 일들에 대하여 열정적이기보다 이성적이며 기계적이었다는 점이다. 그 자신에게 한계가 있었던 것이다. 그것은 민족주의의 강한 유대감으로 묶이어졌던 것이 차츰 시간이 흘러감에 따라서 그 민족주의는 퇴색이 되었고 사회주의 성향이 짙어지는 판세, 만주일대의 항일 세력이 특히 그러했다. 그런 판세에서 이상현의 입지가 미묘해지는 것은 조금도 이상한 일이 아니었다. 복고적 향수, 지난 시절의 생활감정과 가치관을 완전히 청산하지 못했던 그의 심중 깊은 곳에는 아직 적의가, 혐오감이 남아 있었다. 그는 최서희와 김길상의 결합을 아직 용서하지 않았고 증오하고 있었으니까. 조직에 있어서도 철저하게 비조직적인 그의 생리가 조직 속에 들어 있다는 것에서 오는 한계 그것인데 그는 그의 부친 이동진만큼의 현실주의자도 될 수 없었던 것이다.

"주의 주장, 다 좋소이다. 독립을 향해 가는 길을 함께 가는 것인데 뭐가 문제 되겠소. 독립된 후 박이 터지게 싸우는 한이 있어도, 우리는 서로 손을 놔서는 아니 되오."

종시일관했던 이동진, 그는 자기 자신이 무슨 주의자라고 단 한 번도 말한 적이 없었다. 꼭 한 번 있긴 있었다. 후배가 따지고 들었을 때 나는 독립주의자라고 대답한 일이 있었다. 사십여 년 전이던가. 최참판댁의 최치수가 생존해 있었을 무렵, 친구에게 하직하기 위해 찾아왔던 이동진은 강을 넘는다고 했다.

"……자네가 마지막 강을 넘으려 하는 것은 누굴 위해서? 백성인가, 군왕(君王)인가?"

최치수가 물었을 때 이동진은 백성이라 하기도 어렵고 군왕이라 하기도 어렵다고 했다.

"굳이 말하라 한다면 이 산천을 위해서, 그렇게 말할까?"

이동진은 하동 강가, 송림에서 동학군에 의하여 양반 서리들의 목이 추풍낙엽같이 떨어지고 피가 강을 이루었을 때도 동학을 나쁘다 하지 아니했다. 상현은 부친만큼 역사를 보는 눈이 없었다. 그는 그렇고 또 한 가지는 이상현이 거처하는 집은 다만 이상현만을 위하여 마련된 것은 아니었다. 여기저기 분산되어 있는 연락 장소의 하나로서 윤광오 집과 담벽 하나 사이를 두고 있다는 것도 용의주도한 대비로 볼 수 있었고 만주인 부부 역시 행상을 업으로 하고 있지만 그들도 조직에 소속된 사람들이었다.

주정뱅이 이상현, 결국 그가 도달한 것은 자신이 낙오자라는 인식이었다. 그것은 이상하게도 그를 편안하게 했다. 모든 불꽃은 다 꺼져버렸고 갈등과 고뇌와 자책감은 가라앉았으며 차디찬 공간에다 이상현이라는 한 사내, 한 피폐한 사내를 놓았을 때 상현은 자신을 객관화할 수 있었고 그 객관화한 자신을 통하여 타자를 인식할 수 있었다.

이상현은 그러나 그것이 사람으로 향한 새로운 인식, 출발로는 생각지 않았다. 그것은 나이 탓이었는지 모른다. 기질 탓이었는지 모른다. 어쩌면 그는 현재에서 미래의 시간을 닫아버리고 싶었는지 모른다. 그는 자신에게 주어졌던 시간을 그 시간 속에 흘러간 사물, 그 원래 출발점으로 되돌아갈 수 있을지 모른다는 생각을 했던 것이다. 그것은 기록하는 행위로서 시작하는 출발점, 그의 기억은 보물의 창고였다. 이번에는 꽤 오래 참았다고 한 석이의 말은 실상 틀린 것이었다. 술을 마시지 않기 위하여 밖에 나가서 추태를 부리지 않기 위하여 의지력에 의해 참았던 것은 결코 아니었기 때문이다. 그는 아무런 저항 없이 자연스럽게, 방 안에서 책상과 마주하고 있었던 것이다. 오늘 밖으로 나간 것은 말하자면 바람을 쐬러 간 것이며 술을 마시고 시비를 벌이고 매를 맞은 것은 바람을 쐬는 것과 같은 의미를 지니고 있었다.

"하동에서 누가 왔다며?"

상현이 불쑥 물었다.

"아아 네, 뉘한테서 들었습니까?"

하동이라는 말 자체가 이들 두 사람에게는 다 하나의 응어리다. 그곳에는 이상현의 조강지처가 아직 살아 있었으며 하동 평사리에는 석이의 노모가 생존해 있었기 때문이다.

"송선생이 그러던가? 얼핏 들었는데."

"저도 방금 홍이한테서 들었는데 하동에서 온 게 아니고 서울서 왔다 하더군요."

"내가 잘못 들었나?"

"관수형님의 아들이라 하더군요. 아직 만나보지는 못했습니다."

"송관수 그 사람?"

"네."

"그 사람한테도 아들이 있었나……."

"있었지요."

하다가 석이는,

'나에게도 아들이 있었나?'

하고 자문해보는 것이었다. 이상현도 그와 같이 자문하고 있을지 모른다는 생각을 하면서. 석이는 성환이가 학병에 나간 것을 알고 있었다. 모친이 눈이 멀었고 남희가 절에 가 있다는 것은 몰랐으나 아들이 중국땅 어디에 올지 모른다는 생각은 해본다. 마찬가지로 상현도 시우가 의전을 나와 혼인을 했으며 진주서 병원을 개업했다는 것, 양현이 여의전을 졸업했다는 것, 민우가 학병을 피하여 일본에서 잠적했다는 것, 다 알고 있었다. 그것은 환국이를 통한 통신망에서 얻어낸 소식이다. 처가인 근화방직이 만주로 진출하면서 구축해놓은 통신망이었던 것이다.

"홍이를 믿고 찾아온 모양인데, 그 아이 동생이 신경에 있지요. 대학을 졸업하고 취직을 했습니다."

생각은 다른 곳을 헤매고 있었는데 석이는 막연하게 중얼거렸던 것이다.

"홍이를 믿고 찾아왔다면 다니러 온 것은 아닌 모양이군그래."

상현이도 달려드는 생각을 떨쳐버리듯 말했다.

"자세한 사정은 아직 듣지 못했습니다만 이곳에 있을 모양인데."

"이곳에? 어째서?"

"보나 마나 그곳 사정이 여의치 않아 그러겠지요."

그러고는 두 사람 사이에 얘기는 끊어졌다. 말을 하지 않아도 서로 불편하지는 않은 모양이었다. 정석이는 본시 말이 적은 편이었지만, 말이 없다고 해서 불편하고 거북해할 만큼 그런 사이도 아니려니와 상현은 이십 년 넘게, 석이는 십여 년을 만주 바닥에서의 뜨내기 생활이니 어느 누구하고 합숙을 한다 해도 개의치 않는 것에는 이골이 나 있었다. 그런데 뜻밖의 사람이 찾아왔다. 허름한 중국옷 차림에 키가 큰 사나이, 그는 강두매였다.

"선생님 그간 안녕하셨습니까."

두매는 모자를 벗고 상현에게 인사를 했다. 정중했으나 태도는 차가웠다. 상현이 조선으로 가고 난 뒤 두매가 상의학교에 왔기 때문에 가르침을 받지 못했지만 그러나 선생님으로 대접하는 것이었다.

"오래간만이군."

상현의 응대도 냉담했다. 그리고 두매는 초행도 아닌 것 같았다.

"별일 없겠지?"

석이가 물었다.

"없습니다."

"저녁은?"

"저녁 얻어먹으러 왔지요."

"나도 아침나절에 왔어."

"그래요?"

들어설 때는 허름한 차림 때문인지 엉성하고 희미해 보이던 두매는 어느덧 뚜렷한 모습을 드러내고 있었다. 그것은 강

철과도 같은 강인한 분위기였다. 상현이나 석이는 두매의 그런 변화를 익히 알고 있었다. 수많은 군졸을 질타하는 지도자와도 같은 풍모였으나 강두매는 낯선 사람을 대하거나 거리를 나다닐 때는 영락없는 하층계급의 만주인으로, 때로는 넋나간 꼴이 되기도 했는데 말하자면 그것은 일종의 변신술이었다. 언제나 조직의 최전방에서 활약해온 그였으며 군관학교 출신인 만큼 실전에도 참가해온 그였으니까, 그리고 그는 가장 투철한 공산주의자이기도 했다.

두매 자신은 물론 알지 못했다. 살인을 공모한 최참판댁 계집종이 처형을 앞두고 옥중에서 분만한 아이, 그 어두운 출생을 말할 수 있는 사람은 다 세상을 떠나고 없었다. 강포수 자신이 아들의 비밀을 묻어버리기 위하여, 가야하 상류, 그 밀림 속에서 오발을 가장하고 자살을 했으니, 그러나 여하튼 산포수의 아들인 두매와 상현이 사이에 신분에서 빚어진 앙금이 전혀 없었던 것은 아니었지만, 실은 상현이보다 두매 쪽에서 더 의식한 것이지만 이들 사이에 가로놓여 있는 차디찬 벽은 뭐니 해도 두매 자신이 공산주의자라는 입장 때문이었다. 강포수가 죽은 뒤 천애고아로서 상의학교에 다닐 때부터 머리가 비상하고 범상치 않았던 두매는 행동뿐만 아니라 이론에도 깊이 들어가 있었다. 그러한 그의 눈에 비친 이상현이라는 인물은 한마디로 댄디스트로 보였다. 고학(古學)을 읊조리다가 동경으로 건너가서 일본의 탐미주의, 서구의 낭만주의

의 껍데기를 좀 핥다가 돌아온 사내, 두매는 마음속으로 경멸
했으며 차후 도태해야 하는 반동분자로 생각하고 있었다. 상
현은 상현대로,

'너가 알면 얼마나 알어? 계급투쟁이란 뭐야 응? 새로운 권
력지 향이며 상승 본능이 아니겠어? 인민을 위한다는 그 자체
가 결국 하나의 포장지에 불과한 게야. 설사 이론은 순수하다
하더라도, 조물주도 도식화(圖式化)하지 못한 작업을 공산주의
너희들이 하겠다 그 말인가?'

하며 혐오감을 가지는 것이었다. 그러나 성난 부스럼을 만지기
꺼리듯 이들은 결코 드러내놓고 서로를 비판하지는 않았다.

저녁을 먹으면서 두매는,

"홍이하고 함께 오기로 했는데 볼일이 있다면서…… 밤에
오겠다 하더군요."

밥은 마다하고 냉수 한 그릇을 청하여 벌컥벌컥 들이켠 상
현은,

"요즘 그쪽 형편은 어떤가?"

하고 넌지시 물었다.

"많이 좋아졌지요."

떨떠름해하다가 두매는 대답했다.

"좋아졌다, 어떤 면에서?"

"여러 가지가 그렇지만 매우 고무되어 있다는 점에서 그렇
습니다."

"카이로선언, 그거 확실하게 조선독립을 보장한 건가?"

"당사국들이 자기 자신들 몫을 챙기는 만큼이야 하겠습니까."

"음……."

"그러나 확실하게 보장은 한 셈이지요."

"1차대전 후 민족자결주의라는 것을 우리 민족은 닭 쫓던 개 지붕 쳐다보듯 했는데, 그 생각을 하면 전철을 밟지 않는다고 장담할 수 있을까?"

"그때하고는 정세가 다르지 않습니까. 여하튼 지금 우리가 확실하게 말할 수 있는 것은 일본의 패망은 시간문제, 그것뿐이지요."

"자네는 그 시간을 얼마나 잡나?"

"올해가 고비 아닐까요?"

"지금, 현재 일본의 명줄은 소일중립조약(蘇日中立條約)이라 할 수도 있는데 강군 자네는 소련이 참전하리라 생각하는가?"

"물론입니다. 반드시 소련은 참전할 것입니다."

"그럴까?"

"사실 여태까지 선포 없는 전쟁이야 해왔다 할 수도 있습니다. 중일전쟁을 중국이 지탱해온 것은 미국의 원조만으로는 불가능했지요. 지리적으로도 그렇지만 소련이 중국에 쏟아부은 물량은 막대한 것 아니었습니까? 공산당을 눌러가면서까지 소련은 장개석을 적극 도왔으니까요. 일본 타도의 의지가 변할 리 있겠습니까?"

"독일이 무너져가고 있으며 일본도 빈사 상태, 이미 적수가 아니지 않는가. 하면은 소련의 다음 적은 누구겠나?"

두매는 가만히 상현을 쳐다보았다. 차갑고 단단한 눈빛이었다.

"소일중립조약을 우물쭈물 내버려두었다가, 일본을 끌어안을 수도 있고 영미 쪽으로 포문을 돌릴 수도 있는 일, 그렇게 되는 날에는 또다시 조선은 공중분해가 되고 말 게야."

"지나친 상상이군요. 소련은 아직 독일과의 전쟁을 끝내지 않았습니다."

"그래도 그렇지. 지난달 모스크바에서 소련은 일본 마쓰오카[松岡] 외상하고 무슨 짓을 했지?"

"……."

"1941년에 체결된 소일중립조약에 의한 어업조약(漁業條約)의 5개년간 효과 존속을 재확인한 것은 무엇을 의미하는가? 남은 2개년 동안 중립조약은 살아 있고 그러니 대일참전은 안 하겠다 그 뜻 아니고 무엇이야?"

"사실 그건 정말 기분 나쁘더군요."

침묵을 지키고 있던 석이가 말했다.

"그거야 두고 봐야지요. 소련의 입장에서는 일단 독일과의 전쟁을 끝내는 것이 급선무 아니겠습니까? 남쪽에서 영미가 밀고 올라오는데 소련으로서도 밀고 내려갈 수밖에 없잖습니까? 대일참전은 선전포고만으로도 일본에게는 바로 치명인데 서두를 필요가 없지요."

"그건 소련의 입장이고."

저녁이 끝났다.

눈에 보이지 않는 두 사람의 대립을 익히 알고 있는 석이는 마음속으로 홍이가 빨리 와주었으면 싶었다. 겨울을 잘 넘긴 중늙은이가 꽃샘바람에 얼어 죽는다는 말이 있듯, 요즘 석이 심정은 그러했다. 만주에 와서 십여 년 굽이굽이 잘 넘겨왔는데 요즘 들어서 석이는 의욕을 잃어가고 있었던 것이다. 일본의 패망은 시간문제라 했고 매우 고무되어 있다는 두매의 말은 뭐 새삼스러운 것도 아니었지만 여하튼 죽지 않고 살아남는다면 목표한 그 날을 맞이할 것이요 고향에 돌아갈 수도 있을 것이다. 그런데 석이는 조금도 설레지 않았다.

지구라는, 우주라는 거대한 수레바퀴 밑의 인간들이, 마치 어릴 적 돌을 들어낸 개미집에서 미친 듯 방향감각을 잃고 우왕좌왕하는 개미같이 느껴지는 것이었다. 그것은 미래에 대하여 이상현이 기우하는 그런 상황을 석이도 예감하기 때문인지 모른다. 석이는 진정 강두매와 같이 확신할 수 없었다. 일종의 무력감이었다. 그것은 송관수의 죽음에서 시작된 것이었는지 모른다. 성환이 학병에 끌려갔다는 최근의 소식은 더욱더 석이를 무력감에 빠뜨렸다. 원래 과묵한 편이기도 했고 학식이 두 사람보다 못한 탓도 있었겠지만 예리한 칼날 같은 두 사람 사이에서 침묵하는 것 이외 달리 방법이 없었기 때문인데 오늘은 그냥 아무 말도 하고 싶지 않았다. 인간적인 연민을 느끼지만 석이는 이상현에게 잠재워두고 있는 어떤 분노가 있었고 확신에 찬 강두매는 그에게 늘 거북한 마음을 갖게 했다. 홍이가 와서 빨리 떠넘겨주고 싶었다. 그리 생각하니까 갑자기 피로감이 몰려온다.

"자네는 여자 문제를 어떻게 해결하지?"

그것은 기습과도 같은 상현의 물음이었다. 두매는 불쾌하다는 듯 얼굴을 일그러뜨렸고 석이도 깜짝 놀란다.

"정군이야 독신이니까 그렇다 치고 자네는 처자가 있으니 말일세. 만날 수는 없겠지만."

"선생님께서는 어떻게 하시지요?"

두매는 역습했다.

"평생을 방탕하게 살아온 나 같은 사람 물어보나 마나, 자네는 다르지 않는가? 자네는 도덕과 본능에 대하여 전혀 갈등을 느끼지 않는가?"

하는데 두매는 무장을 해제한 듯 픽 웃었다. 그것이 그의 대답이었다.

"그는 그렇고 요즘 정군은 도무지 활기가 없어 보이는데 어떤가? 여자들 많지 않아? 참한 여자 하나 얻는 것도 괜찮을 게야."

"제가요?"

"그럼 누구겠나. 해방이 되면 고향에 데리고 갈 수도 있는 처지 아닌가? 어차피 혼자 살지는 않을 거고."

"선생님도 많이 늙으셨습니다."

어세가 갑자기 강해졌다.

"제 혼자 늙은 걸 낸들 어쩌누."

석이 눈에는 분노의 불길이 치솟았다.

"전에는 그나마 군더더기가 그리 많지는 않았는데 웬 말씀이 그리 많아졌습니까."

뜻밖이었다. 석이는 여태껏 그런 식으론 말하지 않았다.

"나를 능멸하는 겐가?"

"아닙니다. 방탕하게 살았다 하셨는데 아니지요. 너무 고결했던 것이 탈이었습니다."

상현은 어리둥절하다. 두매도 의아해하는 눈빛으로 석이를 바라본다. 이 사람이 갑자기 왜 이러지? 하듯, 그러나 고결하다는 말이 액면 그대로가 아닌 것은 분위기로써 짐작을 한다.

"기생 몸에 아이 하나 만든 것이 그렇게도 수치스러웠던가요?"

"뭐, 뭐라구!"

"그냥 데리고 살았으면, 안 될 일이었습니까?"

상현의 눈이 크게 벌어졌다.

"무슨 말을 하는 겁니까?"

영문 모르는 두매가 물었다. 그 말 대답은 없이,

"도망가면 된다. 그래서 만주 바닥까지 와서 이십 년 세월을 낭비하고, 자알하셨습니다."

"못 할 말이 없군!"

상현의 얼굴이 새파랗게 질린다.

"자알하셨습니다. 뿌려놓은 씨는 다 남한테 떠넘겨놓고 자알 하셨습니다."

"이 이 이놈이 네가 뭘 안다구!"

"왜 모릅니까. 알다마다요. 아편쟁이 기화가 도망을 가면 찾아다녀야 했던 것이 최참판댁에서 부과된 임무였는데 왜 모릅니까?"

석이는 얼굴을 푹 숙였다. 감정을 삭이고 또 삭이느라 그의 고개는 더욱 숙어 들었다.

"죄송합니다."

상현의 힘줄 솟은 손이 부들부들 떨고 있었다.

"다른 사람까지 있는데, 죄송합니다. 저도 모르겠습니다."

"......"

"일진이 나빴던 모양입니다. 왜 갑자기 그런 말을, 그 말을 꺼내었는지 모르겠습니다."

억양이 없는 목소리였다. 그러나 고개를 떨구고 앉아 있는 모습은 소년 같았다.

석이는 단 한 번도 상현이 앞에서 기화의 얘기를 한 적이 없었다. 그것은 물론 상현을 위해서가 아니다. 석이는 자기 자신을 위해서 말하고 싶지 않았던 일이었다. 아니 덧없는 자기 사랑을 위하여 말하고 싶지 않았던 것이다.

"왜 이제 그 말을 하나."

상현은 혼잣말처럼 중얼거렸다. 그러고는 자리에 드러누우려는 듯 몸을 돌리다가 신음 소리를 냈다. 두들겨 맞았기 때문에 신체 어딘가가 결려서 내는 신음 소리였는지 정신적 고통 때문에 내는 신음 소리였는지 알 수 없었지만. 그는 벽에 바싹 붙어서, 팔짱을 끼고 돌아누웠다. 슬픔과 강한 거부와, 다음은 깊이 침잠하는 그런 모습이었다. 석이와 두매는 말없이 돌아누운 상현의 뒷모습을 한동안 지켜본다.

밖에는 어둠이 깔렸다. 아주 짙게 깔렸다. 방 안에는 벌거숭이 전등 하나가 켜져 있었으나 석이 마음은 고향 만 리와 같이 아득하고 어둡기만 했다.

"양필구 씨가 죽었습니다."

희미하게 들려오는 바람 소리에 귀기울이듯 앉아 있던 두매가 불쑥 말했다.

"양필구가!"

석이는 앉은자리에서 용수철같이 펄쩍 뛰며 낮게 외쳤다.

"네, 상해에서."

"언제!"

"지난 정월에 그랬다 하더군요. 도망치다가 왜놈 헌병한테 사살당했답니다. 그것도 근자에 와서 들은 소식입니다."

"그래······."

석이는 허겁지겁 담배를 꺼내 붙여 문다. 양필구(梁必求), 그
는 누구인가. 석이 처남이었다. 더 분명하게는 전처 양을례의
이복 오라비, 혼인 전부터 3·1운동을 전후하여 사건 친구로서
석이와 필구는 동지이기도 했다. 사악한 을례 친정어미가 석
이 모친에게 작용하여 혼인이 성사되었을 때 양필구는 마치
타인과 같이 그들 결혼에 관여하지 않았으며 또한 누이나 계
모와의 관계 역시 타인과 다를 것이 없었다.

석이 마음속 깊은 곳에 그리움은 있었으나 은인으로서 연
상의 기생, 정작 본인 기화는 석이 감정 같은 것은 알지 못했
는데 을례는 의심하여 질투하고 보복하려 했으며, 혹 석이에
게 장래가 없다는 것으로 판단하고 핑계로 삼았는지 알 수 없
는 일이었으나 석이 뒤를 쫓는 나형사에게 정보를 제공하는
등, 결국 석이는 만주로 피신해올 수밖에 없었다. 송관수 양
필구 이범준은 그보다 늦게, 군자금 강탈 사건에 가담했고 군
자금 수송에는 도솔암의 일진이 가세하여 만주로 건너왔으며
이곳 조직과 합류했던 것이다. 그들 중 송관수는 병사했으며
양필구 또한 왜헌병 총탄에 쓰러졌다 하니, 석이는 실로 만감
이 교차하는 것을 어쩌지 못한다. 일진은 연안에 가 있다는
확실찮은 소식이었고 이범준은 상해에 아직 있는 모양이었
다. 일제가 망할 것을, 일각여삼추로 기다렸던 석이였다. 이
제 언덕으로 올라가서 멀리 패망하는 일본을 보게 되었고 조

선 독립의 꿈이 확실하게 윤곽이 잡히게끔 되었는데 석이 마음속에는 일각여삼추의 기다림이 사라지고 없었다. 설렘이나 희망보다 이 비애는 어디서 오는 것일까? 석이는 자기 마음을 자신도 이해할 수 없었다.

'나는 죽었어야 했다. 눈보라 치던 그 벌판에서 죽었어야 했다. 아무도 모르게, 아무도 모르게 죽어간 사람이 그 얼마인가. 영광, 독립투사, 어설프고도 또 어설프다! 그게 아닌데 진정 그게 아닌데……'

밖에서 인기척이 났다. 홍이가 온 것 같았다. 두매는 방문을 열고 내다본다.

"이제 오는 거야?"

어둠을 향해 두매가 물었다.

"응 좀 늦었다."

홍이가 다가왔다.

"거기 좀 있게."

두매는 방에서 나갔다.

"왜 그래?"

"나 좀 보자."

두매는 홍이 팔을 끌고 마당으로 나갔다.

"왜 무슨 일 있어?"

"자네 숙소로 우리가 가는 편이 낫겠다."

"……?"

"이선생은 주무시고 술 마실 형편이 아니다."

"그야 뭐 자네 하자는 대로 하지."

방 앞으로 되돌아간 두매는,

"형님 나오시지요."

하고 낮은 소리로 말했다.

"자네 혼자 가게."

"왜요?"

"나는 여기 있겠어."

"울적한데 가시지요."

"아니 안 가겠다."

석이 어조는 완강했다. 홍이가 왔으니 내다볼 만도 한데 그러지도 않았다. 두매는 더 이상 권하지도 않았다.

"가세."

"어찌 된 일인가?"

"나중에 가서 얘기하지."

홍이는 잠시 생각하는 것 같았다. 그러더니 방 앞에 가서 방문을 열고 들고 온 술병을 디밀었다.

두 사람은 밤거리에 나왔다.

1902년 호열자로 마을 사람들이 수없이 죽어나가던 그해, 홍이가 태어났으니까 두매보다 나이는 세 살 아래다. 그러나 이들이 처음 만난 것은 용정촌의 상의학교에서였고 늦게 취학한 두매는 박정호 이홍이와 한 반에서 함께 공부를 했다.

말하자면 동문수학, 나이와 상관없는 친구였다. 그리고 할아버지 공노인이 두매의 후견인으로 강포수가 죽기 전에 맡겨 놓고 간 학자금을 관리하고 있었기 때문에 홍이하고는 형제지간 같은 정도 있었다. 홍이보다 두매는 냉담한 편이었지만.

송화강에서 불어오는 북만주의 밤바람도 많이 누그러져 훈훈한 것은 봄이 가고 있다는 것을 느끼게 한다. 태평양에서 패전을 거듭하고 있는 것을 바라보는 대륙의 관동군도 송화강 바람같이 다소 누그러졌다고나 할까, 아니 누그러졌기보다 해이해졌다는 것이 옳은 표현일 것이다. 과연 그들은 소련과의 결전을 각오하고 있는 것일까. 결코 그렇지는 않을 것이다. 태평양에서 이기는 전쟁을 하고 있다면 모를까 중일전쟁의 길고도 깊은 늪에서 그들은 비노니, 오로지 소련이 참전하지 않기를, 희망 없는 희망에 매달려 있는 것이다. 두매가 형편이 좋아졌다고 한 말에는 대륙의 일본군이, 말단 관청에까지 해이해졌다는 것도 포함이 되어 있었다.

"석이형님이 왜 그러지?"

말없이 걷다가 역시 궁금했던 홍이가 물었다.

"좀체 그러질 않는데 무슨 일이 있었나."

"좀 언짢은 일이 있었다."

겨우 두매는 대답을 했으나 그것으로 끝이었다. 한참을 가다가 두매는 걸음을 멈추었다.

"자네 숙소로 가는 길이 아니지 않아?"

"응."

"어딜 가는 건가."

"그곳이 편할 것 같아서."

"어딘데?"

"가보면 알아."

홍이 두매를 데리고 간 곳은 여관이었다. 아주 싸구려는 아니었지만 고급여관도 아니었다. 내 집같이 여관으로 들어간 홍이는 구석진 곳에 있는 방 앞에서,

"영광이 있나?"

"네."

대답은 이내 돌아왔다. 그리고 방문이 열렸다. 먼저 방 안으로 들어간 홍이는 엉거주춤 서 있는 두매에게,

"들어오게."

두매는 눈을 내리깔고 들어왔다.

"관수형님의 아들 송영광이네. 이쪽은 함께 공부한 내 친구야."

두매에 대해서는 성명을 대지 않았다.

"처음 뵙겠습니다."

영광이 고개를 숙였고 두매는 다만 고개만 끄덕였다.

"술을 부탁하고 올 테니 얘기하고 있게."

홍이 나갔다.

"어디서 왔소?"

무뚝뚝하게 두매가 물었다.

"조선서 왔습니다."

"뭣하러?"

"여기서 살아볼려구요."

영광은 스스럽게 말했다.

"직업도 없이?"

"취직을 해야겠지요."

"조선서는 뭘 했는데?"

호기심을 나타내지도 않았고 두매는 여전히 무뚝뚝하게 말했다. 영광은 잠시 두매를 쳐다보았다. 홍이가 관수형님의 아들이라 소개한 것을 생각하면 이 사내가 아버지를 알고 있는 것은 분명한데, 짐작은 했으나 차차 그의 언동이 영광의 마음을 언짢게 했다.

"악극단을 따라다녔습니다. 말하자면 딴따라지요."

"그러면 가수다 그 말이오?"

조금도 놀라지 않고 되물었다.

"아닙니다. 악사지요."

"악사라면 나팔 같은 것을 부는 사람, 그렇소?"

"네."

"흠……."

홍이 돌아왔다.

"보아하니, 학식깨나 있어 뵈는데 악극단의 악사라 하네."

두매는 조금 물러나 앉듯 하며 홍이에게 말했다. 듣기에 따라서 심히 모욕적인 언사라 할 수도 있었다.

"그래서."

"그래서라니."

"실망했다 그 말인가?"

홍이 말에 처음으로 두매는 영광을 빤히 쳐다본다. 민망하리만큼.

'아버지하고는 딴판이구나. 잘생긴 얼굴이다. 그러나 성깔깨나 있겠고.'

"뭐? 실망했느냐구? 언제 내가 식자쟁이 좋아하는 거 봤어?"

"됐네, 됐어. 그 정도로 해두게."

홍이 손을 내저었다.

"누가 잡아먹기라도 할까 봐서?"

희미하게나마 그 말에는 친근감이 감돌고 있었다. 송관수가 생존시에는 비교적 강두매하고는 기질이 잘 맞는 편이었다. 십여 년 만주 바닥을 누비면서 그들은 자주 마주치기도 했던 것이다. 물론 일 때문이었지만.

두매의 우악스런 말투에 다소 난처해진 홍이는 저도 모르게 중얼거렸다.

"성질들이 모두 별나고 까다로운 사람들이라."

하다가,

"영광아."

하고 불렀다.

"네."

"자네, 아버지 성질 알지?"

"알지요."

대답하면서 영광은 두매에게 곁눈질을 했다.

"별명도 아나?"

홍이는 실실 웃었다. 나이나 덩치를 보아서는 유치하고 진부한 물음이었다. 그러나 홍이는 그럴 수밖에 없었다. 그리고 또 웃을 수밖에 없었다. 죽은 사람에 대하여, 그것도 죽은 사람의 아들을 앞혀놓고 진지하게 심각하게 말하지 않는 것은 시간이 흘렀기 때문만은 아니었다. 아니 시간이 흐를수록 사무치게 밀려오는 적요함 때문인지 모른다.

"그건 모릅니다."

영광도 당혹스러웠다. 아버지의 얘기는 송관수의 아들이라는 것으로 끝내주었으면 싶었던 것이다. 그러나 강두매라는 매우 개성이 강해 뵈는, 처음 대면하는 사내를 두고 화제의 고리를 걸기에는 아버지 얘기밖에 없다는 생각을 안 한 것은 아니었다.

"여기 이 화상도 자네 부친처럼 독사야. 관수형님은 그래도 인정사정 아는 독사였지만 말이야. 내 속도 무던히 썩이더니만."

"축축한 얘기는 그만두라이. 무시기 할 일이 없어 그딴 말 하는 기가."

두매가 갑자기 사투리를 썼다.

"강두매도 자기 흉은 듣기가 싫은 모양이지?"

"잔말 말라. 아직은 엿가락같이 늘어지게 생기지 않았습매."

"알았어. 군관나으리."

두매는 홍이를 노려보다가 그만둔다.

"어, 술은 어떻게 된 거야? 만들어서 가져오나? 속이 출출한데."

두매의 말씨는 다시 표준으로 돌아왔다.

"서둘 것 없네. 밤새도록 마셔보자구."

"주점 영감탕구 장인 삼았나?"

"다 그렇고 그런 데서 보내주는 것이니 신경쓸 것 없네."

마침 술, 안주가 들어왔다. 만주인 아가씨가 탁자에 술병 안주 접시를 옮겨놓으며 대담하게 영광에게 미소를 보낸다. 연보랏빛 비단에 검정 선을 두른 다브잔스를 입은 아가씨의 자태는 아름다웠다. 봄풀같이 풋풋한 향기가 느껴진다. 아가씨는 홍이하고도 구면인 것 같았다. 그는 즐겁게 드시라 하며 귀고리를 흔들면서 나갔다.

"심부름꾼 같지 않군그래."

두매가 말했다.

"사내라고, 눈은 아직 살아 있는 모양이지?"

홍이가 놀리니까,

"보자 보자 하니 앙이 하는 말이 없다?"

"여관집 딸이야. 저기 미남 덕분에 특별대우를 해주는 게야."

순간 두매는 눈만 웃었는데 아주 매혹적이었다. 두매를 향해 차츰 마음을 열어가고 있던 영광은 그 웃음에 당황한다.

"그런 눈으로 보지 마십시오. 저는 아무 죄 없습니다."

껄껄껄 소리 내어 모두 웃는다. 홍이는 웃으면서 술잔에 술을 채운다.

"우리들 건강을 위하여, 그날까지 살아남기 위하여."

말이 끝나기도 전에 두매는 술을 마셔버렸고 영광과 홍이만 술잔을 부딪고 나서 술을 마신다.

"사람이 왔으니까 자네는 가족 소식 들었겠네?"

두매 말에 머쓱해진 홍이는,

"들으나 마나, 숨만 쉬고 있다면 되는 거지 뭐."

군색하게 말했다.

"숨을 쉬고 있는 걸 아는 것만도 그게 어디야? 생사도 모르는 처지에서 보면."

두매는 영광이 부어주는 술을 마시고 안주를 집는다.

"그야, 미안하네."

"자네가 미안해할 것 뭐 있누."

"나 역시 그쪽 생각을 늘 하고 있어. 주갑이아저씨가 살아나 계시는지. 나이가 나인지라."

"주노인이야 돌아가실 때도 됐지."

"마땅히 내가 상주로 앉아야 하는데."

"호랑이 담배 피우던 시절의 얘기, 그만두어. 모든 것이 다

불공평해도 죽음만은 평등하니까 죽은 사람 마음 쓸 것 없네."

"흥, 그러면 자네, 산 사람에게는 마음 쓴다 그 말인가?"

"글쎄…… 마누라쟁이는 별로 생각이 안 나는데 애들은 가끔 꿈에 보여. 나이 탓인지."

노령에 있는 아내 옥이와 두 딸을 생각하며 두매는 술잔 위에 시선을 모은다.

"제법 인간다운 말 하네."

"이러다가 막상 가족들 만나면 정착하게 될까? 떠돌이 귀신이 붙어서 말이야."

두매는 허허허 하고 웃었다.

청요리 사주겠다며 송장환이 옥이와 아이들을 데려다 놓은 용정촌 동성반점(東盛飯店)에 배달꾼으로 변장하고 잠입한 두매는 그곳에서 옥이하고 작별한 것이 마지막이었다. 연우와 난우, 귀여운 어린 두 딸을 숨어서, 아이들 모르게 보았던 것도 그것이 마지막이었다. 두매를 놔두고 저희들만 연해주로 떠나지 않겠다, 하며 완강하게 맞서는 옥이를 설득하고 얼마간의 금전을 건네주었던…… 초정월 추운 날이었다. 혈혈단신 세상에 피붙이라곤 없었던 강두매가 공노인 주선으로 결혼을 했지만 옥이에게 자상한 남정네는 아니었다. 그러나 가슴을 저미듯 두 딸은 뜨겁게 사랑했다. 주갑노인을 따라 식구들이 연해주로 떠났다는 소식은 은사 송장환이 전해주었다.

"그곳에는 정호가 있고 심운회 씨도 계시니까 무슨 걱정인

가. 마음 놓게. 오히려 그쪽에서 자네 걱정을 하고 있을 게야."

위로 삼아 홍이가 말하니까,

"소련도 전시야. 태평한 나라가 아니라구."

어투가 덤덤하기는 했다.

"그보다 작은 송씨."

두매는 화제를 돌렸다.

"작은 송씨는 또 뭐야? 영광이라고 불러."

나무라듯 홍이가 말했다.

"징용 땜에 피신해온 거요?"

"말씀 낮추십시오."

영광이 말했다.

"묻는 말에 대답은 앙이 하고, 헌병 놈이나 순사 놈 배 찌르고 도망온 거는 설마 아닐 테고."

"징용 때문은 아닙니다. 그냥, 그곳에 있기가 싫어서."

"사치스럽군."

"죄송합니다."

주거니 받거니 꽤 술을 마셨다. 세 사내는 모두 두주불사, 주량이 대단한 만큼 그깟 술로, 정신들은 말짱했다.

"기화라는 기생은 대체 누구야?"

두매가 불쑥 물었다.

"뭐라 했나?"

홍이 반문했으나 놀란 것은 영광이 편이었다. 얼굴이 창백해지면서 그의 눈 밑의 근육이 파르르 떨었다. 기화라는 기생은 대체 누구야? 그 질문은 마치 영광을 향해 던져진 것 같은 착각과 함께 양현의 모습이 폭풍과도 같이 눈앞에 다가오는 것을 영광은 느낀다. 기화라는 기생이 양현의 생모라는 것은 이미 영광도 알고 있는 사실이었다.

"아까 석이형이 어쩌구저쩌구, 이선생을 맹렬히 비난하는데 임신 어쩌구 하면서, 석이형답지 않게 분노하는 것 같았고 이선생은 이선생대로 미친 사람같이 흥분하고 분위기가 아주 살벌했다."

영광은 두매의 얘기를 귓가에 흘려들으면서 체한 사람같이 주먹으로 가슴을 가만가만 친다. 정말 체한 것같이 숨이 막힐 듯했고 가슴이 뛰었으며 식은땀이 배어났던 것이다. 스스로 생각해도 어처구니가 없었다. 양현과 헤어진 후 서울에서도 또 만주에 와서도 영광은 양현을 생각하는 일이 많았다. 그러나 세월이 흐르면 잊어지리라 영광은 그렇게 생각했으며, 자신의 집념을 조용히 파괴하고 있었다. 그랬는데 기화라는 이름 하나가, 그것은 마치 불씨와도 같이 영광의 마음에다 혼란의 불을 질렀던 것이다. 영광은 자기 자신을 상자 속에 집어넣듯 웅크리며 다독거리며 간신히 균형을 잡는다.

"왜 그 얘기가 나왔을까?"

홍이 중얼거리듯 말했다.

"글쎄…… 얘기가 어찌 그쪽으로 빠졌는지 실은 나도 얼떨

떨했어."

"석이형이 가장 아픈 곳을 찔렀구먼."

홍이는 고개를 숙였다. 그리고 나서 술을 몇 잔 들이켠 뒤 입을 열었다.

"기화는 기생이 된 뒤의 이름이고 본명은 봉순이라 했지. 미인박명이라는 말이 꼭 들어맞는, 불행한 생애였다."

"……."

"내가 태어난 곳의 최참판댁, 자네도 잘 아는 용정의 길서상회, 그분이 어렸을 적에 침모로 있던 사람의 딸이었다. 그 침모는 호열자에 죽었고 나는 그 와중에 태어났지."

하다가 홍이는 술을 마셨다.

"그러니까 석이형하고는 한동네서 자란 셈이다. 형의 나이가 몇 살 아래였지만. 우리가 간도로 올 적에, 그때 나는 너무 어려서 아무것도 기억하지 못했는데 들은 얘기로는 봉순이누님도 함께 떠나기로 돼 있었다는 거야. 그러나 무슨 까닭인지 약속한 시간에 나타나지 않았고 일행은 할 수 없이 출발을 했다 그러더군."

"무슨 사설이 그리 긴가?"

사정을 모르는 두매에게는 지루한 얘기였던 것 같았다. 그의 생활방식이나 생활감정에서도 그런 얘기는 지루했을 것이다. 차츰 안정을 되찾은 영광은 석이형이 바로 정석으로, 진주에 있을 때 자주 집에 드나들었던 석이아저씨라는 것을 짐작했고 이선생이란 바로 양현의 부친인 이상현이라는 것을 깨닫기 시작했다.

"음."

사설이 길다는 두매 말에도 불구하고 홍이는 소위 그 긴 사설에 빠져 있는 사람같이 보였다.

"봉순이누님을 내가 처음 본 것은 용정촌에서였지. 기생이 되어 찾아왔는데 그때 나는 여남은 살이나 됐을까? 어찌나 아름답던지 어린 마음에도 하늘에서 내려온 선녀 같더군."

두매는 흥미 없다는 듯 입맛을 다시다가 술잔을 기울였고 영광은 고개를 숙인 채 귀를 기울이고 있었다.

"지금도 눈앞에 선해, 그때 일이. 용정촌에서 며칠을 묵은 뒤 봉순이누님은 영팔아재랑 아버지를 만나겠다고 해서 어머니 나 함께 퉁포슬[銅佛寺]을 향해 떠났는데 얼마나 자랑스러웠는지, 길변의 농부들이 넋을 잃고 누님을 바라보더군. 옥색 두루마기에 하얀 비단 목도리를 바람에 휘날리며, 그날은 설날보다 더 기분이 좋은 날이었어. 나도 설빔 옷을 입고 염낭을 차고, 어디 되놈들, 우리 누부만큼 예쁜 사람 있으면 나와보라고 외치고 싶었다. 처음에는 부끄러워서 공연히 성난 척했고 일부러 달아나기도 했지만 퉁포슬 가는 길에서 누님이라는 말이 나오고부터는 웃고 지껄이고 학교 얘기 친구들 얘기 밑천을 다 털었지."

두매는 들은 척도 하지 않았다. 영광은 여전히 고개를 숙인 채 듣고 있었다. 홍이는 담배를 붙여 문다.

"제발 좀 까불지 마라. 옴마 손을 놓고 혼자 뛰든지, 니가 그라믄 옴마는 보따리 이고 밭구덕에 나자빠질 기다."

월선의 육성이 귀에 쟁쟁 울려왔다.

"옴마는 와 그리 생각이 없노."

"머라 카노?"

"내가 손을 꼭 잡았는데 머한다꼬 나자빠질 기고."

"그냥 걸음사?"

"그라믄?"

"껑충껑충 용천을 한께."

통포슬 가던 길, 보따리를 인 월선과 조그마한 가죽 가방을 들었던 봉순의 모습이, 그 옥색 두루마기와 목에 감았던 비단 목도리가 실제보다 선명하게 홍이 망막에 각인된다.

"그때 연해주로 가신 주갑아저씨가 봉순이누님한테 짝사랑을 했지."

"그만 집어치워. 듣자 듣자 하니, 별 시시한 얘길 다 하는군. 삼류 연애소설, 하긴 그 선에서 시시하게 노는 족속들이지 뭐."

두매는 이상현을 위시하여 모두 싸잡아서 비난을 했다.

"그럴 테지. 강두매는 하늘에서 떨어졌을 테니까, 자네가 어디 사람의 아들인가?"

"흥 비약하지 말라구, 보고도 몰라?"

"뭘?"

"이상현 씨 말이야. 인생이 시궁창인 걸 모르겠어?"

"너무 심하지 않나? 자네는 어째서 늘 그렇게 자신만만인가. 남의 인생도 그 나름으로 다 소중한 거야."

"일없어! 그따위 썩은 부분은 진작부터 도려내야만 해. 하는 일 없이 땀 흘려 만들어낸 곡식이나 축내고."

"너야말로 그따위 얘긴 집어치워! 총 든 놈하고 노동하는 놈 말고는 다 죽어라! 무슨 권리로?"

"사회주의 발전을 위한 미래를 위하여, 그것이 틀렸어?"

"차라리 일하는 기계, 총질하는 기계로 만들어버리지. 누구를 위하여?"

"인민을 위하여."

"에키, 순."

홍이는 두매를 향해 술잔을 던졌다.

"미친놈 또 지랄하는군."

두매는 태연하게 옷에 쏟아진 술을 털었다.

"나도 이선생을 곱게 보는 사람은 아니다. 자네 말대로 나 역시 프롤레타리아니까. 하지만 인간성을 철저히 부정하는 그것에는 동조 못 해! 인민은 일하고 밥 먹는 기계 아니야!"

"기계가 되어야만 미래가 열린다. 그때까지 고생을 해야 해."

"지금 그럼 너 혼자만 고생을 하고 있다 그 얘기야? 너 혼자 다 하냐?"

"적어도 이상현이라는 사람은 그렇다. 자네 얘기한 거 아니야."

"너의 의식 속에는 나도 포함이 되어 있고 석이형도 포함이 되어 있고 또 송선생님도 포함이 되어 있어. 감상적 민족주의 자들! 독립이 되는 그날에는 싹 쓸어서 깨끗이 청소를 해야만 할 분자들, 내 말이 틀렸어?"

두매는 홍이를 노려보았다.

"인간은 기계 부속품같이 그렇게 해체되는 게 아니야. 이 만주 벌판 눈구덕 속에서 수많은 우리 조선인들이 죽어갔지만 그들은 심정적으로 죽어갔어. 고귀한 마음으로 죽어갔단 말이야!"

"개 꼬리 삼 년 되어도 변하지 않는다더니 홍이 네놈, 하나도 안 변했구나. 언제까지 그놈의 나긋나긋한 감정에 사로잡혀 있을 겐가?"

이들의 언쟁이 오늘 처음은 아닌 것 같았다. 그리고 그들의 표현처럼 극과 극도 아닌 것 같았다. 두매도 냉혹의 극치는 아니었으며 홍이도 감상주의에 안주해 있는 것은 아니었다.

이들은 얼마 안 있어 언쟁을 중지하고 술을 퍼마시기 시작했다. 영광이도 술을 마시면서 강두매라는 사나이와 자기 자신의 거리를 생각해보는 것이었다. 그리고 강두매의 말은 영광이 자신에게 퍼부어진 거라는 생각을 한다. 그렇다면 홍이는 이상현을 옹호했기보다 영광이 자신을 옹호했을지도 모른다는 생각도 해보는 것이다.

영광의 그 같은 자각은 과음에서 온 헷갈리는 생각 때문이기도 했으나 실은 부친 송관수를 바라보며, 또 의식하며 끝없이 충돌해온 문제이기도 했던 것이다.

목이 타는 것 같아서 영광이 눈을 떴을 때 들창은 옥색으로 뿌옇게 돼 있었다. 더듬더듬 물그릇을 찾아 물을 들이켠다. 아슴푸레 방 안 풍경이 눈에 들어온다. 술상은 그냥 놓여 있었고, 낭자한 방 안 풍경이다. 술상 주변에서 그냥 쓰러져 잠든 것 같았다. 홍의 숨소리가 들려왔다. 그러나 강두매의 모습은 없었다. 영광은 머리를 흔들어본다. 머리통 속에서 덜커덩 덜커덩 소리가 나는 것 같았다. 입 안이 뻑뻑했다. 근래에 와서 술을 그렇게 많이 마시기는 처음인 것 같았다. 두매와 홍이가 언쟁인지, 논쟁인지를 하고 술잔을 던지고 미친 듯이 술을 퍼마신 거기까지는 기억이 나는데 그 후 무슨 일이 있었는지 영광의 머릿속에 남은 것은 없었다.

다시 냉수를 들이켠다. 그런데 피안에서 날아온 새처럼 양현의 모습이 홀연히 나타났다. 그리고 또 얼굴은 희미하나 옥색 두루마기에 흰 비단 수건을 목에 감은 여인이 겹쳐지는가 했더니, 역 대합실에서 자신의 머플러를 끌러 양현의 목에 감아주었을 때, 그때 양현의 눈동자가 확연하게 떠오른다. 영광은 고개를 흔들었다.

'삼류 연애소설, 하긴 그 선에서 시시하게 노는 족속들이지 뭐.'

두매의 목소리가 귓가에서 울려왔다.

'삼류 연애소설……'

"음 일어났어?"

홍이 몸을 일으키며 말했다.

"거기 물 좀."

"비었는데요, 제가 떠오지요."

영광은 물그릇을 들고 방에서 나갔다. 얼마 후 그는 물그릇 대신 주전자와 컵을 들고 돌아왔다.

"웬 술을 그리 많이 마셨는지, 원."

물을 마시고 나서 홍이 말했다.

"강선생이 안 계신데요?"

"갔겠지, 그 친구 항상 그래."

"큰 싸움이 벌어질 것 같았는데 용케, 하긴 그 후의 일은 기억 안 납니다만."

홍이는 웃었다.

"만나면 공연히 해보는 수작이지."

"그럼 어젯밤, 그건 다 진심 아니었습니까?"

"아니야."

"……."

"그건 진심이다. 두매가 한 말이나 내가 한 말은."

"……?"

"우리는 그런 시절을 살고 있어."

"말하자면 적과 동지라는, 뭐 그런 뜻입니까?"

홍이는 놀란 듯 영광을 쳐다본다.

"묘한 말이구나. 하지만 그렇게도 생각할 수 있겠군. 어떤 면에서는 반대편 입장이지만 그러나 우리는 친구며 동지, 그리고 한민족이야."

홍이 얼굴은 왠지 슬퍼보였다.

"서로 견해의 차이는 있으나 적어도 강두매는 깨끗하다. 깨끗한 정열이지. 사심이 없다. 그런 면에서 친구지만 나는 그를 존경한다. 그리고 우수한 인물인 것만은 틀림이 없어. 어릴 적부터 두뇌가 비상했고 남다른 데가 있었지."

"그게 혹 그분이 말한 것처럼 형님의 감상 같은 것, 어릴 적 추억 때문은 아닐까요?"

"추억?"

홍이는 가만히 영광을 쳐다본다.

"그럴는지도 모르지. 하지만 그의 주장에는 정당성이 있어."

"공산주의 말입니까?"

한동안 말이 없다가,

"나 같은 입장에서는 그렇다. 하지만 심정적으로 거부감이 있어. 획일적인 그것이 맘에 안 들어. 주의와 주장이 어떻게 다르다 하더라도 결국 정치나 조직은 다수를 통제하는 것, 보다 이상적으로는 전부를 통제하는 것 아니겠어? 나는 정치나 조직 같은 게 생리적으로 싫어."

"한데도 형님은 이 바닥에 나오시지 않았습니까."

"내가 뭐…… 내가 하는 일이 뭐 있어서…… 설사 그렇다 하더라도 당장 시급한 것은 내 터는 찾아야 하고 억압하는 왜적은 물리쳐야 하고, 싫고 좋고 가릴 처지가 아니지 않는가."

"그렇다면 저는 뭡니까? 돼지군요."

"……."

그러나 영광은 깊이 자책하는 것 같지는 않았다.

"오해하지 말게. 나는 자네한테 강요하거나 요구할 생각은 전혀 없다. 나도 처음부터 작심한 것은 아니었다. 또 두매가 하는 일하고 별 상관이 없고."

홍이 말에는 좀 애매한 구석이 있었다.

어지러웠던 방은 이들이 세수하러 나간 사이에 말끔히 치워졌고, 두 사람은 조반이 준비된 탁자 앞에 앉았다.

"어젯밤, 석이형이라 하시던데 진주서 오신 석이아저씨 말입니까?"

"응."

"언제 만나뵐 수 있을까요?"

"만나야지."

"제가 어렸을 적에 그나마, 외부 사람이라 해야 할까요? 그 외부 사람으로는 거의 유일하게 석이아저씨가 우리 집을 드나들었습니다."

"그랬을 게야."

"외할아버지의 말벗도 되어주셨구요."

"자네 부친하고는 늘 함께 진주서 일을 했으니까, 내 기억 속에도 늘 그분들이 붙어다니던 모습이 남아 있어."

"이선생이라는 분, 혹 하동의 이상현 씨가 아닌지요?"

"자네가 이선생을 어떻게 알지?"

의아해한다. 영광은 머뭇거리다가,

"환국이하고 친하다 보니까……."

입속말을 했다.

"맞어. 그렇겠구나. 이선생 딸애가 그 댁에서 자랐으니까. 자네는 그 아이를 보았겠구나."

"네."

"그 댁에서 자랐으면…… 잘 컸을 게야."

"네, 선녀같이 아름답게."

어젯밤 홍이가 기화를 표현했듯이 영광이도 선녀라 하다가 말을 잇지 못하고 고개를 숙인다.

"앞으로, 이선생을 만나게 되더라도 딸애 얘기를 하지 않는 게 좋을 거다."

"네, 그분도 이곳에 계십니까?"

고개를 숙인 채 묻는다.

"음."

"혼자서요?"

"아니 석이형하고, 하지만 석이형이야 늘 나가 있으니까, 가끔 돌아오지만."

"형편이 딱하신가요?"

"좋다 할 수는 없지. 객지 생활이야 다 안 그런가."

"성공한 아들을 두시고 살기가 괜찮은 모양인데 왜 돌아가시지 않고 고생을 하실까요."

"자존심 때문이지."

"특별히 하시는 일이라도 있어서 그런가요?"

"특별히 하는 일이 뭐 있겠나. 그 양반은 아마도 이곳에서 소리 소문 없이 세상 떠나고 싶은 그런 심정일 거다."

"자존심 때문에…… 나이가 들어도 자존심이란 살아 있는 걸까요?"

영광은 자신도 납득이 안 되는 말을 하고 있었다.

"그거야 사람 따라서 다르겠지."

"그분의 자존심이란 어떤 것이지요?"

"글쎄…… 선비로서의 자존심 아닐까? 그게 대쪽같이 강할 때도 있겠지만 나약하고 지엽적인 경우도 있을 것 같다. 틀렸다 생각은 하면서도 그 양반 상처를 받으면서도 외골수인 모습에는 일말의 비애랄까 애처로움 같은 것을 느끼게 해."

"외골수인 분이 어찌 아이를 밴 여성을 버리고 달아났을까요?"

홍이는 음식을 먹다 말고 영광을 쳐다본다. 영광이 묻는 태도가 상당히 집요하다는 생각이 들었던 것이다.

"그것이 바로 외곬인 탓이지. 그 집안은 원래 청백리로 이

름이 나 있었거든. 그분의 부친께서도 덕망 있는 혁명가로 만
주 바닥 연해주 일대에서는 상당히 알려진 인물이었고, 그런
것이 무의식 속에 쌓여 있을 거야. 그러니까 자신의 부도덕을
견디지 못했을 것이다. 무섭기도 했을 것이다. 책임을 져야
한다는 일이."

"소인이군요."

"그럼 점도 있지. 옹졸하고."

"하기는 저 자신은 그분보다 몇 배 소인밴데 주제 넘은 말
을 했습니다."

가면 같은 얼굴로 또박또박 따지듯 말하던 영광의 얼굴에
서글픈 미소가 떠올랐다.

여관을 떠나면서 홍이는 영광에게 말했다.

"열두 시에 영화관으로 나오게. 만날 사람이 있어."

그러고는 서둘러 나갔다.

영광이 하얼빈에 나타나서, 통영에서 보연으로부터 얻어온
주소를 찾아간 것은 며칠 전의 일이었다. 그리고 뜻밖에도 홍
이 영화관을 경영한다는 사실을 알게 되었다.

"나 혼자 하는 게 아니고, 중국인하고 동업이다."

홍이는 쑥스럽다는 듯 말했다.

"흥행은 잘됩니까?"

"그럭저럭, 동업하는 사람이 이곳의 터줏대감 같은 사람이
라 실패할 염려는 없다."

"뜻밖이군요."

"내 자신도 그리 생각한다. 마땅한 사업이 없고 보니."

"저는 서비스공장을 하시는 줄 알았습니다."

"못할 사정이 있었지. 그게 군을 끼어야 하는데 막판이라 상당한 위험성이 있고…… 들나 있는 직업이라."

뭔지 홍이는 우물쭈물 말했다.

"너는 어쩔 셈으로 아주 왔나?"

"전에는 오라고 권하시지 않았습니까?"

"그랬지."

"취직을 해야겠습니다."

"어떤 방면에?"

"무슨 일이라도 할 수 있습니다."

"하기는 영화관 일을 도와주는 것도 괜찮겠구나. 하지만 자네 직업은."

"저의 특기를 살릴 수 있는 직업이라면 훨씬 마음이 편하겠지요."

"가만히 있자……."

홍이는 생각을 해보는 표정이었다.

그때 일을 생각하며 홍이가 열두 시에 나오라고 한 것은 아마도 취직에 관한 일이 아닐까, 영광의 짐작은 그랬다.

열 시가 지나서 영광이 여관을 나서려 하는데 오늘은 머리에 꽃 장식을 한 여관집 딸이 종다리같이 높고 쾌청한 목소리로 어디 가느냐고 물었다. 중국말을 알아듣지 못하는 영광은 웃음으로 대답을 대신하고 밖으로 나왔다. 곧장 송화강을 향해 걷는다.

강가에 앉은 영광은 담배를 꺼내어 붙여 문다. 어제도 이곳에 와서 한참 앉아 있다가 돌아갔다. 하늘은 푸르고 맑았지만 강물은 그렇지 않았다. 흐려 있었다. 어제 왔을 때도 그 생각을 했지만 길림에서 본 청록빛, 묻어날 것만 같은 영롱한 송화강이 하얼빈의 이 송화강과 같은 물줄긴지 의심스러웠다. 넓기로 말하자면 하얼빈의 강이 훨씬 넓어 보였다. 그곳이 유장 애연하다면 이곳은 거칠고 준열하다 할까. 삶의 긴장이 있는 듯했다. 상류는 그런 대로, 샛섬 같은 것이 없어진 하류 쪽의 대안은 아득해 보였다. 큰 돛단배와 기관선이 지나가고 있었다. 도대체 송화강의 길이는 얼마만큼인가. 지도상으로는 그렇지도 않겠지만 느낌으로는 산해관(山海關)에서 다롄[大連], 압록강 하구까지 새알만 한 해안선을 빼고 나면 바다가 없는, 엎드린 거대한 내륙, 만주 땅을 모조리 껴안고 송화강은 흐르고 있는 것 같았다. 강변 가로수의 신록은 눈부시게 아름다웠다. 영광은 시야 속에 들어오는 강물과 야트막한 수림과 하늘을 바라보며 강 너머, 강을 넘어서 끝없이 가면 흑룡강이 나타날 것이요 그 강을 넘으면 시베리아, 영광은 시베리아를 꿈꾼다.

양현을 잊으리라 생각했다. 국경을 넘을 때, 지금도 잊을 수 있으리라 생각한다. 그러나 어젯밤에서부터 지금까지 열두세 시간쯤 시간이 흐른 데 불과했으나 영광은 많은 세월이 흘러갔다는 생각이 드는 것이었다. 전혀 예상도 못 한 일이었다. 하얼빈에 와서 며칠이 안 되어 양현의 생모, 이제는 이 세상에 없는, 만나본 일조차 없는 사람의 생전의 모습, 그 단면을 얘기로나마 듣게 되었다는 것, 물론 우연이었겠지만 그것은 무심히 길 가다가 갑자기 뭣에 부딪친 것 같은 충격이었다. 그리고 기화와 양현을 각각 앞뒷면에 그려넣은 화선지와도 같이 그들 모습은 번갈아 영광의 눈앞에서 팔랑거리는 것이었다. 헬 수 없는 날들을, 세월을 영광에게 펼쳐 보이는 듯 그런 것이기도 했다. 더더구나 양현의 생부 이상현이 지척에 있다는 것, 그것은 또 무슨 인연의 실꾸리인가. 예상하지 못한 일이었다.

'왜 이런 식으로 내 앞에 나타나는 것일까. 우연치고는 해괴하다. 따지고 보면 나는 양현한테 내 목도리 하나만을 남겨놓고 왔다. 갈색 울 목도리와 하얀 비단 목도리…….'

기관선이 물살을 가르며 눈앞에서 지나간다. 대안의 수림은 잠든 것같이 조용했다.

'끝난 일이다. 그런 모든 일은 다 기억의 한 부분일 뿐이다. 모두 다 지나가지 않았느냐 말이다. 지나간 일은 돌아오지 않아. 그렇다면 기억까지 부정할 이유가 있는가? 내가 양현이를 기억하고 있는 것과 양현이를 잊는다는 것은 별개의 문제다.

그것은 세월의 영역이지. 사내자식이! 하고 나를 비난한다. 사내자식은 대체 무엇인가? 사람이다. 살라고 이 세상에 내어 보낸 생명이다.'

마음속으로 중얼거리다가 영광은 고개를 숙이고 킬킬 웃는다.

'삼류 연애소설, 하긴 그 선에서 시시하게 노는 족속들, 시시하게 노는 족속들……'

일어서서 강가를 거닐다가 영광은 시계를 본다.

영화관 사무실에서 홍이는 영광을 기다리고 있었다. 영화만을 상영하는 작은 규모의 초라한, 이른바 전영사(電影社), 극장이었다. 극장 분위기에는 이골이 나 있는 영광이었지만 음습하고 어두컴컴하고, 하얼빈의 가옥 대부분이 어두컴컴했지만, 뒷골목 같은 냄새를 풍기는 것이 과히 기분 좋은 것은 아니었다. 극장의 관객 대부분이 만주인일 것이며 그것도 호주머니가 늘 가벼운 서민층일 거란 짐작은 어렵잖게 할 수 있었다. 환락이나 오락에도 양지와 음지가 있다는 생각을 영광은 했다.

"시간이 거의 다 됐군. 나가자."

홍이는 영광을 데리고 밖으로 나갔다. 그리고 레스토랑 흑룡(黑龍)으로 갔다.

"앉게."

홍이 권했다. 누가 기다리고 있는가보다 하고 생각한 영광은 다소 의아해하는 표정으로 홍이를 쳐다보며 자리에 앉는다.

"만나기 전에 자네 의사도 알아야겠고, 자네 역시 궁금할 테니까 설명이 필요할 것 같아서 말이야."

"……."

"카바레 같은 곳에서 연주하는 일, 자네 생각은 어떤가?"

"이곳에는 아직도 그런 곳이 있습니까?"

"있지."

"조선이나 일본 사정하고는 많이 다르군요."

"여기가 어딘가?"

"……?"

"관동군이 득실거리는 만주 대륙이다. 어디든 막론하고 일본군이 들어오면 맨 먼저 서는 것이 청루 유곽이야. 그게 일본군의 특색이지. 이곳에 카바레가 아직 있는 것도 말하자면 환락에는 관대한 분위기 때문이야. 게다가 중국인은 유장하고 아무래도 물자가 다소 풍부한 그 점도 있을 게다."

"그건 좀 느낄 수 있었습니다."

"한마디로 일본군이라는 것, 그것은 개판이야. 세계에서 아마도 가장 야만적이며 더러운 군대지. 만주국이란 허울뿐이라는 것 모를 사람이 어디 있겠나마는 본국에서도 섣부르게 못할뿐더러 관동군도 고분고분하지 않고 사실 만주는 관동군 제국이다. 일종의 광증(狂症)의 집단이지. 광증과 환락은 궁합이 잘 맞는 거 아니겠어?"

"환락, 환락 하니까, 어째 좀 질리는데요?"

"카바레가 환락장소인 것은 사실이나 이곳은 러시아인들이 자리 잡았다가 간 곳이어서 제법 격식도 있고 점잖은 곳이다. 상류층들이 많이 카바레를 찾으니까."

"일본이나 조선에서는 카바레는커녕 그놈의 결전비상조치 (決戰非常措置)인가 뭔가 발부되고부터 거의 극장 같은 것은 폐쇄되고 군수공장 따위로 변했습니다. 고급 요정은 물론 폐업했고 암거래하는 요리점에 대해서도 여간 취체가 심한 게 아닙니다."

"악단은?"

"일반공연은 거의 못하지요. 선전용으로 전선위문단 정도로 간신히 남아 있는 실정입니다."

"어쩔래?"

"물론 좋습니다."

"보수는 괜찮을 거다."

"경영은 누가 합니까? 조선사람은 아니겠지요?"

"중국인이다."

"형님하고는 잘 아는 사입니까?"

"실은 영화관의 동업잔데 영화관을 내게 맡기면서 카바레를 인수했지. 내력이 전혀 없는 것은 아니다. 그 사람 부친은 청국 시절 귀화한 조선인이야. 약종상으로 자수성가, 거부가 된 사람인데 허공로(許公路) 일대의 상권을 쥐고 있어. 지금이야 고령으로 아들 둘이 각각 사업체를 물려받았지만."

"한데 어째서 중국인이라 하셨습니까?"

"그것은 그가 중국인이니까."

영광은 어리둥절해한다.

"추호도 조선인으로 대해서는 안 된다. 이곳에서 그들은 완벽한 중국인이야. 모친이나 마누라 모두가 중국인이며 철저하게 중국인으로 성장했으니까. 상당한 교육도 받은 사람이다. 오늘 자네가 만날 사람은 그 어른의 둘째 아들이야."

홍이는 신중하게 말했고, 영광은 좀 안심이 되는 그런 표정이었다.

"좀 늦었소. 많이 기다렸어요?"

신사 한 사람이 다가오며 홍이에게 중국어로 말을 걸었다. 수앵의 사촌오빠 심재용이었다.

"좀 기다렸지요."

홍이도 중국말로 말했다.

"식사는?"

"아직. 영광아 인사해. 심재용 사장이시다."

영광은 엉거주춤 일어서며 고개를 숙였다. 심재용은 웃으면서 손을 내밀었다. 악수를 하면서,

"당신을 환영합니다."

그것은 정확한 조선말이었다. 심재용은 첫눈에 영광이 마음에 들었던 것 같았다. 만족해하는 표정이다. 그리고 그는

두 사람의 의사를 물어보면서 웨이터에게 식사를 주문한다. 얼굴은 그리 잘생긴 편은 아니었지만 세련된 차림새, 행동거지가 유연하고 몸에 밴 장자 풍이 있었다. 전에는 멋진 복장에 좀 야한 느낌이 있었는데 시국 탓인지 나이 탓인지 많이 수수해진 편이었다.

식사를 하면서 심재용은,

"송관수 씨가 아버님이시라구요?"

하고 물었다.

"어떻게 아시지요?"

"이형한테서 들었어요."

"……."

"악단에 계셨다는데 카바레 같은 곳은 처음이지요?"

"네, 처음입니다."

대답하면서 음습하고 뒷골목 냄새가 나는 듯했던 영화관과 심재용 모습에는 상당한 거리가 있는 것을 느꼈다. 홍이 말대로 그는 단순한 사업가, 혹은 장사꾼으로 보이지 않았고 교육받은 흔적이 역력했던 것이다.

"이곳도 정들고 보면 살 만한 곳이오. 신흥도시 신경보다는 작은 도시지만 사람들의 의식은 그곳보다 높아요. 일본인들 작폐도 적은 편이고, 이형."

"네."

"송영광 씨 아직 결혼 안 했다 했지요?"

"안 했습니다."

"결혼할 나이는 지났는데?"

"차차 하게 되겠지요."

영광이 말했다.

"요즘 이선생께서는 안녕하신가요?"

재용은 화제를 잘라버리고 홍이에게 물었다.

"요즘에는 술도 많이 드시지 않고 괜찮은 것 같더군요."

홍이 대답했다. 나이도 홍이보다 몇 살 위인 듯 보였고 어떤 특별한 존재인 듯 홍이 태도는 눈에 띄게 정중했다. 영광은 단순히 홍이와의 동업자라는 그런 관계만은 분명히 아닌 것을 느낀다.

"아무쪼록 건강하셔야지."

입맛이 없는지 심재용은 천천히 음식을 형식적으로 들었다. 두 사람을 대접하기 위해 마지못해 먹는 것 같기도 했다.

"실은 어젯밤 잠을 못 잤소."

심재용의 말이었다.

"아버님이 한밤중에 한탄을 하시다가 정신을 잃으시는 바람에 집안이 온통 난리를 겪었어요."

"네? 그래서요?"

"아침에는 괜찮으신 걸 보고 나왔는데."

"아무래도 연세가 높으셔서."

"몸도 몸이지만 생각이, 영 전과 같지 않아요. 왜 그러시는지 알 것 같기도 한데, 한이 많으셔서 그런 것 같소. 당신은 청국에 귀화하시고 작은아버님은 아라사에 귀화하셨고, 그 일이 한으로 여직 남아 있는 것 같아요. 어젯밤에도 작은아버님 말씀을 하시다가."

"……."

심재용은 식사를 끝내고 담배를 꺼내어 붙여 물었다.

"요즘엔 시도 때도 없이 수앵이 그 애를 불러다 놓고 지난 일을 끝없이 말씀하시는가 하면 왜 아이를 못 낳느냐고 야단을 치시기도 하고 일전에도 그래서 수앵이를 울렸어요. 전에 없는 일이었지요. 뿐이겠소? 이동진 선생의 얘기도 가끔 하시는데."

"한번 이선생이 가셨다가 꾸중을 많이 하셨다는 얘기는 들었습니다."

"그래요? 나는 처음 듣는 얘긴데."

심재용은 피식 웃었다.

"하긴 그 교만한 이선생이 꼼짝 못 하는 상대는 우리 아버지 아니오?"

"그렇지요."

"다 마음에 걸려서 그러시는 거요. 이것저것 맘에 걸리시는 일이 너무 많은 것 같소. 젊었을 시절에는 일구월심 사업밖에 모르시던 분이, 그것 다 놓으시고부터는 자기 자신이 누구인가? 그 생각을 하시는 모양이더군. 몸은 비록 만주인이나 마음은 그렇지가 않으신 것 같았소. 나야 뭐 피가 섞어졌지만 아버님은 순수한 조선족 아니오?"

"……."

"태어난 곳으로 돌아가고 싶어 하는 사람의 마음, 어디 사람뿐이겠소? 그건 대체 무슨 까닭일까요? 흔히 고향에 가서 묻히고 싶다 하질 않소?"

이때 웨이터가 다가와서 무슨 말인가 했다. 심재용이 시선을 돌렸다. 저만큼 떨어진 곳에 중년 여자 두 사람이 앉아 있었다. 그것은 다름 아닌 유인실이었고 또 한 여성은 심재용의 아내였다.

"잠깐 실례."

식사를 끝내고 있는 홍이와 영광에게 말한 심재용은 여자들이 있는 곳으로 걸어갔다.

"어찌 된 일이오?"

중국어로 물었다.

"어찌 되긴요? 유선생 대접하려고 왔어요."

심재용의 아내가 핸드백을 만지작거리며 말했다.

"잠시 앉아보기나 하세요."

심재용은 엉거주춤 자리에 앉는다.

"오늘 밤 일에 차질이 좀 생긴 것 같아요. 장소를 옮겨야 할 것 같은데요."

인실이 낮은 소리로 말했다.

"알았소."

"그럼 당신 가보셔야지요."

심재용은 아내 말에,

"그럼 많이 드시고 가십시오."

인실에게 인사를 하고 심재용은 자리에 돌아왔다.

"이제 일어서 볼까요?"

밖으로 나온 심재용은 두 사람에게 인사를 하고 돌아섰다. 그의 뒷모습을 바라보고 서 있다가 홍이도 발길을 돌렸다.

"밥벌이는 정해졌고 이제 숙소가 문제로구나."

"형님하고 함께 있으면 안 될까요?"

"나하고?"

"네."

"그건 자네가 불편해서 안 될 거야. 차차 그 일은 생각하기로 하고."

"결정이 되고 나니까 마음이 이상합니다."

"나도 그렇다. 어디 바람이라도 쏘이러 가고 싶은 기분이다. 날씨도 좋고, 그럴 형편은 아니지만."

"더러 바람 쐬러 가십니까? 가시면 어디로 가시지요?"

바짝 다가서듯 묻는다.

"구멍지기같이, 거의 여기서 움직이지 않았어. 용정에 몇 번 가고는, 한 번 사냥터에 따라간 일이 있었지."

"사냥을 했습니까?"

"아니, 나야 뭐 구경이나 했지."

"사냥터가 어디였는데요?"

"하얼빈 북쪽이 소흥안령(小興安嶺), 그 너머가 흑룡강인데 흥안령 일대가 사냥터지. 세상만사 다 잊어버리고 그곳에 묻혀 살고 싶은 생각이 들더군."

걷다 말고 영광은 홍의 얼굴을 쳐다본다. 그의 눈이 반짝반짝 빛났다. 그러나 그것은 또 비애에 젖은 것같이 보이기도 했다.

"만주는 정말 기름진 땅이다. 왜놈들이 보고니 낙토니 할 만한 곳이지. 땅이 개간된 것도 극히 최근의 일이고 온통 초지와 울창한 삼림으로 뒤덮인, 그야말로 원시림이었다는 거야. 삼림을 남벌하여 지금은 옛날 같지 않다 하지만 사람들은 유목 생활을 하면서 자연이 주는 것만 가지고도 넉넉하게 살았다 하니, 겨울의 기후가 혹독해서 그렇지⋯⋯. 어린 날을 용정에서 보냈기 때문인지 모르지만 탁 트인 이곳이 나는 좋다. 가족들 데리고 와서 살 수만 있다면, 그럴 수 있는 형편이라면 나는 간도에 가서 살고 싶어. 아니 그보다 백두산 산자락에 오두막 하나 지어서 땅이나 파고 약초나 캐면서 세상만사 다 잊고 살았으면 싶다."

"형님이 그런 생각하실 줄은 정말 뜻밖인데요?"

"생각뿐이지. 생각만 하면 뭣하겠나? 그럴 가능성은 손톱만큼도 없다."

"저는 농사짓는 것은 자신이 없습니다. 또 한곳에 매여 살고 싶지도 않구요. 그냥 아무 곳이건 끝없이 가고 싶습니다. 머문다는 것이 고통스러우니까요."

"이제 발목이 잡혔는데도?"

"형님한테는 죄송한 일입니다만 당분간만 있어볼 작정인데."

"……."

"형님 입장이 곤란해지겠습니까?"

"곤란해질 것 없다."

"……."

"어차피 만주에 온 조선족들은 뜨내기니까. 너야 뭐 아버지 말도 안 듣던 아들이었는데 내 말 듣겠나?"

"할 말 없군요."

"남한테 피해만 주지 않는다면 자기 뜻대로 사는 거, 그거 좋지."

그 말뜻에 비난이 없었던 것은 아니었다.

"저라고 뭐 뜻대로 하고 사는 줄 아십니까?"

혼잣말같이 중얼거렸다.

미로 같은 골목을 지나서 이상현이 묵고 있는 그 집에 들어섰을 때 석이는 빨래를 한 모양이었다. 빨랫줄에 빨래 몇 가지를 널어놓고, 그 자신은 발을 씻고 있었다.

"아니, 여, 영광이 아니가!"

석이는 영광을 단박 알아보았으나 영광은 석이를 알아보는데 상당한 시간이 걸렸다. 물 묻은 발에 신발을 신은 그는,

"몰라보게 됐구나. 참말이지."

석이는 흥분했다.

"아저씨!"

"그, 그래. 방으로 들어가자."

홍이 먼저 방문을 열고 들어갔다.

"선생님 안녕하십니까?"

"음."

책을 읽고 있던 이상현이 책을 덮고 돌아앉았다.

"관수형님의 아들입니다, 선생님."

"그래?"

엉거주춤 서 있는 영광을, 눈을 치뜨고 올려보는 상현의 표정이 완연하게 달라진다. 그는 송관수 비슷한 모습을 상상했던 것이다.

"앉게."

음성이 부드러웠다.

"절 받으십시오."

영광은 저도 모르게 그 말을 했고 스스럽게 절을 올린다. 왠지 모르지만 그 모습은 감동적인 것이었고 절실하기도 했다. 뒤늦게 들어온 석이는 뜻밖이라는 듯 상현과 영광의 모습을 번갈아가며 쳐다본다.

모두 자리에 앉았다.

"다리가 좀 불편한 것 같은데?"

상현의 어투는 결코 상대의 약점을 지적하는 그런 것은 아니었다. 흥분하여 있던 석이는 그것을 깨닫지 못했던 것 같았다.

"일본 있을 때 왜놈 불량배하고 싸워서 그리됐다 하는군요."

홍이가 설명을 한다.

"그렇게 태어나지 않았는데, 아깝군."

상현은 비상하게 관심을 나타내었다.

"제가 불민해서 그렇게 되었습니다."

상현에게 나타난 심리적 현상은 실로 오래간만의 일이었다. 생면부지의 다만 송관수의 아들이라는 것 이외 아는 것이 없는 젊은이에게서 충격과도 같은 것을 느끼는 일은, 참 오랫동안 없었던 일이었다. 고뇌에 젖은 듯한 영광의 깊은 눈동자, 예민한 감수성을 보았던 것이다. 과거에도 그랬고 오늘 현재도 그렇지만 많은 사람들을 만났어도 강렬한 인상을 받는다는 것은 흔치 않은 일이었다. 더러 없었던 것은 아니었지만 송영광과 같은 뭐랄까 동질적인 것을 느끼기는 처음 있는 일이었다.

"자네는 어디 딴 세상에서 왔나?"

상현은 엉뚱한 말을 했다.

"네!"

"전혀 딴 사람 같다."

"관수형하고 다르다 그 말씀입니까?"

홍이 말했다.

"극단패나 따라다니는 사내 같지도 않고."

"작곡도 하고 한다니까 자연, 그 그렇지요."

말을 하다 말고 홍이는 적잖이 놀라고 당황한다. 이상현의 반응이 이러리라는 생각은 미처 못 했던 것이다. 석이는 뒷전이었다.

"자네 책 좀 읽었나?"

느닷없는 질문을 상현은 또 던졌다.

"네, 조금 읽기는 했습니다만."

"어떤 계통을 읽었나? 설마 유물론 서적은 아니겠지?"

"이것저것, 하지만 그것도 옛날 일입니다."

말하면서 영광은 이상현의 외로움을 느낀다. 그리고 그 모습에서 양현의 흔적을 찾을 수 있었다.

얘기가 이렇게 되니까 뚫고 들어가기가 뭣했던지 석이는 홍이에게,

"임이가 죽었다며? 그게 사실인가?"

하고 물었다. 석이는 훨씬 연상인 임이에게 누님이라는 말을 결코 붙이지 않았고 홍이 너의 누님이라고 칭하지도 않았다.

"네."

대답하며 홍이 눈살을 찌푸렸다. 가족들을 통영에다 두고 홍이 다시 만주로 온 후 임이는 진드기처럼 들붙어서 홍이를

많이 괴롭혔다. 그 모습은 갈 곳 없는 야차 그것이었다. 방향이 좀 다르기는 했으나 말년의 어미 임이네를 연상하게 했다. 보연이와 함께 있을 때는 그나마 견제가 되었고 그나마 조금은 나이 덜했으니까. 노추의 모습을 드러내어 홍이를 찾아와 손을 벌릴 때마다 홍이는 죽이고 싶게 임이를 혐오했다.

"모진 목심 못 죽고 나도 이판사판이다. 한 분만 봐도라. 다시는 안 올게."

매번 하는 말이었지만, 낭비하고 돈 떨어지면 다시 나타났다.

"내가 업어서 널 키웠다! 누부를 이리 괄시하는 법이 어디 있노? 니 있는 문전에서 굶어 죽을 긴께 그라믄 송장이나 치워주라."

다른 사람이 나서서 으름장을 놔도 소용이 없었다. 그러다가 지난겨울 술에 만취되어 신경 길거리에서 죽은 것이다. 홍이는 그 장례를 치르고,

"이제는 끝난 것입니까?"

누구에겐지도 모르게 혼자서 물었던 것이다. 역시 모친의 경우와 마찬가지로 혐오감은 죄책감을 불렀고 증오감은 연민으로, 홍이는 두 번째 홍역을 치른 셈이었다. 왜 인생을 그렇게 추악하게 살아야 하는가. 자기 자신만을 위해 오감(五感)이 발달한 동물적인 삶, 그것을 겪어야만 하는 사람보다 실은 그 본인의 불행이라는 것으로 홍이는 자신의 혐오감 증오감을 달래었다.

"잘 죽었다. 살아서 머하겠어?"

석이는 혀를 찼다.

"김두수 그놈도 요즘 이분거리나?"

"소식 모릅니까?"

"무슨 소식?"

"이곳에 없습니다."

"없어? 어디 갔는데?"

"서울로 갔다는 소문이오."

"재빠르구나."

"미리 그쪽에다 다 빼돌려놨고 식솔들도 가 있으니까 이곳에 무슨 볼일이 남아 있는 것도 아니겠고 머리 잘 쓴 거지요."

"천하에 무도한 놈, 그놈이 살아서 돌아가다니 하늘이 무심타."

홍이는 그 정도로 하고 일어섰다.

"영광이 자네는 얘기 좀 하다가 오게. 나 먼저 가겠다."

그러나 영광은 허겁지겁 일어섰다.

"왜?"

"또 오지요."

"갈려고?"

석이 물었다.

"내일 또 오겠습니다."

석이보다 이상현이 더 서운해하는 표정이었다. 밖에 나와서

"왜 더 있다 안 오고? 석이형하고는 변변히 말도 못 했잖아?"

"뭐 할 얘기가 있겠습니까? 얼굴 보았으면 됐지요. 한데 많이 고생을 했나 부지요? 못 알아보겠더군요."

"어떻게 고생 안 한다 할 수 있겠나."

"형님도 전과 같지 않습니다."

"가을바람이지. 그래 지금부터 어떻게 할래?"

"내일 저녁부터 나가야겠지요?"

"그럼."

"강바람이나 쐬고 여관으로 가겠습니다."

"그래라. 그럼 나는 가봐야겠다."

길 위에서 두 사람은 헤어졌다.

다시 송화강 강가에 나타난 영광은 하루가 질풍같이 지나간 것만 같았다.

'다른 악사는 있는가? 물론 있겠지. 수준은 어떨까? 뭐 그런 것 따져서 뭘 해.'

신록이 눈부신 강가 가로수를 따라 걷는다. 모든 일을 끝낸 것처럼 홀가분하기도 했고 새로운 일이 닥쳐올 것 같은 불안한 예감이 들기도 했다.

'만일 전쟁이 끝난다면 나는 조선으로 돌아갈까? 만일 소련군이 밀고 내려온다면 나는 어디메쯤에 가 있을까? 영원히 우리는 만날 수 없을지도 모른다. 어쩌면 이상현 씨와 나는 가

는 방향이 같을 수도 있다. 그분은 고향에 돌아가고 싶어 하
지 않는다고 했지?'

3장 산은 말이 없고

보따리 하나를 들고 영선네가 강쇠 집 마당가에 들어섰을
때 산은 온통 붉게 물들어 있었다. 불덩어리 같은 해가 서편
산마루에 떨어지고 있었던 것이다. 보리방아를 찧고 있던 영
선이 방앗공이를 내동댕이치고 달려오며,

"엄니!"

하고 소리쳤다.

"엄니!"

영선네의 두 손을 잡는데 젖비린내가 물씬 풍겨왔다.

"그래, 산후조리는 잘 했나?"

"야 괜않십니다."

"시어른들은 어디 가시고?"

"아부니는 해도사 따라서 남원에 가시고 엄니는 아아들 데
리고 작은어무이랑 함께 약초 캐러 가싰는데, 하마 오실 때가
됐습니다."

"아아들은 핵교도 못 가제?"

"우짤 깁니까? 할 수 없제요."

"아범은?"

"목기막에서 일하고 있소."

어미 손을 놔주고 영선은 흘러내린 치마를 추켜올린다. 새 떼들이 석양을 받으며 어딘가를 향해 날아가고 있었다. 영선 네는 마루에 가서 걸터앉는다.

"엄니."

"운냐."

"오빠는 잘 기시지예?"

"음."

"얼굴이 우찌 그리 예빘십니까. 살이 쏙 빠졌소."

영선은 안타까워하며 어미의 얼굴을 쓸어본다. 그러는 영 선이 자신도 자상한 시어머니 밑에서 산후조리는 잘했겠지만 통영에 있을 때와는 다르게 신색이 별로 좋지가 않았다. 영선 은 달포가량 전에 생남을 했다.

"내리오니라고 심이 들어서 그렇제. 아이 젖은 잘 나오나?"

"겨우 먹일 만합니다."

"나 찬물 한 그릇 줄래?"

"야."

영선은 부리나케 부엌으로 가서 냉수를 떠온다.

"얼매나 기시다 가실 깁니까?"

어미 옆에 앉으며 영선이 물었다. 물을 마시고 대접을 마루 에 놓으면서,

"나, 나 아주 절에 있일라꼬 왔다."

"야아? 오빠는 우짜고?"

"……."

"여자가 생깄십니까?"

"가부릸다."

"가부리다니요?"

"만주로 가부릸다."

"머라 카요?"

"잘 갔지 머."

"아이구."

"그 아아는 새맨치로 넓은 하늘을 훨훨 날아댕기야지 한곳
에 갇히서는 못 사는 팔자라."

"세상에 그런 법이 어디 있소!"

"에미 땜에 매이서 살아 될 기가?"

"말도 안 되는 소리! 다 늙은 어매 혼자 놔두고."

"나야 무신 걱정, 있일 곳도 있고."

"그라믄 집도 팔아서 갔다 그 말입니까?"

영선의 얼굴이 시뻘게진다.

"아니다. 갈 양이믄 그리라도 해서 돈이나 장만해갔임사?
그럴 국량도 없는 인야 아니가."

"이자는 아들 덕에 사실 거다 싶었더마는."

영선은 치맛자락을 걷어 눈물을 훔친다.

"옴마!"

외치는 아이들 목소리가 들려왔다. 시어머니와 아이들이 돌아오는 모양이다. 영선은 얼른 얼굴을 닦고 마당가로 나간다. 보따리를 인 시어머니가 아이들을 앞세우고 올라온다.

"엄니!"

"와?"

"서울서 엄니가 오셨습니다."

"그거 정말가!"

시어머니는 급히 걸었고 아이들은 벌써 마당으로 뛰어들었다.

"할무이!"

선일이가 먼저 외할머니 품에 안긴다.

"아이구 사돈!"

보따리를 내려서 며느리에게 넘겨주고 휘야네는 반가워서 어쩔 줄 몰라하며 말했다.

"늙어감서 산에는 머하러 가십니까."

영선네도 옛날과 다르게 스스럼없이 말했다.

"놀믄 머할 깁니까. 오금이 성할 직에 꿈쩍이야제요."

영선이는 서둘러 절구통에서 보리를 퍼내고 있었다.

"사돈이 오셨는데 아직 저녁도 안 했나?"

휘야네는 나무라듯 말했다.

"방금 오셨습니다."

"마침 잘됐네. 고비랑 고사리가 하도 연해서 캐 왔더마는,

76

그래 아범은 안 오고 머하노?"

"아직 모립니다. 선아야, 니 가서 아부지 오시라고 해라."

영선은 바삐 서둔다. 어느덧 사방에는 땅거미가 지고 있었다. 선아는 부리나케 밖으로 뛰어나가고, 산에는 냉기가 스며들었다.

"사돈, 방으로 들어가입시다."

먼저 방으로 들어간 휘야네는 등잔에 불을 밝힌다. 영선네는 보따리를 들고 선일이 손을 잡으며 방으로 들어왔다. 그리고 보따리 속에서 건빵 봉지와 시꺼먼 눈깔사탕을 싼 신문지를 꺼내어,

"선일아 누부하고 갈라 묵어라."

선일이는 벙싯벙싯 웃으며 그것을 받아든다. 그리고 눈깔사탕부터 하나 입 속으로 밀어 넣는다.

"선일아 그거 이리 내놔라."

휘야네가 손을 내밀었다.

"싫다."

선일이는 건빵봉지와 눈깔사탕을 등 뒤로 숨기며 말했다.

"한꺼분에 다 묵을 기가? 내놔. 할매가 두었다가 조맨씩 줄게."

"싫다!"

"아부지 오믄 일러줄 기다. 그래도 그럴래?"

선일이는 입을 비쭉거리면서 내놓는다. 영선네는 웃으면서

그것을 바라본다.

"젊은 사돈 조석을 우짜고 오싰십니까?"

"차차 얘기하지요."

"서울은 우떻십니까? 거기서도 징용으로 사람들을 마구잡이로 잡아갑니까?"

"서울이라고 다르겄십니까."

"여기는 난리라요. 젊은 사람들이 산속으로 숨어들어서 소문은 분분하고, 낮에사 쥐구멍에 들앉은 것맨쿠로 조용하지마는 밤이 됐다 하믄."

"밤이 됐다 하믄?"

"식량 구하니라꼬 산지사방으로 흩으져서 사생결단이오."

"……."

"우리 선일애비도 낮에는 마음 나놓고 집에 붙어 있지 못하요. 세상이 우찌 될라꼬 이러는지."

"아범은 나이가 있는데."

"요새는 나이 같은 거 가리지도 않는답니다. 늙은 사람 빼고는 아무데서나 잡아간다 안 캅니까."

하는데 휘가 들어왔다. 흔들리는 등잔불에 휘의 그림자도 흔들렸다.

"오싰십니까."

"음."

영선네는 자세를 고친다.

"절 받으시이소."

휘는 절을 하고 자리에 앉았다. 그의 얼굴도 까칠했다.

"처남은 잘 있십니까?"

"갔다."

"어디루요?"

"만주로 갔다. 상의아부지를 믿고."

휘는 놀란 듯했다. 휘야네는 움찔했다.

"잘했십니다."

잠시 생각해보는 것 같더니 잘라 말하듯 휘는 말했다.

"무신 소리고?"

휘야네는 불만인 것 같았다.

"홍이형님을 믿고 갔으니께요. 그건 잘한 일입니다. 어련하겠십니까? 작은처남도 거기 있고, 여기 있어봐야 머를 하겠습니까."

"나, 나도 그리 생각하구마. 영구도 있인께. 상의아부지가 또 보통사람가. 그, 그래서 나도 잘했다 싶고, 절에 있어볼까 생각을 했는데."

영선네는 더듬더듬 말했다.

"그거사 머 걱정입니까. 절에 기시든 여기 기시든, 사돈 기실 곳이 없을까 봐서요. 손주도 있고 외롭지 않기로는 서울보담 여기가 낫제."

손자라는 말을 했을 때 제법 의젓한 표정을 지으며 선일이는 외할머니를 쳐다보았다. 그리고 그는 아껴가면서 눈깔사탕을 빨고 있었다. 선아는 늦어진 저녁 때문에 불티가 나게 움직여 어미를 도와 부엌에서 일을 하고 있는 것 같았다.

"나는 절이 제일 편십니다. 부처님 곁에서 저승길 딲으믄서 그기이 소원이고요."

"그라믄 서울에 있는 집은 우찌했십니까?"

"세를 놨십니다."

"세간은 우짜고."

"세간이라 캐야 머 있십니까. 다락에 넣어부리고, 옷가지는 오믄서 절에 놔두고 올라왔소."

"세상일이 뜻대로 되는 기이 없소. 장개딜이서 노리나 보고 사실 줄 알았는데."

"걱정 마시소. 다 잘될라고 그리된 겁니다. 우리가 옆에 있인께."

휘가 말했다.

"거 좋은 인물, 장개만 들라 캤이믄 남부럽잖은 며느리를 볼 긴데."

저녁상이 들어왔다.

"고비가 연해서 참 맛이 있네요 엄니."

밥을 먹으면서 영선이 말했다.

"그렇제? 사돈 잡사보이소."

"야."

"말짱 고비하고 고사리뿐이더마요."

"보고 그냥 지나갈 수가 없어서, 내다 팔기에도 손쉽겠다 싶어 그것만 캤네라."

"작은어무이는요."

"그 사람도 고사리 고비만 캤다. 우리 것도 함께 가지가서 팔겠다 그러데."

"아부니가 고비나물을 좋아하시는데."

"그것도 이자는 끝물이다. 곧 쇠부리든 못 묵은께. 선아할 배는 내일쯤 오실란가?"

보리밥에 된장 속에서 꺼낸 콩이파리 풋고추, 열무 물김치에다 된장찌개, 그리고 양념이 알맞게 배어든 고비나물, 서둘러 한 음식이었지만 맛깔스러웠다. 그러나 영선네는 얼마 들지 않고 숟가락을 놨다.

"사돈, 와 그라십니까?"

"입 안이 깔깔해서."

"아가, 어멈아 숭늉 가지오니라. 물에 말아서 한술 더 드시게."

"야."

급히 나간 영선은 구수한 뜨물 숭늉을 가져왔다.

"엄니, 꼬십니다. 밥 한술 말아서 뜨보시이소."

"됐다."

숭늉을 마시는데 영선네의 목은 유난히 가늘어 보였다. 비

81

녀가 흘러내릴 듯, 머리숱도 성글어 쪽이 작아 보였다. 외기
러기와도 같은 외로움과 슬픔이 감도는 것 같았다.

"아이고 얄궂어라. 그래가지고 기운을 우찌 채릴라꼬?"

휘야네가 말했고 휘는 밥을 먹다 말고 장모를 바라본다. 안
쓰러워하는 눈빛이다. 아무리 괜찮다, 잘됐다 하기는 했으나
영광이 떠나간 일이 마음에 좋을 리는 없었다. 자식에게 버림
받은 것 같은 기분이 눈곱만큼도 없다, 한다면 그것은 거짓말
이다. 설사 그렇다 하더라도 사돈과 사위 보기가 민망한 것만
은 사실이다. 영선은 코를 훌쩍거리며 눈물을 보이지 않으려
고 꾸역꾸역 입 속으로 밥을 밀어넣는다.

'불쌍한 울 어매. 무신 낙으로 살꼬.'

저녁이 끝난 뒤 등잔불 밑에서 이런저런 얘기를 하다가,

"내리오시느라고 고단하실 긴데, 어멈아 니 방에다가 자리
깔아드리라. 선일애비는 목기막에 가서 잘 기제?"

휘야네는 신경을 써준다.

휘는 목기막으로 가고 잠든 아이들과 휘야네를 남겨놓고
영선이 모녀는 작은방으로 건너왔다.

칠흑같이 어두운 산중은, 마치 이 세상에 없는 것처럼 적막
하고 들려오는 소리 하나 없었다. 영선은 갓난아기를 안아올
려 젖을 물린다. 그는 농사꾼 아낙이 다 돼 있었다. 옥수수며
조 수수 같은 것을 심어 먹고 사는 형편이니 물론 숯을 굽고
목기도 깎아서 웁쌀이나 보리쌀은 마을 농가에서 팔아 보태

기는 했지만 온종일 호미를 들고 나부대는 일이 많았으니까 살림만 하던 통영의 생활과는 딴판이었다. 조촐한 그때 모습은 간 곳이 없었다. 그 딸을 영선네는 말없이 바라본다.

'그래도 남정네가 착한께, 그릇도 크고 영선이 니는 마 괜찮다.'

멀리서 부엉이 우는 소리가 들려왔다. 등잔불이 흔들린다.

"엄니."

"와."

"나는 오빠가 괘씸소."

"그런 소리 하는 거 아니다."

"엄니는 부모 잘못 만내서 그렇다고 노상 그랬지마는 오빠한테 못한 거가 머 있십니까? 집안 내력이사 그기이 어디 엄니 잘못인가요?"

"다 씰데없는 소리."

"설사 그렇다 카더라도 부모 몰라라 하는 기이 어디 자식이오? 자게 혼자 편하겠다고."

"영광이가 지 편할라꼬 갔나."

안은 아이 옷 위로 눈물 방울이 떨어진다.

"니가 그랄라 카믄 나 너거 집에 안 올란다."

"아들이 둘이나 있음서…… 영구 그놈도 그렇소. 대학까지 가르쳤는데 무슨 소용이 있십니까."

"대학이사 우리가 가리쳤나. 자작으로 한 기지."

"그래도 중핵교를 시킸인께 대학도 한 거 아닙니까."

"그 아이는 지 성하고 달라서 생각이 단단한께 나는 걱정도 안 한다."

영선네는 슬그머니 딴전을 피웠다. 하는 수 없이 영선도 웃고 만다.

"엄니 아까 절에 들렀다가 오싰다 했지요?"

"그래."

"단발한 여학생을 봤십니까?"

"그래 봤다."

"시님한테는 인사했십니까?"

"응."

"단발한 그 여학생이 누군지 엄니는 모리지요."

"모른다."

"석이아저씨 딸이라요."

"뭐라꼬?"

"석이아저씨 딸."

"정서방 말가?"

"야."

"그래? 그런데 와 절에는 와 있는고?"

"몸이 아파서 수양하러 왔다 카데요. 얘기를 들은께 석이아저씨 아들은 학병으로 갔다 하고."

"그라믄 대학을 댕깄다 말가?"

"야, 최참판댁에서 공부를 시켰답니다. 지가 엄니한테 와 이 얘기를 하는고 하니 혹시라도 알은체하지 말라, 그것 때문입니다. 석이아저씨를 말입니다. 아부지가 당부를 하시더마요."

"아가, 무신 말을 하는지 나는 통 모리겄다."

영선네는 어리둥절하며 영선을 쳐다본다. 잠이 든 아이를 자리에 뉘고 다독거리면서 영선은,

"다 그럴 만한 일이 있인께 안 그러겠십니까?"

하고 말했다.

"내가 절로 가든 아무래도 그 학생 아아하고 함께 있일 긴데 우찌 알은체하지 않고 지낼 기고?"

"아 참, 지가 말을 잘못한 것 같십니다. 그런께 그 학생 아아를 알은체 하지 말라는 기이 아니고요, 석이아재씨를 우리가 안다, 아부지하고 아재씨 사이 같은 것, 그 일을 내색하지 말라 그 말입니다."

"나는 또."

영선은 앞가슴을 여미고 이마에 솟은 땀을 닦는다. 갓난아기 때문에 방 안은 더웠다.

"그거야 머 어렵운 일이겄나."

비로소 영선네는 납득을 한다. 그리고 강쇠가 왜 입단속을 했는지 알아차린다. 그런 면에서는 물론 영선네는 말할 것도 없고 영선도 옛날부터 이골이 나 있었다. 늘상 쫓기고 몸을 숨겨야만 했으며 결국 만주까지 가지 않으면 안 되었던 송관

수의 처지를 함께 겪은 때문이다.

"우리 겉은 여자들이 머를 알겄소. 군대쟁이 영문 모리더라고 세상 돌아가는 거를 우찌 알까마는, 그러나 왜놈들이 하루라도 속히 망해야만 숨을 안 씨겄소? 요새 젊은 남정네들, 그기이 어디 사는 깁니까? 불쌍해서 못 보요. 이 산에도 징용 학병을 피해서 수을찮이 사람들이 숨어들어 있는데 말로는 왜놈한테 끌려가서 죽느니 굶어 죽겄다, 차라리 지리산 호랭이 밥이 되겄다 하지마는, 식량이 큰일인갑더마요. 집하고 연락이 어럽은께. 겨울이 오믄 우짜겄소?"

영선네는 나무관세음보살을 뇌었다.

"옛날 일을 생각하믄, 어린 소견에 아부지가 야속하고, 그때 날 산중에 내부리고 아부지가 만주 떠났일 직에는 원망도 많이 했소."

"……."

"알고 보믄 오빠도 그러는 아부지 땜에 빗나간 거 아닙니까. 지나놓고 생각하이 아부지가 얼매나 외롭았을까 싶기도 합니다."

"니 오래비는 그렇지가 않다. 와 아부지 때문이고? 나 때문이제."

완강한 어미 목소리에 영선은 입을 다물어버린다. 영광을 자랑스럽게 생각하기로는 영선도 마찬가지였다. 동기간이지만 범치 못할 그런 분위기의 영광을 두려워하기도 했었다. 그러나 이번만은 뭔지 용서할 수 없는 기분이다. 세상이 험하여 서울서 견디기 힘이 들면 산속으로 들어와서 숨어 사는 한이 있어도 어머니 곁에서 떠나지 말아야 했다는 것이 영선의 생각이었던 것이다.

하룻밤을 자고 안방에서 조반을 끝낸 영선네는 보따리를 찾았다.

"여기 놨는데?"

두리번거리는 것을 본 휘야네가,

"보따리 찾십니까? 내가 치웠소."

하며 기름종이를 발라서 겨우 명맥을 잇고 있는 머릿장, 그 위에 개켜서 올려놓은 이불 위에서 영선네 보따리를 내려준다. 아이들과 휘는 조반이 끝나자 나갔고 영선은 부엌에서 설거지를 하고 있었다.

"이것은 바깥사돈 디리시이소. 고무신은 선일애비 겁니다."

보따리를 끄른 영선네는 장수연(長壽煙) 두 봉지와 사슴표 성냥 한 통, 그리고 검정 고무신 한 켤레를 꺼내었다.

"머할라꼬 이런 거를, 참 사돈도 씰데없는 짓을 했소."

하기는 했으나 기뻐하는 표정인데 영선네는 다시 하얀 종이에 싼 것을 휘야네 앞으로 밀어냈다.

"옛날 것맨치로 또깝지는 않십니다마는 명색이, 사돈 해 입으시이소."

"옷감입니까?"

"야."

휘야네 얼굴에 웃음이 함박같이 핀다. 그는 저도 모르게 종이를 끌러본다.

"아니 이거는! 비단 아닙니까? 이런 비단옷을 해 입다니 당치도 않소."

옷감은 잔잔한 당초무늬가 있는 회색 호박단이었다. 휘의 모친이 놀라는 것도 무리는 아니었다. 인조견 치마 한 감이라도 귀하게 여길 처지, 비단은커녕 평생 길쌈한 명주옷도 몸에 걸친 적이 없었기 때문이다. 어쩌다가 구례나 화개 장터에 갈 적에도 손질한 무명옷, 발이 좀 고운 삼베옷이면 그것으로 족했다.

"이런 거는 도방 사람들이나 입지 산중에 사는 우리 겉은 사람이 입으믄 남이 웃일 기요. 내사 안 할 깁니다."

휘의 모친은 정색을 하고 사양한다.

"높은 핵교에서 공부를 한 아들들을 보나 체면이 있지 사돈이 해 입으소. 옷도 처지 따라서 입어야제요."

거듭 사양한다.

"아니라요. 절에 가믄 옷이 무신 소앵이오."

무르팍 앞으로 밀어다 놓은 옷감을 도로 휘의 모친 무르팍까지 밀어놓으며 영선네는 말했다. 그리고 묘하게 울상이 되었다. 실은 이 옷감에는 영선네의 꿈이 실려 있었던 것이다.

막연한 것이었지만 그것은 양현에 대한 꿈이었다. 영광이 일절 말을 하지 않아 속사정은 모르지만 이따금 찾아왔던 양현을 며느릿감으로 꿈꾸어보는 것은, 그것은 슬픈 모정이었을 것이다. 이 옷감은 그런 꿈에 대비하여 장만해놨던 것이다.

한동안 옷감을 가운데 두고 옥신각신하다가 영선네 고집에 꺾인 휘의 모친은 결국 호박단을 만져보고 또 만져보면서 절로 나오는 미소를 감추지 못한다.

"이거는 내가 몇 분 입은 것인데 선일에미 주시이소."

흰 옥양목 적삼과 옥색 숙고사 겹저고리였다.

"딸이 어매를 알거지로 만드요."

미안해서 휘의 모친은 그런 말을 했다.

나뭇잎 사이로 햇빛이 눈부시게 일렁이고 있는 산길을 영선네는 영선과 함께 내려온다. 소쩍새가 울었다.

'영광이가 양현이 그 아아 땜에 만주로 가부릿을까?'

오늘 처음 생각해보는 일은 아니었다. 서울서도 생각했고 내려오는 기차간에서도 그 생각을 했다.

'우찌 그리 여자 복도 없일꼬? 그게 다 에미 잘못 만난 때문이제.'

영광이 떠나간 일보다 어쩌면 양현과의 사이가 깨어졌을지도 모른다는 것이 영선네를 더더욱 서럽게 했다.

"엄니."

가파로운 길을 나뭇가지를 휘어잡고 내려가면서 영선이 불렀다.

"몸이 아프거든 집으로 올라오이소."

"무신 염치로."

"야?"

"시어른이 기신데 할 일이 있고 못 할 일이 있다."

"그거는 엄니 생각이 잘못이오. 그런 말 들으시믄 선일할무이 할아부지가 얼매나 서분하게 생각하시겠소?"

"걱정 마라. 내가 편한 대로 할 긴께."

한참을 가다가,

"절에서는 좋겄소. 엄니 가신 뒤 시님께서 아쉬워하싰다 카데요."

"지금 기시는 공양주도 얼매나 자바르다고."

"나이 든 사램이 꿈젝이는 것, 보는 사람이 된정(짜증)이 나지요."

"일을 심으로 하나. 마음으로 하지."

"아들이 둘이나 있음서 엄니가 절살이를 하다니, 생각할수록 오빠가 밉소. 그만치 바람을 잡아 댕깄이믄, 나이가 몇인데 자게 하고 접은 대로 하는고?"

"또 그 소리가? 치아라."

"다 늙어서 이기이 멉니까?"

"절살이가 우때서? 저승에도 못 가고 떠도는 구신도 절 근처에서 법문 포시를 받으믄 넋이 저승으로 천도하게 된다 카는데 주야로 부처님 옆에 있는 것보다 더 좋은 일이 어디 있일 기라고."

"엄니가 무신 죄를 그리 많이 지었다고."

"나날이 짓는 것이 죄라 안 카더나. 사람으로 태어난 기이 죄라, 나무관세음보살."

이들 모녀가 절 가까이까지 갔을 때 절문 옆 큰 바위에 남희가 앉아 있었다. 멍하니 하늘을 올려다보고 있었다. 얼굴은 창백했고 먹물 들인 중의 적삼을 입고 있었다.

"학생."

영선이 불렀다. 얼굴을 돌려 쳐다보다가 부시시 일어서며,

"예."

하고 대답을 했다.

"우리 엄닌데 오늘부터 절에 기실 거니."

"오신다는 말을 들었습니다."

무감동하게 말했다. 세 사람은 함께 절 안으로 들어갔다. 공양주 방에까지 따라 들어온 남희는 우두커니 자리에 앉아 벽면만 쳐다보고 있었다.

"와 안 오나 싶어서 학생더러 나가보라 했제."

늙은 공양주는 푹 꺼진 양 볼에 주름을 모으며 웃었다. 영선네가 아들을 따라 서울로 떠날 때 지감도 아쉬워했으나 이 늙은 공양주는 몹시 허전해했던 것이다.

"이자는 걱정 없네. 이 늙은 것 데려가시도 절 걱정 없구마."

"와 그런 말씸을 하십니까. 아직도 정정하십니다."

영선이 말했다.

"정정하기는 날만 궂일라 카믄 뼛골이 쑤시서 전과 같잖아. 그라고 늙은 사람은 그거 모리는 일이제. 언제 눈을 감아부릴지 모리는 일이라고."

"……."

"요즘에는 절 식구가 늘어서 그렇지 전같이 불사(佛事)가 많지 않은께로 그나마 제우 끌고 왔제."

하는데 남희가 부시시 일어섰다. 시선을 방문에 둔 채,

"보살님 애기 보러 갈랍니다."

하고 늙은 공양주에게 말했다.

"그래라."

늙은 공양주는 습관이 된 것처럼 말했다. 어디 갈 때는 반드시 가는 곳을 일러두고 가라는 지감의 엄한 지시를 남희도 하나의 습관처럼 이행한 것뿐이었다.

애기 보러 가겠다 한 것은 지연이의 암자로 가겠다는 뜻이다. 남희는 그곳을 자주 드나들었던 것이다. 하기는 산중에서 갈 곳은 그곳 말고는 없었다. 남희가 나서자,

"갑갑증도 안 내고 잘 견딥니다."

영선이 탐색하듯 말했다.

"그러씨…… 어린 처니 아이가 통 생기라고는 없고, 말도 없고 무신 생각을 하는지 알 수가 없다. 말을 하거나 지난 일을 물어보기라도 하믄 사람을 빤히 처다본 채 대답을 안 하니,

92

심장인가 어딘가 병이 있다 하기는 하더라마는 잘 묵고 잠도
잘 자는 거를 보믄 그렇지도 않은 것 겉고, 어떤 때는 영 새근
(철)이 없는 말을 하이."

하다가 늙은 공양주는 더 이상 말을 잇지는 않았다.

"참, 내가 깜박했고나. 시님이 서울 보살이 오거든 좀 보자
하시던데?"

생각이 난 듯 늙은 공양주가 말했다.

"어제 인사는 디렀는데요?"

영선네 말에,

"따로 하실 말씸이 있는갑제?"

영선네가 지감의 거처로 갔을 때 지감은 마루에 걸터앉아
있었다. 그리고 절 뒤뜰을 바라보고 있었다.

영선네는 합장하고 고개를 숙였다.

"앉으시오."

눈으로 지감은 마루를 가리켰다.

"괜않십니다."

"어제는 황망해서 말을 못했지만 보살께서도 학생 아이를
보셨지요?"

"예."

"실은 나도 자세한 사정은 모르고, 최참판댁 장연학 씨가
간곡하게 부탁을 하니."

말하는 투로 보아서 지감은 남희를 탐탁지 않게 생각하는

것 같았다. 자신도 그런 심중이 언외에 비쳐졌다고 생각했는지 지감은 한동안 침묵을 하다가 다시 입을 열었다.

"당분간 맡기는 맡았는데, 과연 그 아이에게 무슨 도움이 될지 모르겠소."

"······."

"내가 보기에는 아이 생각은 여전히 허공에 떠 있는 듯 조금도 달라진 기미가 없어, 계속 이대로 두어야 하나 생각 중이오만······ 아무튼 고생하는 사람의 딸인지라 형편도 난감하고, 오라비는 학병에 나가고 아직 본인은 모르고 있소만 엎친 데 덮친 격으로 할머니마저 눈이 멀었다 하니."

영선네는 합장하며 입 속으로 나무관세음보살 하고 뇌었다. 할머니의 눈이 멀었다는 것은 처음 듣는 말이었다. 눈살을 찌푸리고 먼 산을 보고 있던 지감은 다시 말을 이었다.

"사정이 그러하니 보살께서 각별히 유념해주시오. 내 딸이거니 생각하시고, 보살만 믿겠소이다."

평소의 지감답지 않게 매우 자상하게 말했다. 물론 서울로 가기 전에도 지감은 늘 깍듯하게 영선네를 대하였다. 송관수와의 우의를 생각해서 그랬을 것이지만 영선네의 사려 깊은 인품을 신뢰한 때문이기도 한 것 같았다.

"걱정 마시이소."

그러지 않아도 영선네는 그러리라, 어젯밤 영선으로부터 얘기를 들었을 적에 생각했던 일이었다. 영선네가 송관수를 만나 혼인하고 진주서 살았던 그 전반기, 오직 유일하게 기탄 없이 말할 수 있었던 사람은 정석이었다. 그리고 만주에 갔었던 후반기에는 단 한 사람 홍이였다. 만주서 영선네는 몇 번인가 정석이를 만난 적이 있었다. 그러나 진주에 살았을 적에 아무도, 백정 이외는 상종하지 않았던 영광의 외할아버지를 만나 아들같이 대하던 사람은 석이였다.

'이것은 전생의 무신 인연일꼬?'

잠시 동안 침묵이 흐르고 있었는데 상좌 일봉이 헐레벌떡 달려왔다.

"스님! 스님!"

숨넘어가는 소리로 불렀다.

"왜 그러느냐?"

"소, 손님이 오셨습니다."

"그래서?"

"저어, 저, 이상한, 몸집이 이상한."

"곱사등이더냐."

"예, 서, 성한 사람하고, 짐 짐꾼 두 사람하고, 짐을 엄청 많이 가지왔습니다."

곱사등이라는 데서도 일봉은 놀랐지만 요즘같이 시주가 뜸한 시절에 짐이 많이 왔다는 데 대해서도 흥분을 하고 있는 것 같았다.

지감의 얼굴에는 미소가 흘렀다.

"그라믄 지는 가보겠십니다."

영선네가 말했다.

"예, 그러시오."

지감은 일봉을 거느리고 절 안마당을 향해 달리듯 걸어간다.

절마당에는 짐을 잔뜩 부려놓고 장정 세 사람이 땀을 닦고 있었다.

두 사람은 짐꾼이었고 한 사람은 조남현, 조병수의 큰아들이었다. 조병수는 나무 밑에 앉아 있었다.

"이게 웬일이냐?"

지감이 긴 팔을 활짝 폈다.

"그간 안녕하셨습니까 선생님."

남현이 먼저 인사를 했다.

"에키! 선생이라니? 난 중이야."

하고 나서 그는 병수 있는 곳으로 다가갔다.

"조형 이게 무슨 짓이오? 온다면 온다는 기별이나 하고 오시잖고."

병수는 편안하게 웃기만 했다.

"자아 내 방으로 갑시다."

지감은 조병수의 팔을 잡아끌었다.

"선생님 짐은 어떻게 해야 할지요."

남현이 물었다.

"또 선생인가? 난 중이야 중."

"옛날 버릇이 남아서."

남현은 무안해한다.

"일봉아!"

"예 스님."

일봉은 신이 나서 달려왔다.

"짐꾼하고 함께 짐을 넣어두어라."

"예!"

늙은 공양주가 기웃이 내다본다. 조용했던 절은 활기를 띠고 술렁거렸다. 지감은 조병수 부자를 몰아세우듯 하며 함께 방으로 들어왔다. 남현이 옛날 학생 때와 같이 지감에게 절을 했고 병수와 지감은 맞절을 한다.

"한번 오시기는 할 거란 생각은 했소만 그래도 뜻밖이오."

"못 뵌 지가 일 년이 훨씬 넘은 듯합니다."

"그렇게 됐을 게야. 집안은 모두 무고하시지요?"

"네 그럭저럭 돼갑니다. 불현듯 생각이 나서 아이를 보고 성화를 했지요."

"뭐가 불현듯 생각나던가요?"

병수는 빙그레 웃었다.

"최참판댁 김형이 그린 탱화 생각이 불현듯 났던 게지요."

"겸사겸사…… 사람도 보고 관음탱화도 보고."

"그나저나 자네 욕보았네그려."

남현에게 지감이 말했다.

"뭘요."

"시물까지 가져오느라고."

"고생이야 짐꾼들이 했지요."

"효자 노릇도 쉽지는 않네. 하기야 효자 가문에 효자 난다는 얘긴 있지만."

"진작 뫼시고 왔어야 했는데 죄송합니다."

말을 하고 나서 남현은 안쓰러운 듯 부친을 바라본다. 효자 노릇이 쉽지 않다는 말은 조병수가 정상적인 사람이 아니기 때문에, 그런 뜻이 포함이 되어 있었다. 효자 가문에 효자 난다는 말도 듣기에 따라서 그러했다. 극악무도한 부친에 대하여 자식의 도리를 다한 조병수나 불구자인 부친을 받들어야 하는 조남현.

'이게 모두 무슨 인연의 고리인고?'

지감은 아까 영선네가 생각했던 것과 비슷한 생각을 한다.

"사업은 어떤가?"

"다 마찬가지지요. 모든 것이 배급이니까 장사는 하나마나. 기름이 귀해서 기관선은 거의 다 매달아 놓은 꼴이고, 어장 애비나 어구점의 경기는 한 통속이니까요."

"잠시 실례하겠네."

지감은 방문을 열고 나갔다.

"일봉아! 일봉아!"

여느 때보다 훨씬 크고 우렁찬 목청으로 불렀다. 일봉이 달려오는 것 같았다.

"예 스님."

숨찬 목소리로 일봉이 말했다.

"짐은 어찌 되었느냐."

"지금 넣고 있습니다."

"그러면 손님한테 차부터 끓여오고."

"예."

"그리고 나서 김휘한테 가보아라."

"……?"

"통영에서 선생님이 오셨다 하면 알아들을 게야."

"예."

지감은 방으로 들어왔다.

"해도사께서는 아직 산에 계십니까?"

병수가 물었다.

"산에 있기는 한데 지금은 출타 중이오. 김휘의 부친하고 남원에 갔소이다."

"휘는 살기가 힘들지요?"

"본시 산놈인데 힘들고 자시고 할 것도 없지요. 사람 상하지 않는 것만도 큰 복이지 뭐겠소."

"하기는 그렇소."

"몽치 그 아이는 가끔 옵니까?"

"누님 집에 왔다가는 들르곤 합니다. 어째 사람이 노상 그리 태평인지."

하자 남현도 싱긋이 웃는다. 그도 친구 여동철로부터 들은 얘기가 있었기 때문이다.

"태평하기만 하면? 그게 간덩이가 태산만 하니 걱정이지요."

"그거 다 두 스승께서 가르친 결과 아니겠소?"

"조형도 일 년 새 많이 변했구려. 농담도 잘하시고."

"이게 잘하는 겁니까?"

세 사람은 껄껄 웃는다. 아닌 게 아니라 병수의 얼굴은 무척이나 평화스러워 보였다. 그것은 부친 조준구가 세상을 떠난 후, 날마다 묵은 때가 조금씩 벗겨지듯, 큰 병을 앓은 뒤의 회복기처럼, 무거운 짐을 내려놓은 뒤의 휴식처럼, 고난을 통하여 얻어낸 감사의 마음이 그를 편안하게 평화스럽게 한 것 같다. 남현의 얼굴에서도 옛날 그 찌들었던 자국이 사라지고 없었다. 그것이 육친이든 타인이든 한 악종이 스치고 간 자리가 그 얼마나 황량하며 살벌하였는가, 또 황량하고 살벌하지 않았던들 초하의, 우거진 신록이 시냇물이 바람이 이렇게 상쾌할 수는 없었을 것이다.

"스님 차 달여 왔습니다."

문밖에서 일봉의 목소리가 들려왔다.

차를 가져왔으면, 가져왔으니 어쩌고 말할 것도 없이 방에 들어와 손님 앞에 놓는 것이 일상인데, 일봉은 놀라움과 흥분이 아직 가셔지지 않았던 모양이다. 게다가 그도 덩달아 그럴 수밖에 없는 것이, 지감의 흥분이었다. 지나치게 엄격한 성품은 아니었으나 그렇다고 자상하지도 않았던 지감, 다소 신경질적이며 냉담한 편인 그가 곱사등이 사내를 맞이하는데 좋아서 어쩔 줄 모르는 그의 모습은 뜻밖이었던 것이다. 깡마르고 주름이 팬 얼굴에 떠도는 무심한 미소, 일봉은 그러한 지감의 모습을 본 적이 없었다.

"들어오너라."

일봉은 찻잔을 각자 앞에 놓는데 저도 모르게 조병수 앞에서는 턱없이 길고 가는 손놀림이 어색했고 머뭇거린다.

'어쩌면 눈이 저렇게 깨끗할까?'

선머슴아이에 불과한 일봉이었지만 병수 눈동자에 서리는 따사로움과 영롱함에 이끌리듯 바라보는 것이었다.

"김휘한테 가는 것 잊지 않았겠지? 곧장 갔다 오너라."

일봉이 방을 나가려 했을 때 지감은 다짐하듯 말했다.

"예."

일봉이 나갔다.

"드시오."

지감이 차를 권했다. 조병수 부자는 찻잔을 들었다. 몸도 부실한 양반이 의복까지 누추하여 되겠느냐, 늘 그렇게 말하던 댁네 덕분으로 차림새가 해맑았던 조병수는 오늘도 제일 발이 고운 흰 베를 포근포근 다듬어서 지은 홑겹 두루마기를 입고 있었다. 그리고 쑥색 대님을 치고 있었다. 남현은 마치 면서기처럼 국방색 국민복을 입고 있었다.

"마음이야 급할 테지만 느긋하게 차를 마시면서 감상할 마음을 바른 자리에 놔두는 것도 괜찮을 게요."

지감이 농치듯 말했고 그 말뜻을 아는 병수는,

"누가 뭐랍니까?"

하고 응수하듯 말했다.

"내가 조형 마음을 모를까 봐서요?"

"어떻게요?"

"말로는 겸사겸사라 했지만, 이 산중, 중이야 곁다리지 아니 그렇소?"

"무슨 그런 섭섭한 말씀을, 어째 심기가 편칠 않은 것 같습니다."

"말이야 바로 하지. 관음상 아니더면 이 산중에 조형이 날 볼려고 찾아오셨겠소?"

마치 토라진 아이같이 말하는데 병수는 병수대로,

"어디다가 깊이 간직을 했는지 모르겠소만 관음상 때문에 유세하시는 것입니까?"

하자 모두 껄껄껄 소리를 내어 웃는다.

"유세할 만은 하지요."

"재주는 곰이 넘고 돈은 중국인이 번다는 속담이 있긴 있더구면요."

"하 참, 조형 사설이 늘었구면."

"서당 개 삼 년이면 풍월을 안다 하지 않았습니까."

"서당은 어디메며 훈장은 누구일꼬? 하하핫핫…… 여하튼 샘이 나기도 하고 부럽기도 하외다. 돈은 어디에나 굴러 있는 것, 재주가 부르는 것 아니겠소? 내가 애당초 길을 잘못 들었지. 그놈의 가마터에 그냥 주저앉는 것인데."

"지감 선생께서는 여직도 탈속을 못 하셨소?"

"아아니, 조씨 부자께서는 머리 깎은 이 중놈의 꼴이 눈에 보이지 않아서 그러시오? 또 조형께서는 탈속을 못 했다 그리 보시는 거요? 지감 선생이라니."

"하하핫핫 하하…… 습관이 돼서요."

병수가 그렇게 웃는 것은 좀처럼 없는 일이다. 남현은 놀라서 병수를 바라본다. 그러다가 그도 함께 웃는다.

"하기는 하늘을 찌르듯 높이 솟은 탑이든 천년, 만년을 꿈꾸며 조성한 가람인들 따지고 보면 쥐벼룩의 어깨춤 같은 것, 찰나가 아니겠소? 다만 내가 나한테 타이르는 것이지요. 살아 있노라고."

그러나 병수의 말은 어둡고 우울한 느낌을 주지는 않았다.

"조공."

"예."

지감은 조형이라 불렀지만, 어쩌다가 조공이라 호칭할 때도 있었다.

"언젠가 소승에게 말한 적이 있었소."

"......?"

"밤낮으로 정성을 다하여 장롱 하나를 만들어놓고 나면 배가 고프다 했지요? 그 배고픔은 위장에서 오는 것이 아닌 마음에서 오는 배고픔이라 했소."

"그런 말 한 것 같소."

"그런데 어떤 사람은, 이것도 장이바치의 얘긴데, '큰일을 하나 끝내고 나면 설움이 왈칵 솟는다 하더이다. 왜 그럴까요?"

"글쎄올시다…… 인연이 끊어지니까 그런 것 아닐까 싶은데……. 떠나야 하니까요."

"무슨 인연?"

"물(物)과의 인연 말입니다."

"물과의 인연!"

"그렇소. 정성을 다할 때 그것은 하나의 인연이오."

지감은 골똘히 생각하는 눈빛으로 병수를 한참 동안이나 쳐다보았다.

"왜 그 같은 인연을 맺는 거요? 밥벌이나 하면 됐지."

어리석은 말이라 생각하면서도 뭔지 모를 분노 같은 것을 느끼며 지감은 쏘아붙이듯 말했다.

"소망 때문이겠지요."

"소망?"

"예."

"무슨 소망?"

"한이라고도 할 수 있겠는데, 자신에게 주어진 운명에 대한 물음이라고도 할 수 있겠고, 뭐 세속적인 욕망하고는 다른 것 아닐까요? 절실한 것…… 사람들의 절실한 그 소망은 대체 무엇일까요? 근원에서 오는 절실한 그것 말입니다."

"그걸 나한테 묻는 거요?"

"지감께서도 그 절실한 것이 있었고 그것 때문에 한평생을 거리에서 방황하시지 않았습니까."

"헛 산 것이지 방황이라 하기도 민망하지요. 이건 살아 있는 것도 아니고 죽어 있는 것도 아니며 서서히 묻히면서 퇴물이 되어갔다, 그게 오늘날 조선의 소위 반가(班家)라 이름 붙은 자손들 말로가 아닌가요? 나야 세상사와 하직을 했고 천만다행, 조형은 변신하여 장이 바치로 회생했으니."

가닥이 다른 말을 읊조리다가 지감은 무슨 까닭인지 씩 웃었다.

"그래, 그래서 조형은 그놈의 물과 인연을 맺으면서 소망을 이루었소?"

역시 우문이었다.

"아니지요. 애당초 이루기 위해서라기보다, 뭐랄까요? 소망을 위탁했다, 하하핫핫…… 뭐 그런 것 아닐까요?"

"이루어지지도 않을 소망을 위탁하면 뭘 하겠소."

그 말은 물론 지감의 진심은 아니었다. 그는 조병수를 결코 예사롭게 보아오지 않았으니까. 다만 지감은 말의 흐름을 탔을 뿐이다.

"불구자가 아니었다면 나는 꽃을 찾아 날아다니는 나비같이 살았을 것입니다. 화려한 날개를 뽐내고 꿀의 단맛에 취했을 것이며 세속적인 거짓과 허무를 모르고 살았을 것입니다. 내 이 불구의 몸은 나를 겸손하게 했고 겉보다 속을 그리워하게 했지요. 모든 것과 더불어 살고 싶었습니다. 그러나 결국 나는 물과 더불어 살게 되었고 그리움 슬픔 기쁨까지 그 나뭇결에 위탁한 셈이지요. 그러고 보면 내 시간이 그리 허술했다 할 수 없고 허허헛헛…… 내 자랑이 지나쳤습니까?"

지감의 아픈 곳이 바로 그것이었다. 또 병수에게 경애심을 갖는 것도 바로 그 점이었다.

"말 늘었소."

지감은 웃었고 남현은 안도와 위안을 받은 것처럼 수긋한 모습으로 앉아 있었다. 부자지간이지만 마음을 털어놓는 이 같은 부친의 모습은 좀처럼 본 일이 없었기 때문이다. 그러나 남현에게 안도와 위안의 감정만이 있었던 것은 아니었다. 불구자인 아비, 불구자의 자식인 탓으로 그를 할퀴고 간 그 숱한 상처, 수치심을 되새기며 남현은 자기 자신을 부끄러워하기도 했던 것이다.

"그러면 뜸이 든 것 같소. 가보실까요? 법당에."

세 사람은 밖으로 나왔다. 그새 일기가 변하여 바람이 일고 있었다. 나무들이 몸짓을 하며 술렁거리고 있었다. 숲의 향기가 습기를 머금고 콧가에 스쳐오는 것 같았다.

"비가 오시려나?"

지감이 하늘을 우러러본다.

"비는 오셔야지요. 그새 많이 가물었으니까."

병수가 말했다.

"조형께서 가져오신 시물은 양곡입니까?"

그새 염두에 두고 있었던지 지감은 물었다.

"예, 대부분."

"농사를 짓는 처지도 아닌데 어디서 구하셨소?"

"여수에서 몰래 내오는 것을 남현이가 사두었지요."

"행여 뒤를 밟는 자나 없었는지 모르겠소."

"그건 왜 그렇습니까?"

병수는 좀 놀라며 물었다.

"요즘 형편이 그래요. 산에 숨어드는 젊은 사람들이 많다 보니 곡식 자루 가는 곳을 노리게 되는 거지요."

지감은 아무렇지 않게 말했으나 남현의 낯빛이 변했다.

"그렇게 해서 잡힌 사람이 더러 있습니까?"

남현이 물었다.

"운수불길하면 그럴 수도 있겠지. 허나 마지막 마음먹고 들어온 사람들이라 그들도 좀 영악해야지."

"그걸 전혀 몰랐습니다."

"여까지 짐이 온 걸 보면 무사통과한 것 같기는 한데 몰랐으니 망정이지."

"단속이 심한 모양이지요?"

"아무리 단속이 심해도 산속까지 뒤질 그럴 처지는 아닐세. 군대라도 동원한다면 모를까. 순사, 형사, 면서기 따위가 몇 명 들어와 보았자……."

지감 얼굴에 조소가 떠올랐다.

"어느 귀신이 잡아가는 줄도 모르게."

"그렇게 심각합니까?"

"살벌하지. 게다가 정세 따라, 왜놈의 졸개들이 겁을 먹고 있으며 일본은 또 산에다 군대 보낼 여력이 있나? 산에서 폭동이라도 일어나면 모를까."

세 사람은 법당 안으로 들어갔다. 예불을 한 뒤 세 사람은 발길을 옮겨 관음탱화 앞으로 갔다. 한동안 말없이 바라본다.

"남현아, 우리는 나가세."

"예."

두 사람은 나가고 병수 혼자 남았다.

'훌륭하다!'

병수는 선 자리에서 주저앉고 말았다. 최서희의 모습이 안개같이 떠도는 것 같았지만 그러나 다만 그것은 아름답고 유현한 관음보살이었을 뿐이다. 머나먼 곳에서 비쳐오는 빛과도 같이, 구원과도 같이 아름다운 관음보살. 깊이 모를 슬픔이며 환희 같기도 했다. 그러나 어느덧 경이로움과 감동은 떠나갔다. 대신 길상의 외로움이 가을밤처럼 숙연하게 묻어오는 것을 느낀다. 그것은 이상하게도 병수의 마음을 편안하게 해준다. 자신의 외로움과 동질적인 길상의 외로움이 겹쳐지면서 외롭지 않다는 묘한 느낌이었던 것이다. 영혼과 영혼이 서로 닿아서 느껴지는 충일감 같은 것이기도 했다. 그런데 계집아이의 목소리가 귓가에 울려왔다.

"저 손님은 사랑으로 뫼셔야 할 것 아니냐? 여긴 내 처소란 말이야!"

최서희는 무서운 눈으로 병수를 향해 손가락질을 했다. 그게 몇 해나 전의 일이었는가 병수는 생각한다. 아마 서희가 여덟아홉 살 때쯤 그러니까 사십 년이 훨씬 넘은 옛날의 일이다. 서울서 갓 내려왔을 때 병수가 어미 홍씨를 따라 엉겁결에 들어간 별당 최서희 방에서 당한 수모였다. 병수는 그때 일을 생각하며 관음상을 향해 웃는다. 또 한번은 경기를 일으킨 어린아이같이 최서희가 울부짖은 일이 있었다. 놀란 하인들이 별당으로 달려갔고 병수도 서울서 데리고 온 홍씨의 몸종 맹추를 따라 별당 뜨락을 들여다본 적이 있었다. 울부짖던 서희는 울음을 뚝 그치고 병수에게로 다가왔다.

"비렁뱅이 병신! 네가 내 신랑이 되겠다 그 말이냐?"

역시 그때도 서희는 손가락으로 병수 얼굴을 겨누었다. 병수는 엉겁결에 맹추 뒤에 몸을 숨겼다.

"가아! 다시, 두 번 다시 별당에 얼씬거렸다간 당산나무에 매달아서 때려 죽일 테야!"

그때는 아마도 호열자가 지나가고 서희는 고아가 됐을 때였던 것 같았다.

안채와 별당 사이에 한 그루 서 있는 팽나무 속에서 찢어지게 공간을 흔들며 울던 매미 소리, 귀청이 윙윙 울리도록 시끄럽게 울어대는 매미 소리가 병수는 싫지 않았다. 어머니 홍씨의 악 쓰는 목청을 들으면 전신이 오그라들듯 무섭고 괴로웠는데 그보다 시끄러운 매미 소리는 왜 싫지 않을까? 하고 병수는 생각하곤 했다. 절에서는 안거(安居)라 해서 여름철에 탁발을 하지 않고 중들은 수도를 한다는 것이었다. 아무래도 벌레들은 여름철에 성하기 때문에 모르게 밟아 죽이는 일이 허다하므로 살생계(殺生戒)를 범할까 봐 중들은 나돌아다니지를 않고 하안거(夏安居)를 한다는 것이다. 길상이 들려준 말이었다. 길상이는 항상 무뚝뚝하게 병수를 대하였다. 어떤 때는 미움이 가득 찬 눈으로 바라보는 일도 있었다. 부모 때문에 그러는 것을 병수는 알고 있었다. 그러나 한번은 높은 마루에 오르질 못해서 병수가 버둥거리고 있을 때 뒤에서 누가 안아 올려준 일이 있었다. 길상이었다. 그때 그의 눈에는 슬프고 따스한 것 같은 빛이 서려 있었지만 그 후 다시 무뚝뚝해지고 말았다. 그러나 병수는 길상이 좋았다. 으흠 으흠, 큰기침하는 것, 허우대 좋은 것, 게을러빠진 것과 낮잠을 즐기는 버릇

이외 이렇다 할 특징이라곤 없는 독선생 이초시의 장죽을 물고 잠자는 모습, 코 고는 소리도 들려왔다. 그 이초시로부터 소학(小學)을 배우고 통감을 떼었으며 사서(四書)를 배웠다. 서울서 열두 살까지, 불구 자식을 수치로 아는 홍씨에 의해 세상 구경을 못 하고 어둠침침한 골방에서 자란 병수는 평사리로 내려와서, 면무식이나 시키려고 붙여준 글선생 이초시로부터 비로소 글을 배웠으며 그것도 이초시의 학식에 의해서라기보다 옛날 성현의 글 그 행간 행간에 배어난 위대한 사상을 스스로 감지하였다. 병수는 조상이 남겼을 가풍에 접한 일이 없었고 부모의 훈도를 받은 일이 없었으며 스승의 인격을 느낀 바도 없었다. 다만 가두어졌던 서울 하늘 밑에서 풀려나게 된 평사리의 산천이 그의 스승이었다. 그리고 병수의 남다른 열성을 감지한 사람은 오직 길상이 혼자였다. 비록 하인의 신분이나, 또 집안에서 조씨네 외아들일지언정 버려진 자식, 인간으로서 대접받지 못하는 불구자였으니 상전으로서의 권위도 없었으나, 사실 길상은 조씨네 하인도 아니었고, 어쨌거나 병수는 길상을 존경했고 신뢰했다. 그러나 그런 길상으로부터 호되게 당한 일이 있었다.

그것은, 마을에 엄청난 상처를 남겨놓고, 특히 윤씨부인을 비롯하여 김서방과 봉순네가 쓰러지면서 최참판댁은 기둥뿌리가 뽑혀버렸으며 부친 조준구의 무대가 도래했다 할 수 있는 호열자의 광풍이 지나갔고 보리 흉년도 지나갔고, 그러니까 서울에서는 군대해산, 참령 박성환(朴星煥)이 자결을 했으며 해산에 불응한 조선군대와 일본군이 충돌하여 교전을 벌였던 그해, 정미년(丁未年), 또 마을에서는 목수 윤보가 장정들을 규합하여 의병을 조직하고 최참판댁의 조씨네를 습격했던 그해, 바로 그 직전의 일인 듯했다. 서희가 열네댓 살쯤 되었을까? 이초시의 코 고는 소리가 지겨워서 병수는 읽던 책을 덮고 일어섰다. 미끄럼 타듯 마루에서 내려간 그는 별채 모퉁이를 돌아 대숲으로 들어갔다.

골방에서 바깥 세상을 모르고 지내던 서울서의 어린 시절을 생각하면 평사리의 첩첩으로 들어앉은 거대한 집, 넓은 뜨락과 구석구석에 딸려 있는 공지(空地)며 채마밭 대숲, 그리고 사시사철의 변화며 변화를 따라 적응하는 뭇 생명들, 그것은 병수에게 다시 없는 스승이요 정다운 벗이었다. 대숲 속에는 실낱같이 가는 한 줄기 길이 있었다. 사당(祠堂)으로 통하는 길이었다. 병수는 오솔길 초입(初入)에서 오른편으로 걸음을 꺾었다. 그곳은 길이 아니었다. 담장이 연이어져 있었고 대나무도 드문드문했으며 햇빛이 드는 곳이었다. 마른 댓잎이 발밑에서 바삭바삭 바스라지는 소리를 내었다. 담장을 따라 한참을 가면 담벽 흙이 조금 허물어진 곳에 돌과 돌이 맞물린 사이에 조그마한 구멍이 하나 있었다. 그 구멍에 눈을 바싹 들이대면 그곳은 별당의 뜨락이었다. 병수는 잠시 동안 망설이다가 그 구멍에 눈을 갖다 댄다. 해당화 잎들이 아랫도리를 가렸으나 별당 전부가 환하게 눈에 들어왔다.

대청 양켠에 각각 방이 딸려 있는 것이 별당이었다. 툇마루가 붙은 큰방이 서희의 거처방이었다. 그때 그 툇마루에 문짝이 걸쳐져 있었다. 종이를 다 뜯어낸 문짝이. 남치마에 무명적삼을 입은 봉순은 엉덩이까지 치렁치렁 내려온 머리꼬리에 자줏빛 댕기를 매고 있었다. 움직일 때마다 그 머리꼬리가 흔들렸다. 봉순이는 신돌 위에서 허리를 구부리고 풀비로 종이에 풀칠을 하고 있었다. 곁에는 얹은머리가 부스스한 김서방댁이 뭔가 지껄이고 있었다. 이윽고 풀칠을 끝낸 두 사람은 한지를 맞잡아 들고 툇마루에 기대어 세워놓은 문짝 앞에 가서 종이를 바른다. 그러기를 몇 차례, 다 바른 문짝을 번쩍 치켜든 김서방댁은 별당 출입문 근처 담장에다 문짝을 옮겨놓고 사발에 떠온 물을 입에 머금더니 문짝에다 푸우! 하고 뿜는다. 문짝 두 개를 들어낸 툇마루의 문틀이 반듯한 사각의 공간으로 나타나 있었다. 텅 비어 있는 공간이었다. 그 공간에 최서희가 나타났다.

문틀을 짚으며 서서 최서희는 뜰을 내다보았다. 연분홍 치마에 유록색 회장저고리를 입고 있었다. 서희의 모습과 담장의 구멍은 거의 직선이었다. 병수를 바라보고 서 있는 것 같기도 했다. 그의 모습 뒤켠에는 백동 장식이 희게 빛나는 장롱의 일부가 보였다. 병수는 숨이 멎는 것만 같았다.

'가엾은 서희……'

훤하게 트인 이마, 갸름한 얼굴의 윤곽, 꺼뭇꺼뭇한 눈동자는 멀리서도 뚜렷해 보였다.

'하늘의 선녀라고 저렇게 어여쁘게 생겼을까.'

병수는 눈물을 흘렸다.

'내 이 병신만 아니었다면…… 이 세상 끝까지 너를 따라가겠다! 내 이 병신만 아니었다면 너도 나를 그렇게 싫어하지는 않았을 게야. 가엾은 서희, 너를 위해 나는 무엇을 하리.'

눈물에 눈앞이 흐려졌다. 서희의 분홍치마 유록색 회장저고리, 그 연연한 자태는 마치 물감과도 같이 시계(視界)에서 번져나고 있었다.

'부끄럽다! 부끄러워. 이 집도 살림도 땅도 모두 서희네 것인데…… 우리는 비렁뱅인데 말이야.'

"도련님!"

부르는 소리에 병수는 용수철같이 튀었다. 그리고 돌아보았다. 노기에 가득 찬 길상이 무서운 눈으로 쏘아보고 있었다.

"거기서 뭘 하시오?"

병수는 눈앞이 캄캄했다.

"도련님."

평소 온화했던 길상의 모습은 간 곳 없고 무시무시한 살기를 내어뿜고 있었다. 그러나 다음 순간 그는 어이없다는 듯 웃었다. 그것은 살기보다 더 무서운 모멸의 웃음이었다.

"숯구리 꽁 잡아묵는다 카더마는."

"……."

"병신 육갑한다 카더마는, 흠! 그 말이 조금도 그르잖구마."

"나, 나……."

"꿈도 꾸지 마시오. 하늘을 우러러보고 땅을 굽어보고 물어 보시오. 될 법이나 한 일이오?"

"꾸, 꿈에도."

입술을 달싹거리듯 중얼거렸다.

"그렇소. 꿈도 꾸지 말라고 말했소! 천지개벽이 있어도 우리 애기씨는 안 될 기요!"

하는데 그 순간 길상의 얼굴은 분노 때문에 하얗게 질렸다. 입술까지 하얗게 질리는 것이었다.

"꾸, 꿈에도 그, 그런 생각은."

"……."

"나, 나는 서희가 불쌍했을 뿐이야. 꾸, 꿈에도…… 아, 아버님이 굳이 혼사하시겠다면 나, 나는 죽어버릴 테야."

길상은 눈이 가늘어졌다. 차츰 차츰 더 가늘어졌다.

"도련님."

속삭이듯 길상은 물었다.

"정말로 그리 생각하시오?"

"정말이야."

"정녕 그렇소?"

"정녕!"

"그라믄 와 이런 짓을 하시오."

"너, 너무 예뻐서……."

길상의 얼굴은 다시 질렸다.

"죽어버릴 테야. 맹세하겠어. 나는 죽어버릴 테야!"

"……."

"아무도 용서할 수 없는 일이야. 난 그걸 알아. 어째 길상이는 그걸 몰라주니?"

"알겠소."

"나, 나, 난 말이야. 누이동생이 예, 예뻐서 말이야."

"알겠소."

병수에 비하면 거인같이 큰 길상이 어두운 눈빛으로 내려다보았다. 사색이 되었던 병수 얼굴에 핏기가 돌아왔다. 그 핏기는 얼굴에서 목덜미까지 번져서, 봄을 알기에는 아직 부드럽고 연약한 살갗이 해당화 꽃잎으로 물들었다.

"길상아."

"예."

"내 이 수치스런 짓 아, 아무에게도 말 안 하겠지?"

"예, 입 밖에 내지 않겠습니다."

병수는 흐느껴 울었다. 울음은 격렬해져서, 선잠 깬 아이같이 전신을 떨면서 눈물을 흘렸다. 길상은 연신 눈물을 흘리는 병수를 번쩍 안아 올리더니 대숲을 빠져나갔다. 그 인간의 따뜻한 체온을 병수는 아직 생생하게 느낀다. 병수는 망막 속에 비치는 과거의 풍경을 골똘히 바라보며 앉아 있었다. 그러는 사이사이에 관음보살은 가까이 다가왔다가는 사라지곤 했다.

'내가 옛날에 보았던 것은 최서희라는 계집아이가 아니었을 게야. 관음보살이었는지 몰라, 관음보살.'

병수는 마음속에서 막연하게 중얼거렸다.

'나는 한 여인을 그리워했던 것은 아니었을 게야. 관음보살을 향해서 절실하게 구원을 바랐을 것인지도 몰라.'

빛이라고는 한 줄기 찾아볼 수 없는 캄캄한 밤과도 같았던 그 시절, 사방은 나갈 곳 없는 절벽, 병수는 한숨을 내쉰다. 시궁창과도 같은 욕망과 생각만 해도 아득해지는 악행의 화신 같았던 부모, 그 핏줄, 그것에 맞먹는 추악한 자기 자신의 모습, 그것을 어떻게 부정할 수 있었으며 자신은 그것에 사로잡힌 포로가 아니었던가. 스스로 육신을 파괴하지 않고는, 영혼을 영원히 잠들게 하지 않고서는 그 운명에서 빠져나갈 수가 없었다. 죽으려고 몇 번인가 강물에 몸을 던졌던 일도 생각이 났다. 주막집 영산댁 얼굴이 떠올랐고 그의 양딸의 얼굴도 떠올랐다. 간절하게 간절하게 소망했던 것, 그것은 참된 것과 아름다움에 대한 그것이었다. 소망하는 것만으로 병수는 간신히 자신의 생명을 지탱할 수 있었다.

'그것이 없었던들 내가 어찌 살아남았으리.'

지난날의 풍경을 화첩같이, 화첩 한 장 한 장을 넘기듯 병수는 바라보고 있었다. 이제는 저주스럽지 않았다. 원망스럽지도 않았다. 불행했다는 생각도 없었다. 삶의 값어치를 그런 대로 하고 살았었다는 슬픔만 있었다. 병수는 겨우 몸을 일으켰다. 관음탱화를 바라본다. 그의 얼굴에 미소가 떠올랐다.

'길상형, 고맙소.'

사람의 가장 아름다운 영혼이 다가와서 병수의 손을 굳게 잡는 것 같았다. 그것은 길상의 손이었고 관음탱화는 길상의 그 영혼의 세계였다. 그리고 그의 소망의 세계였다.

법당에서 물러난 병수의 얼굴은 밝았고 희열에 차 있었다. 지감은 어디 갔는지 보이지 않았고 절마당에 남현과 휘가 서서 얘기를 하고 있었다. 휘가 달려왔다.

"선생님!"

"음, 왔어?"

"어서 방으로 드십시오. 오시느라 많이 피곤하실 긴데."

일봉이 와서 방을 안내해주었다.

"스님께서는?"

병수가 일봉에게 물었다.

"잠시 나가셨습니다."

일행은 방 안으로 들어갔다. 바람은 불고 있었으나 밝은 햇빛이 장지문을 통해 비쳐들어 온 방 안은 아늑하고 온화했다.

"선생님 절 받으십시오."

휘는 스승 앞에서 경건하게 절을 올린다.

"그간 어떻게 지내셨습니까."

오래간만에 만나게 된 스승의 얼굴을 살피며 휘가 물었다. 병수 얼굴에는 희열의 여운이 떠돌고 있었다. 환해 보였다.

'무슨 좋은 일이 있으실까?'

"나야 뭐 항상 그렇지. 자네는 살기가 어렵겠구나."

"아닙니다. 어려울 기이 뭐 있겠습니까. 밥은 먹고 사니께요."

병수는 잔잔한 눈빛으로 휘를 바라보았다.

"일손은 놓고 있겠지?"

"예."

"그러면 쓰나."

"엄두가 나지 않아서……."

"난리가 난다는 소문을 듣고 보리떡 서 말 치를 먹었는데 난다는 난리는 나지 않고 혼자, 독난리를 만났다는 속담이 있지."

서 말 치의 보리떡이란 보리 서 말을 주기로 하고 먹는 음식, 술이나 떡 같은 것.

"난리 중이라 해서, 다 산 것처럼 하던 일을 놓아버리면 안 돼. 가져갈 임자가 없더라도 손이 녹슬지 않게, 오히려 욕심이 없을 때, 산중에 나무가 없는 것도 아니니."

"목기막에서 그릇을 깎고 있긴 합니다만."

한동안 말이 없다가,

"자네 법당에 있는 관음탱화를 보았는가?"

하고 병수가 물었다.

"예."

"몇 번이나?"

"가끔 절에 내려오면은 보곤 했습니다."

"음 그래? 보고, 그래 무슨 생각을 했지?"

"감히 지가 무슨 생각을 할 수 있겠습니까."

"무슨 생각을 했다면 그건 거짓이야. 나이 좀 들면 생각을 하게 될 게다. 그런데 생각이 난 김에 얘기해두겠다만 자네는 기량과 모양은 그만하면 돼 있네."

"죄송합니다."

휘는 엉겁결에 머리를 조아리며 말했다. 병수는 그런 말을 처음 했기 때문이다.

"한데 가락과 장단이 없어."

"……?"

"가락과 장단이 무엇이겠나?"

"예……."

"그것은 움직이며 살아난다는 것일세. 기량과 모양은 열심히만 하면 대개 그쯤은 될 수 있어. 나뭇조각 쇠붙이가 다른 모습으로 태어난다는 것은 여느 사람들이 생각하는 만큼의 예삿일은 아니다. 그것에 가락이 있고 장단이 있으면 그래야만 명공(名工)일세. 절 처마 밑의 풍경 소리를 생각해보게."

휘에게는 어려운 내용이었다. 남현에게는 더더구나 어려운 말이었다. 병수는 두루마기 속에 손을 넣고 조끼 주머니 속에서 뭔가를 꺼내었다. 그것은 반지 몇 장을 접은 것이었다.

"받게."

하고 휘에게 내밀었다.

"예."

휘는 두 손으로 공손하게 받아든다. 그리고 펴본다. 그것은
도면 같은 것이었다.

"두었다가 나중에 보게."

"그러겠습니다."

"그래 집안은 두루 안녕하시고?"

"예."

"……."

"지가 불민하여 선생님을 뫼시지 못하고 죄송합니다. 전쟁
이라도 끝나면은 경주랑 그런 곳을 뫼시고 다녀야겠다, 생각
은 하고 있습니다. 이렇게 불각처 오시니 면목이 없고."

"그게 어디 자네 탓인가? 세상만 좋아지면 자네가 말하지
않아도 데려다 달라 하겠네."

"아버님 너무 편애하시는 거 아닙니까?"

남현의 말에 모두 웃는다.

"마음속으로는 짐 덜었다 생각할 텐데?"

"너무 심하신 말씀입니다."

"김휘도 그렇지. 날 데려 다닌다 하지만 따지고 보면 지 공
부하기 위해서, 아닌가?"

"선생님도, 뒤통수치실 줄도 아시누마요."

아들과 제자, 격의 없는 풍경이며 전에는 없었던 일이다.

저녁은 휘와 남현이 함께 먹었고 병수는 지감의 방에서 임명빈과 함께 세 사람이 저녁상을 받았다.

"소승이 언젠가 말한 적이 있었지요. 통영서 소목일에서는 대가인 조병수 씨, 이분은 임명빈 선생이오."

저녁을 들기 전에 지감이 소개를 했다. 병수는 임명빈에 대하여 아는 바가 없었지만 임명빈은 조병수의 근본을 알고 있었다. 부친 임덕구가 공노인하고 합작하여 조준구의 부정한 재산을 털어내게 했으며 최서희가 그 재산을 찾는 데 주도적 역할을 했으니, 말하자면 조준구가 이를 갈았던 임덕구는 임명빈의 부친이요 조준구는 조병수의 부친, 그러니 임명빈이 어색해지는 것은 무리가 아니었다.

어색해하며 서먹해하는 임명빈의 태도를 본 지감은 내심 당황했다. 지감은 조병수가 최참판댁 살림을 말아먹은 악당 조준구의 아들인 것을 물론 알고 있었다. 산송장이 되어 아들 집에서 단말마의 그 고통 속에서도 뉘우침이 없었던 노인의 그 음산한 외침, 기침 소리도 들은 바 있었다. 그러나 한말의 역관이던 임덕구가 조준구와 최서희 사이에서 깊은 관련을 갖고 있었다는 사실까지는 모르고 있었다. 임명빈이 어색해하는 것은 다만 병수가 불구의 몸이라는 그 점 때문일 거라는 생각에서 지감은 내심 당황했던 것이다. 병수도 그렇게 느꼈는지, 하기는 일상에서 노상 당하는 일이라 별로 개의치는 않는 것 같았다. 어색할 뿐만 아니라 임명빈은 몹시 우울해 보였다. 그것은 오늘만의 일은 아니었다. 아들 희재가 학병으로 끌려갔다는 소식을 들은 후부터 임명빈은 사람이 달라지기 시작했다. 마치 자신이 죄인인 양, 그리고 아이가 뒤꽁무니를 빼듯 서울로 돌아갈 생각을 도통 하지 않았다. 뿐만 아니라 산에서도 혼자 있기를 원하는 듯했으며 남 보기가 부끄러운, 늘 그런 표정이었다. 병세가 악화한 것은 아니었지만 지나친 자책감은 어울려도 주변을 매우 불편하게 했다.

"서울 토박이 세 사람이 지리산 중턱에서 이리 만나는 것도 예사 인연은 아닐 게요."

지감의 어투 역시 어색하고 부자연스러웠다.

"저야 뭐 토박이라 할 수도 없지요. 아주 어릴 적에 내려와서는 서울이라곤 가본 적이 없으니까, 생각나는 것은 제가 거처했던 방밖에는."

병수의 억양 없는 말이었다.

"임교장."

지감이 불렀다.

"네."

"훌훌 털어버리시오."

"무엇을 말입니까?"

"아들 빼앗긴 사람이 어디 임교장 혼자겠소."

쓸데없는 말이었지만 지감은 의도적으로 말했다. 그의 의

도는 임명빈이나 조병수도 알아차렸다. 그러니 더 어색해질
수밖에 없었다.

"빼앗겼다 하시니 듣기는 좋소이다. 애비 노릇도 못한 주제
에."

임명빈은 첫 웃음을 웃었다.

"임교장 말씀이 그러하다면 여긴 아닌 게 아니라 병신들만
모였소이다."

병신이라는 말을 강조한다. 정면을 깨고 들어가자는 심산
이었던 것이다.

"뭔가 스님께서는 오해를 하시는 모양이오."

"네? 오해를 하다니요?"

"그냥 덮어두려 했는데, 실은 조형한테는 빚진 게 있어서
그렇소."

지감과 병수가 마주 본다. 어리둥절해하면서,

"저의 선친이, 최참판댁하고는 깊은 인연이 있었소. 조씨
댁을 망하게 한 것은, 물론 그것은 온당한 재물은 아니었지만
저의 선친이 깊이 관련이 되어 있었소. 해서 어찌 되었건 불시
에 당사자를 만나고 보니."

"하핫! 그리된 일이구면."

지감은 손뼉을 탁! 치며 크게 웃었다.

"걱정 마시오. 조형한테 미안해할 것 한 품 없소이다."

그러나 병수는 이지러진 미소를 띠었다.

"지감스님 말씀이 옳소. 남부끄러운 일이나 그건 아주 잘하신 일이지요."

백번 천번 잘한 일이라 생각했지만 병수는 부친을 비난해야 하는 일이 부끄러웠다.

산사에서 조병수 부자는 하룻밤을 묵었다. 아침을 먹고 떠날 채비를 하는 것을 본 지감이 놀라며 말리었다.

"해도사가 오늘쯤 돌아올 텐데 만나보고 가시오."

"남현이 사정이 그렇소. 오늘 돌아가기로 돼 있어서."

"그럼 남현이만 보내시오. 김휘도 있고 하니 돌아가는 것 염려 없어요."

"휘가 함부로 나다녀 되겠소?"

"해도사도 있질 않소."

"또 보지요. 한번 길을 내놨으니 더러 볼 겁니다."

병수의 얼굴은 아주 밝았다. 오늘 떠나는 것을 미리 알았던지 휘와 영선이 숨을 할딱거리며 내려왔다.

"이렇게 돌아가시니 정말 볼 낯이 없습니다."

영선이 몹시 아쉬워하며 말했다. 그리고 토종꿀이 들어 있는 병을 남현에게 내밀었다.

"이런 것은 뭣하러."

병수가 꾸짖듯 말했다. 일행이 산문을 나서려 했을 때 임명빈이 그곳에 서 있었다.

"어제는 실례가 많았소이다."

하고 인사를 했다.

"아닙니다. 이렇게 만나는 것도 인연인 듯싶습니다. 한번 통영으로 놀러 오십시오. 걸거적거릴 일은 하낫도 없으니까요."

"그러지요."

산문에서 명빈과는 헤어지고 지감과 휘와 영선은 나루터까지 병수를 전송하기 위하여 산을 내려온다. 비가 내릴 듯 바람이 어제 불더니 비는 아니 오고 하늘은 맑았다.

병수 부자는 떠났다. 병수를 보낸 지감은 평상시와 같은 상태로 돌아오는 데 상당한 시간이 필요했다. 일종의 정체상태라고나 할까, 병수 부자와 함께 담소하던 시간이 그냥 멎은 것처럼, 그리고 지감은 자신이 승복을 입기 전의 속인 시절로 돌아간 듯한 느낌이 들었던 것이다. 병수나 남현에게 나는 중이라고 재차 강조했음에도 불구하고. 이런 느낌은 이번이 처음은 아니었다. 아주 어렸을 적에 산문으로 들어와 중이 된 것도 아니었고 이렇다 할 수도 생활을 거친 것도 아니었으며 무르익은 세월을 모조리 노변에다 낭비하고, 그것이 수도 생활이었다 할 수 있을지 모르나, 왜냐하면 진작부터 집을 버렸고 끝없는 물음의 행로, 탁발 지경에 이른 것도 한두 번이 아니었으니까, 어쨌거나 과거지사야 여하튼 지감이 불경에 밝다는 것, 그것이 뒤늦은 그의 출가에 큰 힘인 것만은 틀림이 없다. 출가한 것을 후회한 적은 없었다. 그러나 지감은 인생의 종착역을 향해 불문이라는 기차를 타지는 않았는가, 그런 묘한 자책 같은 것이 이따금 마음을 어지럽힐 때가 있었다. 도피하듯이, 그런 마음은 전혀 아니었다고 명쾌하게 대답할 수 없었기 때문이다. 그리고 마음속에 아직 물음은 남아 있었다. 하기는 지감의 삶 자체가 시작에서부터 그러했다. 젊은 날 비록 삭발은 아니했으나 사찰을 찾아 전전했을 무렵, 그것은 분명 도피적 행각이었고 세상에서 자기 자신을 묻어버리고 싶었기 때문이다. 출가하는 여느 경우도 대개는 비슷한 그런 점이 있었겠지만 그때 지감에게는 오기가 살아 있어서 확신 없이 투신할 수 없었다. 그런데 지금은 어떠한가? 그 확신이라는 것이 맑게 개었다가는 뿌옇게 흐려지곤 하는 것이다. 어쩌다가 늙은 공양주나 특히 영선네한테서 지감은 진여(眞如)의 법성(法性)을 볼 때가 있었다. 자기 자신에게도 아직 지적(知的) 허영이 쥐꼬리만큼 남아 있어서 그것이 신심을 저해한다고 생각하지만 불종(佛種)도 없이 천자문 외듯 대충 공부하고 천년이 넘는 세월, 쌓이고 쌓인 불지식을 귀동냥하고 그것으로 혓바닥 세 치, 마음을 꾸며내어 선지식(善知識)인 양, 그런 부류에서 지감은 현세적 욕망의 어두운 눈빛을 보아왔다. 지감은 그들보다 금어승(金魚僧)이 좋았고 절 짓는 목수가 좋았다. 그래서 그는 병수를 사랑했으며 길상을 존경했는지 모른다.

법당에서 예불과 독경을 끝낸 지감은 처소로 돌아와서 가사를 벗어놓고 혼자 뜨거운 작설차 한 잔을 마신다. 열어놓은 방문 밖 뜨락에는 흐드러지게 피었던 황매가 그새 완전히 조락하여 꽃들이 갈색으로 말라붙은 초라한 모습을 드러내고 있었다. 대신 붓꽃의 그 진보랏빛이 한창이었다. 계절에 대한 지감의 감각이 무디어지기는 꽤 오래된 일이지만 또한 산속의 계절은 빠르게 지나간다.

'불구자가 아니었다면 나는 꽃을 찾아 날아다니는 나비같이 살았을 것입니다. 화려한 날개를 뽐내고 꿀의 단맛에 취했을 것이며 세속적인 거짓과 허무를 모르고 살았을 것입니다. 내 이 불구의 몸은 나를 겸손하게 했고 겉보다 속을 그리워하게 했지요. 모든 것과 더불어 살고 싶었습니다. 그러나 결국 나는 물과 더불어 살게 되었고 그리움 슬픔 기쁨까지 그 나뭇결에 위탁한 셈이지요. 그리고 보면 내 시간이 그리 허술했다 할 수 없고 허허헛허허…… 내 자랑이 지나쳤습니까?'

병수의 말을 되새기다가 지감은 혼자 빙그레 웃는다.

'나무 판때기도 그와 같이 섬기고 자신을 위탁하는데 어이 부처를 섬기지 않고 나를 위탁 못할쏜가 허허헛헛.'

마음속으로 중얼거리는데 별안간, 느닷없이 하나의 영상이 눈앞에 떠올랐다. 전혀 병수와는 상관이 없고 그럴 만한 계기도 없이 나타난 영상이었다. 초여름인가? 어느 절이었는지 그것도 기억에 뚜렷하지 않았다. 아주 오래된 옛날의 기억인 것 같았다. 소복의 여인이 예닐곱쯤 되는 사내아이의 손을 잡고 절마당을 지나서 내리막길을 내려오는데 빨간 열매가 소담스럽게 매달린 앵두나무 옆에서 아이는 걸음을 멈추었다. 여인이 아이를 굽어보며 뭐라 말을 하는 것 같았다. 그때 불사가 있었던지 장삼에 가사를 걸친 중늙은 중이 지나가다가 앵두나무 앞에서 멈추어 선 모자를 보았다. 그는 다가가서 앵두나무 한 가지를 꺾어서 아이 손에 쥐여주었다. 해는 서산마루에 떨어지고 있었는데 아이와 여인과 중늙은 중은 환하게 웃었다. 세 사람의 웃는 얼굴은 꽃과 같았고 작은 새들의 우짖음 같았고 석양에 흔들리는 신록과 같았다.

지감이 다시 찻잔을 들어 올리는데,

"스님! 스님!"

일봉의 숨넘어가는 듯한 목청이 정적을 깬다.

"스님!"

"왜 이리 소란스러우냐?"

일봉은 그때야 비로소 지감 앞에 모습을 나타내었다.

"애기가, 저 애기가요."

"애기?"

"애기가, 애기가 다쳤습니다."

일봉은 손등으로 이마의 땀을 닦으며 몹시 헐떡거렸다. 급히 달려오느라 그런 것 같았다.

"다치다니?"

"나, 남희가 아이를 업고 암자 근처를 돌아다니다가 언덕에서 굴러떨어졌다 그럽니다."

"그래서?"

"보살님들이 아이를 안고 마을로 내려갔습니다."

지감의 낯빛이 다소 달라진다.

"얼마나 다쳤는데? 위독한 거냐?"

"모, 모르겠습니다."

"그러면 남희는?"

"기절을 해서 나자빠진 것을."

지감은 고개를 흔들었다.

"선일이 외할머니가 암자로 가셨습니다."

"다른 데 다친 곳은 없고?"

"그거는 모르지요. 다친 것 같지는 않았고 애기 때문에 놀란 것 같았습니다."

"알았다. 가서 너 할 일이나 해라."

"예."

지감은 일봉의 뒷모습을 바라보며,

'거 참 이상도 하지.'

방금 느닷없이 떠올랐던 앵두나무와 아이, 그 정경, 그것을 바라보는데 아이가 부상했다는 소식이 날아오다니 왠지 예사롭지 않은 생각이 들었던 것이다.

'도대체 무슨 징조일까?'

지감은 지연이 기르고 있는 아이를 한 번도 안아준 적이 없었다. 암자에 누가 버린지도 모르게 버려졌던 아이. 기르라! 싫다는 것을 우격다짐한 사람은 지감 자신이었다. 다행히 지연과 소사는, 그 노처녀 두 사람은 아이를 사랑하게 되었고 기르는 기쁨을 누리게 되었지만 지감은 도통 관심이 없었고 아무튼 암자 쪽은 골칫거리였다. 게다가 요즘에는 남희까지 합세하여 지감을 어지럽게 했다. 어떤 면에서는 지연이나 소사, 그리고 남희는 정상이라 할 수가 없었기 때문이다.

한편 영선네는 암자로 달려갔다. 남희는 암자 마루에 늘어지듯 누워 있었다. 아무도 없이 혼자서, 누운 채 하늘을 바라보고 있었다.

"학생!"

남희는 빛이라고는 없어 보이는, 마치 유리구슬 같은 눈동자를 옮기며 영선네를 올려다보았다.

"다른 데 다친 곳은 없나?"

"없소."

"걸을 만해?"

"힘이 하낫도 없어요. 일어설 수가 없어요."

"그라믄 내 등에 업히라."

남희는 고개를 흔들었다.

"아니오. 애기 돌아올 때까지 여기 있을래요."

"언제 올지 모리는데 여기 혼자 누워 있으믄 우짜노? 절로 가자."

"애기는 어찌 되었을까요?"

하다가 얼굴을 돌리며,

"나는 살고 싶지가 않소."

"무신 그런 말을 하노. 젊은 아이가 할 말은 아니거마는."

"애기가 만일에, 애기가 말입니다. 어떻게 된다면 나도 죽
어야 해요. 나는 죽을 겁니다."

"걱정 마라. 아무 일 없을 기다. 명은 관대로 거두어 가시지
는 않는다. 자아 절로 가자."

영선네는 남희를 일으켜 앉힌다.

"내 등에 업히라."

축 늘어지듯, 한 마리 짐승같이 남희는 영선네 등에 업혔
다. 생각보다 남희의 몸무게는 가벼웠다.

절까지 데려와 방에 뉘는데 얼른 베개를 꺼내어 머리맡에
찔러넣으며 늙은 공양주는,

"나무관세음보살, 일진이 나빠서 그렇다. 아까 내가 못 가
게 하는 건데."

하고 말했다. 영선네는 물을 한 그릇 떠 와서 남희를 안아 일
으켜 먹이는데 사발을 든 영선네 손을 감싸 쥐듯 하는 남희
팔목에 피멍이 들어 있었다.

"어디 보자."

사발을 내려놓고 남희 옷소매를 걷어 올리며 팔을 본 영선네,

"아이고, 온통 피멍이 들었네."

하자 공양주는,

"어째 꿈자리가 사납더라니, 그래도 이만 되기 다행이다."

혀를 차는데,

"애기가 걱정이오."

영선네는 남희를 뉘면서 걱정을 한다.

"어린것들이사 사람이 키우나? 영신이 받들어서 크는 거다. 몽치가 큰 거를 보믄, 참말이제, 인력으로 된 기이 아닌 기라. 그 아이가 사람 구실을 하니 참말로 부처님 은덕이 얼매나 큰지."

영선네는 아무 대꾸 없이 밖으로 나갔다.

"남아."

"예."

"걱정 마라. 잘될 기다. 암자에 버린 애기나 또 니가 절에 와서 있게 된 일이나 그게 다 전생의 인연 아니겠나? 부처님 기신 곳에 온 것도 그렇고 무신 까닭이 다 있일 기다."

공양주는 위로하기 위해서라기보다 그렇게 믿고 있는 것 같았다.

그러나 걱정 말라는 아이는 밤이 되어도 돌아오지 않았다.

한밤중이 되어도 아이를 안고 마을로 내려갔다는 사람들은 돌아오지 않았다. 어둠 속에 묻힌 산은 말이 없고, 다만 소쩍새만 울었다. 모두가 깊이 잠들었을 시간 불을 켜놓고 영선네는 염주를 만지작거리며 염불을 뇌고 공양주는 방금 잠이 들었다. 남희는 두 무릎을 세우고 앉아서 잠이 들었는지 무릎 위에 얼굴을 얹은 채 꼼짝하지 않고 있었다.

"나무관세음보살, 나무관세음보살, 나무관세음보살."

염주알을 넘기면서 영선네는 흐트러지지 않고 염불을 한다.

"아아."

남희가 신음 소리를 내었다. 염불 소리를 끊고 영선네는 남희를 쳐다본다. 꼼짝하지 않는다.

'우찌 되었길래 사람들이 돌아오지 않을꼬?'

근심을 털어버릴 수가 없었다.

"아아 으흐흐흣흣……."

별안간 남희는 신음하고 흐느껴 운다. 얼굴을 치켜들고 두 손으로 얼굴을 가린 채 절망적으로 운다. 사건이 나고 처음 울음을 터뜨린 것이다.

"학생."

영선네는 남희에게 다가가 앉으며 우는 그의 등을 두드린다.

"괜찮을 기다, 울지 마라."

남희는 소리를 죽이며 운다.

'에미 애비는 다 어디 가고 철없는 것이 산속에 혼자 와서 이런 일을 겪어야 하노. 정서방이 알믄은 얼매나 가심이 아플 꼬. 할매까지 눈이 멀었다 하니…… 나라가 머길래 애참한 이런 일이, 나무관세음보살, 굽어살피소서.'

만나본 적은 없지만 영선네는 남희의 생모 양을례에 관한 일은 소상하게 알고 있었다. 정석의 입에서는 한마디 말도 없었지만 격할 때마다 내뱉는 관수의 말에서 영선네는 사건의 전말을 알게 된 것이다.

"이거를 그만 직이비릴까? 마묵 겉은 제집!"

욕을 하기도 했으며,

"형사 놈하고 붙어서 지 남편을 잡을라 카는 천하에 무도한 제집년을 살리놓다니 말이나 되는 일가. 아무래도 이년을 요절내야겠다!"

벼르기도 했던 것이다. 석이가 결국 만주로 가지 않으면 안 되게 되었을 때 관수는 더욱더 이를 갈곤 했던 것이다. 양을례는 어떤 기생 때문에 눈이 뒤집어져서 그랬다고는 하나, 영선네로서는 자식을 버리고 간 여자의 마음을 도저히 이해할 수 없었다.

'남편은 죽으믄 하늘의 별이 보이지만 자식은 죽으믄 하늘의 별이 안 보인다 카는데 사람우 맘도 각자가 모두 다르이…… 이 불쌍한 아아를 우짜믄 좋노.'

영선네는 다시 염불을 시작한다. 부처님한테 빌어보는 이외 달리 무슨 방법이 있으랴 싶었던 것이다. 소쩍새는 지치지도 않고 울고 있었다.

"하, 할무이."

울음을 그친 남희는 제 손등을 내려다보며 중얼거렸다. 산에 와서 처음 불러보는 할머니였다. 영선네는 가슴이 뜨끔했다. 눈이 멀었다는 할머니의 소식을 남희는 모르고 있었기 때문이다.

"할머니가 보고 싶어요."

"한분 오시겠지."

올 수 없다는 말은 할 수가 없었다.

"아니오, 안 오실 겁니다……. 안 오실 거예요."

"와 안 오시."

"지가, 지가 할머니를 배반했으니까 오시지 않을 겁니다."

내려다보고 있는 손등에 눈물방울이 떨어진다.

"우찌 자식이 부모를 배반하노. 자식은 부모한테 무신 짓을 해도 그거는 배반이 아니다."

"아니오. 그거는, 그, 그렇지가 않소. 엄마가 왔을 때 할머니 몰래 달아났고 할머니가 부산으로 절 찾아왔을 때도 지는 숨어버렸으니까요."

"그라믄 니가 엄니를 따라갔더란 말가?"

영선네는 놀란다.

"예, 할머니 가슴에다 못을 박아놓고, 오빠도 다시 나를 안 볼라 했을 겁니다. 지가 벌을 받은 거지요."

손등 위에 눈물이 후두둑후두둑 떨어졌다.

'어매한테 가고 접은 거사 정한 이치 아닌가. 아무리 나쁜 어매라도 윤기(倫紀)가 있는데.'

"상급학교에도 보내준다 카고 뭣이든 다 해주겠다 하고…… 엄마 옆에 있고 싶었고."

남희로서는 처음 털어놓는 말이었다. 그러나 내막을 속속들이 말할 수 없었고 남희는 스스로 놀란 듯 입을 다물어버린다. 그리고 영선네도 더 이상 물어보지 않았다.

날이 새는 모양이다. 일봉이 기동하는 기척이 났고 새소리가 유난하게 들려왔다. 그러나 공양주는 깊은 잠에 빠져 있었다. 영선네는 밖으로 나갔다. 법당 쪽에서 지감의 독경 소리가 들려왔다. 여느 때보다 이른 편이었다. 영선네는 세수를 하고 산을 향해 절을 한다.

지연이와 소사가 아이를 안고 산으로 돌아온 것은 거의 점심때가 가까웠을 무렵이었다.

그 얘기는 나루터에서 만나 함께 온 강쇠와 해도사가 전해 준 것이었다. 처음 엉성한 모습으로 절마당에 들어선 두 사내는 영선네를 보자 놀랐다.

"사부인 언제 오십니까?"

반색을 하며 강쇠가 물었다.

"예 저기 그저께 왔습니다."

"다니러 오십니까?"

"아니 차차 말씀디리겠십니다."

강쇠는 유심히 영선네 얼굴을 살피다가 목소리를 낮추어 다시 물었다.

"서울서 무신 안 좋은 일이라도."

"아닙니다. 그런 일 없십니다."

뒷걸음질치듯 거부감을 나타내는 기색이라 강쇠는 더 이상 묻지 않았다. 대신 해도사가,

"암자에서 크는 아이가 어찌 됐습니까?"

하고 물었다.

"예?"

"나루터에서 만나 함께 왔는데 읍내 병원에 갔다 온다 하더
군요."

"그, 그라믄 돌아왔십니까?"

"아일 안고 갔소. 본래 우리들한테는 말을 안 하는 보살들
이라, 병원에 갔다 온다는 얘기도 겨우 작은 보살이 입을 떼
어서 알았지만."

하다가,

"지감께서 기다릴 텐데 김장사 그럼 가봅시다. 자세한 얘기
는 두었다 하고."

하며 등을 밀다시피 했다.

"그라믄 가보겠십니다."

그들은 종종걸음으로 지감의 처소를 향해 사라졌다.

"아이를 안고 왔다 카제?"

공양주가 나서며 물었다.

"야."

"그라믄 별일 아닌갑네."

영선네는 일봉을 불렀다. 그리고 빨리 암자에 다녀오라고
이른다.

"그래 색히 갔다 오니라."

공양주도 거들었다. 일봉이도 궁금했던 참이어서 쏜살같이 뛰어 내려간다.

"읍내 병원으로 갔다믄 못 왔지. 떠날 때 벌써 해나절이 지나 있었인께."

"아무튼 왔다니께 한시름 놨십니다. 별놈의 생각이 다 들더마는."

"와 아니라. 만일에 잘못됐다믄 그 원망이 오죽하겠나. 처음에사 출가도 안 한 몸으로 아이를 우찌 기르느냐고 펄쩍펄쩍 뛰더마는, 이자는 아이 없인 못 살겠다고 흠빡 빠져 있으니, 성미가 보통이가."

"……."

"우리 시님도 그 동생 때문에, 상대를 안 하시인께 그렇지. 잊을 만하믄 전에 기시던 일진스님 간 곳을 말하라 하며 바짝바짝 쪼는 통에 학을 떼지, 불문에 드신 분을 찾아서 우짤 기든고? 한편 생각하믄 불쌍하기도 하지마는, 중도 아니고 속도 아니고 남 보기도 딱하제."

영선네는 공양주의 말을 귓가에 흘려 들으면서 일봉이 내려간 길만 쳐다보고 있었다.

"학생 아아는 꼼짝하지도 않네. 먹성이 좋아서 밥은 잘 먹더마는 아침도 굶고."

"놀라서 그럴 깁니다."

"교장 선생도 아침을 안 드시고 우째 절 안이 어수선하다.

낯선 사람만 보아도 가슴이 섬뜩섬뜩하고, 밥 얻으러 오는 젊은 사람들이 한둘이라야제."

이윽고 일봉이 헐레벌떡 달려왔다.

"애기는 우떻더노?"

서두르며 영선네가 물었다. 공양주도 일봉의 말을 기다린다.

"팔에다가 뭐를 잔뜩 붙여가지고 왔데요."

"그거는 와?"

"팔이 뿌러졌다는 겁니다."

"우짜끼나! 저 일을 우짜노. 병신이 됐고나."

공양주가 질겁을 한다.

"뼈를 붙였으니까 괜찮을 거라 하던데요?"

"뼈를 붙여?"

"야, 뼈가 붙을 동안 움직이지 못하게 팔에다가 밀가루 반죽 같은 것을 붙여놨더마요."

"그 정도니 다행이다. 다른 데는 괜찮다 카더나?"

영선네가 물었다.

"벙싯벙싯 웃는 거를 보아서는 별 탈 없는 것 같았습니다. 도리어 두 보살이 다 죽게 됐어요."

"용을 써서 그랬을 기다."

공양주가 말했고 영선네는 비로소 피곤이 몰려온 듯 선 자리에 주질러 앉는다.

"큰 보살이 막 화를 내면서."

일봉은 목소리를 낮추었다.

"남희를 암자에 보내지 말라, 그러는 거 아니겠어요?"

"누가 보내서 가나? 지 발 가지고 지가 가는데 누가 말리노, 운수불길하믄 그런 일도 있일 수 있는 일이제. 정말 별시럽다." 하다가 공양주는 안으로 들어간다. 거처방까지 온 공양주는,

"남아."

하고 방을 향해 불렀다. 그러나 대답이 없었다.

"남아."

그래도 대답이 없었다. 공양주는 방문을 열고 들어간다. 남희는 새우처럼 옹그린 자세로 깊이 잠들어 있었다.

"야아야 남아, 애기는 괜찮단다. 일어나거라."

남희는 죽은 듯 움직이지 않았다.

"일어나서 밥 묵고 정신 차리야제. 어제 저녁도 굶고 아침도 굶고, 젊은 아이가 이리 누워 있이믄 되겠나?"

어깨에 손을 대고 흔들려는데 순간 남희는 전기라도 오른 것처럼 몸을 부르르 떨었다.

"와 이리 놀라노?"

공양주도 덩달아 놀란다. 그러나 남희는 천천히 몸을 일으켜 앉았다. 별로 좋아하거나 안도하는 기색도 아니었고 공양주를 흐릿한 눈빛으로 바라본다. 아이의 일 따위는 까맣게 잊은 듯한 그런 표정이다.

"정신이 들게 나가서 낯이나 씻어라. 사람이란 어디를 가든

지 간에 재발라야 하네라. 니를 보고 있이믄 좀 답답다."

남희는 밖으로 나왔다. 항상 보는 것이었지만 사방이 산이었다. 산 너머 산, 또 그 너머가 산이었다. 남희는 하염없이 산을 바라본다.

"할머니."

입술을 달싹거리며 나지막하게 불러본다. 갈 곳이 없어 산에 있다는 암자의 소사 말이 생각났다. 그의 상전 지연도 그런 말을 했다. 남희는 자기 자신도 갈 곳이 없어 이곳에 있는 것이란 생각을 한다. 첩첩산중, 남희는 갈 곳이 없는 것을 새삼 절감한다.

한편 강쇠와 해도사는 지감과 함께 얘기를 하고 있었다.

"거동을 하기는 하는데 탈병하기는 어려울 것 같았고 병 때문에 살림도 거덜이 난 모양이오."

해도사는 입맛 쓰다는 듯 말했다.

"머 본시 쌓아놓고 살던 살림도 아니거마는."

강쇠의 말이었다.

두 사람은 구례의 윤필구 병문안을 갔다가 돌아온 길이었다. 병문안 이외의 목적이 없었던 것은 아니었다. 형무소에 수감될 것을 예상하고 길상이 그동안 존속해왔던 조직을 일단 해산했는데 작금의 사정을 보아 그 조직을 되살려보자는 의견이 모아져서 두 사람은 일종의 시행(試行)이라고나 할까, 구례의 윤필구 병문안이라는 형식으로 가본 것인데 남원의 길막동과 조막손이 손가의 아들 손태산도 만나보고 오는 길이었다. 야심에 울울창창해 있는 이범호가 조직을 되살릴 것을 열망하고 또 역설해온 것은 사실이다. 그러나 그의 의견을 존중하고 찬동해서 의견이 모아진 것은 결코 아니었다. 김강쇠와 장연학을 제외하면 해도사나 소지감은 어떤 면에서는 객원이라 할 수도 있었고 이범호는 더더구나 전혀 다른 바닥에서 굴러들어온 화약과도 같은 존재였으니, 그리고 보면 오십 년 가까운 세월이 흘렀는데 처음 김환이 동학 잔당을 규합하여 지리산에 근거를 두었던 이 조직—그새 참 많은 사람들이 세상을 하직했으며 또는 떠나갔다. 조직의 성격도 많이 변했다. 그러나 간신히 기둥 구실을 하고 있는 김강쇠나 장연학은 말할 것도 없고 나머지 사람들 역시 산전수전 다 겪은, 녹록한 사람들은 아니었다. 이범호의 속뜻을 모르는 바도 아니었으며 그의 이론에 흔들릴 사람들도 아니었다. 그러나 산속의 사정은 급박했다.

산속에 은신한 결사적인 청년들을 모아서 일제의 대항 세력으로, 또 앞날을 위하여 사회주의 혁명의 기층 세력으로 무장하게 하는 것이 이범호의 조급한 희망이었다. 물론 사촌 형이범준의 지시이기는 했지만, 그러나 일제에 대한 대항 세력이든 장래에 있을 혁명에 대비하는 세력이든 그 어느 것이든 투쟁적 색채가 강렬한 데 비하여 해도사나 김강쇠 쪽은 이범호를 견제하면서 어디까지나 자구책의 한계를 넘어서는 안 된다는 생각들이었다. 그러니까 이범호를 혈기 넘치는 만용으로 보는 것이며 궁극의 목적은 독립인 만큼 일제의 패망을 숨죽이며 기다리는 것이 현명하고 그때까지 젊은이들을 살아남게 하자는 의견인 것이다. 식량이 들어올 수 있는 여러 개 통로를 확보하자는 것이며 그러기 위해서는 지리산 둘레에 산재해 있는 지난날 조직에 속했던 사람들을 활용하자는 것이었다. 일이 이렇게 되는 데는 장연학의 적극적인 노력이 있었기 때문이다. 그는 최서희를 설득했다. 실은 설득했다기보다 의외로 쉽게 장연학의 권유를 서희는 받아들인 것이다. 만사에 의욕을 잃고 있었던 서희는 옛날과 같이 앞뒤를 재가며 현명한 판단에 의해서가 아니었다. 그는 머리로 이성으로서가 아닌 감정으로, 심장으로 장연학의 말을 수용했다. 이미 자금을 내어놓는 데도 이력이 나 있었지만 서희는 윤국이를 생각했고 윤국의 무사귀환에 소망을 걸었던 것이다. 그것은 부처에게 건 소망 같은 것이기도 했다. 산속의 수많은 청년들을 돕는 만큼 내 아들 윤국이를 지켜달라는 그런 기분이었던 것이다. 전화(戰火) 밑에서 재산이 무슨 소용이랴…… 하는 생각도 있었다.

"징용을 피해온 사람이야 할 수 없으나 학병 피해온 청년들은 그래도 밥술이나 먹는 집안 자식이니."

"그래서요?"

지감은 해도사의 얼굴을 빤히 쳐다본다.

"지감께서도 생각해보시오. 최참판댁에서 도와는 주신다지

144

만 무슨 수로 다 먹여 살리겠소?"

해도사는 역정을 내듯 말했다.

"그러니 묘안이라도 있는가 묻질 않소."

"현재로서는 밥술 먹는 집안과 산에 피신해온 그들 자식과의 접근은 바로 자살행위요. 뿐이겠소? 다른 사람들한테까지 화근이 미칠 거요."

"그렇지요."

지감은 맞장구를 쳤고 강쇠는 감질이 난 듯 엉덩이를 들고 무릎을 세워 앉으면서,

"답답이, 뜸은 그만 딜이고, 그놈의 말버릇 땜에 성급한 놈 숨넘어가겠소. 탁 까놓고 말하소."

하고 말했다.

"말하자면 우리 쪽에서 다리가 되어주면 어떨까 싶어서, 하루 이틀에 끝날 일도 아니고 보면."

"나는 또 무신 대단한 국량이라도 내놓는 줄 알았제. 그 일이야 나도 생각해보았소."

강쇠 말을 해도사는 못 들은 척하며,

"넉넉한 집안에서 자식 하나 살리는 데 선심 좀 썼기로, 안 그렇소?"

지감을 향해 말했다.

"그러니 알기 쉽게 말을 하자면 소승더러 탁발을 하라는 거고 김장사는 체장사를, 해도사는 돌팔이 점쟁이, 그렇게 된다

는 얘기 아니겠소?"

"어지간히 감 잡네, 허허헛헛……."

"제에기랄! 내다 내다 죽을 꾀를 내누마. 그럴 바에야 산에 불질러 강냉이나 심어 묵지."

물론 공연히 해본 강쇠의 말이었다.

"그러면 만난 사람들은 뭐라 하던가요?"

"윤필구야 뭐, 의논할 처지도 아니고 제 몸 하나 간수 못 하는 형편인께, 다른 사람들이야 이쪽에서 내는 안(案)대로 할 기구마."

강쇠는 신중해지며 말했다.

"장서방하고도 의논을 해야겠지만, 우선 양식 나르는 통로를 각각 다르게 하고 그 정해진 자리에 가서 양식을 가져오면 되는데 양쪽이 다 밤에 일을 해야 하고."

"양식은 구할 수 있겠소?"

"도부꾼들이 촌에 와서 곡식을 구해다가 도시에 가서 푸는 것을 보면, 돈이 있으면 곡식이야 왜 없겠소. 하여간 그러기 위해서는 각각 조(組)를 짜야 할 게요. 우리가 뜻한 대로 될지 안 될지 그건 알 수 없는 일이나, 어쩌겠소? 내친 걸음이니 일 벌일 수밖에."

"제에기랄! 큰 엉덩이 짊어졌지 머, 이거는 왜놈 배애지 쑤시 직이는 것보다 어럽은 일이라요. 얼라한테 암죽 믹이는 꼴 이제. 그것도 어디 한둘이라야."

"한둘이면 이럴 필요가 있겠소? 내 산막에다 뫼셔놓겠소. 하나 마나의 얘기, 나이 드니까 등 펴고 누울 자리만 보이는 모양이오."

"내 말 사돈이 하네. 함께 가믄서 내내 불평한 사람이 누군데?"

"하긴 일이 난감하게 됐으니, 길게 끌까 걱정이오."

한동안 침묵이 흘렀다.

"하여간 우리는 이 정도로 하고 장서방이 내는 안을 기다려봅시다."

강쇠가 말했다.

"물론 그래야겠지만……."

해도사가 중얼거렸다.

"좋은 시절 다 갔제. 빌어묵을 놈의 세상, 젊은 놈들이 운신을 못하니, 이제 늙고 병들고 아닌 게 아니라 일 치기가 무섭구마."

"십여 년 전만 해도."

무슨 생각이 났는지 해도사는 말을 잘라놓고 실실 웃었다.

"남원 길노인댁에서 생신잔치가 있었을 때, 지감 기억나지 않소?"

지감도 픽 웃었다. 강쇠는 들었던 엉덩이를 놓고 솥뚜껑 같은 손으로 얼굴을 쓸었다.

"또 되잖은 말 할라꼬 그러는 모앵인데."

"김장사 그때 기운 다 어디다가 버렸소? 송형의 얼굴을 묵사발로 만들었던 김장사 아니었소? 허허헛헛……."

"지나간 일은 와 들먹이는고?"

강쇠는 그때 얘기를 꺼내기만 하면 지감 앞에서는 풀이 죽는다. 매미 소리도 뜸했고 흙담을 타고 올라갔다가 늘어진 호박 넝쿨은 잎이 성글었고 누릿누릿했던 늦여름, 길노인의 생신을 빌미 삼아 면면들이 방 가득하게 모였던 그때, 출옥하여 돌아올 길상을 대비하여 조직을 강화하려는 모임이었다. 그때만 해도 모두 건장한 장정들이었고 두주를 불사했다. 윤필구도 참석했으며, 신참으로 해도사와 지감도 합석했던 것이다. 해도사는 산에서 익히 알고 있었으나 소지감은 안면밖에 없었던 강쇠가 돌연 판을 깨고 나섰다. 밖으로 송관수를 불러낸 강쇠는 솥뚜껑 같은 손바닥으로 관수의 귀싸대기를 갈겼다.

"이 백정 놈아!"

하면서, 결국 어디 개뼈다귀인지도 모르는 지감을 송관수 독단으로 참석시켰다는 데 대한 노여움이었던 것이다. 그때 송관수는 저항하지 않고 강쇠에게 맞기만 했다.

여느 때와는 다르게 해도사는 강쇠를 난처하게 골탕먹이는 얘기를 길게 늘어놓지는 않았다. 말하자면 흥이 없어진 것이다. 그들은 자신도 모르게 어느덧 무거운 침묵 속으로 빠져들고 있었다.

객담이나 하고 너스레를 떨면서 한숨 돌리는 그런 사태가 아니었고 앞으로 진행해야 할 일의 범위가 대체 어느 정도 될는지, 과연 실행이 가능할 것인지 막연해졌기 때문이다. 일단 장연학의 단안을 기다리자는 것으로 끝낸 얘기였으나 어쩌면 그것은 세 사람의 회피 심리였는지 모른다. 출타를 했다가 돌아와 보니, 또 얘기를 해놓고 보니 용두사미가 된 것 같기도 했고 칠흑 같은 산중을 헤매고, 구름 잡는 듯 어느 것 하나 명확해지는 것이 없었던 것이다. 그들은 자신들이 늙은 것을 절감했고 또 다 같이 이범호를 염두에 떠올리고 있었다. 그것은 어떤 뜻에서는 자신들의 젊은 날을 생각한다 할 수도 있었다. 해도사는 아직 지혜로웠고 장연학은 그의 명석함이 변하지 않았다. 소지감도 그의 불도(佛道)가 투철하다 할 수는 없으나 세사(世事)에 때 묻지는 않았고 김강쇠 역시 듣고 보고 행한 것이 남달랐지만 핏빛같이 치열하고 비원(悲願)의 넋이 떠돌고 있을 김환의 세계를 지키고 있는 터였다. 그러나 이미 이들은 이빨 빠진 호랑이, 금 간 밥그릇과도 같은 처지로서, 여기저기 서까래는 무너졌고 기왓장은 바람에 날려 갔고 기둥은 썩어 기울었으며 문짝도 없고 흙벽은 모조리 헐리어 한데와 다름없는 조직을 어떻게 엮어서 다시 쓸 수 있게 한단 말인가.

"이것저것 어렵게 생각할 거는 없고 도부꾼이다, 그러면 되는 게야. 촌에서 곡식 구해다가 이문 냄기고 판다, 그렇게만 생각하라고. 아무리 내 백성 일이기로, 심부름만 하라 할 수야 있나."

해도사가 남원의 길막동에게 한 말이었다.

"심부름하는 것쯤이야 금매, 뭐 그리 어려운 일이겠소? 뒤탈 때문에 선뜻 나설란가 그게 걱정인디."

소심한 길막동은 찜찜해했다.

"일본이 망할 날이 그리 멀잖은데, 다 된 밥에 코를 빠뜨릴수는 없지 않는가. 길노인 부자는 오늘까지 그 일을 잘해왔고, 그 공이 어디 가겠나?"

늘어지려는 해도사 말을 가로채듯,

"하야간에 그쯤 알고, 일간에 장서방이 올 긴께."

강쇠가 말했다. 장연학을 들먹이자 막동은 반응을 나타내었다.

"허는 데까지는 해보겠소만…… 시키는 대로 해볼라요. 이치가 안 그런 게라?"

자신의 부정적 태도를 수습하듯 막동은 말했다.

"우리가 일일이 다 찾아나설 수는 없는 일이고 하니, 손태산이는 만나고 갈 것인께 두 사람이 의논해서 대강 일할 사람들을 작정했이믄 싶은데, 우리가 이 길로 나선 것이 하루 이틀도 아니고 한없이 긴 인연인데 우짜겠노? 앞서간 사람들 생각을 하믄 살아남은 것도 죄가 아니겠나. 하니 제 몫은 하고 가야제."

찜찜해하던 길막동과는 달리 손태산은 적극적이었다.

"모두 제각기 생업을 가지고 입에 풀칠이라도 하는 기이 누구 덕이오? 이럴 때 일하라고 그랬던 것 아니겠십니까? 그러지 않았다 하더라도 어디 남의 일인가요? 내 나라 내 백성 일인데 걱정 마이소. 어렵을 것 없십니다."

시원시원하게 손태산은 말했다. 그는 자기 자신에 대하여 대단한 자부심을 가지고 있었다. 아비 조막손이 손가의 존재도 그에게는 절대적인 것이었지만 진주서 군자금 탈취 사건이 있었을 때 주범이 그 자신인 만큼 영웅심리에 사로잡혀 있었고 조직이 해체되었을 때 불만을 품은 것도 손태산이었다.

강쇠는 바닥 모르게 가라앉는 침묵에서 기지개를 켜며 일어나듯,

"이런 일을 당하고 본께 환이형님이나 송관수가 예사 일꾼이 아니었제."

한마디 툭 던지고 허리춤에서 곰방대를 뽑아 담배를 재어 불을 붙여 문다.

"최씨네 대주는 아니다 그 말이오?"

약간 비켜 앉으며 해도사가 응수했다.

"아니다, 그런 말은 아니고, 나는 실상 그 사람을 잘 모린께."

"말이 났으니 하는 얘기요만 김환이 송관수 없는 김장사야 끈 떨어진 연이나 들판에 세운 허수아비지 뭐."

"틀린 말은 아니구마는. 그러나 나만 그런가? 홍!"

"물귀신이 따로 없지."

"으음…… 세상도 많이 변하고 사람도 많이 변했소."

"변하는 것이 이치 아니겠소."

"내 코밑에 솜털이 미처 가시기도 전에 환이 형님을 따라 이 길에 나섰는데…… 한참 심이 좋은 시절, 지삼만이하고 치고받고 싸우던 생각이 나요. 그때는 윤도집이 살아 있을 때고 윤필구는 젖비린내 나는 소년이었소. 윤도집하고 환이형님하고 대립이 되어서 판이 갈라졌을 때요."

담배를 뻑뻑 피운다.

"그보다 몽치 그 아이가 왔으면……."

지감이 가로지르듯 말했다.

4장 운수불길(運數不吉)

"이 불한당 같은 새끼. 정 이럴 거야? 생니를 뽑아야 정신이 들겠어? 그러기 전에 털어놔!"

검붉은 얼굴에 기름이 번들거리는 형사는 입이 찢어지게 악을 쓰며 책상을 내리쳤다.

"하고 접어도 할 말이 있이야 하제요."

몽치는 눈을 치뜨고 말했다. 형사 주먹질에 몽치 입술은 터지고 피가 배어나 있었다.

"그놈 어디다 숨겼나!"

"허어 참."

"다 알고서 묻는데 시치미 떼도 소용없다! 불어라!"

"참말이제, 개기는 설고 꼬치는 타구마는. 대관절 지가 머를 우쨌다고 이런 추달을 받고 있는 깁니까."

몽치는 경찰서에서 사흘 동안이나 취조를 받아왔다. 맞기도 많이 맞았다. 혐의는 징용에 갔다가 도망쳐나온 자를 어장배 일꾼으로 채용하여 의도적으로 두호했다는 것이며 경찰이 도피자를 잡으러 갔을 때 재빠르게 빼돌려 잡지 못했다는 것이다. 그것은 모두 몽치의 소행으로 투서에 의한 것이라 했다.

"이 새끼야, 네놈은 아직 대일본제국의 경찰이 어떤 것인지 모르고 까부는 모양인데 니까짓 것 하나 본보기로 모가지 비틀어서 죽일 수도 있는 일이야."

"죄 없는 사람 함부로 직이는 법도 있십니까?"

"몰라도 한참 모르는군. 지금이 어떤 시절이냐! 비상시국이다! 국가정책을 위반하면 재판이고 나발이고 있는 줄 아나? 즉결이다 즉결!"

"천지신명한테 맹세코 지는 아무것도 모립니다."

"놀고 있네. 이 새끼야 내 말 잘 들어. 자백을 하느냐, 송장이 되어 나가느냐 그 두 가지 길밖에 없다는 것을 왜 모르나."

"형사나으리도 생각 좀 해보시이소. 우떤 놈이 투서를 했는지 모리겄소만, 요새겉이 일손이 딸리는 시국에, 또 본시부터 그까짓 뱃놈, 일일이 신원조사를 해서 뽑는 것도 아니고, 일년 열두 달 일하는 것도 아니며 별의별 놈들이 다 오는데, 형

사나으리 말씀대로 지금이 우떤 시국입니까? 아 그래 사돈의
팔촌이라도 된다고 숨기주고 도망시키주고 말도 안 돼요. 어
느 놈이 그따우로 모함을 했는지 내 이놈을 알기만 하믄 배지
를 쑤시 직일랍니다. 필시 도둑질을 해서 괴기를 팔아묵다가
나한테 들키서 혼쭐이 난 그런 놈이 몇 놈 있는데 아마도 그
런 놈의 소행인 성싶소."

형사는 그 말에 수긍이 가지 않는 것은 아니었지만 도망자
가 검거되지 않는 이상 혐의자를 놓아줄 수는 없었다.

"네놈이 말깨나 하고 주먹질이 세다는 얘기를 들어서 알고
있다마는 바로 그 점이 수상쩍다. 말로써 말아먹을 곳이 따로
있지. 한번 찍힌 이상 빠져나갈 수 없는 곳이 경찰서다. 억울
하고 자시고가 어디 있어? 순순히 자백해."

형사의 어세는 누그러졌으나 시비를 가리려는 생각은 종내
아니 했다. 일방적인 것에서 한 치의 후퇴도 없었다. 안면 있
는 형사 한 사람이 취조실을 들여다본다.

"시간 끌면 끌수록 골병든다. 어서 자백하고 끝내."

실실 웃으며 그 형사는 말했다.

"자백도 한 짓이 있어야 할 것 아닙니까? 죽이든 살리든 이
자는 할 수 없제요."

"너 마누라가 밖에 와 있다."

몽치는 갑자기 입을 다물었다. 두 형사는 마주 보고 웃었
다. 때리고 고함지를 때보다 더 가증스런 모습이었다. 사실

형사들은 때리고 고함치고, 그것은 하나의 타성이었을 뿐이었다.

"하여간 운수불길했다. 아니 땐 굴뚝에 연기 나느냐는 말도 있지만."

그들은 다 같이 몽치에게 죄상이 있는지 없는지 잘 모르겠다는 분위기였고 그렇다고 해서 적극적으로 뭔가 해주어야겠다는 생각은 털끝만큼도 없는 것 같았다.

"여선주는 하루만에 풀려났는데."

안면 있는 형사가 잠시 비친 말이었다.

"이래저래 골치 아프다. 유치장은 만원이고 처리되는 것은 없고."

검붉은 얼굴의 형사가 뇌면서 담배를 붙여 문다.

"학생 놈들이 많아서 그래. 머리빡에 피도 안 마른 것이 뭘 안다고."

그들은 몽치를 내버려둔 채 잡담을 시작했다. 그러다가 담배를 눌러 끈 형사는,

"가서 잘 생각해보아. 오늘은 이 정도로 하지만 내일은 각오해야 할 게다. 도무지 이 새끼가 몰라, 경찰서가 어떤 곳인지 모르고 있단 말이야."

하면서 등을 떼민다.

"아이고 정말 죽겠네. 차라리 그런 짓이라도 했이믄 자복(自服)이라도 하지."

몽치는 떼밀리면서 중얼거렸다.

"흉물스런 놈! 내일 또 보자, 네놈 맷집이 좋기로 얼마나 견디는가."

몽치는 유치장으로 돌아왔다. 모두 쭈그리고 앉았다가 몽치를 힐끗 쳐다본다.

"오늘은 덜 맞은 모양이네."

중년 사내가 말을 걸었다.

몽치는 들은 척도 않고 벽 쪽으로 가서 천천히 기대어 앉는다. 사내는 퇴색하고 몹시 낡은 회색 양복을 입고 있었는데 사기 행각을 하다가 붙잡혀왔다고도 했고 도박판에서 끌려왔다고도 했고, 하는 말이 일정치가 않았다. 나이는 한 사십쯤 됐다고 했으나 늘어진 살가죽을 보아서는 오십 가까이 된 것 같았다. 몽치는 유치장에서 이 사내를 처음 보는 순간부터 그를 불신했다.

가령 문학, 혹은 소설 같은 데에는 천사처럼 아름다운 악마가 있고 보기에 몰골은 흉측하지만 부처 같은 사람도 있는데, 물론 실제에도 그런 경우는 허다하지만, 그러니까 잘나고 못나고, 병신이거나 사대육신이 멀쩡하다는 것은 형태가 지닌 숙명이다.

그러나 그 원래 형태에서 번져 나오는 것, 번져 나옴으로써 세월의 부피 따라 변화하는 한 시점, 시점마다의 실체는 당자들 영혼의 이력을 알려주는 순간이라 할 수 있을 것이다. 영혼의 빛깔, 움직임, 소용돌이, 침잠, 느낌이 가능한 모든 정신 영역의 추상적 형태로써 나타나는 것이다. 이러한 분위기를 지혜로운 사람은 통어하고 사악한 사람은 엄폐한다. 반대로 그것을 심안으로 간파하여 화를 면하거나 인생의 좋은 도반(道伴)을 얻을 경우가 있고, 간파하지 못하고서 화를 입거나 우둔한 생을 보내는 경우도 있을 것이다. 여하튼 삶의 흔적은, 마음으로 행위로 행한 만큼 더도 덜도 아니게 그 모습에, 행동에 남아 있게 마련이다.

인간을 습관의 동물이라고 한다. 어디 인간만이겠는가. 무릇 모든 생명에는 모두 습성이 있게 마련이다. 제각기 독특한 삶의 방식을 가지고 있는 것이다. 다만 인간에게는 선악으로 구분 짓고 도덕이라는 균형을 정하는 이성이 있으며 영성에 대한 끝없는 갈증이 있다. 그것이 다른 생명들과 다른 점이다. 그러니 선악의 기준이 없는 다른 생명들은 본성을 감출 필요도, 본성을 간파할 필요도 없다. 있는 그대로, 허위가 없는 것이다.

그러나 마음까지 없을까. 어미 잃은 새끼고양이가 공포와 절망 때문에 울부짖는 소리를 우리는 들을 수 있고 한발(旱魃)에 목말라하는 식물, 비바람에 뿌리를 지키기 위한 식물의 저항을 볼 수도 있다. 그와 반대로 어미 곁에서 재롱을 피우며 경계심이 없는 새끼고양이, 화창한 날씨 싱그러운 햇빛 속에서 식물들 소용돌이는 경쾌하게 느껴진다. 그것은 모두 원래의 형체와 별 상관이 없는 과정(시간)과 환경(공간)에 의해 빚어지는 상황이다. 물론 인간도 원칙적으로 숙명적 형체로 태어나 과정과 환경에 지배를 받지만 그의 욕망은 무한하고 사물의 인식은 헬 수 없이 다양하며 사고의 갈래 또한 무궁무진하다.

몽치는 자신의 능력을 의식한 일이 없었지만 상대를 느끼고 판단하는 촉수는 남다른 데가 있었다. 그런 능력이 어떻게 트였는지, 생래적인 것이었는지, 산의 정기를 한껏 들이마시며 넓은 시계에서 자란 때문인지, 해도사와 지감의 훈도 때문인지, 어린것이 절대 고독, 절벽과도 같은 운명과 마주 섰던 기억 때문인지, 유치장으로 들어온 후, 그 중년 사내가 취조를 받으러 나간 사이 몽치는 한곳에 몰려 있는 학생, 학생이라야 머리의 쇠똥이 겨우 빠진 듯, 이곳 수산학교 상급반, 스무 살이 채 못 되는, 겨우 청년 대열로 들어선 처지였지만, 그러나 그들은 의기 충천해 있었고, 그런가 하면 대일본제국을 비방하고 독립을 꿈꾼다는 소위 심증에 의한 혐의자들이었다. 그 학생들에게 몽치는 낮은 소리로 으르렁거렸다.

"지금 나간 그 작자 앞에서는 입 조심해!"

몽치에 대하여 무심했던 학생들은 단연 몽치를 주목하게 되었던 것이다. 몽치의 촉수가 남다르다는 얘기를 하고 보니 그의 취향이 남다른 것도 떠올리게 된다.

꼽추, 조병수에게 경의를 표하는 것도 그렇고 휘를 유난히 따르는 것도 그렇고 모화를 반려로 택한 것도 그렇다. 그는 자신도 모르게 형체로 상대를 택하지 않고 심안으로 택했던 것이다.

"나도 소싯적에는 바람을 잡아 일본에도 가보고 했는데."

몽치가 없는 동안 학생을 상대로 얘기를 했던 모양이다. 사내는 그 하던 얘기를 잇듯 입을 열었다.

"조선사람들은 일본만 가면 떼돈을 벌어오는 줄 알지만 천만의 말씀. 빌어먹기도 어려운 곳이라, 자연 좀도둑이 되거나 노가다판에 끼어서 뼈 빠지게 일을 하는데 품삯은 이리저리 뜯기고 겨우 입에 풀칠이라."

"왜 뜯기지요?"

학생 하나가 빈정거리듯 물었다.

"노동조합 같은 것도 있지만 오야카타가 일거리를 떼기 때문에 상납을 하는 거지. 포악한 놈을 만나면 도망도 못 가아. 일본말 잘하는 놈은 고물장사도 하고, 그게 야바위라, 그래도 그 시절은 그나마 괜찮았지. 요즘 징용 간 사람들한테 비하면 극락세계라."

"아저씨가 그런 걸 어찌 알지요?"

학생이 또 비아냥거리듯 곁눈질을 하며 물었다.

"징용에 갔다가 도망쳐온 모앵이구마는."

몽치가 내뱉었다.

"내 나이가 지금 몇 살인데 징용에 가나."

"그러믄 우떻게 그리 잘 아요? 조선에서는 감감소식인데."

"소문이란 나게 돼 있지. 발 없는 말이 천 리 간다 안 하던 가?"

"……."

"그 비참한 형상은 차마 눈 뜨고는 못 본다 그러더군. 매질에 견딜 장사가 없고, 식량이나 넉넉하다 말가, 패서 죽이고 굶겨서 죽이고 병들어 죽고 사고로 죽고, 간 사람들 태반이 송장으로 나간다는 얘긴데."

"유치장에 앉아서 별놈의 걱정을 다 하요."

"그 사람들, 유치장에 있는 우리가 부러울 게다."

"대관절 여기가 어디요?"

"어디긴? 경찰서 유치장이지."

"알기는 알거마는, 경찰서 유치장에서 그런 말 해도 되는 겁니까? 사기에 도박에 유언비어까지, 몇 년이나 받을라꼬 그러요?"

"아따, 우리끼리니까 그러는 거지. 말 나갈 곳도 아니고, 하기야 뭐 요즘 같아서는 콩밥 먹는 게 편하지."

일단은 말을 끊었다. 그러나 사내는 얼마 가지 않아 또 말을 시작했다.

"도무지 세상 물정을 모르니까 하는 말인데 거 약 좀 쓰는 게 좋을 거네."

"어디다가요?"

"어디긴 형사 아가리지."

"세상 물정에 훤한 아재씨나 약 쓰고 나가소."

"약을 쓸래도 돈이 있어야지. 혈혈단신, 사식 한번 디밀어 주는 사람 없는 거를 보아도 알 조 아닌가. 한때 돈푼 가지고 풍창(홍청)거릴 때는 같이 살자던 계집도 한둘이 아니었는데 돈 떨어지고 찬 바람 부니까 언제 그랬느냐, 참말로 인심 야박하더구먼."

"뭘 해서 돈을 벌었는데요?"

이번에는 하품을 깨물며 학생이 물었다.

"일본서 한때 재미를 보았지."

"아까는 조선사람 일본 가서 떼돈 버는 것, 천만에 말씀이라 하시지 않았습니까? 빌어먹기도 어려운 곳이라며요?"

"내 경우는 달랐어. 말을 하자면 야쿠자의 판인데 그 도박판이 아주 크거든. 그곳에서 돈을 벌고 대우를 받으려면 기술이 좋아야 해."

"어떤 기술인데요?"

"속임수, 그러니까 야바위를 치는 거지, 시로토* 도박꾼의 호주머니를 터는 건데, 판에 따라서 막대한 돈이 오고가는 게야. 기술이 좋을수록 큰 판에 끼어들 수 있고 와케마에*도 커지는 거지. 그때는 상당히 날렸다구. 계집들 끼고 활동사진관에서 노(계속) 살았다. 왜년은 아주 손쉬워. 돈 없어도 달라붙는 게 있으니까."

"돈 없어도 달라붙는 년이 있는데 와 한 번도 안 나타나요?"

몽치가 말했다.

"그거는 일본 있을 적의 얘기고 조선으로 나와서는 운이 안 따라. 시국도 시국이고."

"듣자듣자 하니, 나이는 처먹을 만큼 처먹었는데 어린아아들한테 무신 뽄뵈기가 될 기라꼬, 그쯤 해두소."

심한 모욕적인 몽치 언사였는데도 불구하고 그런 일에는 이력이 난 듯 사내는 개의치 않는다.

"세상에 신선만 사는 것도 아니고 알아서 해로울 거는 하낫도 없어. 사람의 팔자를 어떻게 아누. 제아무리 명이 높이 나도 목구멍에 넘어가는 것이 없으면 굶어 죽게 마련이고 잔재주 하나라도 익혀두면 고비를 넘길 수도 있는 일, 그게 뭐가 나빠서? 세상에 태어났으면 끝까지 살아보는 것이 장땡이요, 거룩하다 해서 땅 밑의 살이 안 썩는다 말인가? 거 보아하니 고기 비린내 나는 뱃놈이 틀림이 없는데 제법 유식한 척, 곰팡내 나는 옛이야기가 흥! 밥이 되나 옷이 되나, 사흘 굶어 남의 담 안 넘을 놈이 어디 있던고?"

화를 내는 것도 아니었고 일상 하는 그대로 소곤소곤 말하는 것이었다.

"일리가 없는 것도 아니오."

몽치가 말허리를 꺾었다. 그러나 사내는 계속한다.

"학생들도 그렇지. 배고파서 도둑질하다가 잽혀왔나? 대천지 부모 원수를 갚다가 들어왔나?"

"그걸 알면 얼마나 좋게요?"

학생이 말했다.

"사상범이라 하던데, 대체 사상이 뭣이고? 다 배가 불러서 그러는 기라. 상급학교에 보낼 지경이면 빈한한 집은 아닐 건데 하라는 공부는 안 하고 뭣 땜에 쓸데없는 짓을 해서 이 고생인고?"

자칫 잘못하다가는 걸려들 판이었다.

"그 말도 맞는 말이라."

몽치가 또 나섰다. 발끈했다가는 함정에 빠지기 십상이었기 때문이다. 학생들은 노기를 띠다가 얼른 수습을 하고 침묵하며 책을 뒤적였다. 이 지방에는 형무소가 없었기 때문에 미결수도 경찰서 유치장에 남아 있어서 오랫동안 함께 있는 경우가 많았다.

몽치는 벽을 보고 돌아앉았다. 사내에게는 말 말라는 표시였고 학생들에게는 침묵하라는 신호였다. 몽치는 눈을 감았다. 어장 배에는 징용을 피해서 배를 탄 사람은 더러 있었다. 어쨌거나 그것은 합법적인 것이었고, 일부러 찾아와서 잡아가는 경우가 없지도 않았으나 그 시기만 용케 피하면 어로조업에 종사하는 것이 불법은 아니었다. 결국 내용적으로는 어부를 안 해도 될 사람이 징용을 피하기 위해 배를 탔다는 것인데 지금 문제가 되고 있는 것은 징용 갔다가 도망쳐온 사람을 은닉했다는 것이다.

여선주는 물론이고 몽치도 극구 부인하고 있으나 경찰의 혐의는 사실이었다.

몽치가 홍석기(洪錫基)를 만난 것은 평사리 한복이한테 들렀다가 돌아가는 길에서였다. 나루터에 못 미처 둑길에서 그를 만났다. 얼굴이 하얗고 얌전해 보이는 청년이었다. 마침 나무 한 그루가 있어서 그늘을 만들어놨다. 그러니까 지난해 한여름의 일이다. 땀을 식힐 겸 나무 그늘에 들어선 몽치는 왠지 청년이 예사롭게 뵈지가 않았다.

"젊은 사람이 함부로 나다니믄 안 되는데……."

혼잣말같이 하니까,

"그쪽도 젊은데요."

하고 석기는 말했다.

"나야 직업이 있인께."

"더 이상 숨을 곳도 없고 만사를 하늘에 맽깄십니다."

"숨을 곳이 없다니? 집이 없소?"

"집이 있어도 들어갈 형편이 못 됩니다."

"어째서?"

"집에 가면 잽힐 기니께요."

"그라믄 죄를 졌소?"

"여기까지 살아와 있는 것도 천행인데 더 이상 머를 바라겠습니까."

아무리 보아도 청년은 큰 죄를 진 사람 같지는 않았다.

"집 근처까지 갔다가 되돌아가는 길입니다."

"어디로 되돌아가는 거요?"

"어디로 가야 할지 모르지요."

석기는 서글프게 웃었다.

"실은 징용에 끌려갔다가 도망쳐왔습니다."

"머라고!"

"예, 징용에 갔다가."

"어디로 갔는데?"

"일본 북해도까지."

"거기서 어떻게 도망을 쳤소?"

몽치는 깜짝 놀랐다.

"얘기를 하자면 긴데…… 얘기를 해도 믿지 않을 겁니다."

"그러면 여기 이러고 있을 기이 아니라 날 따라오소."

몽치는 그를 데리고 한복이 집으로 되돌아갔다. 거기서 석기가 들려준 얘기는 참으로 기구했다. 탄광에서는 매일매일 사람들이 죽어나갔다는 것이었다. 숨이 붙어 있어도 일터로 나가지 못하는 병자는 숲속에 내다 버렸고 굶주린 짐승들 밥이 되었다는 것이다. 석기는 심한 매질에 견디다 못해, 그것은 자살행위와도 같은 것이었는데 도망을 쳤고 밤새도록 걸어서 어느 민가 앞에서 쓰러졌다는 것이었다.

정신을 차리고 보니 맨 먼저 불단(佛壇)이 눈에 들어왔다는 것이다. 다음 어떤 초로의 여자 얼굴이 보이더라는 것이다.

"그 집에서 보름 동안 숨어 지냈지요."

"물론 일본사람이겠지?"

한복이 말했다.

"예."

"거 희한하구마. 일본사람이 자네를 구해주었다 그 말인가?"

"예, 아주 신실한 불교신자였습니다. 그 할머니 말씀이 꿈을 꾸었다, 꿈 내용은 말씀하지 않았습니다."

"허어 그런께 선몽을 했다 그 말이구마."

"형씨 집에서도 불교를 믿소?"

이번에는 몽치가 물었다.

"할머니가 소싯적부터."

"그런께 할무이 정성이 통했구마."

한복은 신기하다는 듯 다가앉으며 말했다.

"지는 여기까지 온 것만도 고맙게 생각합니다. 그래서 별로 겁도 나지 않습니다."

"그런데 우쩧게 연락선을 타고 왔나."

"몸이 회복되었을 때 할머니는 막내아들의 신분 증명을 저한테 주었습니다. 위로는 모두 소집되어 전선에 나갔다 하더마요."

"그래서?"

"할머니는 하관까지 따라왔어요. 할머니가 따라왔기 때문에 별 탈이 없었지요. 표를 끊어서 지한테 주면서 할머니는 조선에 도착하거든 신분 증명은 버려라. 혹 배 안에서 문제가 생기면 신분 증명은 주웠노라, 그렇게 말하라 하더마요. 그리고 부처님한테 너가 무사하기를 빌겠다, 지금도 생각이 나는데 그 할머니 얼굴이 바로 부처님 같았습니다."

"세상에 일본사람 중에도 그런 사람이 다 있나? 하 참."

한복은 감탄하고 또 감탄했다.

"더 이상 지가 머를 더 바라겠습니까? 그동안 남의 열 배 백 배를 산 것 같아서 실은 여한도 없십니다."

몽치와 한복이는 할 말을 잃고 석기를 바라본다. 특별히 잘생긴 얼굴은 아니었다. 그간 고생 때문이겠으나 양 볼이 푹 꺼져 있었고 눈은 서글서글했다. 어딘지 모르게 귀골스럽게 보였다. 얼굴빛이 흰 탓이었는지 모르지만, 그리고 보니 몽치를 처음 만났을 때 석기에게는 전혀 경계하는 빛이 없었다. 상대가 누구인지 알지 못하면서 아무 거리낌 없이 징용 갔다가 도망쳐 나온 사실을 털어놨던 것이다.

"하기는 그럴 기요. 그런 인연이 어디 쉽기 있겠소."

한참 후 몽치는 석기의 마음을 이해한 듯 말했다.

"그래 그렇다. 그런 은혜를 받는 일은 흔치 않다."

한복이 고개를 끄덕이며 말했다.

석기는 떠듬떠듬 자기 신상에 관해서도 말했다. 고향은 산청(山淸)이며 청상과부의 외아들로, 외할머니와 함께 살았으며 모친의 삯바느질로 생계를 보태는 넉넉잖은 살림이라 겨우 보통학교를 나왔다는 것이다.

"장가는 들었는가?"

"예."

"아이는?"

"장가든 지 한 달도 못 되어 잡혀갔습니다."

"그 사정도 기가 막히는구나. 그러면 집에서는 생사도 모르겠네?"

"그렇지요."

"군대하고 달라서……."

몽치의 말이다.

"징용은 좀 허술하지 않겠소? 사람 하나 없어졌기로, 날마다 송장이 나간다고도 했으니."

"그러나 다른 곳은 모르지만 지가 있던 곳에서는 도망해가지고 잡히지 않는 경우는 없었습니다. 벌써 본적지에 조회가 왔을 겁니다."

"그것도 그렇겠네."

한복이와 몽치는 궁리를 하는 표정이었고 석기는 아무 생각도 하지 않는 것처럼 보였다.

"지는 아침에 일어나면 동쪽을 보고 절을 합니다. 할머니한테 인사를 하는 것입니다. 지가 지금 할 수 있는 일이라고는 그것밖에 없으니까요."

"……."

"떠날 때는 배표 말고도 밥 사먹어라 하시며 할머니는 돈을 쥐여 주셨습니다."

"그 할머니가 바로 생불(生佛)이다."

"눈물을 흘리지도 않았는데 마음속으로 늘 울고 계신 것 같았습니다."

"이 세상의 인연이 모두가 그와 같다면 그야말로 이 세상이 극락이지 극락이 어디 따로 있겠나."

"어느 곳이든, 인종이야 우떻든 간에 사람 사는 세상은 매일반인 것 겉소. 극악무도한 인간, 개만도 못한 인간이 있는가 하믄 부처겉이 착한 사람도 있고 참 가지각색이요."

몽치 말에 한복은,

"그럼 모두가 다 사람 나름 아니겠나. 하여간에 자네하고 일본 그 할머니하고는 전생에서부터 인연이 있는갑다. 그렇지 않고서야."

"할머니는 헤어질 때 너가 무사할 것을 부처님한테 빌겠다. 너도 내 아들의 무사귀환을 부처님한테 빌어달라고 말했습니다."

"으음…… 그 말을 들으니 좀 알 것도 같다. 부모의 마음은 매일반이라. 그러니까 아들이 탈 없이 돌아오게끔 선행을 한 거로구나."

"일본에는 어찌 그리 까마귀가 많은지, 송장이나 병자를 내다 버리면 까마귀가 새까맣게 떼를 지어 몰려옵니다."

석기 얼굴에 처음으로 공포의 빛이 실렸다. 그는 부르르 떨었다.

"지옥입니다. 바로 생지옥입니다."

그날 이후 몽치는 석기를 어장으로 데리고 갔다. 배를 타고 바다에 나가 조업하기는 어려울 것 같고, 어장막의 잡역부로 일을 하게 했는데, 그야말로 죽을 둥 살 둥 모르고 석기는 일을 열심히 했다. 특히 지나간 봄에는 멸치가 대풍이었다. 석기는 멸막에서 멸치를 나르고 삶고 말리는 일에 혼신을 다했다.

"하루 살고 말 기가!"

그새, 석기의 나이 하나 아래라 해서 동생 취급을 하게 된 몽치는 악을 쓰듯 야단을 쳤다. 석기는 싱긋이 웃었을 뿐이다. 어떻게 보면 그는 일하는 그 자체를 즐기고 있는 것 같기도 했다. 아니 그렇다기보다 석기는 일본에 있는 할머니를 위시하여 몽치, 한복이, 이 세상 모든 이들한테 보은(報恩)하기 위해 그러는 것 같은 느낌을 몽치는 받았다.

"빌어묵을, 지 죽을 줄 모리고 저러는 놈 처음 봤다."

그랬는데 달포 전에 왠지 모르게 몽치는 불안해지기 시작했고 낌새도 이상하여 아무도 모르게 석기를 산으로 보냈던 것이다. 아니나 다를까 결국 이런 일이 생기고 말았다.

"어떤 사람인지 모르지만 징용에 갔다가, 조선이면 모를까, 일본에서 도망쳐 나왔다면 그거는 기적이다. 만의 하나도 어려운 일이지. 아무래도 비신술을 가졌거나 찰랑개비 재주를 가졌거나, 하기야 어디서 죽어버렸는지 모를 일이나."

사내는 여전히 노닥거리고 있었다.

한편 경찰서 밖에는, 정문 옆 담벽에 모화가 웅크리고 기대어 앉아 있었다. 가을볕에 얼굴이 새까맣게 타 있었다. 옷은 어제 넣었고 사식도 차입했는데, 할 일도 없었는데 모화는 그러고 앉아 있는 것이다. 더러 경찰서 문 앞에서 서성거리고 있는 사람들도 있었다. 유치되어 취조를 받고 있는 사람들의 가족이거나 경찰서 사람을 만나러 온 그런 사람들인 것 같았다.

벼를 영글게 하려고 서두는 듯, 초가을의 햇볕은 따가웠다. 신작로에도 햇빛은 튀고 있었다. 소달구지가 짐을 싣고 지나간다. 사람들도 흐느적흐느적 지나가고 있었다. 저 길, 아래쪽에서 검정색 몸뻬에다가 회색 무명 적삼을 입은 숙이가 걸어오는 모습이 보였다. 경찰서 가까이까지 온 그는 걸음을 멈추고 담벽에 웅크리듯 앉아 있는 모화를 바라본다. 숙이는 저도 모르게 한숨을 내어쉰다. 몽치가 경찰서에 들어간 후, 서로 엇갈리어 자주 만나지는 못하였고 오늘이 두 번째 만나는 것이다. 사실 몽치가 모화랑 함께 사는 동안 이들 여자, 시누이와 올케뻘이 되는 두 여자는 서로 만나질 못했다. 숙이가 만날 것을 거부했다기보다 모화 쪽에서 죽어라고 만나지 않으려 했던 것이다.

"우리 누부, 그리 독한 사람 아니구마는. 임자가 굽히서 들어가믄 끝까지 내칠 그런 사람 아니라 카이."

몽치는 수차례 모화더러 숙이를 찾아가 인사하자고 권했으나,

"싫소. 무신 낯으로 갑니까."

"평생 죄지은 것맨치로 살란가?"

"죄지었제요."

모화는 무뚝뚝하게 말했다. 그는 항상 수치심, 미안함을, 그런 식으로 무뚝뚝하게 표현했다. 그리고 결코 고집을 꺾으려 하지 않았다.

"집에서 살림이나 살지, 머한다고 쏘다니는 건지 모리겄네."

이따금 몽치는 혀를 차며 말했다. 그러나 그럴 때 모화는 말이 없었다.

'보소. 우리 식구가 셋인데 무신 염치로 이녁 벌어다 주는 것만 묵고 앉아 있겠소.'

마음속으로는 그렇게 대꾸했다. 모화는 대구(大邱)로 오가며 사과를 떼다가 소매도 하고 과일가게에 넘겨주는 일을 가을 한철 했고 여수로 다니면서 쌀장사도 했다.

"배 타고 기차 타고 댕기믄서, 정 그렇게 돈을 벌라 카믄 그런 고생보다 멸막에 와서 멸 말리는 일이나 하제."

몽치의 그런 말에도 모화는 대꾸를 하지 않았다. 그는 결코 멸막에 나타나지 않았다.

'무신 낯을 치키들고, 멀쩡한 총각하고 살믄서.'

당당한 몽치와는 반대로 모화는 그늘로 그늘로 들어가려고

만 했다. 집에서도 말이 적었고 밖에서도 그러했다.

한동안 모화를 바라보고 있던 숙이가 다가왔다. 며칠 전에 만났을 때는 도망치듯 가버린 모화였다.

"아직 일을 못 보았는가!"

숙이 말에 놀란 모화는 화닥닥 일어섰다. 새까맣게 탄 얼굴에서 핏기가 가셔졌다.

"여기 이러고 있는 거를 보이 아직 일을 못 본 모앵이네."

대답이 없자 숙이는 되풀이 말했다.

"아, 아입니다."

"내가 여기 와봐야 무신 소용이겠노. 만나기를 한단 말가, 사식 한분 넣어줄 수 있단 말가."

숙이는 한탄하듯 말했다.

"기왕에 여기서 만났으니, 언제까지 제면하고 살 수도 없는 일이고 더군다나 홀몸도 아니라 카는데."

숙이는 소매 속에서 손수건을 꺼내어 땀을 닦으며 말했다.

나이는 모화 쪽이 한 살쯤 아래이긴 했으나 숙이는 말을 놓으며 시누이 행세를 한다.

"여기 볼일도 없다 카이, 그라믄 날 따라오게."

손수건을 소매 속에 도로 넣고 숙이는 돌아섰다. 모화는 도살장으로 끌려가는 소처럼 한 발, 한 발, 내디디며 따라간다. 신작로를 질러서 골목으로 접어든다. 골목이 끝나자 보통학교로 이어지는 신작로가 나타났다. 다시 신작로를 질러서 골목 쪽으로 걸음을 옮긴다. 골목 어귀에 휘가 목공소를 내었던 가게는 문이 잠겨 있었다.

'산에 기별이나 갔는지 모리겠네. 무신 운수가 이럴꼬? 난데없이 무신 이런 일이 다 있겠노. 불쌍한 우리 몽치.'

하다가 숙이는,

'빌어묵을 놈, 남 안 하는 짓을 하더니, 말짱한 처니를 놔두고 무신 심산으로 아아까지 달린 소박데기한테 장가를 드노 말이다. 인물이 볼 데가 있단 말가? 나이나 적음사? 생각할수록 괘씸타! 빌어묵을 놈.'

앞서가는 숙이는 적삼 속에 러닝을 입었기 때문에 맨살은 나오지 않았으나 아무래도 몸뻬에다 적삼을 입은 모습은 우스꽝스러웠다. 늙은이나 젊은댁네나, 남들이 다 그런 차림새였으니 숙인들 어쩌겠는가. 그러나 허릿매는 가늘어서 보기 좋았다.

차츰 길은 오르막이 되었고 폭은 좁아져갔다. 양켠에 촘촘히 들어선 집들, 큰 집도 있고 작은 집도 있었다. 위로 뻗어올라간 길에는 가끔 가는 핏줄같이 옆으로도 뻗어간 골목이 있어서 대문이 있는가 하면 돌아앉은 집이 있었고 옆모습의 집도 있었다. 오르막길을 올라갈수록 번듯한 기와집은 적어졌다. 집들의 모양새가 초라해져 갔다.

모화는 통영으로 온 후, 처음 와보는 곳이었다. 어쩌다가 내려오는 사람이 있어서 마주치기는 했으나 골목은 호젓했고 소

리가 없었다. 언덕으로 올라섰을 때 모화의 마음은 다소 진정
이 되었다. 언덕에서 눈 아래 내려다보이는 마을은 사방 언덕
과 산에 둘러싸여 아늑해 보였다. 별천지 같았다. 항상 부둣가
가 아니면 저잣거리를 오가는 모화에게, 몽치 때문에 정신이
산란한 모화에게는 마치 남의 세상과도 같은 마을 풍경에 눈
시울이 왈칵 뜨거워지면서 눈물이 쏟아질 것만 같았다. 짓이
겨진 자신의 팔자하고는 아무 인연도 없는 것 같은 남의 세상.

모화는 숙이를 따라 사립문으로 들어갔다. 말갛게 쓸어놓
은 하얀 마당에 햇빛이 쏟아지고 모화는 순간 현기증을 느낀
다. 장독가에는 빨간 맨드라미가 피어 있었다. 끝물의 봉선화
는 나른해 보였다. 집 안에는 아무도 없이 텅 비어 있었다. 마
루에 걸터앉은 숙이는,

"앉아라."

하고 권했다.

"예."

대답은 했으나 모화는 그냥 엉거주춤 선 채,

"저기, 정기에 가서 물 좀 마, 마시도 되겠십니까?"

간신히 물었다. 그는 갈증 때문에 입 속이 타는 것 같았다.
경찰서 앞에 쭈그리고 앉아 있을 때부터 그랬다. 입 속이 타
는 듯했던 것이다. 숙이 잠자코 물 한 사발을 떠다 준다. 그리
고 지친 모화의 얼굴을 힐끗 쳐다본다. 물을 마신 뒤 모화는
숙이하고 거리를 두면서 마루 끝에 걸터앉았다. 그리고 먼 산

을 바라본다. 어쨌든 숙이는 모화를 인정했기 때문에 집까지 데려온 것이다. 인정 안 하려야 안 할 수 없는 형편이었던 것이다. 그러나 막상 집에까지 데려오고 보니 말문이 막혔다. 모화가 잔뜩 얼어 있는 데다가 도무지 붙임성이라고는 없어 보이는 모습, 쉽게 입이 떨어지지 않았다. 숙이 역시 청산유수는 아니었고.

"내가 아무리 맘이 아리고 쓰리도 이자는 할 수 없는 일이고, 팔자거니 생각할밖에 없다."

겨우 숙이는 말을 꺼냈다.

"지지리도 복 없는 놈. 그렇기 설기 컸이믄 남 하는 대로나 하고 살아야제, 빌어묵을 놈. 장개들 돈이 없나 어디 병신가? 세상에 그런 미친놈이 어디 또 있겄노."

체념을 한 숙이였지만 저도 모르게 탓을 한다.

"걱정 마시이소."

모화는 고개를 떨어뜨리며 중얼거렸다. 숙이 의아해하며 모화를 쳐다본다.

"지도 사람인데 염치를 모리겄십니까?"

"그 말은 무신 뜻이고?"

"나, 남자가 오입하기 예사…… 새장가 들라 카믄 지는 운제든지."

"물러나겄다 그 말가?"

"예."

"그라믄 와 애씨당초 살림을 차렸는고? 배 속의 아이는 우짜고."

모화는 입술을 실룩거렸으나 말을 못 한다. 기둥서방같이 오면 가면 지내자고 했으나 몽치는 그 말을 용납하지 않았다. 그런 내막 사정을 모화는 설명할 수가 없었다.

"하기야 지금 와서 그런 말 하면 무신 소용이 있겠나. 나도 들어서 알고 있네. 그놈이 우기서 그렇게 됐다는 거를 알기야 알제. 그놈의 황소 겉은 고집을 누가 꺾겠노. 소위를 생각하믄 그만 형제간의 인연도 딱 끊어부렸이믄, 그렇기 생각한 적도 있었으나, 길을 보고 뫼로 갈 수도 없고 한탄한들 머하노. 나 오늘 이런 말 할라 오라 한 거는 아닌데."

숙이는 겨우 자제를 한다.

"참말로 지도 남한테 적약하고 싶지는 않았십니다."

모화는 끝내 눈물을 보이지는 않았다.

"맨날 해봐야 그 말이 그 말이고 나도 실삼스럽다는 생각 안 하는 것도 아니거마는. 하도 한이 많아서, 우리 형제가 살아온 거를 생각하믄."

숙이는 눈물을 닦았다. 모화를 미워하는 것도 아니었는데, 착잡하고 서러웠던 것이다.

"머 그 일은 다 지나간 일이고 재수 그 아 일은 너무 걱정하지 말고, 경찰서 앞에 우두커니 앉아 있다고 해서 되는 일도 아닌께."

몽치라 하지 않고 본명인 재수로 호칭하며 말하는 숙이 어투 속에는 모화에 대한 동정이 있었다. 남자를 유혹한다거나 화냥기 같은 것이 전혀 없는 여자였기 때문이다.

"설마 죄 없는데 징역살이야 하겠나. 언제 풀리날지 그기이 걱정이지. 당장 고생을 하니, 매라도 맞아 병신 될까 그게 걱정이지. 성질 부릴까 싶기도 하고, 금년 신수에 관재수가 들었던가……."

두 여자는 다 같이 홍석기라는 인물도 모르거니와 경위에 대해서도 전혀 알지 못했다. 다만 몽치의 성질이 우락부락해서 누구에게 원한을 사게 되었고, 또 징용 가지 않기 위해 배를 타는 사람이 없지도 않았기 때문에 순전히 모함에 의한 것으로 믿고 있었다.

"매부도 여기저기 손을 써서 알아보고 있으니, 그아 뒤에 사람이 없는 것도 아니며 조갑증 낼 필요는 없거마는."

돌같이 굳어 있던 모화는 그 말에 반응을 나타내었다.

"돈을 쓰믄 된다 카더마는, 질수를 몰라서."

반응을 나타낸 것과는 다르게 모화의 목소리는 뚝뚝했고 무감동했다.

"그런 일이사 남자들이 해야 하고, 그것도 경찰서하고 줄이 닿아 있는 사람이라야, 함부로 했다가는 허방에 들어간다."

"……."

"지금쯤 평사리에 기별이 갔일 성싶고 산에도 연락이 되지 않았나 싶은데."

숙이는 크게 걱정은 안 하고 있는 것 같았다. 마침 진규가
쫄랑거리며 들어왔다.

"옴마!"

"집에 안 있고 어디 갔더노?"

숙이는 진규를 노려보는 척했다.

"때기 치러 갔다. 옴마 이것 봐라."

진규는 바지 주머니 속에서 딱지를 꺼내 보이며,

"많이 땄제?"

"그래 배부르겠다."

"치이."

"얼굴에는 꼬장물이 흐른다. 낯이나 씻어라."

"옴마."

"와."

"할배는 와 안 오노?"

"누가 할배 오신다 카더나."

"아부지가 오실 기라 카던데?"

숙이는 웃는다.

"진규야."

어미를 힐끗 쳐다본다.

"와 할배를 기다리제? 떡 생각이 나서 기다리는 거제?"

"앙이다."

진규는 발끝을 세우고 빙그르르 한 바퀴 돈다.

"아니기는 머가 아니고. 속이 훤하게 다 딜이다보인다."

"옴마."

"와."

"이 아지매는 누고?"

"음......."

하다가 숙이는 왠지 대답을 하지 않고 그냥 지나쳐버린다. 호랑이도 제 말을 하면 온다던가, 한복이가 낡은 여름 모자를 쓰고 들어섰다. 큰 보따리를 들고 있었다.

"아부니!"

숙이 놀라서 일어섰는데 그보다 더 놀란 사람은 모화였다. 용수철같이 그는 일어섰다. 진규는 한복에게 달려가서 팔에 감기며,

"할배!"

하고 소리쳤다.

"오냐, 그동안 밥 잘 묵고 어매 애 안 믹이고 있었나?"

손자에게 말하는데,

"그라믄 지는 가, 가보겠십니다."

숙이는 미처 말할 새도 없었다. 모화는 제 할 말만 하고 허둥지둥 문밖으로 나가버린다.

"누고?"

태도가 이상하다 싶었는지 보따리를 숙이에게 건네주며 한

복이 물었다.

"저기."

숙이는 몹시 거북해한다.

"저기 몽치."

"아아, 그 댁네."

"……."

마루로 올라간 한복은 모자를 벗어놓고 철 늦은 모시 두루마기 자락을 걷고 앉는다.

"그 보따리 속에 너 어무니가 떡이랑 먹을 것을 싸 넣은 모양인데 끄내어서 진규 주어라."

보따리에 눈독을 들이고 있는 진규를 보고 웃으며 한복이 말했다.

"아부니도, 버릇됩니다. 진규애비가 오믄 함께 묵지요."

"버릇될 기이 뭐 있는고? 벌써 떡이 굳었을 건데."

숙이는 보따리를 끌렀다. 올망졸망 싸서 넣은 것이 여러 가지였다. 그중에서 떡 꾸러미를 끌러 진규에게 떡을 건네준다. 콩고물에 굴린 인절미는 아직 말캉했다.

"좀 더 일찍 올 건데 산에 다녀오느라고 늦었다. 아직도 그러고 있나?"

"예."

"너무 걱정 마라. 좀 고생이야 되겠지마는."

"점심은 안 드셨지요?"

"아니다. 주먹밥 싸가지고 오다가 배 안에서 요기는 했다."

"실찮을 긴데, 점심상 채리오겠십니다."

"그만두어라. 좀 있으면 해가 질 기고 애비 오면 저녁이나 함께 먹지 뭐."

한참 있다가 숙이는,

"죄송합니다. 아부니."

하고 고개를 떨어뜨린다.

"남의 일가? 죄송하기는."

"머 하나 시키는 대로 하는 일이 없고, 아부니 고마운 뜻도 저버린 놈이 또 이런 일 땜에."

"으음, 혼인을 두고 그러는 모양이다마는 자고로 신발이란 제 발에 맞아야, 다 인연이 따로 있는 거다. 너도 마음에 끼지 말고 이제는 풀어라. 그보다도 안에서는 고초를 당한다 하던 가?"

"매는 좀 맞는 것 같십니다."

"투서 어쩌고 하던데 그게 발단이라 하던가?"

"예."

"내막이 어찌 되었는데?"

한복은 며느리 눈치를 살핀다.

"자세한 거는 모리겄십니다. 징용자를 숨기주고 우쩌고, 모함을 한 모양입니다."

다른 사람들에게는 말할 것도 없고 가솔들에게도 섣불리

발설할 몽치가 아니라는 것을 믿기는 했으나 일말의 불안이 없지는 않았는데 홍석기에 대하여 숙이는 전혀 모르는 낌새를 본 한복은 마음을 놓는다.

"세상인심이 점점 더 험해진다. 이런 시국일수록 죽은 듯이 들엎우리 있어야 하는 건데 답댑이, 사람들 생각이 짧아서."

"그 아도 성질 좀 고치야 할 깁니다. 입바른 소리를 하니까 누가 좋아라 하겠십니까. 자연 인심도 잃게 되고 모함도 받게 되고 그놈의 고집은 또 황소고집이니, 정말 아부니 볼 낯이 없십니다."

시가에 대하여 친정 식구는 항상 미안한 존재다. 숙이는 면무식이라도 하듯, 몽치를 비난한다.

"너 동생을 두고 내가 하는 말은 아니다."

"예?"

"애기 니가 몰라 그렇지 그만하면 젊은 나이 깐에는 신중한 편이고 지 주장대로 하는 것도 그리 쉬운 일은 아니다."

"……?"

"누군지는 모르겠다마는, 투선가 뭔가를 했다는 놈을 두고 한 말이다. 시시각각 세상이 변하고 막판에 접어드는데 한 치 앞도 내다보지 못하는 어리석고 미련한 놈들 같으니라고."

숙이는 시아버지가 가끔 아리송해질 때가 있다. 농사만 짓는 시골사람 같지 않을 때, 제법 유식하고 말의 조리가 있을 때, 고학을 좀 했다는 말을 들었으나, 그러나 한복은 그것을 늘 부인했다.

"아주 어릴 적에 글줄이나 읽었지만 덮어버린 것이 언젠데? 까맣게 다 잊었다."

숙이는 끝내 몽치를 두둔하는 시아버지가 고마웠으나 아무래도 시아버지의 말대로 모화가 몽치 발에 맞는 신발이라는 생각은 할 수 없었다.

"절에 갔더니 시님이 서찰을 하나 써주시더마. 조씨."

하다가 한복은 말이 목에 걸린 것처럼 말을 끊고, 심약하게 슬픈 눈으로 며느리를 쳐다보았다.

"어구점 하는 조씨댁 아들한테 보내는 서찰인데 시님 말씀이, 그 사람은 통영 바닥에서는 발씨가 넓고…… 힘이 되어줄 것이다, 너 동생하고 모르는 사이도 아니라며."

"어구점 하는 그분하고는 진규애비도 잘 아는 사입니다."

"잘 알아?"

"예."

"알기야 잘 알겠지. 오가며 지내는가?"

"처음에는 한 이웃에 살면서도 내왕이 없었십니다. 그런데 그 댁에 초상이 났일 직에 진규애비가 일을 봐주고부터는 밖에서 가끔 술도 함께하고, 어구점하고 조합이 가까운께요."

한동안 말이 없다가 한복은 손수건을 꺼내어 코를 풀고 나서,

"애기 너도 그 집안하고 우리 내력은 알고 있겠지?"

"예, 압니다."

"서로 면대하기 어려운 사이다."

"다 지나간 일 아니겠십니까."

"그래."

"잊어뿌리야지요. 자손들이 무신 죄가 있겠십니까."

"지나간 일이다. 그러나 악행을 하면 자손들한테 안 좋다는 얘기, 그거는 빈말이 아니더구마."

"아부니."

"응."

"술상이라도 보아올까요? 술이 좀 있십니다."

"술은 무슨, 저녁에나 하지. 그런데 진규 이놈이 어디 갔지?"

"왼종일 집에 붙어 있지 않십니다. 밥때나 돼야. 동네 아아들하고 안 가는 데가 없십니다."

"그거 괜찮은 얘기구나. 외마리 강아지같이 자랄까 봐 걱정을 했는데."

"어릴 적에는 차분하더마는 요사는 감풀아서 웃이고 머고 감당을 못하겠십니다."

"그렇게 커야지. 지 애비는 그렇게 자라질 못했다."

가볍게 한숨을 내쉰다.

숙이는 장을 보러 나가고 한복은 두루마기를 벗어 걸어놓고 무료하게 마루에 혼자 앉아 생각에 잠긴다.

산에서 지감이 편지를 써주었을 때 한복의 마음이 편안했던 것은 아니었다. 며느리를 안심시키기 위해 편지의 효험이 있을 것으로 말하기는 했으나 병수의 아들 때문에 몽치가 쉬이 나오리라는 것을 믿은 것도 아니었다. 산속에서 세상 물정 모르는 사람들에게 애당초 도움을 청하기 위해 찾아갔던 것도 아니었다. 생가나 다름 없는 산, 그리고 부모같이 기르고 훈도해준 스승 해도사와 지감에게 몽치의 형편을 알려주는 것이 도리라 생각했던 것이다.

새 한 마리가 날아와서 장독 뚜껑에 괸 물을 먹고는 찍찍, 찍찍하며 울고 날갯짓을 하곤 한다.

'그렇게 커야지. 지 애비는 그렇게 자라질 못했다.'

아까 며느리에게 무심코 한 말이 한복이 마음속에 떠올랐다. 아들네 식구들이 통영에서, 그것도 성지(聖地) 충렬사(忠烈祠) 동백나무가 바라다보이는 서문 고개에 집을 마련하고 월급쟁이 생활을 시작하면서부터 한복은 일 년에 서너 번은 찾아오곤 한다. 한 이웃에 조준구의 꼽추 아들이 소목의 명장(名匠)으로 이름을 날리며 제법 부유하게 산다는 것은 진작부터 안 일이었다. 그러나 그 집에는 발걸음을 한 적이 없었다. 본래 가깝게 지낸 사이도 아니었지만 서울 명문가인 조씨와 양반이란 이름뿐 시정잡배나 다름없이 영락한 김씨, 더군다나, 한복은 살인 죄인의 아들로서 동네 머슴으로 자랐고 그 정신적 고뇌가 여하하였든 병수는 거대한 기와집, 최참판댁 깊은 곳에서 살았다. 아비에게 버림을 받은 후 몇 번인가 섬진강에 몸을 던졌으나 마을 사람들이 건져 올려 자살미수에 그쳤으며 거지같이 마을을 쏘다니며 또 타지로 방랑했던 시절, 동네머슴으로 자라난 한복은 이따금 그와 부딪쳤지만 두 사람은 본능적으로 서로를 회피했다. 사건은 외형상으로도 그러했으나 사실 따로따로 일어났다. 최치수 살해사건과 최참판댁 일문을 통째로 들어먹은 일은 시간적으로도 거리가 있었고 인물도 관련돼 있지 않았다. 다만 공통된 것은 최참판댁에 위해를 가했다는 점이다. 그러나 은밀하게 조준구는 김평산에게 강한 암시를 주었던 것이다. 그것은 죽은 자, 그 두 사람만의 언어였고 눈짓이었다. 다른 사람은 물론 그들 자손들도 모르는 일이었다. 그럼에도 불구하고 연루되었다는 묘한 착각에 사로잡혀 있었던 것도 그들의 자손들이었다. 그들은 서로의 모습에서 그들 자신의 자화상을 보았고 그 자화상을 보지 않으려 기피하고 눈을 감는 것은 기억 때문이다. 영호와 남현의 경우는 간접 기억이라 할 수도 있겠지. 김평산과 조준구는 죄인들이면서 죄의식이 없었지만 부모 죄업을 멍에같이 짊어져야 했던 자손들은 죄없이 죄의식에 사로잡혀야만 했다. 한복이 며느리에게 악행을 하면 자손들한테 안 좋다는 얘기, 그거는 빈말이 아니더구마, 하고 말한 것은 그의 쓰라린 생애가 응축되어 표현된 것이다.

'지 애비는 그렇게 자라질 못했다.'

한복은 다시 그 말을 씹어본다. 자기 자신은 살인 죄인의 아들로서 햇빛 속에 드러내놓은 삶이었으나 영호는 뒷길을, 음지를 걸어야만 했다.

'지금도 진규애비는…… 걸음걸이부터 활달하지 못하다. 어딘지 주친 닭같이, 아아 에미는 어매 아배 없이 고생하고 살았건만 언제나 당당해 뵈는데, 학식 없는 며느리한테 진규애비가 기우는 것도 그 때문이다.'

사실 그랬다. 숙이는 한복이 집안의 품위(品位)였다. 숙이의 근본은 알 길이 없으나 집안 식구 어느 누구보다 귀스러운 존재였다. 영호만은 다소 늘씬했으나, 그리고 지식으로 닦여진 흔적이 있었으나 다른 식구들은 모두 체격이며 용모에 볼품이 없었다.

'그때 일본 가서 공부하겠다는 것을 말린 것은 내 잘못일까……'

한복은 다시 손수건을 꺼내어 코를 푼다.

'만주나, 어디 먼 곳에 가서 살자 하던 할망구 말을 듣지 않았던 것도 내 잘못일까……. 아니다. 잘못된 자식도 없는데 왜 별안간 이런 생각을 하는 거지? 쓸데없는 생각이다. 뿌리 없이 떠도느니, 또 영호가 두드러져서 사느니, 분복대로 이리 사는 게 뭐가 나쁘다 말인고? 평사리의 내 뿌리는 튼튼하다. 이제는 빚진 것도 빚 받을 것도 없다.'

한복은 일어서서 뒷짐을 지고 충렬사, 이제는 꽃이 없는 짙푸른 동백나무를 바라본다.

"아부니 늦었십니다."

숙이 저자 바구니를 이고 들어왔다.

"있는 것 가지고 먹으면 될 건데 뭐 하러 장에는 갔나."

"저녁 장이라서 물 좋은 고기가 없더마요. 도다리가 있길래 사 와봤는데."

"도다리, 좋지. 횟감으로 사 왔나?"

"예. 진규는 안 왔십니까?"

"글쎄다, 왔다 갔는지."

"왔다 갔네요. 떡을 들어낸 걸 보니, 이눔 자식 오기만 해봐라."

"놔두어라."

"집안 것 퍼다가 말짱 남 주니라고, 그리 헤퍼서."

"그거 다 좋은 거 아니가."

한복은 웃으며 덧붙여 말했다.

"남 줄 것이 있으니 고맙고 줄 동무가 있으니 얼마나 좋노……."

나중의 말은 입 속에서 사라졌다. 웃음도 사라졌다. 나누어 먹기는커녕 얻어먹으면서 기적같이 살아남은 자신의 유년 시절과 나누어 먹을 친구조차 없었던 고독하고 소외되었던 영호의 유년, 소년 시절을 생각했던 것이다. 그 서러운 세월이, 그러나 한으로 남아 있었던 것은 아니었다. 누구에겐지는 모르지만 빚을 갚은 것 같은, 그러면서도 그것은 서러움이었다.

숙이는 장독대 옆에 앉아서 푸성귀를 씻고 있었다. 하얀 손과 푸른 푸성귀가 찰찰 넘게 부은 물 속에서 놀고, 가을 햇빛 또한 물 위에서 덩달아 논다. 멀리서 개 짖는 소리가 들려왔다.

"그 댁은 별고 없는가?"

"예? 조씨댁 말씸입니까?"

푸성귀를 걷어내며 숙이는 되물었다.

"음."

"그 늙은이가 죽은 후로는 만고에 편한갑십디다. 살았일 직에는 동네가 시끄럽었으니께요. 밤낮 없이 광(狂)을 치고 참, 저래가지고 권속들이 우찌 견디나 싶었제요. 하늘 밑에 머리 둔 사람들은 모두 곰새 소목을 불쌍타 했으니께."

"사람이 어찌 그리 하늘과 땅만큼 층(層)이 지는지 모르겠다. 서로 반반씩만 나누어 가졌어도 세상이 편안했을 건데."

숙이는 웃는다.

"와 아니겠십니까. 세상의 조화가 와 그런지…… 지금이사 그 댁도 살림 따시고 자식들은 효성이 지극하고 그만하믄 말년이 좋은 거지요. 세상 돌아가는 형편은 시끌시끌하지마는."

하다가,

'우리도 몽치만 안 그랬이믄 그냥저냥 밥은 묵은께, 징용 간 사람도 없고 병정에 나갈 사람도 없고, 빌어묵을 놈, 지가 머 잘났다고 뻣똑시럽게, 그러이 남한테 인심을 잃었제. 남 사는 대로 살믄 될 긴데 하는 짓짓이, 남 안 하는 일만 골라감

서, 누구를 닮아서 그럴꼬?'

마음속으로 한탄한다. 모화하고 살림을 차린 뒤, 숙이는 계
속 몽치를 올곧잖게 생각하고 곧잘 욕을 하곤 했다. 그러나
마음 깊은 곳에서는 어디 그런가? 시아버지한테 미안하여 내
색은 하지 않았으나 목구멍에 걸린 가시처럼 시시로 마음이
아픈 것은 사실이다. 한밤중에도 눈을 뜨면 매 맞는 몽치가
눈에 밟혀 한숨을 쉬곤 했다. 푸성귀를 씻어놓고 쌀도 씻어놓
은 뒤 숙이는 횟감으로 사온 도다리를 손질한다. 그러고는 장
독대와 부엌을 오가며 저녁 준비를 서두른다. 해가 산마루에
서 꼴딱 넘어간 뒤 국민복을 입은 영호가 가방을 들고 돌아왔
다. 몹시 지친 모습이었다.

"어!"

마루에 앉아 있는 부친을 보고 놀라다가,

"언제 오셨습니까?"

하고 물었다.

"낮에 왔다."

"오늘쯤 오시리라 생각은 했습니다."

가방을 놓고 마루로 올라온 영호는,

"아버지 절 받으십시오."

절을 한다. 그리고 마주 앉는다.

"집에는 별일 없지요?"

"무슨 일이 있겠나. 다 편타."

진규가 살그머니 기어들어왔다.

"아부지."

"해 진 줄도 모르고 어디를 그리 싸돌아다니나."

영호가 나무란다. 부엌에서 그 말을 들은 숙이는,

"매 좀 때리야겠소. 고망쥐맨크로 들락거리믄서 아부니가 가지고 오신 떡을 말짱 작살을 냈십니다."

부엌에서 일러바친다.

"이눔 자식!"

영호가 노려본다. 진규는 쪼르르 마루로 올라가서,

"할배."

구원을 청하듯 한복이 등 뒤에 바싹 붙어 앉는다.

"관두어라. 사내자식이 꿍쳐 넣기만 해도 못쓰네라."

"도모지 버릇이 없어서, 하나라고 오냐오냐하니까."

한복이 등 뒤에서 얼굴만 내민 진규를 다시 노려보다가 영호는 웃는다.

"진규야."

한복이 불렀다.

"응."

"너도 정도껏 해야지. 그리고 뭣이든 아부지한테 보이고 난 뒤, 나누어 먹어도 먹어야지. 할매가 애써서 맨들어 보낸 거를 그래 되겠나? 안 그렇나? 그렇제?"

"야."

저녁상을 내왔다.

"진규 니도 밥 묵을 기가?"

숙이는 물었다.

"아니."

"떡을 그만큼 묵었이믄 밥 정도 없일 기다."

모처럼 성찬이었으나 진규는 밥상을 살피다가 잠이 온다고 했다.

"잠 오믄 방에 들어가서 자거라. 우짜노, 이 맛있는 반찬 못 묵으믄 억울할 긴데."

약을 올리듯 숙이 말했다. 진규는 눈을 비비다가 방으로 들어갔다. 마루에서 불을 켜놓고 저녁을 먹는다. 사방은 짙은 어둠이 깔려 있었다.

"여기는 방공연습 안 하나?"

"합니다."

영호가 대답했다.

"방공호도 파나?"

"여기저기, 관공소에는 다 방공호를 파났습니다."

"포탄이 떨어지면 방공호에 들어갔다고 해서 살겠나?"

"글쎄요, 다 형식적인 것이지요. 사람들은 죽이나마 먹는 일이 급하니까 공습 같은 것 걱정도 안 하는 것 같습니다."

"촌에도 요새는 죽 먹는 사람이 많다. 공출이 좀 심해야지."

저녁이 끝나자 숙이는 밥상을 내가고 부엌에서 설거지를

한다.

"공기가 설렁한데 방으로 들어가시지요."

"그러자."

부자는 건넌방으로 들어갔다.

"그래 너 처남 일은 어찌 돼 있나? 쉬이 나오겠나?"

비로소 본건을 꺼낸다.

"달아난 사람만 잡히면 되는데 종무소식이니 처남이 욕을 보는 것이지요."

영호 역시 홍석기와 몽치, 한복의 관계를 전혀 모른다.

"그러면 잡힐 때까지 일이 어렵게 됐다 그 말인가?"

"여기저기서 손을 쓰고 있으니 나오기야 나오겠지요."

"여기저기라?"

"조남현, 조씨댁의 큰아들인데."

"나도 알고 있다."

"……?"

"도솔암에 갔더니 지감시님께서 조남현이 그 사람한테 서찰을 써주더구만."

"그래요? 처남 부탁입니까?"

"그런 모양이더라. 발씨가 넓고 하니 도움이 될 거라 하시면서."

"그럴 필요 없습니다. 몽치는 선아아버지를 인연으로 그 댁에 드나들어 서로 잘 아는 처지고 저도 부탁을 했습니다."

"그 댁 아들하고는 자주 만나나?"

아들을 외면하며 물었다.

"가끔, 만나서 술잔이나 마십니다."

"서로 까끄러운데……."

"다 지나간 일 아닙니까."

영호 얼굴에 신경질이 나타났다. 그러나 자제한다.

"실은 우리보다 여선주 쪽에서 서둘고 있습니다. 처남이 없으면 어장 일이 죽도 밥도 아니라 하더군요. 굼벵이도 궁글 재주 있다더니."

쓰게 웃는다.

"굼벵이라니? 너보다 알이 찬 아이다. 해도사나 지감시님이 예사 사람인가? 그 밑에서 배우고 컸는데."

"순 촌놈으로 봤는데 제법 아는 것도 있고."

영호는 옛날 같지 않게 몽치를 인정해주고 있었다. 부친의 말을 기분 나빠하지도 않았다.

"신학문에는 네가 나을지 모르나 고학에는 어림없다. 게다가 배짱이 두둑하고 머리 쓰는 것, 사람 다루는 솜씨도 여간 아니다. 너의 처를 보아라. 배운 것이 없으나 그만큼 똑똑하기 어렵다. 역지사지하고 대범하고."

"그 사람이야 저보다 어머니 아버지 마음에 쏙 드는 며느리지요."

약간 볼멘소리로 말했다.

"아까 여기저기서 손을 쓴다 했는데 또 일을 봐주는 사람이
있나?"

"네. 여선주 아들, 여동철이라는 사람하고 조남현, 그리고
차부(車部)를 하는 허삼화라고, 그 사람은 홍이형님의 처남이
지요. 그 세 사람을 삼총사라 합니다."

"삼총사? 그게 무슨 말인가."

"말하자면 단짝이다 그런 뜻이지요. 그래서 여선주 쪽에서
는 허삼화 그 사람한테도 부탁을 한 모양입니다. 통영서는 그
사람 외가가 떵떵거리는 집안이고 허삼화 그 사람도 유지라
할 수 있지요. 홍이 형님 내외가 밀수사건으로 붙잡혀 왔을
때도 허삼화 그 사람이 일처리를 잘했으니까요. 변호사하고
의논해가면서 일을 차근차근 잘했다는 얘기를 들었습니다."

"그, 그라면 우리도 변호사를 사야 하는 거 아닐까?"

"변호사가 필요하다면 여선주가 가만 있었겠습니까? 오히
려 일 크게 벌이는 셈이지요. 죄 없는 사람을 의심이 간다 하
여, 그것도 투서 한 장으로, 아무 근거가 없으니까. 요즘 경찰
서에서 하는 짓이 말짱 그 꼴입니다. 붙잡고 있는 것으로 면
무식이나 하자는 판입니다."

"음."

"아버지한테니까 하는 말이지만 사실 정신 없습니다. 징용
갔다 도망한 것쯤 문제도 아니고 징용 피해서 숨어 있는 사람
찾아내자는 성의도 없어요. 당장 눈앞에 보이는 것만 가지고

소란을 떱니다. 맥 다 풀린 거지요."

"전쟁에 지니까."

"손들 날도 얼마 안 남았습니다."

"그런 말들이 촌에도 돌더구마."

하다가 두 사람은 묘하게 가라앉는다.

그들은 다 같이 서울에 와 있는 김두수 생각을 했던 것이다.

한참 만에,

"형님이 서울 한번 다녀가라고 벌써 세 번이나 편지가 왔는데……."

하고 한복은 무겁게 입을 떼었다. 자세한 얘기는 듣지 못했으나 영호는 지난 이른 봄이었는지, 김두수가 재산을 정리하여 서울로 왔다는 얘기를 잠시 들었다.

"큰아버지가 오시면 안 됩니까?"

영호도 기분이 착잡했던 것이다.

"안 오실 거다. 죽어 송장이 되어도 고향에는 안 간다, 늘 그런 말을 했다."

"……."

"일본이 손을 드는 날이면."

"그야 온존치 못하겠지요."

"온존치 못할 정도가 아니다. 하지만 무슨 죄를 지었건 하나밖에 없는 형이 당할 고초를 생각하면 눈앞이 아득해진다. 당연히 받아 마땅한 벌이겠으나 내 마음이 어찌 편하겠나."

한복은 만주를 몇 번 내왕하면서 김두수, 그러니까 거복의
악행을 소상히 알고 있었다. 그쪽에서 운동하는 사람들이 그
누구보다도 사갈시하며 반드시 죽어야 한다고 벼르고 있는
것도 알고 있었다. 그러나 영호는 밀정이라는 것은 막연하게
알았고 경찰 간부였다는 것은 확실하게 아는 일이었다. 한때
영호는 큰아버지의 도움으로 일본에 건너가서 공부를 더 해
보겠다는 생각을 한 적이 있었다. 그것을 한사코 말린 사람은
부친이었다.

"할 수 없는 일이지요. 큰아버지 때문에 일본이 이겨야 한
다고 할 수는 없지 않습니까."

형제보다 조카는 훨씬 냉정했다.

"무슨 말을 그렇게 하나. 우리는 등 따시고 배부르면 그만
인, 구차스럽게 사는 인생이다마는 설령 니가 죽고 내가 죽는
한이 있어도 나라는 되찾아야지. 너도 중학 댕길 때는 왜놈한
테 반항하여 학업도 중도에 폐한 처지 아닌가. 쓰고 버릴 말
이라도 그러는 게 아니다."

"그러면서도 우리는 큰아버지의 도움을 받았습니다."

입가에 냉소를 머금으면서 영호는 말했다. 한복은 그러한
아들을 우두커니 바라본다.

'형님 도움이 그것뿐이겠나. 도움이라기보다 형을 속인 것
이지만.'

한복은 군자금 나르던 일이며 만주로 피신해가는 사람을

198

인도해 간 일이며 그런 자신의 행적을 되새겨본다. 김두수는 전혀 알지 못하는 일이었으나 김두수의 존재를 이용했던 것만은 사실이다. 그러기 위해서는 형을 찾아간다는 구실이 필요했고 또 찾아가야만 했다. 그러나 형을 찾아간 것은 다만 그 이유 때문만은 아니었다. 혈육을 만나고 싶었던 마음을 결코 부인할 수 없었다.

"인간이란 미물이다. 부끄러웠지만 나는 형의 돈을 받았다. 이만큼이나 살 수 있었던 것도 그 때문이지. 무슨 변명이 필요하겠나."

"저 역시 그랬지요."

"본시 형은 심성이 좋지 않아서 돌아가신 어머님이," 하다가 한복은 흐느낌을 삼키느라 입을 다물었다.

"한으로 하셨지만 그런 일이 없었던들 형이 저렇게까지는 되지 않았을 게다. 어머님을 산에 묻고 나서 형은 솔괭이에 머리를 짓찧고 피를 흘리며 울었다. 바로 그것이 우리 형제를 묶어준 끈이었지. 형도 나도 눈감기 전에는 그 일을 잊지 못할 게다."

"……."

"영호야."

"네."

"술이 있다 하던데."

"네."

영호는 급히 방을 나갔다. 그리고 이내 돌아왔다. 술상을
미리 보아났던지,

"이야기하고 기시길래."

하면서 숙이는 술상을 가져왔다. 그리고 살며시 방문을 닫고
나간다. 영호는 술잔에 술을 부었다.

"드십시오."

"응."

한복은 눈을 감고 술을 마셨다.

"자 너도 한잔 들어라."

영호는 술잔을 받아 몸을 옆으로 돌리며 마신다.

"서울 한번 가야겠지?"

"가시지요."

"동생이 형한테 어찌 손가락질을 하겠나. 함께 손가락질을
받아야지."

"그것은 무슨 뜻입니까?"

"생사를 같이하겠다는 뜻은 아니고, 사불여의할 때."

"도와주어야 한다는 말씀입니까?"

또다시 눈을 감고 술잔을 비운 한복은,

"이것저것 생각해보는 중이다. 형은 만주서 신변이 위험할
것을 생각하고 서울로 왔을 거다. 그러니 만일 일본이 망하는
날 잡히든지 아니면 피신을 하든지, 길은 두 가지밖에 없겠지."

"당할 때는 당하더라도 지금은 그런 생각 하시지 마십시오.

내일 일을 어찌 알겠습니까. 어차피 우리는 밑바닥 인생을 걸어왔으니까, 이 이상 나빠진들, 큰아버지의 운명을 그분한테 맡기십시오."

"하기야 내일의 일을 어찌 알겠나. 조선사람 다 죽을 때까지 전쟁을 할지 그건 모를 일이지."

한복은 여태까지, 다른 사람들에게는 물론 앞서도 말했듯이 아들 영호에게 형에 관하여 터놓고 얘기한 적은 없었다. 되도록이면 간단하게, 혹은 덮어둔 채 지내왔던 것이다. 아주 덮어두고 싶은 것이 한복의 심정이었지만 만주로 가고 오고 해야만 했던 사정 때문에 그럴 수는 없었다.

'아버지도 나이 드시니까 말씀이 많아졌다.'

영호는 마음속으로 중얼거렸다. 그런 점이 없지도 않았다. 그러나 두수가 만주에 있을 적에는 어느 정도 회피할 수도 있었고 덮어둘 수도 있었다. 그가 서울로, 즉 조선으로 나와 있다는 것은 덮어둘 수만 없는 현실로 한복은 인식했고 형의 앞날을 생각하지 않을 수 없었던 것이다. 특히 잠이 오지 않는 밤에는 심한 갈등에 빠지곤 했다. 이제 영호는 일가를 이루었으며 맏아들이다. 그리고 김두수는 엄연한 영호의 백부가 아닌가. 그런 관계가 백지로 환원되는 것도 아니며 물론 씻어버릴 성질의 것도 아니다. 영호도 알 것은 알아야 하며 그의 의견도 필요하다. 결국 오늘에 이르러 한복은 털어놓은 셈이다. 그러는 데는 조남현과 영호가 술자리를 같이 한다는 말에서

힘입은 바가 컸다. 부자는 밤이 늦도록 여러 가지 이야기를
나누었다.

한복이 통영에 온 지 사흘 만에 몽치가 풀려난다는 소식을
들었다. 모화에게도 그 말은 전해졌다. 나온다는 날 한복과
영호 내외가 경찰서 앞에서 몽치를 기다리고 있었는데 모화
는 나타나지 않았다. 아니 멀찌감치, 숨어서 경찰서 정문을
지켜보고 있었다.

절룩절룩 절면서 몽치는 나왔다. 얼굴에 생채기가 나고 몰
골이 형편없었다.

"허 참, 내 뒤에 이리 사람이 많은 줄은 몰랐구마요."

평소와 다름없이 몽치는 이죽거리는 말투였다. 그리고 덧
붙이기를,

"한 사람은 빠졌지마는."

모화를 두고 하는 말이었다.

"누가 나오지 말라, 하기라도 했단 말가? 기별이 갔는데도
안 나오는 거를 우리가 우짤 기고."

숙이 발끈해서 말했다.

"코 벤 죄인이라 안 그렇소."

몽치는 아직도 모화를 인정하지 않으려는 누이에 대하여
그런 식으로 유감을 표시한다.

"어디로 갈래?"

영호가 볼멘소리로 물었다. 동분서주했는데 고작 한다는

말이 그 따윈가 싶었던 것이다.

"서문 고개로 가야지요."

그 한마디에 영호와 숙이의 노여움이 확 풀어진다. 한복은 슬그머니 웃었다. 몽치는 일행을 따라 서문 고개, 영호 집으로 왔다.

"어쨌든 잘됐다. 운수불길하면 그런 일도 당하네라. 그 정도니 천만다행이지."

한복이는 몽치하고만 통하는 말을 했다. 홍석기와 두 사람이 관련된 것은 사실인데 오리무중으로 일이 끝난 것은 정말 다행한 일이었던 것이다.

"천지 분간도 못하고 누워서 도래질을 한다 카더마는 이자는 그 성미 좀 고쳐야 할 기다."

숙이는 여전히 불만스럽게 말했다. 마음속으로는 몽치가 나온 것이 기뻤으나 경찰서 앞에서 취한 그의 언동이 시아버지에게 민망하고 죄스러웠던 것이다. 그나마 다행스러운 것은 제집이랍시고 모화한테 가지 않고 서문 고개를 따라와준 일이다.

"너무 윽박지르지 마라. 그런다고 기죽을 사람도 아니고, 고분고분 남의 비위나 맞추는 그따위 사내자식, 어디다 쓰겠나."

한복이는 며느리를 나무란다.

"아부니가 늘 싸고도시니께 간이 클 대로 커서, 아래위를 모리니 하는 말이지요."

"누부도 웬 잔소리가 그리 많소. 나만 보믄 산 넘어갔던 부애가 돌아오는 모앵이지요? 다 팔자소관이니 그리 알고 사소."

몽치는 말하고 나서 껄껄껄 소리 내어 웃었다.

"흥, 웃는 거를 보이 유치장도 괜찮았던 모양이지? 밖에서 얼매나 속을 태웠는지 알기나 아나?"

하자,

"사돈어른 절 받으십시오."

뒤늦게 몽치는 일어서서 한복에게 절을 한다.

"고맙십니다. 자형한테도 걱정 끼쳐서 미안합니다."

깍듯이 인사를 치르는 몽치 모습을 바라보며 숙이는 비로소 만족한 표정을 지었다. 마음속으로는,

'엎질러 절 받기, 언제 철이 날꼬.'

화기애애하게 저녁을 먹으면서 이런저런 얘기 끝에,

"이번 일에는 여선주의 힘이 컸다. 조남현, 허삼화, 그 사람들도 애 많이 썼고."

영호가 말했다.

"알고 있소."

"몸 추스리거든 찾아가 인사하는 것 잊지 마라."

"그러지요."

몽치를 능멸하듯 하던 영호의 태도가 달라진 것도 꽤 오래전 일이었고 몽치 역시, 어린 시절 첫 대면 때 몹시 자존심이 상했던 일을 잊지 못하고 영호에게 품었던 강한 적개심을 풀

어버린 것은 이삼 년 새 일이다. 어쨌든 이들은 다른 사람들과 같은 처남 매부의 사이가 되어 있었다. 영호도 모화와의 결합에 불만을 표시했으나 몽치는 그것을 고깝게 생각하는 것 같지는 않았다.

밤이 깊어지기 전에 몽치는 자리에서 일어섰다.

"와? 갈라꼬?"

숙이 예민하게 반응을 나타내었다.

"야."

"여기서 하룻밤 자고 가믄 큰일 나겠나?"

"기다릴 깁니다."

"어이구, 충신 났구나!"

하는데,

"걸을 만은 하나?"

한복이 물었다.

"걱정 마시이소."

"그럼 가는 것이 좋겠다. 부부지간인데 당연히 걱정하겠지."

"걱정하는 사람이 와 마중도 안 나옵니까."

비아냥거리는 숙이 말에,

"누부도 이자 그만하소. 코 벤 죄인이라 그렇다 안 했십니까. 염치를 채리서 그러는데 누부가 이해해주어야지요. 하루 보고 말 사람도 아니겄고."

그까짓 뜬계집, 저러다가 헤어질지 모른다는 그런 희망에

쐐기를 박듯 몽치는 강한 의지를 나타내며 말했다.

"그것은 맞는 말이다."

한복이 응원하듯 말했다. 숙이만 민망해진다. 마음속은 그렇지도 않건만 별수 없이 완고하고 성질 나쁜 여자같이 되어 버린 것이다.

"그라믄 가볼랍니다."

몽치는 절룩거리며 나갔다.

한복은 다음 날 평사리로 갔고 새로이 출타 준비를 한 뒤 그 길로 서울을 향해 떠났다.

만주를 오가면서 서울을 지나친 적은 있으나 한복에게 서울은 생소한 곳이었다. 주소를 들고 집을 찾는데 애를 먹었다. 시구문 밖의 신당동은 골목이 많았고 모두 집들이 엇비슷해서 한참을 헤매다가 겨우 찾아낸 집에는 김거복(金巨福)이라는 김두수 본명의 문패가 붙어 있었다. 주인을 찾는 한복이 목소리에 여자가 대문을 열고 내다본다. 영호네보다 서너 살쯤 처지는 듯 중키에 몹시 여윈 여자였다. 낯빛은 병든 사람같이 누렇고 눈동자에는 빛이 없었다. 그러나 왕시에는 꽤 미모였을 것이란 상상은 할 수 있었다.

"뉘시오?"

메마른 목소리로 여자는 물었다.

"하동서 왔습니만."

"하동에서."

하다가 여자는 생각이 난 듯,

"아, 네."

깨달은 눈치였으나 아무런 감정도 나타내지는 않았다.

"형님 계신지요."

그 대답은 없이,

"들어오십시오."

대문에서 비켜서며 여자는 말했다. 한복은 마당으로 들어섰다. 들어서 보니 집은 생각보다 훨씬 넓었다. 길이 잘 들여진 집, 정돈도 잘 되어 있었다. 여자는 천천히 마루로 올라가서 안방 문앞에 멈춰 섰다.

"하동서 손님 오셨습니다."

그러나 대답이 없다.

"하동서 손님 오셨습니다."

여자는 되풀이해서 말했다.

"왔으면 들어오지 날 나오라는 게야!"

악쓰듯 말하는 두수의 목소리가 들려왔다.

"들어가시지요."

냉담하게 말하고 여자는 마루에서 내려와 부엌으로 들어가 버린다. 한복은 들고 온 보따리를 슬그머니 마루 끝에 놔두고 안방 문을 열었다. 두수는 벌겋게 상기된 얼굴로 보료 위에 앉아 있었다. 들어서는 한복을 거들떠보지도 않는다.

"형님 제가 왔습니다."

하고 엉거주춤 서 있는데 비로소 일별을 던지며,

"서울 한번 오기가 그렇게도 힘들더나!"

하며 역정을 낸다.

"힘들다기보다는."

"만사 제쳐놓고 와야 하는 거 아닌가! 형제고 뭐고 다 소용
없다!"

한복은 두루마기 자락을 걷고 자리에 앉았다. 그리고 말없
이 방바닥을 내려다본다.

"이 김두수 아직은 안 죽었다!"

"……."

"내가 누군데? 어떻게 살아왔다고 내가 쉽사리 무너지나,
아직은 귀신 모르게 잡아가는 힘이 내겐 있어!"

한복에게 협박한 것은 아니었다. 그것은 전혀 허세였다.

"형은 아직도 사람 잡아가는 생각만 하고 있소?"

"내가 누군데? 사람 잡아가는 게 내 직업 아니었나? 그게
뭐 잘못됐다는 얘기야?"

두수는 눈두덩이 두꺼운 눈을 까끄름하게 뜨고 한복을 노
려본다.

늙을 때도 되었지만 반백머리의 김두수 모습이 한복에게는
이상했다. 평생 가도 늙지 않을 것 같았기 때문이다. 하기는
십여 년 동안 편지 연락이 있었을 뿐 이들 형제는 만나지 못
했다.

"많이 먹은 놈이 악문은 더 하더라고 네놈이 그나마 권속을 거나리고 사는 것이 다 누구 덕이야?"

"형님 덕 많이 봤지요."

"내가 세상에 나와서 자식 놈들 말고 베풀어준 놈은 너 하나뿐이다! 하나밖에 없는 내 동생, 가슴에 못이 박힌 것도 네놈 하나뿐이다! 내가 서울에 왔다는 소식만 들어도 오라 가라 할 것도 없이 달려와야 하는 것 아니야? 나를 업신여기고 대수로 생각지 않았기 때문이다. 만 사람이 내게 그런다 하더라도 네놈이 그럴 수 있냐? 너만은 나한테 그럴 수는 없어. 그, 그럴 수는 없다."

감정이 치미는 모양이었다. 꺼이꺼이 목쉰 소리를 밀어내며 김두수는 말하는 것이었다.

"잘못했소."

"너도 시류 따라가냐? 이제는 이 나를 이빨 빠진 호랑이쯤으로 치부한다아, 그거지? 아 안 죽었다! 재산도 있고 일본 경찰은 건재해 있다. 나는 공로자야. 어디를 가든 날 지켜준다."

"시류를 따라간다, 그런 말은 마소."

"하면은!"

"혈족 간에 시류를 따르고 자시고가 있겠소?"

"하면은!"

"여태까지 나는 형이 잘한다, 생각한 적은 없지만, 형님 말대로 만인이 형을 비방해도 핏줄은 그럴 수 없는 일 아니겠소? 사불여의하더라도 어찌 내가 형을 저버리겠소."

"뭐 저버린다? 하하핫핫 하핫핫!"

독이 깨지는 듯한 헛웃음을 웃다가 두수는 핏발이 선 조그마한 눈을 들어 한복을 노려본다.

"언제부터 간덩이가 그리 부었냐!"

"……?"

"세상이 갑자기 바뀌기라도 했단 말이야? 저버리다니! 내가 쪽박 차고 네놈 집에 비럭질이라도 하러 왔더란 말이야? 저버리다니!"

"말이 잘못되었으면 용서하시오. 이 일 저 일, 장차 일을 생각하다 보니, 말이 그렇게 된 성싶소."

김두수 얼굴에는 역력하게 당황해하는 빛, 불안의 빛이 나타났으나 그는 허세를 거두어들이려 하지는 않았다. 한복은 그런 두수를 차마 정면으론 보지 못하고 고개를 떨어뜨린다. 큰소리가 오고 가는데도 집 안에서는 사람의 기척이 없었다. 아마도 두수의 처인 듯싶은 아까 여자도 코빼기 한번 내보이지 않았다.

"흥! 말하나 마나 알 만하다. 한심스럽구나, 한심스러워. 너희들 신변이 어찌 될까 봐서 미리부터 기는 모양인데, 어디서 어떤 말을 주워듣고 와서 이러는지 모르겠다만 뭐 듣고 본 게 있어야지. 하나에다가 하나 보태면 둘 된다는 그것밖에 모르는 인생이니 그럴 만도 하다."

완연하게 풀이 죽어갔다.

"우리들 신변이야 뭐 어찌 되겠소? 삼족을 멸하던 시절도 갔고 관가에다가 이름 석 자 내걸어놓고 행세할 처지도 아니며 죽으나 사나 땅 파먹고 사는 신세 아닙니까?"

"그래서."

"살인 죄인의 자식으로도 살 만큼 살았소. 더 이상 두렵고 부끄러운 일이 또 있겠소? 우리 신변이 걱정되어 한 말은 아니오. 다만 형의 신변이 염려되어 그런 것뿐이오."

"뭐가 어째? 너 그런 말 해도 되는 거야? 내 신변이 염려스럽다? 그건 대일본제국이 항복한다는 뜻이다! 콩밥 먹고 싶어!"

신변 얘기는 그 자신이 먼저 해놓고, 그 사실도 잊은 채 김두수는 한복이를 몰아세운다.

"대일본제국은 절대로 전쟁에 지지 않는다!"

"……."

"단 한 번도 일본에는 전쟁에 진 역사가 없어. 아암 그건 사실이야! 만의 일이라도 그렇게 될 경우에는 국민 모두가 옥쇄를 했음 했지 절대로 항복은 안 한다! 그래 그 마당에 조선놈들만 고스란히 살려놓고 그냥 갈 성싶어? 그런 꿈은 꾸지 않는 게 좋아. 모조리 저승길에 앞세우고 갈걸? 그런 달콤한 꿈은 꾸지도 말라고 해! 으하핫핫 하핫핫……."

두수는 입을 찢어지게 벌리고 미친 듯 웃었다. 섬뜩한 웃음소리였고 무시무시한 저주의 목소리였다.

"형은 조선사람 아닌 것 같소."

"내가 어째서 조선사람이야! 나는 벌써 옛날 옛적에 조선사람은 사양했다. 내가 이놈의 땅에서 받은 게 뭐야? 천대와 학대, 배고픔뿐이었다. 그 서러운 세월을 내가 잊어? 못 잊는다! 내 마음속에는 저주와 미움밖에 없어! 너는 어릴 적 일을 잊었나? 병신 같은 놈아! 너는 어릴 적 일을 다 잊었다 그 말가!"

울부짖는 짐승과도 같은 모습이다.

"그건 억지 소리요. 우리가 천대받으며 살아온 것이 어디 나라 탓이오? 아버지 죄업 탓이지."

하고 말하자, 두수는 당장 한복에게 덤벼들 것 같은 시늉을 하면서,

"그 말 잘했다! 그 말 잘했다! 그러면 우리 아버지는 어떻게 살았나! 개처럼 살다가 가셨다!"

"……."

"반가에 태어나서 시정잡배만큼의 대접도 못 받고 능멸과 하시 속에서 살았다. 왜 그랬지? 어떤 놈은 만석 살림으로 떵떵거릴 적에, 나라도 살인했겠다! 하고말고, 아버지 잘못인가? 이놈의 땅, 세상 때문이지."

격정에 사로잡혀 이 가는 소리가 들려올 것만 같았다. 김두수의 생각은 모순과 아집으로 가득 차 있었다. 그리고 그것은 철벽같이 견고한 것이었다. 한복은 한숨을 내어쉰다.

"딱하요. 세상에 그런 억지가 어디 있소? 뭐 말해보아야 소

용없는 일이고, 형은 그러면 저주스런 조선땅에는 뭣하러 돌아왔지요?"

"그거야."

하다가 처음으로 말이 막히는 모양이었다. 한동안 시간이 흘렀다. 차츰 두수의 흥분은 가라앉는 것 같았고 한복에 대한 서운한 마음도 가라앉는 것 같았다. 그는 어느 정도 실토하기 시작했다.

"나는 이제 나이가 들었고, 만주서 할 일도 없어졌으며 차츰 만주서는 그놈들이 기승하기 시작했으니 내 목을 노리는 놈도 적잖아. 게다가 내가 현직에 있는 형편도 아니고 보니."

허풍 떤 일을 잊었는가 두수는 시무룩한 투로 말을 했다. 그리고 그는 두서없는 말을 계속하는 것이었다. 그간 막아놨던 수챗구멍을 터버린 듯 한복을 상대로 끝없이 늘어놓는 것이었다. 하기는 세상에 한복이 말고 그가 상대하여 경계심을 풀고 말할 사람이 어디 또 있었겠는가. 같이 사는 여자는 그 모습만 보아도 두수가 마음 놓고 지껄일 형편은 아닌 듯했고 원래 지은 죄가 많아서 그랬던지 두수는 여자를, 정식 마누라까지 절대로 믿지를 않았다. 여자에게 아들과 딸이 있다는 말은 한복이도 들은 적은 있었으나 만난 적은 없었다. 김두수는 또 이상하게 가족에 대한 얘기는 거의 하지 않았다.

"만일 일본이 손을 들 경우, 나는 일본으로 가면 된다. 그 준비는 이미 다 되어 있고, 여기저기 부동산이 좀 있으니까 식구들은 살 게고, 그렇게 될 경우 네가 주동이 되어야겠다. 계집이란 믿을 것이 못 되니까, 재산상의 문제는 모두 비밀이다. 자식도 그렇고, 지 에미 편이니 별무신통이라."

그동안 가족을 미리 서울로 옮겨놓으면서 두수는 남몰래 부동산을 장만했던 것 같았다.

"큰애는 어찌 되었습니까?"

"큰놈?"

까맣게 잊고 있었던 일이었는지 두수는 물끄러미 동생을 쳐다본다. 큰아이란 일본인 하녀였던 오다케[お竹]하고 살 때 낳은 아들이다. 여자의 신분은 하녀로 둔 채였으나 두수는 그 아들을 매우 사랑하여 아비 노릇을 착실하게 했으나 말하자면 큰아들은 저능아였다. 그리고 심약한 데다가 동경으로 보내어 형편없는 전문학교나마 다니게 했는데 하라는 공부는 아니하고 도박이다 뭐다 하고 낭비벽이 심했던 아들이었다.

"그놈은 지 에미를 따라갔고 소식을 끊은 지도 꽤 오래됐어. 에미 꼬라지가 그래 그랬던지 공을 들였으나 사람이 안 되더군."

"그러면 아까 그분은."

"호적상의 계집이지. 아들 하나 계집애 하나의 생모이기도 하고."

시큰둥하게 말했다.

금녀가 자살한 뒤 김두수는 수없이 많은 여자를 거쳤으나

214

금녀 이후 처음으로 잡아두고 싶었던 여자가 송인숙(宋仁淑)이었다. 꽃다운 처녀였던 인숙을 그의 방식대로 강탈했고 처음으로 정식의 처로 입적까지 했으며 자식도 둘이나 보았지만 그 여자는 결코 마음을 열어주지는 않았다. 그런 만큼 두수도 여자를 가혹하게 다루어왔던 것이다.

"그러면 지금 아이들은 어디 있습니까?"

"계집애는 시집보냈고 머심아는 공업학교 나와서 공장에 기술자로 나가고 있다. 덕택에 징용에 가지 않아도 됐던 게지."

"몇 살인데요?"

"스물여섯 살인가?"

"장가갈 나이가 지난 것 같은데."

한복은 집안에 며느리 같은 여자가 보이지 않아 그렇게 말했다.

"아직은 안 가겠다니까, 지 알아 하겠지."

냉담하게 말했다. 그는 가족들 얘기보다 다른 할 얘기가 많았던 것 같았다. 얼른 화제를 바꾸면서 아까처럼 두서없는 말을 계속하는 것이었다. 이야기가 이리 뛰고 저리 뛰었다. 그러다가는 서울에 있는 부동산의 문제로 돌아오곤 한다. 그는 아들을 믿지 않는 것 같았고 또 아들에게 관심도 없는 것처럼 보였다. 한복이에게만 매달리는 것 같은 기색이 역력했다.

5장 동천(冬天)

양현은 좁은 공간에 꽉 끼어들어 옴짝달싹할 수 없는 것 같은 그런 모습으로 앉아 있었다. 그동안 그의 영혼이 얼마나 깊이 앓았는지를 여실하게 나타낸 모습이었다.

"양현아, 아가."

무릎을 맞대며 서희는 불렀다. 그도 초췌한 모습이었다.

"자식한테 이기는 부모는 없다."

서희는 말하면서 눈물을 흘렸다.

"엄마!"

서희 무릎에 엎으러지며 양현은 소리 내어 울었다.

"집으로 가자."

양현의 등을 쓸어주며 목메어 한다. 이들을 환국은 지켜보고 앉아 있었다. 양력설은 지났고 음력설을 눈앞에 두고 있는데 평사리에서 별안간 서희는 상경했다.

"날 양현이 있는 데 데려다주지 않으련?"

서희는 아들에게 말했다. 함께 있던 덕희가,

"어머님, 거기에는 뭣하시게요."

하며 불만스럽게 의외란 듯, 그리고 불만스럽게 말했다.

"뭘 하다니? 딸자식 있는 곳에 어미가 찾아가는 것이 잘못된 일이라도 된단 말이냐?"

서희는 냉엄한 눈빛으로 덕희를 쏘아보았다.

"그, 그런 뜻이 아니옵고."

덕희는 당황하여 어찌할 줄을 몰라했다. 시집온 후 그와 같은 시어머니의 눈빛을 처음 보았기 때문이다. 그리고 딸자식과 어미라는 말 속에는 덕희에 대한 준열한 질타가 있었다. 왜 양현은 서울에서 모교 부속병원에 남지 않았는가, 진주 도립병원에 올 수도 있었는데 낯설고 아무 연고 없는 인천 개인병원에는 왜 갔는가, 그 이유를 서희는 알고 있는 듯 그런 눈빛에 덕희는 질린다. 사실 그랬다. 서희는 짐작하고 있었다. 그러나 윤국이와 양현이 혼인을 하게 되면 두 사람 사이의 갈등은 해소될 듯했고 설령 그것이 지속된다 해도 그들이 대등한 처지에 있는 만큼 서희는 능히 다스릴 수 있으리라 믿었다. 해서 함구하고 있었던 것이다.

"어머님은 뭔가 오해를 하고 계시는가 분데."

제 발이 저려 덕가가 말하니까 이번에는 환국이 아내를 쳐다보는 것이었다. 남편 앞에서는 어느 정도 양현에 대한 감정을 털어놓은 바가 있었고, 자신이 말하지 않아도 잘 알고 있었던 환국이가 그의 허위성을 비난하듯 쳐다보는 것에 덕희는 또 한 번 질린다.

"그만두어라."

그리고 아들을 향해,

"언제 날 데려다주겠니?"

"원하신다면 내일이라도 가지요."

해서 모자는 인천에 왔고 양현이 묵고 있는 집에서 그와 마주
했던 것이다.

환국은, 무릎에 엎드려 흐느껴 우는 양현도 그랬지만 양현
의 등을 쓸어주며 소리 없이 눈물을 흘리는 어머니 모습에서
더할 수 없는 아름다움을 느낀다. 아름다움을 느끼고 있는 자
기 자신에 죄책감을 느끼면서도.

"자아 이제 그만해라. 집으로 가자."

서희는 양현을 안아 일으켰다.

"짐 챙겨라."

그 말에는 거역할 수 없는 강한 의지가 담겨 있었다. 사표
는 환국이가 썼다.

세 사람이 집을 나섰을 때, 얼어붙은 듯한 겨울 하늘, 바닷
바람이 세차게 불었다. 항구에 닻을 내렸던 배가 떠나듯 양현
은 서희와 환국이, 그들과 함께 기차를 탔다. 생각을 해보면
일 년이 넘는 세월이었다. 그리고 두 여자에게는 가장 비극적
인 세월이기도 했다. 서희가 양현을 데려오겠다고 결심한 것
은 최근의 일이다. 지난가을 환국이 평사리로 내려왔을 때 서
희는 물었다.

"양현이가 그러는 이유가 뭐냐."

느닷없는 말에 환국은 놀랐다. 어머니가 아버지와 윤국이
못지않게 양현을 늘 생각하고 있다는 것을 알고 있었으나 입
밖에 말을 낸 것이 의외였던 것이다. 그러나 윤국의 학병 문

제가 없었더라면 진작 물었어야 했던 일이다.

"기왕 일이 그렇게 됐으니까 어머님도 아셔야 할 것 같습니다. 실은."

환국은 그간의 일을 간략하게 설명을 했다. 서희는, 그러나 뜻밖에 큰 충격을 받은 것 같지는 않았다.

"그 아이는."

그 아이란 송영광을 두고 한 말이었다.

"떠났습니다."

"……?"

"만주로 떠났습니다."

"어째서?"

"아마도 윤국이가 학병 나가는 것을 보고 결심했던 것 같습니다."

서희는 생각에 잠긴다.

"처지가 그렇기는 하지만 심성은 맑고 깨끗한 사람이지요. 왜 울분이 없겠습니까. 그러다 보니…… 자연 성질이 거칠어지고 본의 아니게 일도 꼬여서."

환국은 무너지듯 말했다. 어머니 앞에서 영광을 두둔해서는 안 된다 생각하면서도 그리움, 영광에 대한 회한이 북받쳤던 것이었다.

부친과 윤국에 대한 근심 걱정과 그리움 사이에 가끔 끼어드는 송영광을 향한 환국의 감정이다. 그것은 오랜 우정을 통하여 서로 알고 이해하는 데서 우러난 순수한 감정인 것이다. 물론 천성적으로 타고난 영광의 인간적 매력에 매료된 점도 있었지만 상처받은 영혼의 신음, 깊은 곳에 묻어둔 통곡 같은 것, 외톨이의 애잔한 그림자를 끌고가는 듯한 모습, 그것은 슬픈 것이었지만 환국에게는 아름다운 것이기도 했다.

섬세하고 화사한 영광의 감수성을 사랑했으며 굽힐 줄 모르는 내면의 견고한 은빛 성(城)에 경의를 표하기도 했다. 특히 그림을 그릴 적에 환국은 영광을 많이 생각한다.

그러나 그의 어떠한 장점에도 백정이라는 신분의 꼬리표는 붙어 다녔다. 그 꼬리표는 그의 삶을 강인하게 지배하려 했고 그것에 불복하여 현실에서 유리, 방랑의 길을 택하였던 송영광. 환국은 길을 걷다가, 한밤중에도 가끔 그의 삶을 생각할 때가 있었다. 떠난 뒤에는 더욱 선명하게 그의 모든 것이 떠오르곤 했다.

'영광의 어디가 어때서? 양현이 불행해질 것이라고 나는 그에게 말했다. 어째서 불행해지나. 왜 그런 말을 했지? 전염병 환자처럼, 양현으로부터 물러나라고, 그에게 상처를 주기론 나라고 예외는 아니었지 않은가. 그런데 그는 나를 용서했다.'

환국은 그런 말을 혼자 중얼거릴 때 깊은 회한에 빠진다.

'영원한 자유인 송영광, 세속적 욕망을 다 버리고 인간의 존엄성을 취했던 사내, 넌 백정의 그 시퍼런 칼날같이 절벽에 서 있었고 방금 잡은 짐승의 피같이 신선했다. 상식에 찌든 내가 널 보고 무슨 말을 했지? 양현과 너를 저울대에 올려놓고 마치 인색한 장사꾼처럼 저울질을 했다. 도대체 사람과 삶은 저울대에 올려놓을 수 있는 뭐 그런 거였나? 어쩌면 영광은 자신의 생애, 단 한 번, 양현을 위하여 현실과 타협하려 했는지 모른다. 단 한 번의 기회였는지 모른다. 그것을 박탈할 권리가 과연 우리에게 있었는가.'

그렇게 중얼거릴 때도 있었다.

"지나놓고 보면 양현이도 그럴 수밖에 없었을 겁니다. 어머님도 아시다시피 주변사정에 따라서 마음을 달리할 그런 아이가 아니지 않습니까? 양현이가 세속적 욕망이 강했다면 영광이를 단념할 수도 있었을 것이며 비밀을 묻어둔 채 우리를 기만할 수도 있었을 것입니다. 이렇게 말씀드리면 혹 오해하실지 모르겠습니다만 그것은 순전히 양현의 감정 문제였지 두 사람이 뭐 장래를 약속한 사이도 아닐 것입니다."

"그것은 나도 안다."

"......?"

"그 애는 외로웠고 짝을 찾고 싶었을 게야."

이 경우 짝은 반드시 남자를, 결혼 상대를 의미한 것은 아니었다. 동류(同類)를 찾는다는 그런 뜻의 표현이다.

"네, 바로 그랬을 것입니다."

환국은 흥분하여 말했던 것이다. 그러나 그때 서희는 양현을 데려오겠다는 뜻은 비치지도 않았다.

세 사람은 추위에 몸을 움츠리며 각기 생각에 잠겨서 서울행 기차에 흔들리고 있었다.

"언젠가 시골에 갔을 때, 밭에서 풀을 매던 안늙은이가 풀 매는 사람은 걸어가고 풀은 날아간다, 그런 말을 하더군."
하며 웃던 영광을, 환국은 또 생각하고 있었다. 왜 영광은 그 말을 귀담아들었을까? 인위적인 것과 생명의 본질을 그는 생각했던 것일까? 어쩌면 그는 인위적인 것에 대한 경멸이었는지 모른다. 아니, 아니다. 그는 생명의 승리를 믿고 싶었던 것은 아니었을까? 환국은 차창 밖에 시선을 던지고 있는 양현을 바라본다.

'저 애는 지금 무슨 생각을 하고 있는 걸까? 또 어머니는?'
양현은 자주색 바탕에 검정 무늬가 있는 새틴의 머플러로 얼굴을 싸고 있었다. 메마른 입술은 다물려 있었고 낯빛은 창백했으며 몹시 여위어 있었다. 그는 차창 밖을, 지나가는 풍경을 보고 있었으나, 그러나 보고 있는 것 같지는 않았다.

'환국이 자네는 기둥이다. 무게를 지탱하는 기둥, 기둥은 탈출할 수가 없어. 세상을 바라보면 고고하게 진실을 말하고 행하는 사람도 드물지만 어릿광대가 되어 진실을 행하는 사람은 더욱더 드물어. 옳지 않아도 그 수가 많으면 옳은 것이 되고 옳은 것도 그 수가 적으면 그른 것이 되는 세상, 남 하는 대로 따라가며 사는데…… 뭐 자네를 어릿광대로 비유한 것은 아니지만 너무 자신을 나무라고 자책하는 거 아니다. 자네

가 그러면 나같이 진실을 행하지 않는 어릿광대들은 도시 어떻게 해야 하나?'

언젠가 순철이 하던 말이 느닷없이 귓가에 울려왔다.

'이지러진 식민지 백성들, 자네만큼이나 균형을 잡고 사는 사람도 드물어. 천덕꾸러기 눈치 보기, 그게 어디 서민층만 그런가? 오히려 상층에 갈수록 그게 더 심하거든.'

'내가 기둥인가? 내가 무슨 놈의 기둥. 다 무너지고 찢기고, 천덕꾸러기 눈치 보기는 아닐지 몰라도 그만큼 더 많이 더 깊게 상처를 받았다. 돌이킬 수 없게 상처를 받았다. 균형을 잡고 산다구? 완전 무방비, 다만 존재할 뿐이지. 항상 순철이는 내게 점수가 후해. 나는 무능하고 우유부단하며 용기가 없어. 항상 많은 편에 순응하며 살아가는 이 허위에 가득 찬 삶.'

한편 양현은 목도리를 바다에 버린 생각을 하고 있었다. 윤국이 학병으로 나가면서부터 영광과 양현 사이의 만남이나 연락은 두절되었다. 양현은 두 사람을 다 함께 피안으로 보낸 것만 같았다. 그랬는데 초겨울에 양현은 돈암동 그 집으로 갔다. 낯선 아이들이 마당에서 놀고 있었다.

"......?"

"뉘시오?"

부엌에서 여자가 얼굴을 내밀며 물었다.

"저기, 여기 송영광 씨 안 계시나요? 어, 어머님은?"

"집임자 말이유?"

"……."

"우리는 세든 사람인데 그 할머니는 여기 안 살아요."

양현은 망연자실하여 여자를 쳐다보았다. 그때 그 풍경은 악몽같이 가끔씩 양현의 눈앞에 나타나곤 했다.

'그 할머니는 여기 안 살아요, 그 할머니는 여기 안 살아요, 그 할머니는 여기 안 살아요…….'

양현은 영광이 다시 돌아오지 않을 것을 깨달았다. 한마디 말도 없이, 이별의 말도 없이 가버린 사람, 양현은 그날 온종일 거리를 헤매었다. 거리는 자기 자신의 현실이 아닌 듯 마치 영화의 장면같이 지나가고 있었다. 몽유병자같이 명희에게 왔을 때,

"양현아! 왜 이러니?"

명희가 소리쳤다. 그러나 양현은 쓰러지지 않고 방에 들어와서 단정하게 앉았다.

"왜 이러니? 무슨 일이냐!"

"아주머니."

"응 그래."

"나 괜찮아요."

"말을 해."

"제 어머니도 여러 남자로부터 버림을 받았다는 얘길 들었어요."

"……."

"나 괜찮아요."

"무슨 일이니?"

"그 사람 가버렸어요."

한동안 침묵이 흘렀다.

"버림받았다는 것과 가버렸다는 것은 다르다."

한참 만에 명희는 말했다.

"그 차이점에 무슨 의미가 있을까요."

"너를 위해."

말이 끝나기도 전에,

"지금 저에게는 그것도 무의미한 거예요. 다만 전 지금 혼자라는 사실뿐입니다."

"그 사람 심정도 이해해야 해."

"저 원망하고 있는 거 아니에요. 저에게도 그 사람만큼의 의지가 필요하겠구나 생각했지요."

평이한 목소리였으나 추위 탓인지 양현은 떨고 있었다.

인천으로 돌아온 양현은 영광이가 감아주었던 목도리를 바다에 던졌다. 바닷가에 앉아서 그는 섬진강에 띄워 보낸 꽃다발 생각을 했다.

'엄마, 엄마, 다 갔어. 다 가고 말았어. 저기 떠나는 배같이, 다시 돌아오지 않을 거야.'

양현은 그때 일을 생각하면서 인천이라는 항구도시에 영원한 고별을 하고 있는 자기 자신을, 인천뿐만 아니라 모든 것에 대하여 고별을 하고 있는 자기 자신을 강하게 뼈저리게 느끼는 것이었다.

세 사람은 기차에서 내렸다. 사람들은 피난이라도 가는 길인 듯 이고 지고 플랫폼을 빠져나왔고 개미들의 행군같이 계단을 한 덩어리가 되어 올라간다. 더욱 초라하고 찌든 군중들, 철저하게 탈진된 군중들, 바람은 살을 에듯 차고 겨울 하늘은 스산한 철로를 내려다보고 있었다.

혜화동까지 갔을 때,

"너는 먼저 가거라. 우리는 명희 선생 댁에 들렀다 가마."

서희가 환국이를 보고 말했다. 그것은 양현에 대한 배려였고 덕희에 대해서는 일종의 시위였다.

"그럼 먼저 가겠습니다."

잠시 당혹해하다가 환국은 발길을 돌렸다. 명희 집에 두 사람이 들어갔을 때 명희는 외출할 참이었는지 외투를 입고 마루에서 내려오는 것이었다.

"어머나!"

깜짝 놀란다.

"오래간만입니다."

정중하게 서희는 인사를 했다.

"아주머니 안녕하셨어요?"

양현도 인사를 했다.

"이런 추운 날씨에, 어서 올라오십시오."

"외출하실 모양인데, 그럼 우린 그냥 가지요."

서희 말에 명희는 강하게 손짓하며,

"아닙니다. 꼭 가야 할 일이 있는 것도 아니고."

명희는 평소 단정했던 그답지 않게 몹시 허둥대었다. 서희
와 양현이 함께 나타나리라는 것은 상상조차 한 일이 없었기
때문이다.

"어서 드십시오. 정말 뜻밖입니다."

거듭하여 명희는 권했다.

"그럼 잠시."

세 사람은 모두 외투를 벗고 따뜻한 안방에 마주들 보고 앉
았다. 침묵이 지나갔고 어딘지 모르게 어색한 분위기가 흘렀
다. 계집아이가 따끈한 유자차를 내왔다.

"드시지요."

차를 마시면서,

"별안간 어찌 된 일입니까."

그간의 사정을 비교적 소상하게 알고 있는 명희로서는 묻
지 않을 수가 없었다.

"이 애를 데리러 왔어요."

서희는 양현을 향해 고갯짓을 하며 말했다.

"아아."

너무나 뜻밖의 말에 명희는 충격을 받으면서도 믿어지지
않는 표정이다.

"세상 돌아가는 것이 하도 수상하여 언제 어떻게 될지 모르겠고 당분간 데리고 있으려구요."

잠시 멈칫하다가,

"참 잘 생각하셨습니다."

하고 나서 명희는 양현에게 말했다.

"양현이는 어머님께 용서를 빌었니?"

"용서를 빌고 할 것도 없습니다. 어쩝니까? 자식도 머리가 커지면 부모가 져주어야지요."

"고마운 말씀입니다. 정말 잘하셨습니다. 양현아."

"네."

"깊이 명심해라. 어머님이 홀로 계시는데 진작부터 내려갔어야 했어. 곁에 있을 사람이 너밖에 더 있니? 병원일이야 당분간 쉬었다가 복귀할 수도 있고, 어머님의 마음을 깊이 헤아려야 할 거다. 알아들어?"

"네."

명희는 수다스럽게 느껴질 만큼 흥분해 있었다. 아니 균형을 잃고 있었다. 그것을 명희 자신이 느끼는 만큼 더욱더 균형은 깨어진다. 최서희의 강한 성격을 어느 정도 알고 있었기 때문에 명희는 양현과 절연할지 모른다는 생각을 했다. 양현이 역시 처지가 처지인 만큼 그 집에 남는다는 것은 어려운 일일 거라 생각하기도 했다. 이제는 끝장이라 하던 덕희의 말에 반박할 여지도 없었다. 그랬는데 두 사람이 함께 나타난 새로운 전개에 어째서 명희는 동요하는 것일까. 물론 두 사람을 위해, 특히 양현을 위해 명희는 기뻐했다. 그러나 한 가닥의 실망과 쓸쓸함이 그의 마음에 배어드는 것을 그도 어쩌지 못한다. 마치 수중의 구슬을 빼앗긴 것 같은 묘한 기분인 것이다. 명희가 균형을 잃는 것은 그 때문이다. 결코 그들이 갈라서는 것을 원했던 것도 아니었으며 이제는 양현을 자기 자신이 보호해야겠다는 노골적 욕심을 가진 바도 없었는데 민망하고 부끄러웠다. 양현이 어릴 적에, 진주까지 내려가서 자신이 양육할 것을 희망했고 그것을 서희는 거절했다. 그때의 희망과 실망은 자신도 모르게 명희 의식 속에 남아 있었는지 모른다. 양현에게는 이상현이라는 그림자가 드리워져 있는 것도 사실이다. 아무튼 어머니와 딸로서 밀착되어 있는 그들을 눈앞에 보면서 선망과 자신의 주변이 적료함을 뼈저리게 느끼는 명희였다.

"요즘 교장 선생님은 어떻게 지내시는지요."

서희의 음성이 먼 곳에서 들려왔다.

"아, 네."

"건강이, 좀 나아지셨는지."

"그저 그렇지요. 자책 비관만 하고 있으니 이제는 식구들도 어쩔 수 없군요."

"산에 가까이 있으면서도 뵙기가 어렵습니다. 두어 달 전에 도솔암에서 만나뵙기는 했습니다만 상심하고 계신 것 같았습니다."

"그건, 조카 때문만은 아닐 것입니다. 오빠나 저나 말을 하자면 인생의 실패작이지요."

명희는 스스럼없이 말하고 자조적으로 웃었다. 여태 명희는 그런 식으로 서희에게 말한 적이 없었다.

"그런 말씀 마십시오."

"사실이 그렇습니다."

양현이 명희를 쳐다보았다.

"살기로는 모두가 각각이지만 성공한 삶이란 누구에게나 그것은 덧없는 소망일 뿐입니다."

서희 역시 그런 식으로 남에게 말한 적은 없었다. 그는 자기 자신을 털어놓은 일도 없었고 자기가 부리는 아랫사람에게도 간단한 명령뿐 설교 같은 것 삶의 의미 같은 것 말하는 성미가 아니었다. 명희는 역력하게 변해 있는 서희 모습을 본다. 그것은 약화된 모습, 약화된 말의 내용이었다. 자식도 머리가 커지면 부모가 져주어야 한다는 말에서부터 그러했다. 길상의 구속에서부터 양현의 문제, 그리고 윤국은 최서희에게 결정타 같은 것이리란 생각을 명희도 했었다. 모성, 그것은 무엇일까? 명희는 견딜 수 없는 슬픔을 느낀다. 서희의 약화된 모습은 오히려 거대한 산같이 느껴지는 것이었다.

조카 희재가 학병으로 끌려나간 뒤 올케의 상심을 곁에서 지켜본 명희였다.

"자식 없는 것 조금도 한탄하시지 마세요. 무자식 상팔자라
는 말을 이제는 알 것 같네요."

그것은 눈물을 흘리며 올케가 명희보고 한 말이었다.

"서의돈 씨 댁은 요즘 어떻게 지내시는지요."

서희는 또 물었다. 명희의 친정과는 앞뒷집 이웃 간이어서
서희는 물었을 것이다.

"형무소에 계시는 분이 고생이지요. 그 댁은 일찍부터 서선생
님 동생이 주관해왔기 때문에 집안의 어려움은 별로 없지요."

"참, 그 동생 되는 분은 근화방직의 간부라 했지요?"

"그렇습니다."

"늙으신 아버님이 계시다는 말을 들었는데."

"네, 팔십이 넘으셨지요. 하지만 정정하십니다. 워낙이 기
강하신 어른이라, 나라를 잃었는데 사내대장부 그만한 고생
도 안 하겠느냐 늘 그러세요."

"또 한 분 유인성이라는 분은."

"그 댁이 어렵습니다. 외아들이 결핵 요양소에 있어서 누이
되는 분이 뒷바라지를 하고 있는 모양입니다."

사실 두 사람의 말은 모두 건성이었다. 서희는 어머니는 계
시지 않느냐는 말을 묻지 않았고 명희 역시 누이가 뒷바라지
하게 된 설명을 하지 않는다.

"누이라면? 인실이라는 분이 옛날에 저희 집에 온 일이 있
었는데, 두어 번 왔을 건데."

혼잣말같이 뇌었다.

"인실이한테는 언니가 한 분 있지요."

그것으로 화제는 끊기고 말았다. 일어서야 하는데 서희는 엉거주춤 앉아 있었다.

"언제 내려가시지요?"

명희는 가까스로 말머리를 꺼내었다.

"내일, 내일 아침 차로 가야지요."

"소찬이지만 저녁 드시고 가십시오."

또 어렵게 명희는 말을 꺼내었다. 할 말이 그것밖에 없었던 것이다.

"가서 먹지요, 뭐."

했으나 서희는 일어서지 않았다. 결국 서희와 양현은 명희 집에서 저녁을 먹고 어둑어둑해졌을 때 떠났다. 서희가 그의 처신에 걸맞지 않게 미적거리고 있었던 것은 덕희와 양현이 부딪치지 않게 배려한 때문이었다.

그들이 떠난 후 명희는 오랫동안 방 한가운데 쭈그린 채 앉아 있었다. 쓸쓸하고 공허하다는 생각은 아니었다. 자신의 민망스럽고 부끄러운 마음 상태를 마치 항아리 속을 들여다보듯 골똘하게 들여다보는 것이었다.

'외로움은 사람을 이렇게 추하게 만드는 걸까? 난 도대체 뭘 거머잡으려는 거지? 물에 빠진 사람이 지푸라기 거머잡듯이 말이야.'

무릎 위에 얼굴을 얹는다. 망막에 불꽃이 튄다. 푸른 광선이 원을 그리며 모여들었다가는 퍼져 나가고 그리고 사라진다. 밤하늘의 불꽃놀이같이 현란하다. 명희는 얼마나 오랫동안 망막에 비치는 그 현란한 모양을 응시했을까. 밤은 깊어져갔다.

이튿날 아침 명희가 잠을 깨었을 때 겨울 햇빛이 장지문을 통해 방 안까지 들어와 있었다.

'양현이는 떠났겠구나.'

머리맡에 두 손을 받치고 천장을 올려다본다. 그리고 꿈을 생각한다. 통영의 그 바닷가, 종종 꿈에 나타났던 풍경이었지만 그새 통 꾸지 않았던 꿈을 어젯밤 꾸었다. 바닷가의 그 바라크 건물의 분교, 인실을 본 것 같았고 두 남자를 보았는데 그게 누구인지 확실치는 않았다.

'어제 인실이 얘기를 한 때문일 거야.'

그 꿈은 항상 춥고 배고파하는 그런 분위기를 지니고 있었다. 어떤 때는 얼어붙는 것 같은, 숨이 막히는 듯, 가슴을 치고 싶은 그런 느낌일 때도 있었다. 두 사내가 누구인지 분명치는 않았으나 희미한 얼굴에 눈만 뚜렷했고 그 눈은 부릅뜨고 있었다.

'오빠 집으로 들어갈까? 올케더러 함께 와서 살자 할까? 여옥이는 왜 여태 안 오는 거지? 여옥인 좋겠다. 나가면 갈 곳이 있으니까.'

명희는 천천히 몸을 일으켰다.

'어쩌면 예민한 그분이 내 마음을 간파했을지도 몰라. 가엾은 거지.'

늦은 조반을 먹은 명희는 옷을 갈아입고 외출준비를 했다. 실은 어제 선혜한테 가려다가 말았다. 한동안 시골에 가 있었던 선혜가 돌아왔다는 기별을 받았기 때문이다. 고작 갈 곳이라고는 선혜가 서울 있을 때는 그 집이었고 다음은 친정이다.

'오빠한테 가볼까? 산에는 눈이 덮여 있을 거야. 가는 길에 양현이도 찾아보고. 부인께서 내 마음을 알았다면 싫어하시겠지? 하지만 싫어하실 만큼 그들 관계가 나빠질 것을 바라지는 않았어. 정말 그런 생각까지는 절대로 하지 않았어.'

명희는 마음속으로 중얼중얼 중얼거리다가 계집아이에게 집 잘 보라는 얘기를 하고 대문을 나섰다.

한길로 나온 명희는 옛날 강혜숙이 양장점을 하던 곳까지 걸어 내려왔다. 지금은 양장점 대신 헌책방이 되어 있었다. 과연 헌책을 사고 파는 사람이 있는지, 산뜻했던 옛날 양장점과 다르게 헌책이 쌓여 어두컴컴하고 낡은 헌책방은 언제 보아도 손님은 없어 한가하기만 했다. 그 앞을 지날 때 명희는 가끔 강혜숙을 생각하곤 했다. 환국이 전하는 말로는 아들을 낳았고 잘 산다는 것이었다.

헌책방에서 몇 발짝이나 걸어 내려갔을까? 길 아래쪽에서 중년의 사내 두 사람이 걸어 올라오는 것이 보였다. 두꺼운 외투, 두 손을 호주머니 속에 찌른 채 나란히 걸어 올라오는

데 한 사내는 안경을 끼고 있었으며, 한 사내는 땅을 내려다보는 자세로, 뭔가 얘기를 하며 걷고 있는 것 같았다. 비교적 부유하고 수준 높은 사람들이 사는 동네였지만 그들은 뭔지 모르게 이 동네하고는 분위기가 다른 지식인들이라는 느낌을 준다. 내려가고 올라오고 그들과 명희와의 거리가 좁혀졌다. 고개를 숙이며 걷던 사내가 얼굴을 들었다.

'아아!'

명희는 마음속으로 소리쳤다. 그리고 발이 땅에 붙은 것처럼 멈추고 말았다. 그는 다름 아닌 조찬하였다. 찬하도 완연하게 놀란 기색이었다. 그러나 그냥 지나칠까 망설이듯 하다가,

"오래간만입니다."

하고 인사를 했다. 찬하보다 더 놀라고 당황한 사람은 동행인 오가타였다. 어찌할 바를 모른다. 꽤 긴 세월이 흘렀으나 눈이 부시게 푸른 바닷가, 그때의 강렬한 풍경을 오가타는 잊지 못한다. 그 바닷가 바라크같이 지어진 분교 앞에서 검정 옷을 입었던 여자, 얼굴이 가면같이 굳어 있던 여자, 그 여자 앞에서 산산이 부서지는 조찬하의 모습을 목격했던 오가타였다. 그는 동행한 인실에게 비극이라고 말했다. 오가타는 저도 모르게 발길을 옮겼다. 찬하 혼자 내버려두고 앞서 간다.

"그간 어떻게 지내셨습니까?"

찬하 얼굴에는 아주 엷은 것이었지만 굴욕감에서 오는 쓰거운 표정이 지나갔다. 명희는 발이 땅에 붙은 것처럼 입도

붙어버린 듯 말을 못한다.

"이렇게 무사하게 계시니 참 다행입니다."

"……."

"집안은 모두 무고하신지요."

찬하는 더 이상 일방적으로 얘기할 수 없었던지,

"그럼."

하고 떠나려 하는데 명희는 화닥닥 막아서듯,

"용서하세요."

어린애처럼, 당장 울음보라도 터뜨릴 것처럼 입술을 비죽거렸다.

"용서해주세요, 그때 일."

"괜찮습니다. 다 지나간 일인데요 뭐."

"제 생각만 하고, 부끄럽습니다."

찬하는 명희를 외면하듯 하늘을 올려다본다. 동천(冬天), 구름 한 점이 없다. 가슴이 쓰라리지 않는 것은 아니었지만 세월의 흐름을 보다 강하게 그리고 서글프게 느낀다. 이 정도나마 그 젊은 날의 아픔이 엷어졌다는 데 대한 서글픔이었다.

"그럼 저는 가보겠습니다. 부디 건강하십시오."

찬하는 발길을 옮겼다. 명희는 말뚝같이 길 위에 서 있었다.

조찬하와 오가타는 환국이를 만나러 가는 길이었다. 찬하가 급한 걸음으로 오가타를 따라잡았을 때 굳어버린 듯 오가타는 말이 없었다. 뿐만 아니라 찬하를 쳐다보는 것조차 두려 위하는 것 같았다. 그렇게 오랫동안 사귀었음에도, 옆에서 일의 전말은 알고 있었지만 찬하는 오가타에게 자기 마음 깊은 곳까지는 털어놓지 않았다. 그것은 굳이 비밀로 하려는 의도라기보다 찬하의 교양에 속하는 일인 듯싶었다. 보여지는 것을 감추려 하지는 않았으나 자기 감정에 대한 설명은 별로 하지 않았다. 그러나 오가타는 가장 첨예하고 가장 절망적인 바닷가에서의 사건을 목격했으며 부서지고 깨어지는 찬하의 모습을 보았다. 한 사나이가 철저하게 내동댕이쳐지는 것을 보았다. 그 상처가 얼마나 깊은 것인지 오가타는 너무나 잘 알고 있었다. 그때 찬하는 결코 그럴 사람이 아니었는데 얼마나 낭패를 했으면, 얼마나 자신이 처참했으면 인실과 오가타를 낯선 항구에 내버려둔 채 말 한마디 없이 혼자 떠나지 않았던가. 그것은 또한 오가타에게는 운명적인 것이었다. 꿈같이 인실과 맺어졌고 아들 쇼지와 이어진 진하고도 끈끈한 인연의 줄은 거기서부터 시작이 되었던 것이다. 거대하고 은밀하며 기적과도 같은 우연, 만나는가 하면 헤어지고 아아, 인간들의 끝이 없는 드라마, 오가타는 진정 그 찬란함에 눈부심을 느낀다. 그것이 비극이든 희극이든 간에 행복이든 불행이든 간에 삶은 찬란하고도 신비롭다. 그것은 어떠한 힘으로, 무엇에 의해 짜여졌더란 말인가. 오가타는 저도 모르게 한숨을 내쉰다.

'지금 나는 무슨 생각을 했나? 사람들은 뿌리 뽑힌 잡초같이 전쟁에 쫓기고 방황하며 죽어가고 있는데.'

갑자기 오가타는 부끄러운 생각이 들었다. 과연 자신이 생각하는 만큼 인간의 삶은 찬란한가, 신비스런 것인가, 지층을 울리며 지금도 어디선가 지나가고 있을 군화 소리, 개미 떼같이 지나가는 그것을 찬란한 삶이라 할 수 있을까? 헐벗고 굶주리며, 생면부지의 인간들이 이유 없이 서로를 서로가 죽이며 벌레처럼 하찮게 죽어가는, 도시 그것은 어떠한 힘으로 무엇에 의해 짜여진 드라마인가.

해마다 초정월에는 쇼지를 만나기 위해 오가타는 일본으로 돌아온다. 금년 형편으로는 귀국하기가 매우 어려웠다. 그러나 만사 제쳐놓고 일본으로 돌아온 이유는 조찬하 가족이 북해도(北海道) 어느 산간마을로 소개(疏開)를 했기 때문이다. 오가타는 북해도에 가서 쇼지를 그곳에서 확인하고 싶었던 것이다. 벌써 동경과 구주(九州)에는 미공군 B29의 폭격이 있었고 본토 결전이라는 말이 구체적인 양상으로 나타나기 시작했다. 찬하 가족이 소개를 한 것도, 쇼지를 소개한 곳에서 확인하고 싶었던 오가타의 심리도 바로 이와 같은 정세 변화에서 온 것이었다.

하얀 눈이 연이어지고 구릉 평지 할 것 없이 눈에 뒤덮인 그 마을에서 이틀을 오가타는 묵었다. 그곳에 적응하지 못한 노리코와 후미는 불평이 이만저만 아니었지만 쇼지는 새로운 환경에 호기심을 느끼는 듯 아주 좋아했다. 오가타는 서둘러 만주로 돌아가야 했는데 찬하는 서울까지 동행하겠다 하며 오가타를 따라 나섰던 것이다.

전세는 일본에 극악 상태였다. 작년 7월에 괜찮다, 끄떡없다, 걱정 말라 하고 말해오던 사이판섬의 일본군은 전멸했고 유황도(硫黃島) 오키나와(沖繩)를 내어놓는 것은 시간문제로 박두해 있었다. 정치판의 경우도 오리무중, 나가소데의 소심한 중신(重臣)들이 힘겨운 공작으로 도조 내각을 가까스로 밀어내고 고이소[小磯], 요나이[米內]의 협력내각을 성사시키기는 했으나 급박한 전세의 만회는 엄두도 내지 못할 일, 화평에 대한 대안조차 없이, 도조 내각만 타도하고 나면 뭐가 어떻게 되겠지, 그야말로 소라다노미*나 하고 있는 실정이었다. 그러나 어쨌든 간에 도조 같은 미치광이 과대망상증 환자가 물러선 것만은 불행 중 다행이라 할 수도 있겠다. 본토 결전을 외치며 일본 국민 전원의 옥쇄 감행의 위험은 다소나마 엷어졌다 할 수도 있겠고 어딘가 구멍을 찾아내어 구명책을 강구할 가능성이 바늘귀 떨어진 것만큼은 있으니 말이다. 그러나 군부의 미치광이들이 어떻게 누비고 지나갈 것인가, 고이소나 요나이도 군인, 칼은 칼로써 망한다는 이치를 말한다는 것은 새삼스러움일 뿐이며 식민지 조선 민족은 말할 것도 없고 일본인 그들 국민 자체가 불운이며 불행이다. 어쨌거나 동경폭격은 일본 국민들에게는 큰 충격이 아닐 수 없었다. 미공군의 B29 폭격기는 난공불락의 하늘의 요새였다. 푸른 하늘, 아득히 높은 곳에 마치 흰 유리 파편 같은 모습으로 지나가는

B29, 고사포고 전투기고 간에, 접근조차 할 수 없는 고공에서 정확하게 폭탄을 투하하는 데야 무슨 재간으로 당할 것인가. 사무라이[侍]의 서릿빛 일본도(刀)는 고철이 될밖에 없고 야마토다마시[大和魂]는 그야말로 숨을 곳을 찾아야 할 판국이다.

환국의 집 앞에까지 가는 동안 두 사내는 다 같이 말이 없었다. 찬하는 오가타가 상상하는 만큼 깊은 상처를 안으며 걷고 있었던 것은 아니었다. 오히려 그는 사람 마음의 덧없음을 슬퍼하고 있었다. 용서하세요, 용서해주세요 하던 명희 목소리를 귓가에 되새기면서 거의 무감동했던 자기 자신, 망각이라는 것이 그 얼마나 무자비한 것인가를 그는 새삼스럽게 깨닫는 것이었다.

"사이상[崔氏], 오랜간만이야."

문간에서 오가타는 환국에게 손을 내밀었다.

"네, 정말 오래간만입니다."

환국은 그의 손을 잡고 악수를 하며 반가워했다. 조찬하도 환국이와 악수를 했다.

"이렇게 찾아주셔서 고맙습니다. 제문식 선생한테서 연락을 받고 기다리고 있었습니다."

두 사람을 사랑으로 안내해가면서 환국이 말했다.

"제가 찾아가 뵈어야 하는데 죄송합니다."

"아무려면 어떤가."

찬하가 말했다.

"이런 시절, 우리가 만날 수 있는 것만도 다행이지."

오가타도 한마디 했다.

방으로 들어가서 한숨을 돌린 뒤,

"아버님의 소식은 듣는가?"

하고 찬하가 물었다.

"잘 견디시는 모양입니다. 날씨가 추워서 걱정이지요."

환국은 우울한 빛을 감추며 말했다. 부친에 대한 근심은 늘 하는 것이었으나 손님들이 오기 전에 환국은 덕희와 좀 다투었다. 아침에 떠나는 어머니와 양현을 배웅하러 나가야 했는데 덕희는 몸이 아프다 하며 역에 나가지 않는 것은 물론 밥상머리에도 나타나지 않았던 것이다.

역에 혼자 나갔다 돌아온 환국은,

"당신 왜 이러는 거요? 도대체 뭐가 불만이오."

이불을 뒤집어쓴 채 덕희는 말하지 않았다. 어린것은 유모한테 가 있었고 재영이 엄마, 엄마 하며 어미에게 달려들었다.

"왜 이래!"

덕희는 아이를 뿌리치며 화를 냈다. 재영이 앙! 하며 울음을 터뜨렸다. 덕희는 발딱 일어나 앉았다.

"유모! 유모!"

유모가 달려왔다.

"재영이 데려가요! 다 귀찮아."

유모가 허둥대며 우는 재영을 안고 나갔다.

"보기 딱하군."

"안 보면 될 거 아니에요? 도대체 눈에 뵈기나 합니까? 이 집 식구들 눈에는 양현이 말고 누가 또 있나요?"

환국은 담배를 꺼내어 붙여 물었다.

"제발 그러지 말아요. 집안 형편이 그런 투정이나 부리게 돼 있소?"

"맞아요. 하지만 집안 형편에서 예외의 사람이 있잖아요?"

"예외가 어디 있어?"

"양현이는 예외가 아닌가요?"

"양현이라고 부르지 말아요."

"그럼 뭐라 부르지요?"

"시누이에 대한 명칭이 있지 않소? 그건 당신 품성에 관한 일이오."

"나는 시누이로 생각지 않아요. 어째서 그 여자가 내 시누이지요?"

사람이 달라진 것 같았다. 시샘의 불길이 눈동자 속에서 이글이글 타고 있었다.

"정말 이상해. 이치에 닿지 않아. 시누이가 동서도 될 수 있는 일인가요? 이제는 끝난 일 아니에요? 혼사가 무너졌으면 당연히 남이고 이 집하고는 인연을 끊어야 하는 거 아닌가요? 너무나 뻔뻔스러워. 하기야 뭐 동서가 될 자격도 없지만."

환국의 얼굴에는 노여운 빛으로 가득 찼으나 자제한다.

"며느리가 될 수 없었다면 양현이는 당연히 어머님한테는 딸로 돌아가는 거요. 그 문제에 대해서는 당신 관여하지 말아요."

"어째서지요?"

"애정에 무슨 이유가 있겠소."

그 말은 더욱더 시샘에다 불을 댕긴 것 같았다.

"남의 자식을, 그것도 화류계 계집의 딸을, 애정이라니요? 무슨 천사라도 되는 것처럼. 전 용납할 수 없어요!"

두 주먹을 쥐고 아래위로 흔들며 격렬한 감정을 나타낸다. 환국의 얼굴도 벌게졌다.

"그러면 나 한 가지 묻겠소."

"얼마든지."

"내 아버지도 하인의 신분이었소. 그것도 당신은 용납할 수 없겠구려."

환국의 음성은 서릿발같이 매웠고 날카로웠다. 처음으로 덕희는 입을 다물었다.

"조금만 기다려요. 멀지 않았어. 그리고 힘내."

오가타가 말했다.

"윤국이 소식은 못 듣지?"

이번에는 찬하가 물었다.

"못 듣지요. 한데 어쩐 일로?"

"만주 가는 길에 들렀어. 산카상도 함께니까."

"그럼 조선생님도 만주로 가시는 길입니까?"

"아니, 서울까지 따라와 보았지."

하며 찬하는 웃었다.

"공습 때 피해는 없었습니까?"

"다행히, 해서 소개를 했지."

"어디루요?"

"북해도, 후미진 고장이야."

"서울서도 소개해가는 사람이 더러 있더군요. 또 당국에서 권장하기도 하구요."

"자네야 뭐 하동으로 가면 될 거구."

"그럴 수는 없지요. 아버님이 이곳에 계시는데."

"그건 그렇다."

미리 준비를 해놨던 모양이다. 조촐한 점심상이 들어왔다. 두 사람은 사양하지 않고 밥상머리에 앉아 수저를 들었다.

"그때 아버님이 출옥했을 때, 우리가 진주로 찾아간 것 기억나나?"

오가타가 물었다.

"기억나구말구요."

"그때 음식은 참 인상적이었어."

오가타는 말하면서 맛나게 점심을 먹는다.

"참, 시게루는 잘 있습니까?"

"아아 그렇지. 일본 있을 때 자네들 친구 간이었지."

"네."

"그 애는 지금 경도(京都)에 있어. 경찰 관계의 일을 보고 있지. 덕택에 아카가미는 받지 않았다. 그 애 동생은 전사했지."

"시게루는 체격이 그만이었지요. 유도를 해서 그랬는지."

"아이는 건실했는데…… 한데 자네들 어떻게 친구가 됐더라?"

"시게루의 친구는 이순철이라고, 학교도 같았고 유도를 했기 때문에 친해진 모양이더군요. 이 군의 소개로 알게 되었는데 나중에 보니 오가타 선생의 조카더군요."

"그래, 맞아. 생각이 나는군."

오가타 마음속에 지나간, 잊었던 일이 선명하게 되살아났다. 풍요하고 평화스러웠던 시절의 일이었다. 조카 시게루는 애숭이였고 자신은 삼십에서 한둘을 넘겼던 나이, 특히 사 남매를 두었던 누이 유키코의 가정은 화목하고 평화스러웠다. 따뜻한 전등 밑의 거실, 아이들의 웃음소리가 들려오는 듯했다. 짧게 머리를 깎은 시게루는 덩치가 컸으며 실한 나무 같고 맹수같이 정한(精悍)해 보였다. 그는 말하기를,

"제 친구에 조선놈이 하나 있습니다."

"조선놈이라니, 말버릇이 나쁘구나."

유키코가 나무랐다.

"친구간인데 뭐 상관 있겠습니까."

오가타가 말했다.

"학교도 같지만 친해지기론 유도 때문인데……."

"그 사람도 유도를 하니?"

"네 어머니, 저하고는 막상막하, 힘도 좋지만. 이순철, 이름은 그래요."

"이순철? 처음 듣는 이름인데 어째서 나하고 만나야 할 사람이냐?"

오가타는 의아해하며 말했다.

"만나야 할 사람은 그놈이 아닙니다."

"또오, 서로 그렇게 부르는 건 친구니까 상관없겠지만 엄마 앞에선 그러지 말아라."

유키코는 눈살을 찌푸렸다.

"네. 그 친구의 친구지요. 그러니까 역시 조선사람입니다. 최환국이라는."

"⋯⋯?"

시게루는 진부한 얘기지만 세상은 넓고도 좁다는 말을 했다.

"더 간단하게 얘기하자면 아저씨가 연루되어 조선서 검거된 일이 있지 않았습니까?"

"그래서?"

"그때 만주서 잡혀온 사람, 그 사람의 아들입니다."

"거 이상하군. 그 사람의 성은 김인데?"

"가명일 수도 있지 않습니까?"

"하기는."

"지로상, 이 애가 이렇게 엄벙덤벙해서 괜찮을까?"

유키코는 불안한 듯 물었다.

"누님, 그 얘기를 나보고 묻는 겁니까? 엄벙덤벙한 장본인 보고요? 하하핫핫……."

"어머니 걱정 마십시오. 관음보살입니다."

"관음보살? 그건 무슨 뜻이냐?"

"최환국이라는 친구 말입니다. 천하무비*의 미남이구요, 일본의 귀족들은 저만큼 나앉아라 할 만하구요, 굶주린 호랑이한테 살신공양할 만큼 자비롭습니다."

"허풍 그만 떨어라."

"어머니 조금도 허풍 아닙니다. 제가 아주 반해버렸습니다."

"그의 부친도 잘생긴 남자였지."

"물론 아저씨는 그 친구 아버지를 잘 아시겠지요?"

"그렇지는 않다. 그 사건 전에는 듣도 보도 못했던 사람이니까, 조사 받으러 나갈 때 가끔 눈이 마주칠 정도였으니까."

"그렇다면 어째서 사건 하나에 함께 검거된 거지요?"

"서(徐)라는 사람, 그러니까 주모자였던 그 사람하고 관계가 있었던 거지. 뭐 이런다고 누님, 총독부 청사를 폭파하려던 그런 사건 아니니까 걱정 마십시오."

"그건 나도 아는 일 아니니? 비밀결사, 비밀 집회, 불온 문서, 요즘 일본서도 흔해진 일이란 정도는 알아. 문제는 네가 조선사람들 속에 끼어 있었다 그건데……."

"누님도 큰아버님과 같은 편견을 가지고 계십니까?"

"그렇지는 않지만 색다르긴 하지. 남이 안 하는 일, 자칫 잘

못하면 어릿광대로 보일 수도 있고."

유키코는 조용하게 정곡을 찌르는 말을 했다.

"그게 편견 아닐까요? 어떤 사실, 혹은 진실만 논하면 되는
거 아니겠습니까?"

"너 자신은 할 수 있는 말이지만 누이나 엄마의 처지에서는
객관적으로 보아야지 않을까?"

"그건 그렇습니다."

"나는…… 시류를 타는 경박을 경계하지만 젊은 사람, 내
자식들한테 진실을 외면하라, 그런 엄마가 되고 싶지는 않아.
물론 적극적인 것은 아니지만, 사물을 보는 폭을 넓혀가야,
그런 뜻에서 당국이나 우익진영에선 다소 신경질적이며 감정
적인 것 같더구나. 지휘관과 병사만으로 사회가 구성되는 건
아닐 테니까."

"우리 엄마 이렇게 진보적입니다, 아저씨."

지난해 정월 유키코를 찾아갔을 때 두 내외만 남은 그곳은
불 꺼진 집이었다. 시게루는 경도에 가 있었고 둘째는 전사했
으며 셋째와 사위는 전선에 나가 있었다. 결코 소개하지 않겠
다던 유키코였는데 지난 동경폭격 때는 그럭저럭 무사히 넘
긴 모양이었다.

"무슨 생각을 그렇게 골똘히 하고 있소?"

찬하 목소리가 들려왔다.

"아아, 좀."

오가타는 우물쭈물한다. 세 사람은 점심을 끝내고 백자 찻잔에 연둣빛으로 알맞게 우러난 작설차를 마신다.

"어머님의 타격이 크시겠다."

유키코에 대한 생각을 끌면서 오가타는 혼잣말처럼 뇌었다.

환국의 얼굴이 어두워졌다.

"오늘 아침에 시골로 내려가셨는데…… 어머니는 뵙기 민망할 만큼 약해지셨습니다."

"어머님들의 수난시대야."

찬하 말이었다.

"어머님들뿐이겠소? 인류의 수난시대지."

"특히."

찬하 말에 대꾸없는 침묵이 흐르고 차츰 분위기는 무거워진다. 용무가 있어서 두 사람이 찾아온 것은 아니었다. 길상이 수감되는 불상사에 이어 윤국이마저 학병으로 나가는 등, 이 집안에 북새통이 일었던 작년 이맘때 오가타는 찬하와 쇼지와 동행하여 만주로 직행하느라 그냥 지나쳤으나 금년에는 찬하가 서울까지 함께 왔기 때문에 일단 서울역에서 하차하여 인사차 찾아온 것이었다. 그리고 숙질간처럼 무관한 사이이기는 했으나 세대차가 있는 만큼 환국과의 대화에는 제한이 있었다. 그러나 그보다 환국은 덕희와의 말다툼 때문에, 찬하와 오가타는 거리에서 우연히 명희를 만난 때문에 더러 생각이 그쪽으로 쏠리고 하는 바람에 분위기가 무거워지는 것도 사실이다.

"신문을 보면 거의 매일이다시피 미군 항공모함이 격침됐다는 기사가 실려 있는데 전쟁은 왜 끝나지 않는가 모르겠습니다."

침묵을 깨고 환국이 말했다. 오가타와 찬하는 쓰디쓴 웃음을 띠었다.

"미국에서는 항공모함이 샘물처럼 솟아나는 모양이지."

비웃듯 찬하가 말했다.

오가타는 힐끔 찬하의 눈치를 살핀다.

"벌써 공습은 시작되었지만 오키나와가 나가떨어지면 조선에도 공습이 있겠지요?"

환국이 말했다.

"그럼. 안마당으로 들어선 거지."

오가타는 다시 찬하 눈치를 살피며 말했다.

"정부를 조선으로 옮긴다는 소문도 있더군요."

"그 말은 처음 듣는다. 만주 천도설은 있는 것 같더군."

"천도는 무슨 놈의 천도, 남의 땅인데 망명이지."

뜻밖에 찬하의 목소리는 거칠었다.

"남의 땅으로 생각해야 말이지요. 배짱 좋고 염치없고 망상적인 군부가 무엇인들 못하겠소?"

"그럼 황제하고 천황이 동거한다, 그렇게 되는 건가?"

"새삼스럽게 그런 얘기는 뭐 하러 하시오."

"글쎄 그렇게 되는 거 아니오?"

"합법적이란 노상 강자에 의해 만들어지는 거 아닙니까? 은전(恩典) 같은 것이지요. 그까짓 조선의 총독보다 못한 만주제국의 황제, 미역국 먹이는 거야 누워서 떡 먹기보다 쉬운 일이지요."

"하면은 만주땅에는 하늘도 없나?"

"……?"

"사방은 난공불락의 철벽인가?"

"……."

"비행기도 못 들어가고 군대 역시 침범할 수 없는 그야말로 아마노 다카하라[天の高原]인가? 신화 같은 얘기요. 신병(神兵)들이 찾아가는 마지막 안식처, 하하하핫……."

오가타는 방바닥을 내려다본다.

"소련을 태산같이 믿는 거겠지요. 아니 믿고 싶은 거지요."

"준 것도 없이 바라기만 하는 족속들, 예사 약속 안 지키는 작자가 남은 약속을 지켜야 한다고 생각하지. 하기는 섬나라 일본의 끝없는 환상이 대륙이니까, 만의 하나, 천운이 있다면 소련과 손잡고 미군을 쳐부술 수도 있고 중국을 찢어발겨서 반씩 나누어 먹을 수도 있고, 꾸어볼 만한 꿈이지."

찬하는 오가타 앞에서 그런 식으로 신랄하고 야유하듯 말한 적이 여태까지는 별로 없었다. 신랄하지 않았다기보다 표현은 우회적이었고 점잖았다. 또 일본인 노리코와 생활해온 탓으로 좀처럼 직설적으로 치고 나오는 일은 없었다. 역시 뜻하지 않게 만난 명희 때문에 마음이 산란했던 것 같았다. 그것을 알면서도 오가타는 자신을 향해 마구 창을 던지는 듯하여 곤혹스러웠다. 오가타같이 고지식한 성격에는 욕설보다 야유와 냉소가 더 견디기 힘들었다.

"국민들을 어디까지 끌고 갈지…… 지옥 끝까지 몰고 갈 셈인가."

오가타는 멋쩍게 중얼거렸다. 그리고 덧붙여서 말했다.

"비참하지요. 너무나 비참해."

환국은 자신이 화제의 실마리를 잘못 풀었다는 생각을 한다. 그는 두 사람의 관계를 잘 알고 있었으며 각기 그들의 인품도 익히 알고 있었다. 뭐가 어디서 잘못되었는가. 처음부터 분위기는 순조롭지가 않았다. 그것을 환국은 자신의 기분 탓으로 생각했다.

결국 곤혹감을 떨쳐버릴 수 없었던지 그것도 그의 심약한 탓인데, 털어놨다.

"정세가 나빠지고 일본인들이 움츠러드니까, 왜 그럴까요? 그것 봐라, 싶을 텐데 오히려 마음 놓고 욕하는 데 거부감을 느낍니다. 고백하지만."

"그건 당신 자신이 일본인이니까 그렇지요."

찬하는 한결 누그러져서, 미안해하듯 말했다.

"사람들은 왜 그 아득히 먼 옛날 갈라서고 울타리를 치고 했던 것을, 다시 만나고 울타리를 허물고 그러질 못하는가.
사람으로 왜 다시 만나지를 못하는가. 민족이란 분명히 편견
인데, 움츠리고 눈치보며 걷는 일본인에게 어째서 정당한 것
이 떳떳하지 못하고 비겁하다는 생각을 하는지."

"그건 우리 경우도 마찬가지 아니겠소? 정당하지 못하다는
것에 앞서 우리를 해친다, 나를 해친다 거기서 출발하거든.
그러니까 심리적으로 피해자가 강자인지 모르지요. 정당하다
는 깃발 때문에."

"맞아요. 당신네들 눈빛은 살아 있고 희망적이지만 일본인
들의 눈은 죽어가고 절망적이오. 정당하다는 깃발이 없는 때
문이겠지요. 내 편에 있어야 할 정당성 때문에 떳떳하지 못하
고 비겁하게 느껴지는…… 편견이지요. 이것을 극복하지 않
는 이상 영원히 제자리걸음일 겁니다. 다만 산카상 비아냥거
리지는 말아요. 욕을 해요. 아무리 미운 상대라도."

두 사람은 웃는다. 찬하는 겸연쩍게, 오가타는 보다 복잡하
게, 그러다가 두 사람은 별안간 환국을 인식한 듯 당황하며
입을 다물었다. 환국은 자신이 뭔가 얘기를 해야 한다고 생각
했으나 개인적인 얘기를 할 계제는 아니었다.

"이러다가 학교가 모두 폐쇄되는 거나 아닌지 모르겠습니
다."

겨우 말 한 가지를 꺼내었다.

"공습이 심해지고 소개를 강행하게 되면 학교도 자연 폐쇄

되겠지."

온건한 본래의 상태로 돌아간 찬하가 애써 말을 했다.

"그렇게 되면 저는 실직합니다."

"실직하는 거야 뭐 걱정이겠나. 애당초 생활 때문에 취직한 것도 아니겠고 그림이나 그리지 뭐."

"그림 그리게 내버려두면 오죽 좋겠습니까? 탄광에나 보내지 않을까, 뉘 알겠습니까."

"그 지경이 되면 모두 죽어야 하든지 아니면 미군이 상륙하겠지."

세 사람은 누가 먼저랄 것도 없이 허한 웃음을 터뜨렸다. 환국은 뭔지 모르지만 세 사람이 다 같이 힘든 씨름을 한 것만 같았다.

"선생님 손님 오셨습니다."

밖에서 말했다.

"손님?"

환국이 의아해하는데 들어선 사람은 다름 아닌 제문식이었다.

"오신다는 말도 없었는데 웬일입니까?"

찬하는 좀 비켜 앉으며 말했다.

"무슨 음모를 꾸미고 있는 게 아닐까 싶어서 찾아왔지."

"음모라니요?"

제문식은 비집고 앉으면서,

"머리가 안 돌아가는지, 아니면 능청을 떠는지 모르겠군."

"아아."

하며 찬하는 자기 머리를 탁 친다.

"무슨 일인데요?"

오가타가 물었다. 환국은 짐작이 간 듯 웃고 있었다.

"오가타상, 이 두 사람이 누구요?"

제문식은 환국을 가리키고 찬하를 가리킨다.

"……?"

"한 사람은 근화방직의 사위인 동시 상당히 주를 가진 주주요, 조찬하는 누구지요?"

"그러니까."

"나를 제쳐놓고 음모를 꾸밀 만하지 않소? 황사장께서, 조용하 사장이 별세한 후부터 우리 회사를 인수하고 싶어 했으니까."

"그건 너무했다. 이 두 군자를 두고 음모라니 말이나 됩니까?"

오가타 말에 모두 소리를 내어 웃는다. 제문식이 오면서 방 안 분위기는 싹 달라진다.

"모략을 해도 유분수요. 언젠가는 형님이 도망가고 싶다, 회사 내놓자 하시지 않았습니까?"

"그랬나? 허허허헛헛."

제문식은 그로테스크한 얼굴에 과히 밉잖은 웃음소리를 내며 웃었다.

"헐레벌떡, 그래 무슨 급한 일이 있어 오시었소?"

"출출하고, 이 댁에 오면 술이 있을까 싶어서."

"술도 자리 봐가면서 달라시오."

술상을 준비하라 이를 모양인지 환국이 일어서려 했다.

"놔두게. 그냥 해본 말이고, 아버님도 아니 계신데 무슨 염치로 술 내라 하겠나. 실은 이 두 사람 잡아가려고 왔네. 어디로 새지 않을까 싶어서 말씀이야."

제문식은 손을 내저으며 말했다.

"한데 웬 날씨가 이리 춥지? 장작도 구하기 힘든 세상, 얼어 죽는 사람이나 없을까?"

손을 맞잡고 싹싹 비비다가, 푸르뎅뎅한 얼굴을 두 손으로 비비는 제문식을 바라보며,

"제사장이 그런 휴머니스트인 줄은 참말 몰랐습니다."

오가타는 임의롭게, 핀잔주듯 말했다.

"앞지르지 마시오. 당신같이 선의로만 생각하다가는 낭패 보기 십상이지. 휴머니스트라니? 나는 시작에서 끝까지 리얼리스트야."

눈알을 빙그르르 굴린다.

"장작 구하기 힘들다는 둥, 얼어 죽을 사람, 그런 걱정은 왜 해요?"

"그게 현실이니까."

오가타가 제문식을 처음 본 것은 조용하가 자살하기 얼마 전, 조씨 집안이 소유한 산장에서였다. 그때 찬하와 함께 술을 마시고 있었는데 느닷없이 조용하가 제문식을 데리고 산장에 나타났던 것이다. 찬하는 형이나 제문식에 대하여 완연하게 못마땅해하는 기색을 나타내었고 합석을 꺼렸으나 용하가 우겼다. 그리하여 묘한 술자리가 벌어졌던 것이다. 조용하와 제문식, 그때도 그랬지만 지금 생각해도 그들 콤비는 괴기스러웠다. 그리고 제문식이 한 말을 오가타는 아직 똑똑히 기억하고 있다. 이런 기회에 나 묻고 싶은 말이 하나 있소이다, 하고 제문식은 시작했다.

"세상에는 나라도 많고 나라를 다스리는 사람도 많은데, 그리고 국토의 크기나 규모 그것도 각양각색 아니겠소? 한데 일본은 섬나라, 세계에서 제일 작은 섬나라라고 할 수는 없지만 작은 섬나라인 것만은 분명하지요."

"그렇습니다."

"대륙, 육대주던가? 하여간 큼직큼직한 땅덩어리 한 귀퉁이에 쥐똥만 한 섬나라가 일본 아니오? 그 일본이라는 섬나라의 소위 만세일계, 면면하게 이어온 통치자의 칭호 말이오. 그 칭호에 관한 것인데 나는 그것이 늘 궁금했소."

그때 오가타는 술잔을 들면서 쓰게 웃었다. 무슨 얘기를 하려는지 짐작이 갔기 때문이다.

"세계 속에는 나라도 많고 따라서 통치자도 기라성같이 많은데, 나를 말할 것 같으면 가본 곳이라고는 일본밖에 없는 우물 안 개구리라, 도처에 흩어진 그 우두머리들의 칭호를 다 안다 할 수는 없겠으나 하여간 손쉬운 대로 열거해본다면 황제가 있고 왕에서 대왕, 천자, 종교계든 뭣이든 다스리는 처지니까 법왕이 있고 추장이다 족장이다, 요즘같이 민주주의가 유행하는 시국에는 대통령, 총통, 주석, 공산주의 국가에서는 서기장이든가? 그리고 세계의 거반을 정복했던 알렉산더는 대왕, 테무진은 칸, 나폴레옹은 황제였소. 한데 일본은 천황이오. 비교할 수도 없게 넓은 국토와 국민을 가진 중국도 겨우 천자, 그것도 잘못하면 하늘의 뜻을 어겼다 하여 쫓겨나는 판국인데, 하늘을 다스린다는 옥황상제도 천과 황이 함께 있지 않으니 일본의 천황보다는 자리가 낮다 아니할 수 없소이다. 이건 아무리 생각해보아도 개미가 우산 쓰고 가는 격이지 도시 황당무계하단 말씀이야."

"이 친구가 허파에 바람 들어갔나? 대역죄인으로 모가지 날려버리려고 이러는 게야?"

조용하가 실실 웃으며 말했다.

"하기는, 네 사람이 산장에서 모의를 했다, 그렇게 되나?"

"물귀신처럼 남은 왜 끌어들이누."

"같이 죽자, 그게 야마토다마시 아닌가요? 오가타상."

"조선 속담에 믿는 도끼에 발등 찍힌다는 말이 있다더군요."

오가타는 그때 응수하듯 말했다.

"나는 찬하를 믿지요. 발등 찍히는 일은 없을 게요. 원수라 해서 밀고나 고발 같은 건 죽어도 못하는 나약한 사내니까요."

"나는 조찬하 씨가 아닌데."

"동류지 뭐, 하하핫핫…… 남들이 이 제문식의 눈을 매 눈이라 하거든."

"제군의 말에 일리가 없는 것은 아니오. 그러니까 천황이라는 칭호는 다이카가이신[大化改新], 그 무렵부터 시작된 걸로 아는데."

조용하는 오가타에게 동의를 구하듯 말했다.

"그렇습니다. 다이카가이신, 그때부터지요."

"그런 면에서 본다면 아닌 게 아니라 일본은 대단히 용감무쌍하오."

"용감무쌍하기보다 왜구니 왜놈이니 하니까 발돋움한 거겠지요."

스스로 비웃듯 오가타는 그때 말했다.

"아니면 소가[蘇我]나 후지하라[藤原]같은 권신이 왕이나 다름없는 실권을 쥐고 있어서, 그 이상의 칭호를 필요로 했는지 모르지요. 땅은 우리가 다스릴 터이니 당신은 하나님으로 있으라, 이전에는 오오키미로 칭했거든요."

"그 말에도 일리가 있군. 해서 헤이케[平家]나 겐지[源氏]도 그랬고 도쿠가와[德川]는 아예 황실 알기를 쌀섬이나 보내주는 고아원 양로원쯤으로, 부처가 있어야 불공이 들어오고 시주도 받아 중놈이 먹고 살듯, 부처야 늘 말이 없고 메밥을 드시는 것도 아니니까 신불(神佛)같이 요긴한 것도 없을 게야."

이죽거리듯 말한 제문식은 덧붙이기를,

"그러니까 아라히토가미[現人神], 일본인들의 합리성을 설명해 주는 거지. 해서 일본에는 사상이 없어."

내뱉었다. 그런 투의 말을 계속해 듣다가 자리에서 일어선 찬하와 오가타는 산장을 떠났다. 떠나는 자동차 속에서,

"당신 형은 뱀같이 교활해 뵈고 그 입술 두꺼운 사내는 굶주린 이리같이, 바닥 모르게 무서워."

운전수가 듣거나 말거나 오가타는 서슴없이 뇌까렸다.

"하지만 그 독기가 다 빠져버렸어. 왜 그럴까? 형한테서 독기가 빠져버렸다는 건…… 그런 일은 절대로 없을 줄 알았는데…… 제문식이 그 작자는 어쨌거나 천재요. 바닥을 알 수 없다는 것은 잘 본 얘기고 형과 그와의 관계는 수재가 천재에게 잡혔다, 송충이같이 싫은 놈!"

"아무튼 흥미 있는 인물인 것만은 틀림이 없소."

"바닥 모를 인물…… 하는 얘기는 늘 빙산의 일각이고 표변무쌍, 한 가지 확실한 것은 자기 능력에 견주어 한 치 일 푼도 손해를 보아서는 안 된다, 철저하지. 그자 말대로 리얼리스트요. 경계를 하다가도 그 배짱 속에 차원이 다른 그 무엇이 있을지 모르겠다, 그런 의심이 생길 때도 있고, 어릴 때부터 보

아왔지만 모르겠어. 이십 년 넘게 늘 보아온 사내의 정체를 모른다면 그건 악한임에 틀림이 없어."

찬하가 차원 다른 그 무엇이 있을지 모르겠다, 고 말한 것은 옳았다. 조용하가 산장에서 비극적인 생을 마친 뒤 제문식이 그 뒤치다꺼리며 회사를 떠맡으면서 찬하는 그가 정직하고 성실하며 따뜻한 마음을 가진 사람이라는 것을 깨닫기 시작했던 것이다. 오가타는 십여 년 동안 동경과 신경을 오가면서 더러는 찬하가 부탁하는 전달 사항도 있고 하여 제문식을 만나곤 했는데 그도 찬하와 같은 생각을 했다. 모르겠다고 한 그 부분, 바닥을 알 수 없다는 바로 그 부분이 성실하고 물욕이 없으며 따뜻한 마음 그것이었다. 위악적인 것이었는지, 아니면 자신의 남다른 외모와 걸맞게 취한 언동이었는지 취향이었는지 열등감이었는지, 그러나 역시 제문식은 냉철한 사내였다. 자신을 낱낱이 풀어헤쳐 놨을 때도 그의 머릿속의 조직은 혼선을 빚지 않았고 함부로 지껄이며 모든 규범에서 벗어난 듯 행동을 할 때도 그의 이성은 투철한 것 같았다. 그 점이 찬하나 오가타에 은연중 비바람을 피하려고 기어드는 날개 역할을 했다.

"형님."

찬하가 새삼스럽게 제문식을 불렀다.

"형수씨께서는 이 동네에 사십니까?"

느닷없이 물었다. 사정을 조금은 아는 환국이와 오가타는 움찔했다.

"이 동네에 산다고 들었다. 최군이 잘 알 거로? 왜?"

"아까 여기 오면서 만났어요."

"나도 언젠가 먼발치로 한 번 본 일이 있는데 미인이 늙는다는 것은 슬픈 일이야."

제문식은 태연하게 말했다.

"재혼은 안 한 모양이지요?"

"재혼하지 않을 걸."

"왜요?"

"맹추 같은 사람이니까."

"재혼해서 아이라도 낳고 살았으면 좋을 텐데."

"정말 그리 생각하나?"

"네."

"자네도 알고 보면 맹추야. 한 발만 먼저 뛰었어도 이런 일은 없었을 것을."

"왜 이러십니까 형님, 신성모독에 해당하는 것 모르십니까?"

"어지간히 고비는 다 넘어간 모양이구나. 이럴 경우 일본인들은 편리하게 잘해나가는 것 같은데."

"그런 말씀 마십시오. 눈이 시퍼렇게 살아 있는 내 아내 내 자식들은 어쩌구요?"

"알았다 알았어. 이제 일어서는 것이 어떨까?"

"그러지요."

모두 부실부실 일어섰다. 외투를 입고 그들은 사랑을 나섰다.

"그럼 잘 있게."

찬하가 환국에게 말했고 오가타는 환국하고 악수를 하며,

"힘내요. 좋은 일 나쁜 일 교대해가면서 오는 거니까, 정말 진주에는 또 한 번 가보고 싶어. 잘 있어."

그들은 내리막길을 내려갔다. 환국은 그들 뒷모습을 바라보다가 사랑으로 돌아왔다. 팔베개를 하고 누워서 눈을 감는다. 방학은 아직 몇 날이 남아 있었다.

'어머님은 진주에 도착하셨을까? 양현이 따라 내려간 것은 참 잘된 일이다.'

몸은 한없이 나락으로 가라앉는 것 같았다.

'조찬하 씨도 많이 소탈해지셨다. 아주머니를 만나셨다구?'

그러나 그의 망막에는 서희를 떼밀어 올리듯 하며 기차에 오르던 양현의 모습이 떠올랐다.

'정말 세월이 화살 같구나. 꽃잎을 줍던 작은 계집아이가, 윤국아 너도 맹추다. 한 발만 먼저 뛰었어도 이런 일은 없었을 것을.'

환국은 제문식이 하던 말을 그대로 마음속을 뇌었다. 그러나 그것은 다 부질없는 말이었다. 조찬하나 윤국이 그러고 싶지 않아서 그랬던 것은 아니지 않은가. 찬하는 자신의 염원을 형이 가로지를 것을 예기치 못했으며 윤국은 자신과 양현이

앞에 홀연히 나타날 송영광을 생각한 적이 없었다. 그들 네 사람뿐만 아니라 명희나 양현에게도 그들에게 허용된 시간의 짜임새는 실로 기기묘묘하면서도 잔혹했다 할밖에. 그러나 인생이란 겨울 햇볕과도 같이, 쏟아지는 폭설과도 같이, 쩡! 하고 굉음을 지르며 스스로 몸을 가르는 빙하(氷河)와도 같이, 그리고 동천에 얼어붙은 달과도 같이, 물론 봄의 환희와 여름의 정열도 있지만, 어디 사람의 삶만이 그러했겠는가. 삼라만상, 억조창생 생명 있는 것은 그 모두가 시간[縱]과 자리[橫], 혹은 공간이라는 엄연한 십자가 밑에서 만나고 이별하며 환희와 비애를 밟고 지나가는 것이다. 욕망의 완성은 없다. 그것은 인간의, 생명의 불행인 동시 축복이다. 종말이 없는 염원의 연속이기 때문이다.

환국은 열기를 느끼며 팔베개를 풀고 배앓이 하는 사람같이 방바닥에 엎드린다. 그 순간 사물이 회전하는 것을 느낀다. 어지러웠던 것이다. 알지 못할 소리들이 뇌수를 찢듯 들려왔다. 그것은 저 허무의 밑바닥에서 솟아오르는 용광의 파장 같은 것이기도 했다. 그 소리들이 잦아들었을 때 자욱한 안개를 헤치고 아버지의 모습이 다가왔다. 그리고 사라졌다. 윤국이 안개를 헤치고 다가왔다가는 사라졌다. 그러기를 수차례, 송영광이 나타나는가 하면 이순철, 동경서 만난 김수봉, 방금 다녀간 오가타, 찬하, 제문식의 모습도 나타났다. 그러고는 숱한 사람들의 행렬이 안개 속을 지나가는 것이었다.

마치 그것은 이승이 아닌 저승의 광경만 같았다. 환국은 가위눌린 듯 몸부림을 치다가 가까스로 일어나 앉았다. 얼굴에는 땀이 흐르고 있었다.

이상하게도 그의 환각 속에 나타난 사람들은 모두 남자들이었다. 그것은 왠지 불길한 징조 같았다.

'전쟁 때문일 게다. 공습이 있고 해서 그런 환상을 보았을 거야.'

짧은 겨울 해는 지고 있었다. 어둑어둑해 오는 바깥 기척을 느끼며, 방 안에도 어둠이 스며들고 있었다. 환국은 일어서서 전등을 켰다.

'어머님은 진주에 도착하셨겠지.'

진주까지 자신이 동행하지 못했던 일이 마음에 걸렸다. 간밤에 오가타와 찬하가 갈 것이라는 제문식의 연락을 받았기 때문에도 그랬지만 서울에서 처리해야 할 일이 있었고 또 구정이 며칠 안 남았기에 그때 내려가야 하니까, 그러나 무엇보다 양현이 동행하니까 환국은 귀향을 늦춘 것이다. 남자가 없는 세상, 환국은 그 생각을 했다. 남자가 없는 세상.

'그 세상은 어떤 세상일까?'

밖에서,

"선생님 진지 드십시오."

하고 계집아이가 말했다.

"생각 없다."

사랑에서 나가는 기척이더니 얼마 안 있어 또 목소리가 들려왔다.

"아씨께서 할 말씀이 있으시다고, 진지 드시러 오시라 합니다."

"나중에."

환국은 짜증스럽게 말했다.

"꼭 뵈시고 오라 하시는데요."

"있다 갈 테니."

"저기 아씨께서."

"허허어."

덕희가 단단히 이른 눈치였다. 머뭇거리고 있는 듯, 그러다가 발소리는 사라졌다.

엉뚱하게 남자 없는 세상을 왜 생각했을까? 환상했던 그 괴이한 장면 때문이었겠지만 여러 가지 복합적으로 유발된 상념이었다. 불을 켜려고 전등의 스위치를 비틀게 될 때, 손끝에 전해지는 딱딱한 물체의 감촉은 전쟁이라든지 아니 공습이라는, 타성에 빠진 일상에서 잊었던 그 사실을 상기하게 한다. 요즘 서울에서도 심심찮게 공습경보의 사이렌이 울리곤 했다. 그러면 서울은 순식간에 암흑천지가 되는 것이었다. 어쩌다가 꾸무럭거리거나 잘못되어 불빛이라도 새나오는 경우가 있으면 경방 단원들이 쳐들어와서 집주인을 구타하기 예사, 파출소까지 끌려가는 등 거의 광란의 소동이 벌어지는 것이다. 무시무시한 그 암흑의 세계, 숨 막히는 시간, 도시는 한동안 가사 상태에 빠진다. 다음은 행렬에 대한 연상이다. 식량에서 담배, 생활필수품의 배급을 받기 위한 행렬이 있고 기차표 사는 것 전차 타기 위한 행렬도 있지만, 이 경우는 행렬이기보다 대열이라 해야 옳은 것 같다. 그러니까 단위별로 행동이 동일하고 목적이 동일하며 제복을 입은 그런 대열도 거리 도처에서 흔히 볼 수 있는 광경이었다. 대개의 경우 대열을 구성하는 인원은 남자들이다. 환국이 근무하는 중학교도 말하자면 단위별로 된 대열이었다. 군사훈련에 날이 새고 해가 지는 나날, 언제 어느 때 이 학생들 대열은 몽땅 전선으로 옮겨질지, 공부를 한다기보다 학교는 병영과 같은 곳이었다.

형식적으로 시간표에, 그것도 저학년에게만 있는 미술, 그 시간에 학생들이 하는 일이란 일선으로, 위문품으로 보내기 위한 여자 얼굴 그리기, 아니면 승전이나 증산을 독려하기 위한 포스터 그리기, 그러나 대열 속에 있는 그들만이 대열에 구속되어 있는 것은 아니다. 어디에 있든지 간에 모든 조선인은 사실상 대열 속에 있었으며 이탈할 수 없었고 그것을 부정할 수 없었다. 물리(物理)에 의하지 않는, 일본인들 총칼에 의하여.

환국은 방에서 나와 사랑 뜨락에 내려섰다. 밤바람이 살을 엘 듯 얼굴을 쳤다. 지난여름, 그렇게도 우악스럽게 울어젖히던 두꺼빈지 개구린지, 그는 어느 곳에서 겨울잠을 자는가. 작은 연못은 하얗게 부풀었고 꽁꽁 얼어 있었다. 음력설은 한

보름쯤 남았을까? 달이 밝았다.

'남자가 없는 세상이면 여자도 없는 세상이 된다. 남자……
뭣하는 물건인가? 여자…… 사람, 인간, 왜 이렇게 살아야 하
나. 인간이 인간을 짐승같이 도륙하고 학살하는 이 시대의 악
마는 누구인가.'

달을 보며 마음속으로 중얼거린다.

'일본이다!'

당연하고도 이미 범속해진 말을 뇌까렸으나 환국의 감정은
결코 당연하지 않았고 범속하지도 않았다. 그는 인도주의니
세계주의니 하는 뭐 그런 것들이 얼마나 허약하고 쓸모없으며
공염불인가를 뼈저리게 느낀다. 오가타나 조찬하, 그리고 자
기 자신, 최환국이 얼마나 한가하고 미숙한 인간인가를 뼈저
리게 느낀다. 자욱한 안개를 헤치며 끝없이 지나가던 행렬, 이
승 같지도 않았던 그 광경, 환국의 마음속에 이는 것은, 그리
고 차츰 거세게 이는 것은 시베리아에서 건너오는 삭풍이었다.

'씨를 말려야 해!'

이번에는 열풍이다. 자기 자신도 제어할 수 없는 회오리바
람, 태풍이다. 파괴하고 싶은 열정, 보복의 칼날, 분노의 함
성, 내부의 일대 혼란 속에 환국은 저도 모르게 빠져들고 있
었다. 본래의 최환국과는 전혀 다른 또 하나의 최환국이 노도
와 같이 미쳐 날뛰고 있는 것이다.

'씨를 말려야 해! 사람의 씨를 말리려 드는 일본이야말로,

그들 인종이야말로 씨를 말려버려야 해! 인류가 존속하기 위해선 제발, 그들은 이 지구에서 사라져야 해!'

하다가,

"그렇지요? 아버지!"

별안간 달을 향해 아버지를 불렀다.

'어떤 동료가 이런 말을 하더군요. 지금도 똑똑히 기억하고 있습니다. 늘 열기에 눈이 젖어 있던 친구였습니다. 그는 말했습니다. 왜놈은 수천 년 역사에서 티끌 하나 우리에게 준 것이 없다. 구걸해 가져가고 도적질해서 우리 것 가져가고, 그들 국가의 기반이 우리 것으로 하여 이룩되었는데 그럼에도 티끌 하나는커녕 고마움의 인사말 한마디 없었다. 은혜를 원수로 갚아왔다. 그들의 역사는 거짓으로 반죽한 생명 없는 토우(土偶)다. 그 잔혹한 종자들이 오늘 우리를 어떻게 하고 있나? 이제 우리는 생명이나마 간신히 부지했던 우마(牛馬)의 처지에서도 벗어나 전쟁 물자가 되었다. 전쟁 물자! 일선으로 끌려간 수많은 순결한 우리의 누이들, 그들의 육신은 쇳덩이, 기계가 되고 말았다. 고철이 되어 이름 모를 산하에 버려지고, 기계라 부를 수밖에 더 무엇으로 표현하리. 참나무같이 단단하고 오월 나뭇잎같이 싱그러운 우리의 형제들은 어찌 되었나. 그들 역시 쓰다가 고철이 되고 삭아서 탄광촌 숲속에 굴러 있네. 일본이 패전하면 명심하고 또 명심할 일은 코딱지 하나도 그들에게 주어서는 안 된다는 것! 두 번 다시 재앙을

겪지 않기 위하여. 본래 그들은 남에게 줄 것이 없고 받아야만 하는 처지, 그러나 국으로 받아먹었나? 그들은 머지않아 망할 것이다. 그것이 역사의 법칙이며 물리의 현상이다. ……그런 말을 했던 동료는 역사 선생이었습니다. 그는 병 들어서 지난봄에 세상을 떴지만요. 아버지! 힘내십시오. 이 민족은 결코 죽지 않을 것입니다. 우리는 다 만날 것입니다.'

환국은 찬 바람 속에 달을 바라보며 서 있었다. 차차 마음속에 일던 격렬하고 숨 막히는 파괴와 분노의 바람은 가라앉았다. 미쳐 날뛰던 또 하나의 환국이 제자리로 돌아왔다. 달빛이 흐르는 그의 모습은 슬프고 우울해 보였다. 이윽고 그는 안채를 향해 발길을 옮겨놓는다.

덕희는 환국이 오는 기척에 뻗었던 다리를 접고 자세를 고쳤으나 방에 들어서는 환국은 거들떠보지 않았다. 몹시 화가 나 있는 얼굴이었다. 환국이는 신문을 집어 들고 벽에 기대어 그것을 펼쳐 들었다. 글자 하나하나를 주워 올리며 읽어나가는데 도무지 내용은 머릿속에 들어오지 않았다.

'산으로 가봐야겠다, 산으로. 뭐라 하고 사표를 내지?'

환국은 광고까지 다 읽었다. 신문으로 얼굴을 가리고 있는 환국을 노려보던 덕희의 얼굴은 푸르락누르락, 그러나 인내심 깊게 기다리다가 드디어,

"여보!"

반 울음소리였다.

"어!"

환국이 신문을 놓고 덕희를 바라본다.

"당신 뭣하시는 거예요?"

"신문 보았지 않소."

"할 말 있다고 오시라 한 것 잊었어요? 제 말은 도통 귀에 들어가지도 않는가 부지요?"

"아, 참."

흥분하여 덕희 얼굴은 파랬다.

"아침에 하던 말의 연속이라면, 피차 좋을 거 없으니까 그만둡시다."

"그만둘 수 없어요. 당신은 양현이, 나 어느 쪽이 더 소중하지요?"

"이상한 말을 하는군."

"그 말이 어째서 이상하지요?"

"당신은 아내로서, 그 애는 누이로서 다 소중하지."

"어째서 누이지요? 생판 타인이 어째서 누이냐 말이에요."

"이봐요."

"말씀하십시오."

"당신이 이 집으로 들어온 후 양현이를 데려왔다면 불평할 수도 있는 일이오. 그러나 그 애는 당신이 이 집 식구가 되기 훨씬 이전에 우리 가족이 된 거요. 그 애에게 큰 잘못이 있었다면 모를까 당신이 그러는 거는 부당한 일 아니오?"

달래듯 말했으나 부당하다는 말에 덕희는 한층 더 흥분했다.

"큰 잘못이 없었나요?"

"……."

"잘못이 없었는데 집을 나갔나요?"

"집을 나가긴, 그 앤 근무처에 있었소."

"그러면 아무 일도 없었다 그 말씀이군요."

덕희는 두 번째 아이를 출산하고부터 남편에게 방자하게 구는 빈도가 잦아졌다. 서희에게는 내색 않으려 노력을 했지만. 애당초부터 덕희는 양현이라는 존재에 대하여 불만이 많았다. 다만 남편을 과람하게 생각했고 사랑했으며 또 매우 온화했지만 속으론 강한 남자라는 것을 알고 있었기 때문에 참아왔다. 그러나 아이가 둘이 되고부터 설마 나를 어쩌리 하는 심리가 없지도 않았지만 그보다 양현에 대한 패배감이랄까, 자기 권리가 침해당했다는 느낌이 깊어진 것이다. 그리고 양현에 대한 모멸감과 양현에 대한 선망이 뒤엉켜 그를 병적으로 감정의 절도를 잃게 한 점도 있었다.

"그건 성년이 된 그 자신의 문제로서 부모나 형제도 깊이 개입할 권리가 없어요. 선택권은 그에게 있는 것, 그게 무슨 잘못이오."

결국 아침에 한 언쟁의 되풀이였는데 두 사람의 주장은 마치 철로와도 같이 평행선에서 한치도 벗어나지 않았다.

"콩가루 집안이군요."

해서는 안 될 말을 덕희는 내뱉었다.

"뭐라 했소?"

"……."

환국이 덕희를 노려본다.

"안 그런가요?"

내친 길, 덕희는 자기 한 말을 집어넣으려 하지 않았다.

"그래도 된다 생각하는 거요?"

"왜 안 돼요! 앙큼한 것 같으니라구. 나한테 천연스럽게 약속해놓고서, 어디라구 기어들어와. 뻔뻔스럽고, 출신은 감추어지는 게 아니에요."

"약속이라니!"

"학교 졸업만 하면 집을 떠나겠다고 저에게 약속했단 말이에요."

거기까지는 환국이 모르는 일이었다. 환국의 안색이 달라지는 데도 불구하고 완전히 이성을 잃은 덕희는 터놓고 양현을 비방하기 시작했다.

"구미호 같은 것, 어머님의 마음을 모조리 거머잡고 앞으로 무슨 짓을 할지 누가 알아요? 당신도 그 여자한테 기만당하고 있는 거예요. 남자 간 꺼내어 먹고사는 화류계 출신, 그 소생인데 다를 게 뭐 있겠어요? 생각만 해도 끔찍스러워. 재영이가 고모라 부르는 말만 들어도 두드러기가 날 지경이오. 저는 죽었음 죽었지 그 천한 것 두 번 다시 안 볼 거예요."

지껄이는 덕희 스스로도 놀란다. 자신이 무슨 말을 지껄이고 있는지 정말 끔찍스러웠다. 그러나 브레이크가 말을 듣지 않는 자동차처럼 덕희는 말을 멈출 수가 없었던 것이다.

"천한 것은 바로 당신이야!"

"뭐라구요!"

덕희는 손바닥으로 방바닥을 쳤다.

"교육받지 않은 여자도 그따위로 천하게 말하지는 않아."

"나를 모욕하는 거예요!"

"스스로 자신을 모욕하고 있어."

"아이고!"

덕희는 두 손으로 얼굴을 가리며 울음을 터뜨렸다.

"실망했소."

환국이 일어서서 나가려 하는데 덕희는 환국의 아랫도리를 두 팔로 꽉 잡는다.

"어디 가시는 거예요!"

"……."

"못 가요! 으흐흐흐, 모두들 왜 저만 미워하는 거지요? 저만 나쁘다 하는 거지요? 이럴 수는 없어요."

그러나 환국은 그의 두 팔을 풀었다.

덕희는 절망적 몸짓을 하며 손으로 얼굴을 가렸다. 화난 표정으로 나가려다 말고, 자기 자신에게 타이르듯 환국은 우는 덕희를 내려다본다.

"당신 제정신이 아니구려."

의외로 음성은 부드러웠다.

"진정하고 한번 깊이 생각해보아요."

"……."

"나, 오늘 밤은 사랑에 나가 자겠소."

그는 나갔다. 발소리가 사라진다. 한참 동안 덕희는 흐느껴
울다가,

'도대체 일이 왜 이 지경이 됐지?'

울음을 그치고 멍한 눈빛으로 방 안을 두리번거린다.

'정말 내 정신이 아니었다.'

전등 아래, 환한 방 안, 모든 것은 있던 그 자리에 있었고
장롱의 백동 장석 위로 불빛이 미끄러지고 있었다. 갑자기 덕
희에게는 방 안이 운동장만큼이나 넓어 보였고 휑했다. 가슴
이 철렁 내려앉는다.

'무슨 말을 내가 했지? 아아……'

덕희는 일그러지고 망가진 자신의 모습을 느낀다. 남편에
게 그것을 보였다는 것, 돌이킬 수 없다는 생각이 허공처럼
아득했다. 그는 남편을 사랑했다. 절대로 잃고 싶지 않았다.
실망했소, 환국의 목소리가 귓가에 맴돌았다. 천한 것은 바로
당신이야! 스스로 자신을 모욕하고 있어, 그 말도 귓가에서
떠나지 않았다.

이튿날, 환국은 볼일이 있다 하며 아침 일찍부터 나갔고 넋

빠진 듯 우두커니 앉아 있던 덕희는 무슨 생각을 했는지 유모
를 불렀다.

"아이들 데리고 집에 가 있어요."

덕희는 친정을 말할 때 늘 집이라 했다. 유모는 의아하게
쳐다본다. 눈이 퉁퉁 부어 있었다. 울었던 흔적이 역력하게
나타나 있었다.

"어머니가 애들 보고 싶어 하시니까."

"아씨는 안 가십니까?"

조심스럽게 물었다.

"뒤따라갈 테니까 먼저 가 있어요, 애들 옷도 좀 챙겨서 가
져가도록."

유모는 몹시 불안해하다가,

"날씨가 추워서 감기라도 들면."

말끝을 맺지 못하는데,

"두 아일 혼자 데려가기 힘이 들면 혜산댁도 함께 가면 될
거 아니오? 유모가 알아서, 일일이 나한테 물어볼 것 없어요!"

덕희는 신경질이다.

"예."

유모는 물러났다. 이 한겨울에 찬모 혜산댁까지 동원하여
어린애들을 외가에 보낼 만큼 화급한 일은 없을 성싶은데, 아
이들이 보고 싶으면 외할머니가 오는 편이 낫지. 그러니까 이
것은 예삿일이 아니다, 하고 유모는 생각했다. 점잖은 집안에

서 좀처럼 큰소리도 나지 않았는데 눈이 퉁퉁 붓도록 울었다면 필시 무슨 사단이 있긴 있는 모양이라고 유모는 짐작한다. 실은 덕희도 무슨 계획이 있어서 그랬던 것은 아니었다. 즉흥적인 것이었다. 방귀 뀐 며느리가 성낸다는 말이 있듯 무안하여 화가 났고 피해 달아나고 싶은 충동이었지만 남편에게 떼쓰고 골탕 먹이고 싶은 심리, 원망이 있었다. 친 시누이라 하더라도 같은 여자끼리, 과히 기분 좋을 일은 아닐 터인데 생판 타인에다가 근본조차 천한 여자가 무슨 권리로? 시어머니는 그렇다 하자, 남편이 자기 편에 서주지 않는 것은 정말 덕희로서는 모욕이었다. 설사 부당했다 하더라도 부부란 무엇인가? 마땅히 아내 편이 되어야 하는 것 아닌가. 하물며 부당한 편은 그쪽, 처지를 망각한 것도 그쪽이며 객이 주인을 밀어낸 형세 아니던가? 왜 이양현이 이 집에서 꽃이 되어야 하며 자신은 뒷전으로 밀려나야만 하는가.

'그래 좋다. 소중하지도 않은 아내가 집을 비웠기로 뭐가 그리 대수인가. 나도 집에 가면 금지옥엽이라구.'

막내딸로 응석받이였던 덕희는 아이를 둘이나 낳은 어미였지만 자기중심적인 기질을 버리지 못하고 있었다. 덕희의 처지에서는 그렇게 생각할 수도 있는 일이었다.

유모와 혜산댁이 아이들을 데리고 떠난 뒤 거울 앞에 앉은 덕희는 눈이 부숭부숭 부어 있는 것이 마음에 걸렸다. 왜 그러느냐고 묻는다면, 아무리 응석받이기로 친정어머니한테 남편과 다툰 일을 말하고 싶지 않았다. 다른 때보다 화장을 좀 짙게 하고 옷을 갈아입는다. 아버지가 만주 갔다 오는 길에 선물로 사다 준 수달피 목도리를 꺼내어 목에 둘러본다. 양볼을 간질여주듯 털의 촉감이 감미롭다. 덕희는 수달피 목도리를 끌러 옷장 속에 도로 집어넣고 북청색 털실로 짠 목도리를 꺼내어 얼굴을 깊숙이 싸면서 목에 감는다. 시국이 각별하여 남의 눈총을 받기가 싫었던 것이다. 집을 나섰다. 앙상한 가로수, 움츠리며 지나가는 사람들, 문을 닫아버린 상점들, 무심했던 그런 풍경들이 오늘 따라 덕희 마음에 어떤 비애로 비쳐졌다. 외로웠다. 무작정 아이들을 친정에 보내놓고 자신도 집을 나왔으나 친정에 곧장 가고 싶지가 않았다. 갈 곳이 없는 것 같은 기분이다. 남편과의 거리가 멀다는 것을 새삼스럽게 느낀다. 자상하고 점잖은 남자, 여간해서 나무라거나 비판하는 일이 없었음에도 만만치가 않았고 자신이 모르는 세계를 갖고 있는 것만 같았던 남자.

덕희가 찾아간 곳은 둘째 언니 욱희 집이었다. 일본인들이 많이 사는 부유한 동네, 욱희의 집은 규모가 꽤 큰 양옥이었다. 덕희가 왔다는 말을 듣고 쫓아 나온 욱희는,

"웬일이니 너가?"

적잖게 놀란다. 부인회 일을 맡아 하는 관계로 외출이 잦고 또 본래 나돌아다니기를 좋아하는 욱희하고는 달라서 덕희는 여간하여 나들이를 하는 성미가 아니었기 때문이다.

"왜요? 나는 언니 집에 오면 안 되나요?"

덕희는 저도 모르게 비틀어서 말했다.

"누가 안 된다 했니? 밤낮 집 안에만 들어박혀 있는 성미니까 그렇지. 하여간 올라오기나 해."

덕희는 욱희를 따라 응접실로 들어갔다. 그런데 먼저 와 있는 사람이 있었다. 욱희의 친구 노영신(魯永信)이었다.

"이게 누구야? 덕희구나!"

영신은 아주 반가워했다.

"오래간만이에요 언니."

영신은 덕희의 손을 잡았다.

"그래, 오래간만이다. 결혼하고는 처음인가 부다."

"아마 그럴 거예요."

"벌써 애가 둘이라며?"

"네."

"잘난 신랑 만나서, 너희 또래들이 널 얼마나 부러워하는지 아니?"

"알고 보면 부러워할 것도 없어요."

"서 있지들 말고 앉기나 해."

욱희 말에 모두 소파에 앉는다. 응접실은 제법 그럴듯하게 꾸며져 있었다.

그림도 한 폭 걸려 있었고 가구들도 품위가 있어 보였다. 생김새나 생각이 다 평범한 욱희의 꾸밈새는 아닌 듯, 그의 남편의 취미가 좋다고들 했다. 영신은 가늘면서도 짙은 눈썹이 특징이었고 동그스름한 얼굴인데 교양이 있어 보였다.

"그래 무슨 용무가 있어서 왔니?"

궁금했던지 욱희는 성급하게 물었다.

"언니도 참, 왜 그래요?"

"뭐가?"

"용무가 없으면 못 올 집이에요?"

또다시 덕희는 저도 모르게 비틀었다.

"그런 게 아니라, 이런 추운 날씨에 온 걸 보고."

"애들 집에 보내놓고 여기 들른 거예요. 언니 보구 가려구요."

"애들을 집에 보내?"

"어머니가 보고 싶어 해서요. 마침 그이도 시골 가고 없어서."

덕희는 거짓말을 했다.

"그래? 어째 섭섭하구나."

"뭐가요?"

"다 같은 딸자식인데 어머니는 우리 아이들 보고 싶다고 말씀하신 적이 없었어. 다 커서 어른이 되었는데도 여전히 편애하시는군."

하자 영신이,

"내리사랑이라 하잖니?"

"그래도 그렇지."

정말 섭섭한 것도 아니면서 욱희는 부어터진 표정으로 말했다.

"클 때부터 덕희는 유난스레 귀여워하셨지."

"왜 아니래? 막내는 다 귀엽다 하긴 하더라만, 아버지 어머니가 모두 유난스러웠지. 저 애는 늦게까지 젖을 먹었어. 다 커서도 어머니 젖 만지고 잤어."

"언니도 참, 창피스럽게 그런 말을 왜 해요?"

눈살을 찌푸린다.

"그래서 시집도 잘 갔지. 친정에서 귀하게 자라면 시집가서도 귀하게 대접받는대더라."

영신의 말에 덕희 얼굴은 어두워진다.

"저 애야 걱정 없다. 남편은 품행이 방정하고 맏며느리지만 시집살이도 안 하고."

욱희의 남편은 더러 바람을 피워 속을 썩이는 일이 있었다.

"천 리 밖에 계셔도 시집살이는 다를 게 없어요. 우리 시어머니 보통 사람인가요? 한번 올라오시면…… 힘들어요."

"그건 너 마음대로 자란 성격 탓이야. 그리고 그 애는 어찌 됐니? 발걸음 끊었겠지? 하기야 인연 끊어도 답답할 것 없지. 그만하면 재산 많이 받아 나간 셈 아니냐?"

"말도 말아요."

"말도 말라니?"

"시어머니가 데리고 들어왔다오. 따라 들어온 인간도 낯가죽이 두껍지만."

"뭐? 무슨 소리 하는 거냐?"

"데리고 와서, 어제 아침 하동으로 함께 내려갔어요."

"저런, 무슨 일을 그렇게 하지? 난 복잡해서 도통 모르겠다."

"아나 모르나 마찬가지죠 뭐."

욱희와 덕희의 얼굴을 번갈아 쳐다보던 영신이,

"무슨 얘기니? 그 댁에서도 문제가 있니?"

두 사람은 한동안 침묵했다.

"설마 여자가."

"그런 오해는 말어. 그런 일이야 있을 수도 없지. 그 댁의 양녀로 들어온 계집아인데, 아주 어렸을 때 데려다 기른 아이야."

"한데?"

"천한 신분, 그러니까 화류계 여자의 딸인데 그 신분 이상으로 행세를 하는 게 문제라."

욱희는 영신에게 좀 더 자세한 설명을 했다. 그러나 양현의 아름다움이나 여의전을 졸업한 여의사라는 점에 대해서는 말하지 않았다. 동생 덕희를 위하여 양현을 미워하고 시샘했다기보다 욱희는 본능적인 여자의, 그 자신을 위한 감정이었다. 바람기 있는 남자와 살다 보니 아름다운 여자, 학식 있는 여자, 또 화류계의 여자, 남편과의 관련을 상상할 수 있는 그런 부류의 여자들을 적대시하고 지나치게 경멸하는 경향이 짙은 것은 사실이다. 친정 배경 때문에 그나마 큰소리치고 살지만 마음 깊은 곳에서는 심한 열등의식이 있었던 것이다.

내막을 잘 모르는 영신은,

"이 애, 그러면 배설자 같은 여자 아니니?"

말하고 나서 넌더리를 내며 고개를 흔들었다.

"그런 여자는 아니에요."

덕희가 눈살을 찌푸리며 말했다.

"피장파장이지 뭐. 대단하기로 천하가 다 아는 너의 시어머니 맘을 꽉 잡은 거나, 식구들, 특히 너의 시동생이 그랬다는 걸 보면 보통 수완이겠어? 마가 낀 여자야. 어떻게 그럴 수가 있니?"

양현을 배설자와 같은 자리에 올려놓고 잔인하게 즐기는 것 같은 욱희를 바라보던 덕희는 끔찍스럽다는 몸짓을 하며 외면을 한다.

"비교할 사람한테 비교를 해야지, 언니 그건 너무 심하지 않아요?"

"남의 등쳐먹고 살아온 점에서 뭐가 다르니?"

"어릴 적부터 데려다 길렀는데 누구 등을 쳐먹었겠어요?"

"여학교도 뭣한데 여의전까지 남의 덕으로 졸업을 했으면 수, 수법이 얼마나 교활했겠어."

욱희는 터무니없이 흥분하고 과장하여 말한다. 그리고 비로소 여의전이라는 말도 입 밖에 나왔다.

"그건 시어머니가 원해서 간 거예요."

"이 애가? 왜 쌍지팡이를 들고서 편역을 드니? 그 계집애

283

땜에 속상한 사람이 누군데?"

"친딸인 양 착각하고 집안 식구들도 그러는 게 못마땅해서 그랬지, 배설자, 그 추물하고 비교를 하다니, 말이나 되는 일이에요? 징그럽고 끔찍스러워. 그럼 재영이아버지, 시어머니가 배설자 같은 여자를 누이로, 딸로 생각해왔단 말이에요? 그건 시가에 대한 모욕이에요. 그 그로테스크한 여자."

"이 철없는 것아. 맹탕이다 맹탕, 왜 그리 단순하니?"

너의 시동생도 그 여자를 사랑했는데 만일 너의 남편도 누이 이상의 감정을 가진다면 어쩔 테냐, 그런 저의가 포함되어 있었고 민감하게 그것을 느낀 덕희는 얼굴빛이 달라지면서 욱희를 노려본다. 정말 참을 수 없는 모욕이었다.

"어째서 내가 복잡해져야 하나요!"

"그 계집애, 너 옆에 두어서 좋을 것 하나 없어. 언제는 죽어도 그 꼴 못 보겠다 하더니 이제 와서는 영 딴판이구나."

"그 꼴 보기 싫은 거는 싫은 거고, 난 언니처럼 지나친 추측, 어림없는 얘기, 그런 거는 안 해! 너무 천하지 않우?"

"뭣이? 그럼 나는 천하다 그 말이냐?"

욱희의 얼굴이 벌게진다.

"그렇지 않고, 아무리 밉다 해도 난 모함하기는 싫어."

"내가 모함을 했니?"

"모함이지요. 배설자."

하는데 노영신이,

"내 잘못이야. 내막도 모르고, 참아라."

하고 중재에 나섰다. 말다툼이란, 이런 경우 무작정 상대와는 반대 방향으로 치닫는 일이었다. 전후 사정이야 어찌 되었건 다툼을 위한 다툼이 되고 만 것이다. 원인과 결과는 행방불명이 된 채 흥분만 앞서는 것이었다. 덕희는 그가 말하는 것만큼 양현을 비호하고 싶은 마음이 없었고 욱희 역시 그가 말하는 만큼 양현에게 생채기를 내고자 했던 것은 아니었다.

"싸울 일이 따로 있지, 듣고 보니 아무 일도 아닌 걸 가지고 다정한 자매가 왜 그러니?"

영신의 말은 충분히 제동을 거는 데 효과가 있었다. 아닌 게 아니라 자매가 싸울 일이 아니었던 것이다.

"너 오늘 기분이 안 좋은 모양이다. 들어설 때부터 뭔가 좀 이상했어."

욱희는 음성을 누그러뜨렸다. 그러고 보니 그랬다. 평소 같으면 일이 그렇게 진행되지는 않았을 것이다. 덕희는 쑥스럽게 웃었다.

마침 심부름 아이가 과일을 가져왔다.

"이제 그런 얘기 관두고 과일이나 들어. 영신아 너도."

욱희는 주인답게 수습한다.

"너희들 싸우는 것 보니까 꼭 닭싸움하는 것 같다."

"덕희하고는 어릴 때도 많이 싸웠어. 싸우다가 그만 얘기의 가닥이 달라지는 거야. 기를 쓰고 달라진 가닥에 늘어져서,

고집 세고 상대할 수가 없었다."

"언니는 어떻고? 있는 말 없는 말 다 꺼내어 사람 기를 넘게 했잖아."

세 여자는 사과를 와삭와삭 씹으며 깔깔깔 웃는다.

덕희는 되도록 어울리려고 애쓰는 것 같았다. 이런저런 얘기를 하다가 점심까지 먹었다.

"아까 배설자 얘기가 났으니 하는 말인데, 일본 경찰도 해결하지 못하는 사건이 있는 모양이지? 배설자사건은 미궁으로 빠진 것 아니야?"

배설자 때문에 말다툼이 벌어졌는데 욱희는 개의치 않고 배설자 얘기를 꺼내었다.

"글쎄⋯⋯."

말은 애매했으나 영신은 그 일에 대하여 뭔가 알고 있는 것 같은 눈치였다.

"범인이 잡혔다는 얘기는 없었지 않아?"

"그건 보도를 통제하면 모를 수도 있는 일 아닐까?"

"범인이 잡혀도 발표를 안 한다, 그 말이니?"

"그럴 수도 있겠지만 깊은 내막이야 어찌 알겠니."

"영신아."

"왜?"

"넌 뭘 좀 알고 있는 거 아니니?"

"내가? 내가 아는 것은 소문뿐이야. 뭐가 그리 궁금하니?"

"궁금하다기보다, 모르는 처지도 아니었고 죽음도 참혹했으니까 자연."

"너는 피해를 안 본 모양이구나. 이를 가는 사람이 얼마나 많은데."

"피해를 안 보았다 할 순 없지. 적잖은 돈이 물렸어."

"신고도 못하고 속깨나 썩였겠구나."

"그래, 애아버지 모르는 돈이었거든. 창피스럽기도 하구."

"재산이 좀 있었다는데."

"그래?"

"동생한테 간 모양이야."

"동생한테? 동생이 혐의를 받았다는 얘기도 있던데?"

"다투었다는 것만으로는 증거가 될 수 없지. 게다가 범행현장을 보아서는 도저히 여자의 소행으론 볼 수 없었다는 거고."

"그건 그래. 배신당한 애인이 그랬다는 말, 그게 맞는 얘길 거야. 한데 왜 못 잡지?"

"잡혔으면 싶어?"

영신은 욱희 눈 속을 들여다보듯 바라본다.

"그거야 뭐 나하고는 상관없는 일이지."

"그건 말이야, 치정은 아니었고 테러리스트가 한 짓이래."

영신이 목소리를 낮추며 말했다.

"그게 사실일까?"

"너도 들었니?"

"배설자가 스파이였다는 얘기는 들었어. 그 말 들었을 때는 정말 간담이 서늘하더구먼."

"죽기 전에는 눈칠 못 챘고?"

"조금은, 그래서 짜르기가 힘들었다."

"돈도 그래서 꾸어준 거니?"

"그 점도 있고 그 수단에 녹아난 사람이 어디 나 혼자뿐이니?"

"너야 털어도 먼지 날 사람 아닌데, 덕희는 시아버지가 그러니까 그렇다 하더라도."

"음해하려 들면 어떡허니. 아닌 게 아니라 덕희에게도 접근했고 그 시어머니한테도, 워낙이 기강한 사람이니까."

"진주로 어머니를 찾아간 일이 있었대요."

덕희도 한마디 했다.

"성악가, 누구래더라? 그 사람하구요."

덧붙여 말했다.

"홍성숙이?"

"언닌 그 사람 알아요?"

"알지. 누구니 누구니 해도 젤 많은 피해를 입은 사람은 홍성숙 씰 거야. 아주 사람을 병신으로 만들어놨어. 그 사람을 앞세우고 다니면서 일 많이 저질렀거든. 명색이 예술간데 권력의 줄을 잡으려 했던 것이 그의 파멸의 시작이었어. 겉보기보다 단순한 사람인데."

"언니보다 나이 많지요?"

"그럼, 많지. 한때는 장안 여성들의 선망의 대상이었다. 여왕같이 군림했어. 그러던 그가 내리막길을 걷기 시작한 것은 조용하 씨, 왜 그 산장에서 자살한 조용하, 그 사람하고의 추문 때문인데."

"잘 알아요. 그분의 부인이 우리 동네에 지금 살고 있어요. 시댁하고 그 부인 친정하고는 오래전부터 각별한 관계였나 봐요."

"그거 정말이니?"

"네."

"지금도 미인일까……."

"아직 아름다우세요."

"혼자 사니?"

"네, 참 아까워요."

"재산상속은, 많이 받았겠지?"

"왜? 부러워?"

욱희가 놀려주듯 말했다.

"부럽지. 나는 할 일이 많은 사람이거든."

"쓸데없는 말 말고 선생질로 만족해. 아니면 재취댁이라도 시집갈 궁리를 하든지."

영신은 아직 독신이었고 여학교에서 교편을 잡고 있었다.

"나는 좋은 세상이 오면 육영사업을 하고 싶어. 그래 그분은 상속을 많이 받았니?"

"글쎄 그건 잘 모르겠어요."

"아이고, 내가 정신 놓고 있었네. 오래간만에 덕희를 만나서 너무 지체했는가 부다."

영신은 엉거주춤 몸을 일으키며 시계를 본다.

"가시게요?"

"응, 약속한 일이 있어서 그래. 혼자 사는 몸이 왜 이리 바쁜지 나도 모르겠다."

현관까지 따라나온 욱희와 덕희,

"영신아 또 놀러와."

"부인회 회장이 한가한 소리 하는구나."

"요즘엔 그렇지도 않아. 그것도 한물갔나 봐. 나 요즘 심심해서 죽을 지경이야. 뭐가 그리들 바쁜지 사람 구경을 도통할 수가 없어."

욱희는 엄살을 부리듯 말했다.

"자숙하느라 그런가 부지. 또 올게. 개학하기 전에, 그럼 덕희야 잘 있어."

하고 영신은 나갔다. 그가 가고 난 뒤 욱희는 기다렸다는 듯 캐물었다. 덕희 역시 뭔가 말하고 싶어서 욱희를 찾아왔다. 노영신이 있어서 말을 못했고 또 어떻게 삐거덕 감정이 잘못되어 자매가 다투기는 했으나. 덕희가 속을 털어놓고 말하기가 무섭게 욱희는 분개했다.

"도리어 널 보고 야단을 치더란 말이지?"

"그래."

"최서방 사람이 왜 그래? 모친 앞에선 꼼짝 못 하는 것은 진작부터 알고 있었지만 그 사람 쓸개도 밸도 없나? 어머니를 말리지는 못할망정 널보고 야단을 쳐?"

"그랬다니까."

"이상한 집구석이구나. 너가 누구야? 그 집 맏며느리 아니냐? 그까짓 군식구를 두둔하여, 아이 기가 막혀."

"언니 나 어떻게 하지?"

"뭘?"

"애들 데리고 나왔는데."

"이런 기회에 혼 좀 내주어라. 내 말 잘 들어. 흐지부지하지 말고 최서방이 데리러 올 때까지 친정에 있는 거야. 개도 무는 개를 돌아보더라구, 너가 꿇릴 게 뭐 있니? 참 생각할수록 괘씸하구나. 근화방직 황태수 사장을 어떻게 보고 하는 짓거리야?"

덕희가 욱희 집을 나온 것은 해 질 무렵이었다. 그것도 친정의 심부름꾼이 와서 혜화동아씨가 와 계시냐고 묻고 갔다는 말을 들었기 때문이다.

친정에서는 사색이 된 친정어머니가 기다리고 있었다.

"대관절 어떻게 된 일이냐."

친정어머니 변씨(卞氏)는 다그치듯 물었다.

"어떻게 되기는, 뭐가요? 아이들 보내놓고 오래간만에 언니한테 들렀다 오는 길이에요."

"이 추운 날씨, 아이 둘을 남한테 맡겨서 보내놓고, 임종을 앞둔 할미가 외손자를 보고 싶다 하기라도 했단 말이냐?"

"어머니도 참, 무심히 한 걸 가지고 뭘 그리 지나친 생각을 하세요?"

"아이들은 그렇다 치자. 뒤따라온다는 사람이 왼종일 감감 소식이니."

"어디 가서 죽기라도 했을까 봐서요?"

불만스럽게 입술을 내민다.

"사방에 사람을 보내어 찾는 소동까지 벌이고 도대체 무슨 짓이냐?"

부골스럽고 허우대가 좋은 황태수하고는 다르게 비쩍 마르고 부호의 마나님답지 않게 초라한 변씨는 무던히 속을 태운 눈치였다. 눈동자 속에는 불안과 근심이 넘실거리고 있었다.

"참 이상해. 왜들 이리 야단인지 모르겠네."

"그게 말이라고 하니? 난데없이 유모 찬모가 아이들을 데리고 들이닥치질 않나, 아이에미는 어디 갔는지 행방을 모르겠고 무슨 일이 생겼을 것이란 생각 않게 됐니?"

"일이 무슨 일, 아무 일도 없어요."

"아무 일도 없다면 다행이다. 그러면 오늘 갈 거니?"

"어디루요?"

"어디긴, 혜화동 너희네 집이지."

"아니에요. 며칠 쉬었다 갈 거예요."

"최서방이 그러라 하던?"

날카롭게 물었다.

"아 아니요."

"그럼!"

"시골 내려가고 없어요."

변씨는 딸을 빤히 쳐다본다. 그리고 한숨을 내쉬었다.

"입에 침도 바르지 않고 거짓말을 하는구나. 시골로 가기는 어디로 가!"

"어머 소리는 왜 지르세요?"

"내가 다 물어봤다."

"뉘한테요?"

"누군 누구야! 유모 찬모가 다 행차했는데, 무슨 일인가 내가 안 물어보게 생겼냐?"

"그래 무슨 말을 했어요?"

덕희는 빨끈해서 물었다.

"묻는 말에 아랫것들이 대답도 못하겠니? 장모가 사위 안부 묻는 것도 당연한 일이구, 방학이니까 시골 내려갔느냐고 물었다. 아니라 하더구나. 어째 나한테 거짓말을 하는 거지? 거짓말하는 이유가 뭐냐!"

"……."

"안 살려고 아이들 끌고 이 추운 날 친정에 왔니? 그렇지 않고서는 어째 남편한테 말없이 왔느냐 말이다."

변씨의 음성은 격렬했고 덕희는 안 살려고, 하는 그 말에 놀라고 당황한다.

"있는 대로 말해. 사실대로 말하란 말이야."

"……."

변씨는 또다시 한숨을 내쉬었다.

"내가 너 성미를 알기 때문에 출가시킬 때부터 마음이 안 놓였다. 막내라고 오냐오냐 기른 내 잘못이지만. 다행히 최서방이 너그럽고 점잖고 시모님이 또 사리에 밝은 분이라, 탈 없이 지내는 것을 보고 한시름 놓았는데 기여 철없는 짓을 저질렀구먼. 다 내 잘못이다."

"저지른 일 없어요."

"그러면!"

"저 잘못한 것 없어요."

"말을 해. 그러면 너 남편 잘못이다 그 말이냐."

어차피 욱희가 말할 것이다. 덕희는 그간의 일을 대강 얘기한다. 평소에도 친정에 오면 양현에 대한 불만을 말하곤 했던 딸이었다. 변씨는 들은 척 만 척했으나 기분 좋은 일은 아니었다. 근본이 좋지 못한 양녀, 남편 황태수가 술김에, 그 아이 생모인 기생을 안다는 말을 흘린 일도 있고 해서, 덕희가 시누이 모시듯 해야 하는 것도 마음에 들지 않고 시어머니를 위시하여 가족들이 그를 각별하게 사랑한다는 것도 뭔가 도리에 어긋난다는 생각을 했었다. 그러던 중 사돈댁 둘째 아들과 양녀 사이에 혼인 얘기가 있다 했고 그것이 깨어지고 어찌고 하는 말을 들으면서 변씨는 덕희와 동서지간이 되지 않았던 것을 아주 다행으로 생각했으며 자연히 그들 인연이 끝나는 것으로 여겼던 것이다. 그리고 덕희나 욱희처럼 노심초사, 그 일을 생각했던 것도 아니었다.

'듣고 보니 덕희도 화가 날 만하다. 사리에 밝은 사부인께서 일을 어찌 그리 처리하셨는지…… 집안도 편찮은데 일부러 찾아가서 데려갈 건 뭐람? 그런 일이 없었다 하더라도 내보낼 때가 되지 않았느냐 말이다.'

그러나 변씨는,

"어른이 하시는 일을 아랫사람인 너가 왈가왈부해서야 쓰나. 집안마다 다 각기 사정이 다르니까 넌 너 할 일만 하면 되는 게야."

"시어머니한테 왈가왈부한 건 아니에요. 재영애비 태도가 분해서."

"너도 잘한 것 없다. 지금 그 댁 사정이 어떤데 한가하게 투정이냐."

"마찬가지 아니에요? 시아버지는 형무소에 계시고 시동생은 학병에 나가고 집안이 어지러운데 남의 식구 챙길 마음의 여유가 있다는 것도 이상하지 않아요?"

"듣기 싫다! 나중에 와서 쉬어 가든 어쩌든 오늘은 집으로 가라. 용한 사람이 성내면 무섭다."

"며칠 쉬었다 간다는데 왜 그래요?"

"그럼 가서 네 남편한테 얘기하고 와."

"안 갈 거예요. 이번만은 나도 한번 뻗쳐볼 거예요. 데리러 올 때까지."

덕희는 끝내 고집을 부렸다. 할 수 없이 변씨는 더 이상 우기지 않았다. 설마 데리러 오겠지 하는 생각이 있었기 때문이다. 영감한테는 몸이 실찮아 쉬러 왔다 하며 적당히 꾸며놓고 변씨는 환국을 기다리기로 했다. 그러나 하루 가고 이틀 가고 사흘이 지나도 환국은 나타나지 않았다. 덕희 얼굴에는 초조한 빛이 떠올랐다. 초조하기로는 변씨도 마찬가지였다. 생각 끝에 변씨는 유모를 혜화동으로 보냈다. 아이를 데려다주고 돌아간 찬모에게 집안 형편을 알아보라 하고 보낸 것이다. 유모가 돌아왔다.

"뭐라 하던가."

"선생님이 그날 저녁때 돌아오셔서 아씨하고 아이들을 찾더랍니다."

"그래서?"

"외가에 가셨다고 했더니 한동안 생각하시는 것 같더니 그대로 사랑으로 가시더랍니다. 그러고는 아무 말씀 안 하시더라 하더군요."

'아뿔싸! 내가 잘못 판단을 했구나.'

그러고는 또 사흘이 지나갔다.

"식구들이 와 있는데 어째 최서방은 한 번도 안 오나."

황태수가 무심히 말했다.

"시골 내려갔겠지요."

변씨는 간신히 말했다.

"아니지. 어제 회사에 다녀갔다 하던데?"

"그럼 뭐 바쁜 일이 있겠지요."

얼버무렸다.

덕희는 하루가 지나는 만큼 안색이 나빠졌고 말수가 적어졌다. 그리고 잠을 이루지 못하는 것 같았다.

"덕희야 가자. 내가 데려다 줄게."

참다 못한 변씨가 말했다.

"어떻게……."

덕희는 두려움에 가득 찬 눈으로 어머니를 쳐다보았다.

"부부간에 이기고 지고가 어디 있니? 나랑 가자. 여자가 굽혀야지 어떡허니?"

결국 열흘 만에 변씨는 덕희와 아이들을 혜화동에 데려다 주었다. 그리고 사위를 무섭다고 생각했다.

6장 졸업

옛날에는 미션스쿨이었던 붉은 벽돌의 구식 건물, 그러나 암팡져 보이는 교사 지붕과 벽면에 달빛이 쏟아지고 있었다. 강당에도, 장방형 운동장에도 달빛은 눈부시게 쏟아지고 있었다. 상록수들은 검고 짙은 그림자를 드리우고 이따금 그 수목과 그림자는 함께 흔들리곤 했다. 진주 시내가 온통 달빛에 젖어서 한때나마 시름을 잊고 잠들어 있었다. 시각은 열두 시를 넘은 듯했다. 그런데 여학교 교사 양편, 그러니까 좌우측에 자리한 기숙사에서는 이상한 일이 벌어지고 있었다.

"사 학년생은 일어나요! 아키야마상 일어나!"

깊은 잠에 빠져 있는 사생들을 1료의 요장은 긴 복도를 지나가면서 방문을 두드리며 깨우고 있었다. 요장과 요장실의 삼 학년생, 두 사람이 이 편 저 편으로 갈라져서 회랑과도 같은 기숙사 복도를 지나가며,

"사 학년생 언니들은 일어나세요! 아라모토언니 일어나세요!"

"사 학년생은 일어나요! 요시다상 일어나!"

"무, 무슨 일이야!"

"불 켜지 마! 공습인가 부다!"

전등을 켜다 말고 불이 꺼지는 방, 방문을 열고 잠옷 바람으로 학생들이 몰려나오는 방, 벽장을 열고 닫는 요란한 소리, 옷을 찾고 옷을 갈아입고, 수군대는 소리, 지껄이는 소리,

기숙사 안은 어둠 속에서 온통 법석이다.

"사 학년생만 일어나라 하잖아?"

"그래. 그럼 공습은 아닌 모양이지?"

"웬일일까?"

사 학년생들은 현관 쪽으로 모여들기 시작했으며 더러는 우왕좌왕하고 있는 학생들도 있었다. 뜰에서 달빛이 스며들어 희미하나마 서로의 얼굴들을 식별할 수 있었다. 모두 눈동자와 입술이 유별나게 검어 보인다. 사감실은 괴괴했다. 방안에 사감은 없는 것 같았다.

"빨리 해! 빨리 빨리!"

요장이 우왕좌왕하고 있는 아이들에게 소리쳤다.

"대관절 뭐가 어떻게 된 거야?"

요장이 다가오는 것을 본 오송자가,

"요장!"

하고 불렀다.

"무슨 일이야!"

"나도 몰라."

요장의 대답이었다. 무리가 술렁댄다.

"모르다니? 모르고서 한밤중에 우릴 깨웠니?"

그러자 김신이가,

"설마 우릴 징용에 끌고 가는 건 아니겠지?"

아직 잠에서 덜 깬 듯, 그리고 툭바리 깨지는 듯한 음성으로 말하자, 잔뜩 움츠리고 있던 학생들은 와하고 웃었다. 그러나 그 웃음소리는 갑자기 멎었다. 형용하기 어려운, 이상한 침묵이 흐른다.

"쓸데없는 소리 말고, 빨리빨리 학교 교정에 집합해!"

요장의 목소리가 침묵을 깨고 들려왔다.

"뭣하러? 왜?"

"나는 모른다고 했잖아. 집합하면 선생님이 말하겠지. 자아 어서!"

상의랑 진영이랑 함께 서 있던 남순자가,

"하여간 교정으로 가기나 하자."

앞장서서 그는 나갔다. 그의 뒤를 따라 모두 나간다. 하급생들이 기웃기웃 어리둥절해서 내다본다.

바깥 공기는 대단히 차가웠다. 겨우겨우 삼월로 접어들었지만 성급하게 찾아온 봄이 기침하기 알맞은 그런 절기. 밤공기가 차가울밖에. 삼월이 넘어가기 전에 학교를 떠나게 될 사학년생, 그것을 생각하기만 해도 반쯤 자유를 얻은 것처럼 설레고 있는 사 학년생, 삼삼오오, 교정을 향해서 간다. 상의는 달빛이 환한 길을 걸으면서 겨울방학 때 다녀간 아버지 생각을 한다. 아버지가 온 것은 상의모 위독이라는 전보를 받았기 때문인데, 그 전보가 가짜라는 것을 이미 알고서 온 듯 아무렇지도 않은 어머니를 보고도 아버지는 아무 말이 없었다.

"이렇게라도 해야만 당신이 나오실 거 아니에요?"

화를 내지 않으니까 오히려 민망했던지 어머니 보연은 어색해하며 말했던 것이다.

"그러다가 늑대에게 잡아먹히는 소년 꼴이 될까 걱정이구먼."

아버지는 그렇게 말했다.

"그렇게 되기까지 우리 식구들 떨어져 살아야 하나요?"

"말이 그렇다는 거지. 머잖아 모여 살 수 있을 게요."

"그게 언젭니까?"

"그걸 알면 점쳐 먹고 살겠소."

며칠을 묵는 동안 아버지는 이것저것 상의에게 물어보았고 상의가 학교에서 간호학 실습을 한다고 했을 때, 이미 편지에도 써보낸 얘기였지만 아버지의 낯빛은 어두워졌다.

"그건 좋지 않은 징존데……."

하고 입맛을 다시는 것이었다.

"그러니까 졸업하는 즉시 결혼을 시켜야 합니다."

어머니가 재빨리 말했다.

"어머니도 참, 취직하면 되잖아요?"

"모르는 소리 말어. 정신대에 나간다고들 부모들이 얼마나 야단하는지 알기나 해?"

"정신대……."

중얼거려보는 아버지의 얼굴은 더욱더 어두워졌다.

"마땅한 혼처도 없고 정말 큰 걱정이에요."

"말하는 사람도 없고?"

"아버지, 나 시집 안 갈 거예요. 이제 그런 말 관두세요."

아버지는 웃었다.

"중신이 더러 들어오기는 하는데 다 마땅치가 않아요. 또 상의 고집이 보통입니까?"

"욕심을 내자면 한이 없지."

하다가 아버지는,

"상의야."

"네."

"너 그만 퇴학하고 함께 만주로 안 가겠나?"

어머니가 펄쩍 뛰었다.

"한두 달 남았는데 퇴학이라니요?"

"만주 가면 북경대학으로 갈 수 있는 길을 터보기로 하고."

상의 가슴이 뛰었다.

"남들도 다 다니는데, 그건 안 됩니다. 한두 달이면 졸업하는데 퇴학이라니 말도 안 돼요. 여식 아이가 대학은 또 뭐 하러 갑니까."

어머니는 한사코 반대를 했다.

"하기는 그렇다. 그러면 졸업하는 즉시 만주로 오너라. 전쟁이 길어지면…… 너희들도 끌려나갈지 모르는 일이야. 생각하기도 싫은 일이지만."

보연이나 상의는 정신대라는 것에 대하여 깊이는 알지 못했던 것이다. 군인 비슷하게 나가는 것으로 생각했다. 그럼에도 부모들은 딸을 내어놓지 않으려고 무리하여 결혼을 시켰고 돈을 써가며 취직을 시키곤 했던 것이다. 아버지는 떠날 때도 상의에게 졸업하면 곧장 만주로 와야 한다는 말을 되풀이했다.

'왜 아버지 생각이 났을까? 지금, 가네야마상이 징용 어쩌구 하니까, 그 생각이 났나 부다. 한데 이 밤에 왜 사 학년생만 집합하라 하는 걸까? 우릴 어디 데려가는 것이 아닐까?'

그러나 상의는 무서워서 그 말을 입 밖에 낼 수가 없었다.

'그때 아버질 따라갈걸……. 아, 아니야 그럴 리가 없어. 공연한 생각이야. 부모한테서 우리를 맡았는데 그런 일이 어떻게 있을 수 있어?'

"아아 춥다!"

옆에서 걷고 있던 옥희가 몸을 떠는 시늉을 하며 말했다.

"이럴 줄 알았으면 옷을 껴입고 오는 건데 누가 교정에까지 올 줄 알았나. 도시 요장이 돼먹지 않았어. 옷을 따뜻하게 입고 나오라는 말 했어야 하지 않았나 말이다."

오송자가 분개하듯 말했다.

"이건 정말 미친 짓이야. 어디 부상병을 실어다 놓은 것도 아니겠고."

옥희가 말했다.

"쉿! 함부로 말하지 마."

경순이가 나무란다.

"지옥을 가더라도 알고나 가야 할 거 아니야?"

상의와 진영이만은 묵묵히 걷고 있었다. 교정에는 2료와 3료에서 나온 학생들 몇 명이 팔짱들을 끼고 엉거주춤 서 있었다.

"아, 저기! 하시모토 선생이 있다!"

누군가 말했다.

"어디?"

"저기 강당 앞에."

일행의 시선이 그곳으로 쏠렸다. 달빛 아래 키가 크고 덩치도 큰 하시모토[橋本] 선생은 사십 중반에 들어선 훈육주임이다. 전투모의 모자챙에 가려서 이마와 눈을 볼 수 없었고 코끝과 턱 부분만 보였다. 턱을 치켜들고 그를 올려다보고 있는 여자는 키가 작고 몸집도 작은 그의 부인이었다. 한껏 턱을 쳐들고 남편에게 뭔지 얘기를 하다가는 고개를 숙이곤 한다. 하시모토 선생은 여자를 내려다보고 고개를 끄덕이는가 하면 하늘을 올려다보기도 했다.

"하시모토 선생 부인은 웬일일까? 이 밤에."

"그러게 말이야."

"오늘 밤은 참 이상한 날이야. 달이 밝다는 것조차 기분이 나빠."

"정말 대낮같이 밝구나."

얼마 후 하시모토 선생 부부는 사라졌다. 학생들은 그들 사이에 자식이 없다는 것, 잉꼬부부같이 의가 좋다는 것을 다 알고 있었다. 하여간 심상치 않은 일이 벌어지고 있는 것만은 확실했다. 이윽고 사감들이 나타났다. 사감을 보자 학생들은 와글바글 떠들었다. 불만 때문이다.

"조용히 해!"

여느 때보다 사감들 얼굴은 긴장돼 있었고 우울해 보였다. 달빛이 푸르기 때문인지 모른다.

"지금부터 여러분들은 중학교에 간다."

"중학교라구요!"

의아해서 학생들은 소리를 질렀다.

"거기는 왜 가는 겁니까!"

"가보면 안다."

교정을 나왔다. 일직선으로 하얗게 뻗은 길을, 검은 몸뻬에 교복 윗도리를 입은 여학생들이 무리 지어 간다. 아마도 여학생이 중학교로 들어가는 일은 처음이 아닐까. 중학생이 여학교에 들어오지 못하는 것 이상으로, 그것은 규칙이라기보다 불문율이었지만 여학생도 중학교 교정 안으로 들어가는 일은 없다. 한마디로 놀라운 일이다. 그럼에도 불구하고, 이상하고도 괴이하며 전혀 예기치 못한 일들이 깊은 밤, 지금 전개되고 있는 것에 여학생들은 보다 압도당하고 있는 것이다. 누가 말하지 말라 하고 명령한 것도 아니었는데 하얗게 뻗은 길을, 중학교 건물을 빤히 바라보며 걸어 올라가는 학생들은 말이 없다.

이들이 교문을 들어서서 연병장같이 넓고 살풍경한, 나무라고는 한 그루 없는, 그리고 동편에 그 문제의 봉안전(奉安殿)이 있는 교정을 질러 건물 뒤켠까지 갔을 때 그곳에는 애국부인회의 띠를 두른 부녀들이 몇 사람, 그들은 갓포후쿠를 입고 바쁘게 오가고 있었다. 학생들은 비로소 이곳에서 자신들이 주먹밥을 만들기 위해 차출된 것을 알게 되었다. 모두가 어이없어 하는 표정을 짓기는 했으나 긴장된 분위기가 풀어진 것은 아니었다. 나무 한 그루 없이, 사막과도 같이 달빛이 가득 내려앉은 교정, 텅 비어서 이쪽에서 저쪽 끝까지 말소리가 윙 위윙…… 울려 퍼지고 어디선가 유령이라도 얼굴을 쑥 내밀 것만 같은 큰 건물, 한밤중이라는 것, 그런 조건이 긴장감에 박차를 가하는 것이었지만 그보다 사태 자체에 어떤 긴박감이 실려 있었다. 주먹밥은 소집된 장병들에게 나누어 주기 위해 만든다는 것이었다. 소집된 장정, 장정이라기보다 전선으로 나가는 병사라 해야 옳다. 그러니까 한참 전만 해도 출정(出征), 일본인들은 언제나 출전(出戰)이 아니며 출정이라 한다. 과연 현시점에서도 그들은 출전 아닌 출정일까? 그들은 정벌하기 위해 싸움터에 나가는 것일까. 패전을 눈앞에 두고 본토 결전을 다짐하면서, 침략과 정복의 망상은 비극과 희극의 양태를 띠면서 그 종언은 각일각 다가오는데 출정이라니. 각설하고, 아무튼 한참 전까지만 해도 출정하는 사내들을 위한 행사는 꽤나 요란했었다. 출정 가족을 도와주기 위하여 여학교 학생들은 배에 감고 있으면 총알도 피해간다는 센닌바리[千人針]를 들고 거리에 나서서 오는 사람 가는 사람에게 한 땀 떠주기를 부탁하는 광경을 흔히 볼 수 있었고 기차 정거장까지 학생들은 대오를 지으며 일장기를 흔들고 출정 용사들을 위해 환송하러 나갔었다. 역에는 일장기의 물결이었고 만세 소리가 진동했으며 만장 같은 깃대들이 푸른 하늘에 나부끼곤 했는데 요즈막에 와서는 좀체 그런 풍경은 눈에 띄질 않았다. 출정하는 사내들이 없는 것도 아닐 터인데, 아니 보다 많은 대일본제국의 남아들을 가을 들판의 곡식같이 훑어내고 있을 것인데 말이다.

여학생들은 연방연방 퍼서 내어오는 산더미 같은 흰 쌀밥 앞에 쭈그리고 앉아서 찬물에 손을 담가가며 뜨거운 주먹밥을 뭉친다. 그리고 만들어진 주먹밥은 어딘지 모르지만 운반되어 갔다. 주먹밥을 운반해가는 인원은, 역시 사생인 듯 중학생들이었지만 모자가 크고 옷도 헐겁게 입은 일, 이 학년의 저급반이기에 여학생들은 동생 대하듯 스스럼이 없었고 그들 역시 누나 대하듯 다소는 부끄러워하면서도 하는 일은 순조로웠다. 상의는 주먹밥을 뭉치면서 눈으로 상근이를 찾곤 했다. 필시 그도 나와서 일을 돕고 있을 것이기 때문이다. 그러나 상근의 모습은 눈에 띄질 않았다. 혹시 밥 짓는 곳에 있을지도 모른다는 생각을 하면서 상의는 구수한 냄새, 따끈따끈한 쌀밥을 쥐면서 상근이를 만나면 주먹밥 하나를 건네줄 궁리를 하고 있는 것이었다. 그런데 그 출정 용사들은 대체 어디에 있는 것일까. 중학교 교사는 무겁고 바닥 모를 침묵에 가라앉아 있었다.

"이 애 리노이에상."

"······."

"이 애."

옆에 앉아 주먹밥을 뭉치고 있던 남순자가 속삭이듯 불렀다. 상의는 그를 쳐다보았다.

"하시모토 선생도 소집되었대."

"뭐?"

"아까 강당 앞에 서 있었잖아."

"그래, 그랬었구나."

키가 크고 덩치도 큰 하시모토 선생은 내려다보고 키가 작고 몸집도 작은 부인이 턱을 한껏 쳐들고 올려다보며 얘기하던 것 같았던 그들 모습이 눈앞에 떠올랐다.

"불쌍하지?"

"응."

"애도 없는데."

전에 젊은 선생이 소집장을 받았을 때는 장행회(壯行會)도 했고 학생들과의 이별식도 했다. 키가 작고 큰 안경을 쓴 문학청년이던 그는 단을 올라가서 떠듬떠듬 이별사를 말했다.

"다 늙은 사람까지 데려가다니."

남순자 말이었다.

"말조심해."

남순자는 그러나 개의치 않고,

"부인이 너무나 불쌍해. 마치 철없는 아기만 같았어. 그러니까 아까 말이야, 강당 앞에서 그분들은 이별을 했던 거야."

한숨까지 내쉬며 소곤거렸다. 이별을 했던 거야, 그 말이 상의에게는 아주 슬프게 들렸다. 어느 날 전사통지서를 받을지도 모르는 출정, 아니 애당초 대일본제국을 위하여 죽으러 가는 길. 저만큼 주먹밥을 뭉치고 있는 옥희는 힐끔힐끔 주위를 살피다간 재빨리 밥을 입에 밀어 넣곤 한다. 진영이는 눈살을 찌푸리며 못 본 척, 작은 입술을 꾹 다물고 주먹밥을 꽉꽉 눌러 쥔다.

상의는 하시모토 선생에 대하여 잊지 못할 추억이 있었다. 그것은 곤욕과 수치였지만. 삼 학년 때 그러니까 작년 여름의 일이었다. 하시모토 선생은 상의 반의 담임이었으며 또 훈육주임이었다. 사건의 발단은 S 맺기의 편지였다. 학교에서 엄중하게 금하고 있는 일이었지만 대개의 상급생들은 마음에 드는 하급생을 골라 S를 맺고 있었다. 그날도 달빛이 밝았다. 기숙사 문간에 한 그루 서 있는 키 큰 미루나무 잎새들이 작은 새들의 날갯짓처럼 흔들리고 있었다. 자습 시간이었는데 상의는 불려 나갔다. 하시모토 선생이 미루나무 아래서 기다리고 있었다.

"리노이에!"

"네."

"네가 호시노한테 편지 주었나!"

"!"

"주었나!"

"네."

상의는 편지가 발각된 것을 알아차렸다. 학교에서 금지된 일인 만큼, 편지를 건네주는 사람이 이름을 알려줄 뿐 이름은 씌어지지 않았다. 필적으로 추적된 셈이다.

"누구 대필을 해주었나!"

"아닙니다."

"……."

"그건 제 편지였습니다."

한동안 침묵이 흘렀다. 상의는 묘하게 하시모토 선생이 자신을 힐책하고 있는 것이 아니라는 생각을 했다. 분위기가 그러했다. 편지는 물빛 노트 둘째 장과 셋째 장에 쓴 것이었다. 작고 예쁘고 마치 시집같이, 상의가 아끼던 노트였다. 하시모토 선생은 편지 내용에 상당한 관심을 가지는 것 같았다. 그 것은 S 맺기에 씌어지는 상투적인 편지가 아니었다. 문장이나 내용도 시적이며 파격적인 것으로 상의는 자부하고 있었다. 나중에 들은 얘기지만 스미야*라는 별명이 있는 시꺼멓게 생긴 일본 아이한테 편지 심부름을 했던 동급생이 노트를 주면서 호시노[星野]에게 전하라 했던 것이었는데, 호시노는 전혀 그것을 알지 못했고 스미야는 곧바로 선생에게 가져갔다는 것이다. 일본 아이들은 곧바로 그런 짓을 곧잘 했다. 호시노는 강 건너 관사촌에서 통학하는 일본 아이, 눈이 샛별 같았고 아주 귀엽게 생긴 아이였다.

막대기를 엮어서 만든 사람 같았고 조그마한 눈에 고집과 고지식함이 마치 백치와도 같이, 도사리고 있는 이시다 선생하고 하시모토 선생은 달랐다. 뻐드렁니에다 머리가 다붙은 이마, 위로 치올라간 두 어깨를 꾸부정하게 꾸부린 모습으로 안짱걸음을 걸으며 두 팔은 허수아비같이 힘없이 늘어뜨리고 얼굴에는 언제나 남을, 특히 조선인을 업신여기는 표정을 짓고서 수업시간에도 조선인 흉보는 것을 서슴지 않았던 이와자키 선생하고도 물론 달랐다. 얼굴을 쳐들고 하늘을 바라보며 큰 키, 몸을 좌우로 흔들면서 걸었고 권위주의에 사로잡힌 사감장, 설탕을 가져오면 점수를 달게 주겠다, 뻐드렁니를 드러내고 시뻘건 잇몸을 드러내놓고 웃던 미술 선생, 역시 뻐드렁니에 몸집, 키가 다 작았으며 안경을 썼던 음악 선생은 항상 사람 좋은 미소를 머금고 있었으나 눈곱만치도 동정심이라고는 없는 구경꾼이었다. 그리고 센티멘털리스트인 체육 선생, 얘기를 해놓고 보니 용모에는 뻐드렁니가 꽤나 많다.

여하튼 그런 선생들하고 하시모토 선생은 매우 달랐다. 하시모토 선생은 약간 들창코였다. 코밑에는 수염이 있었고 육중한 몸에 얼굴은 불그레했다. 그는 늘 얼굴을 숙이고 눈을 치뜨며 다니는 버릇이 있었다. 그의 표정은 대부분 냉소적이었지만 특정한 사람에게 그러는 것은 아니었다. 그의 눈은 능청스러웠으며 때론 쏘듯 날카로웠고, 그러나 어쩌다가 그 눈이 써늘해질 때가 있었다. 그럴 때는 그의 인간성이 순수하다는 것을 느끼게 했다. 훈육주임인 그는 학생들 동향이나 심리에 대해서는 손바닥 들여다보듯 했다. 문제 학생들 집을 예고 없이 찾아가는가 하면 하숙하는 학생들 방을 급습했고 늘 밤거리를 배회했다. 학생들은 자식이 없어서 그럴 거라고들 했지만 그를 미워하지 않았다. 오히려 그는 학생들 사이에 인기가 있는 편이었다. 그의 접근방법에는 격식이 없었고 흠을 잡기 위하기보다 예방하려는 의도를 느낄 수 있었으며 벌을 주는 데는 공평무사, 그렇다고 해서 규칙에 얽매여 일률적인 것은 아니었고 자신의 감정을 개입시키는 일은 없었다.

제 편지, 라는 말을 들은 하시모토 선생은 한동안 침묵을 지키다가 성난 목소리로 들어가라! 하고는 기숙사 문밖으로 나갔다. 상의는 그 자리에 서 있었다. 하시모토 선생이 자신을 힐책하고 있지 않을 것이란 아까 생각이 얼마나 허망한 것인가를 상의는 겨우 깨닫기 시작했다. 왜 그런 생각을 했는지 자신도 알 수 없었다. 어쩌면 자신이 한 행동이 벌 받을 만한 것이 아니라는 생각 때문이었는지도 모른다. 방으로 돌아갔을 때 실장이 물었다.

"무슨 일이야?"

순간 상의는 불려나간 이유에 대하여 처음으로 수치를 느꼈다. 대답이 없자,

"무슨 일인데 그래?"

재차 실장은 물었다.

"좀…… 아무것도 아니에요."

잠자리에 들었을 때 상의는 내일 날이 밝으면 자신이 별천지에 내던져질 것만 같아서 가슴이 쿵쿵 뛰었다. 그리고 왜 수치를 느꼈는지를 생각해본다. 실장도 S동생이 있었다. 한방 하급생 중에도 몇 사람 S언니가 있었다. 그것은 학생들 간에 공개된 것으로 비밀이 아니었다. 상의는 상대가 일본 아이였기 때문이라는 것에 생각이 미쳤다. 조선인 학생과 일본인 학생 간에 S를 맺는 경우는 없었다. 그리고 보면 누구든 엉뚱하다는 생각을 할 것이다. 친일파라 할지도 모른다. 그러면 왜 호시노에게 편지를 보냈는가. 상의는 그 아이만이 마음에 들었다. 마음에 들었다기보다 너무나 사랑스러웠다. 그리고 그것은 그리움이었다. 남이 하니까 형식적으로 S를 맺는 학생들도 있었다. 조건을 따져서, 가령 부잣집 딸이라든가, 집안이 좋다든가, 공부를 잘한다든가. 그러나 어느 날 호시노의 모습이 상의 눈으로 들어왔다.

그 일에 대하여 상의는 반성문을 쓰지 않았다. 매일 제출하게 되어 있는 일기장에도 편지에 관한 반성의 글은 쓰지 않았다. 써야 한다는 생각조차 하지 않았다. 하시모토 선생이 쓰라고 말하지도 않았지만. 그랬는데 이상한 일은 이튿날 학교에 갔을 때 하시모토 선생은 그 일에 대하여 전혀 언급이 없었고 상의에게도 어떤 조치, 말도 없었다. 하루는 그냥 넘어갔다. 다음날도 그랬다. 삼 일째도 오전까지는 아무런 기미가 없었다.

그러나 오후 수업을 시작하기 직전에 상의는 교무실로 불려갔다. 하시모토 선생은 뭔가를 쓰면서 얼굴도 들지 않고 말했다.

"복도에 나가서 꿇어앉아!"

초를 칠하고 돌로 갈고 닦고 마른 걸레질을 하여 반들반들 윤이 나는 긴 복도, 그리고 정적, 정지된 시간, 겨울철이면 양말을 신은 계절이면 짓궂은 학생들이 미끄럼을 타면서 캑캑 웃던 복도, 수업이 시작되어 지나가는 학생들은 없었고 상의는 그 복도에 무릎을 꿇고 앉았다. 죽어서 다시 태어난다 하더라도 이 치욕은 잊을 수 없을 것 같았다. 자유를 저해하고 순결을 더럽히는 조직의 폭력, 상의는 일상에서도 늘 그것에 시달려왔지만 새삼스럽게 불가항력, 조직에 대한 공포와 분노에 몸을 떨었다. 항상 종소리에서 탈출하는 것을 꿈꾸어왔다. 시간을 구분하여 울리는 종소리는 학교에서도 그랬지만 기숙사에서도 그것은 조직의 표현이었다. 긴 복도 정적, 창 밖에서 흔들리는 나뭇잎까지 시간의 고문이며 또한 감옥이었다.

'반성할 시간을 충분히 주었는데도 리노이에 쇼기! 너는 반성을 하지 않았다!'

하시모토 선생의 노한 목소리가 귓가에서 울려오는 듯, 그것을 느낀 것은 벌이 끝나고 교실로 돌아갈 때였다. 창 밖에는 진홍빛 칸나가 타는 듯 피어 있었다. 운동장에서는 나기나타를 연습하는지 기합 소리가 들려왔다.

'선생님, 죽지 말고 꼭 살아서 돌아오세요.'

그때, 삼 학년 때 벌을 받았을 때도 눈물 한 방울 흘리지 않았던 상의 눈에 눈물이 괴었다. 그것은 스승의 모습으로 비쳐졌던 하시모토 선생에 대한 존경심 때문인지 모른다. 부박하고 오만 치졸하며 인생의 낙이 오로지 우월감에만 있는 듯 희화적 존재, 일본인 선생 중에서 오직 한 사람, 적어도 진지했고 인간으로서 사람으로, 학생으로 대하던 하시모토 선생에 대한 고마움 때문인지 모른다.

"리노이에상 너 우는 거니?"

팔꿈치로 건드리며 남순자가 물었다.

"아니."

"아니기는 뭐가 아냐? 눈물이 떨어지는데 그래?"

"그때, 삼 학년 때 벌 받은 일을 생각하고 있었어."

"하시모토 선생한테서?"

"응."

"맞어. 그때 그랬었지. 호시노한테 준 편지를 들켜서, 아직도 그 일이 분해서 그러니?"

"그게 아니야. 좋은 선생님이 가신다 싶어서, 그것도 전선으로 말이야."

"그래, 그래서 너도 심란해하고 있지 않니? 내색은 안 했지만 언제나 학생들 편이었지. 하시모토 선생이 총을 들고 싸운다, 너 실감이 나니? 난 아무래도 실감이 안 나."

"……."

"리노이에상."

"음."

"왜 사감들은 코빼기도 보이지 않지? 우리들만 보낸 건가?"

"글쎄, 삼 학년 이하는 모두 기숙사에 남아 있으니까 그래 못 오는 거 아닐까?"

"하긴 우리야 뭐 안 오는 편이 낫지. 저 하리모토[張本玉姬]상 좀 봐, 저러다 배탈 나지."

상의는 웃었다. 시간이 지나고 긴장이 풀어지면서 학생들은 조금씩 흰 쌀밥을 집어먹곤 했다. 그러나 옥희는 줄곧 먹고 있는 것이었다.

"누나."

상의는 급히 뒤돌아본다.

"상근아!"

상근이는 피시시 웃었다. 상의는 조그맣게 만들어서 굴려 놨던 주먹밥 하나를 재빠르게 쥐었다. 서두르며 일어섰다.

"저리 가자."

떼밀고 가서 상의는 상근이 손에 주먹밥을 쥐어준다.

"누나 왜 이런 짓을 해."

"모두 조금씩은 먹는다. 어서 가아."

무안한 김에 상의는 상근을 떼밀었다. 그리고 덧붙여 묻기를

"내일 호야네 집에 올 거지?"

"그래."

상근이는 쫓기듯 돌아섰다. 상의는 한순간 후회를 한다.

"너희 동생은 왜 그리 안 크니? 이 학년, 우리 졸업하면 삼학년으로 올라갈 건데."

돌아온 상의에게 남순자가 말했다.

"용해서 그런가 봐."

"용해서 그렇다니?"

"상급생한테…… 늘 밥을 뺏기나 봐."

"어째 그 생각을 못했을까? 주먹밥 하나 줄 거로."

"조그만 것 하나 주었어. 화를 내지 않아."

"누이 닮아서 자존심이 대단하구나."

학생들은 새벽녘에 기숙사로 돌아왔다. 얼마간의 늦잠이 허용되었다. 그러나 일요일이어서 외출도 있고 오래 자지는 못했다.

"언니들은 좋았겠어. 산더미 같은 쌀밥, 많이 먹었어요?"

철없는 하급생들은 부러워했다.

"배탈 난 사람도 있을걸?"

"배탈이 나도 쌀밥 한번 실컷 먹어봤으면 좋겠어요."

"말이 그렇지. 어떻게 실컷 먹을 수 있었겠니? 그것도 사감들이 따라가지 않아서 눈치껏 먹은 거지."

"어쨌든 언니들은 좋겠어요. 졸업이 얼마 안 남았는데 졸업하면 콩깻묵밥은 면할 거 아니에요?"

"여기보담은 낫겠지만 식량 사정이야 비슷하지 뭐. 하여간 졸업할 생각을 하니까 가슴이 뛴다."

새 새끼들처럼 재잘거리다 차츰 조용해졌다. 외출이 시작
된 것이다.

상의가 호야네 집에 갔을 때 상근은 먼저 와 있었다. 통영
서 천일이 편에 음식을 보내왔다는 기별을 받기도 했지만 이
들 남매가 가지 않으면 식구들이 섭섭해할 뿐만 아니라 천일
이가 기숙사로 찾아왔다. 그래서 대개는 일요일 외출 때는 남
매가 나타나게 마련이었다. 상근이는 화가 난 얼굴이었다.

"사람을 그렇게 무안 주는 법이 어딨어?"

상의가 오기 전에 상근은 호야네에게 말을 했던 모양이다.
호야네는,

"니 배곯는다고 누부가 그랬는데 머를 그래쌓노."

하고 웃었다.

"주먹밥 하나 더 먹었다고."

상근이는 입을 불었다.

"옥신각신할 수도 없고 여학생들 앞에서 무슨 망신이야."

"아이고오, 그래도 남자꼭지라꼬."

호야할매가 놀리듯 말했다.

"실은 나도 후회했다. 하지만 일을 거들어주었는데."

"먹으라 하지는 않았잖아."

"그래서 버렸니?"

상의가 역습했다.

"먹었어."

입속말이다. 호야할매와 호야네는 재미있다는 듯 오누이의 수작을 바라본다.

"그래놓고 뭘 그래."

"버릴 수는 없잖아."

"상근아."

호야네가 불렀다.

"야."

"너 어릴 적에 빨랫방망이 들고 나오더니 그 성질 아주 죽지는 않았구나."

얼굴을 붉힌다.

"지나간 얘기는 와 합니까."

"하도 우습어서 그런다. 염치는 배부른 사람이 챙기는 거지, 너처럼 그랬다가는 굶어 죽을 기다."

"그거는 그렇지 않다."

호야할매는 끼어들었다.

"아무리 배가 고르고 기찹아도 염치를 채리야만 그기이 사람이제. 있고 없고가 상관없는 기라. 있다고 해서 어디 염치 채리더나?"

"그거는 그렇십니다. 야들아 마루에 올라가거라, 점심 묵자."

호야네는 부엌으로 들어갔다. 그러자 호야와 그의 동생이 뭐라 외치며 밖에서 뛰어들어왔다.

숨을 몰아쉬던 호야는 상근이를 보자 멈칫하다가 씩 웃었
다. 국민학교 사, 오 학년쯤 되는 것 같았다.

"성! 언제 왔어?"

"조금 전에."

상근이도 웃었다.

"숨이 들심날심, 무슨 일고."

호야할매가 말했다.

"독골의 할무이하고."

동생 준이가 대신 말했다.

"그라고?"

"저어, 젊은 할배."

"젊은 할배라니? 기성이아배 말인가?"

"누야 곁은 사람하고."

"그래 그기이 우찌 됐다는 기고."

"지금 오요."

"우리 집으로?"

"응."

"얄궂어라. 기성이아배가 무신 일로 우리 집에 오는고?"

호야할매는 당황해하며 옷매무새를 고치고 마당으로 내려
섰다. 그때 장연학이 먼저 들어왔고 지팡이를 짚은 두만네,
다음은 뜻밖의 남희가 들어왔다.

"성님!"

"운냐, 그래 그동안 별일 없었겠제?"

"야, 지팽이는 와."

"밭둑에서 넘어졌다. 발을 좀 삐어서, 하기사 머, 지팽이 짚고 댕길 나이도 지났제. 아범은 별일 없나?"

호야네한테 물었다.

"예."

하며 호야네는 머리를 숙여 인사한다. 두만네도 마루에 걸터앉았다. 연학이도 나란히 걸터앉았다. 남희는 마루 기둥에 등을 기대듯 섰다.

"지는 준이 놈이 젊은 할배라 캐서 기성이아밴가 싶었십니다. 우리 집에 올 리가 없는데."

호야할매 말에 두만네는 얼굴을 찌푸린다.

"오다가 마침 사돈을 만냈다. 실은 영만이하고 함께 올라 캤는데 면소에서 사람이 와서."

지팡이를 짚고 혼자 온 것에 대한 변명 비슷하게 말했다.

"며누리들은 뭣 하고요."

"가아아들은 죽 쑤어서 나중에 올 기구마는."

"죽을 쑤어요?"

호야할매는 의아해한다.

"판술이아배가 세상 버렸단다."

친한 이웃이나 친척이 상가에 팥죽을 쑤어가는 풍습이 있었다. 요즘같이 식량난에 허덕이는 형편에는 그 같은 풍속을 지키기도 어려운 일이었으나 살림이 부유하고 부농인 두만네 집에서는 그럴 만한 여력이 있었다.

"그라믄 영팔이노인 아닙니까?"

"그래, 가실 나이야 넘었제."

"하기사."

"상가에 가는 길인데 그냥 지나칠 수가 없어서 사돈보고 들르자고 했다. 갈라나?"

호야할매는 어리둥절한 채다.

"너거들이사 판술네 식구들하고 그리 인연이 깊은 것도 아니니께 알아서 해라마는."

"가야제요."

호야할매는 갑자기 생각이 난 듯 부랴부랴 방 안으로 들어간다. 그리고 부산하게 출타 준비를 한다. 알던 사람들이 하나둘 떠난다는 것은 호야할매에게도 충격이 아닐 수 없었다. 호야 형제와 상근이는 그새 방으로 들어간 것 같았다. 방 안에서 떠드는 소리가 간혹 들려왔다.

"이 학생은 누고?"

두만네가 상의를 돌아보며 호야네에게 물었다.

"모리시겠십니까?"

연학이 말했다.

"처음 보는데."

"홍이 딸내미 아닙니까."

두만네는 비대한 몸을 돌렸다.

"홍이 딸내미라꼬? 그라믄 홍이아배, 이서방 손녀라 말가."

"예."

"그러고 보니, 이서방 피슷이(비슷하게) 있네. 할배 많이 닮았구나."

"홍이를 많이 닮았지요."

연학이 말에 우두커니 서 있기가 뭣했던지,

"상의는 아부지를 많이 닮았십니다."

호야네가 맞장구를 쳤다.

"상의야 인사해라. 옛날에 니 아부지 클 때 이웃에서 본 어른이다."

상의는 반쯤 몸을 일으켰다가 절을 한다.

"오늘 겉은 날, 판술아배 죽은 날에 이서방 손녀를 본께 맴이 이상타. 누가 데리고 갈 긴지 참하게 컸네."

두만네는 민망할 만큼 상의를 쳐다본다.

"홍이아배하고 판술이아배하고, 그 사람들 보통 사이가. 산에도 함께 들어갔고 만주에도 함께 갔고……."

"홍이가 장개갈 때도 영팔이아저씨가 상각(상객)으로 갔지요. 그게 엊그제만 같십니다."

연학도 생각이 난 듯 말했다.

"죽자 사자 은앙새 겉은 친구였는데 저승에나 가서 만내고 있는지 모리겠네. 우리 집 늙은이도 그렇고…… 이제는 다 떠났다. 그 시절의 남정네들은 다 떠났구마는."

두만네는 손수건을 꺼내어 눈물을 닦는다.

"남아."

연학이 조심스럽게 불렀다. 기둥에 기대어 서서 땅만 내려다보고 있던 남희는 연학을 쳐다보았다. 암울한 눈이었다. 아이를 업고 넘어진 그 사고 때문에 충격을 받기도 했지만 오랜 절 생활을 감당하지 못한 남희는 절에 들른 연학에게 차라리 부산 생모에게 되돌아가고 싶다는 말을 했고 실색한 연학은 서희가 없는 진주 최참판댁에 남희를 데려갔던 것이다. 절에서는 탐탁하게 생각지 않는 남희를 연학이 끝내 책임을 지는 것은 그에 대한 연민 때문이었다. 연학이 자신도 남희가 어떤 방향으로 가야 할지, 어떤 방향으로 보내야 할지 엄두가 나지 않았고 혼란스럽기조차 했으나 어떤 계기가 올 때까지 자신이 짊어져야 할 짐으로 생각하고 있었다. 연학은 어제 남희랑 함께 진주에 왔다. 때마침 영팔노인의 부고를 받았고, 낯선 집에 혼자 남겨놓기도 마음이 놓이질 않아 동행을 했는데 따지고 보면 한때 영팔노인 집에 남희가 기거했던 만큼 장례에 따라 가는 것이 큰 무리는 아니었다. 남희는 영팔노인의 죽음에 대해서도 아무런 표시가 없었다.

연학은 남희를 불러놓고,

"상의야."

"네."

"니는 야, 남희가 누군지 모릴 기다마는, 누군고 하니 성환이 동생이다."

"네⋯⋯."

"너보다 한두 살 아래일 기다."

성환이 동생이라는 말에 상의는 어렴풋하게 기억이 떠올랐다. 만주로 떠나기 전에, 평사리 할아버지가 살다가 돌아가셨다는 그 집에서, 그 집 마루에서 상근이랑 남희 성환이랑 놀았던 희미한 기억이 살아났던 것이다. 귀남이라던가 못생기고 얼굴이랑 손에 땟자국이 남아 있던 사내아이도, 그러나 남희는 아무것도 기억하고 있지 않았다.

"앞으로 서로 알고 지내도록 해라. 너희들 아부지는 친형제같이 지내온 사이니께. 당분간 남희는 최참판댁에 있일 기다."

연학은 남희를 위해 간절하게 말했다.

"저는 곧 졸업하게 되는데요?"

그 말은 아마 알고 지낼, 그럴 새가 없을 것이란 뜻이었다.

"참 그렇구나."

연학은 실망의 빛을 나타내었다. 성환이 학병에 나가기 전에 그를 두고 주변에서, 특히 호야할매가 이러쿵저러쿵하던 말이 마음에 찜찜했던 상의는 실상 당혹해했고 한편 무뚝뚝하고 관심 없어 하는 남희도 거북했다.

"성님 가입시다."

호야할매가 방에서 나왔다. 회색 주란사 치마에 명주 저고리를 입은 모습은 옛날과 같이 깔끔했다.

"참 어무이 부조금은."

호야네는 겨우 생각이 난 듯 서둘러 말했다.

"걱정 마라. 나한테 있다."

상의와 호야네는 문밖까지 나가서 상가를 향해 떠나는 일행을 전송했다. 호야할매는 지팡이를 짚은 두만네를 부축하면서 걷고 있었고, 모자에다 갈색 두루마기를 입은 연학은 활갯짓을 하며 걷고 있었고, 검정 바지에 자주색 털 스웨터를 입은 남희는 그들 뒤에서 맥없이 걷고 있었다. 삼월의 하늘은 구름 한 점 없이 맑았고, 어제까지 바람이 불었는데 오늘은 호젓하게 바람도 숨을 죽인 듯했다.

상가는 쓸쓸하지 않았다. 떠들썩하지는 않았으나 자식들이 많아서 아들 며느리, 딸 사위, 그리고 그의 자식들, 많았다. 아들 사위, 큰손자들, 그들이 노는 범위의 안면들도 적잖은 편이었고 이웃들도 많이 왔다. 그러나 애통해하는 사람은 없었다. 호상이기 때문이다. 오래 살아서 노쇠하기는 했으나 노망이 들지도 않았고 중풍이 들어서 똥오줌을 받아내지도 않았다. 여한 없이 살다 간 영팔노인, 부조로 막걸리통이나 들어왔고 독골에서는 팥죽을 쑤어왔으며 상가에서도 조문객 대접할 만큼의 음식을 장만했으니 요즘 같은 시국에는 조촐한 상가 풍경이라 할 수도 있었다. 상주들은 상청에 앉아 있었지만 생각난 듯 이따금 곡소리가 들려올 뿐, 남정네들이 모여

앉은 바깥방에서는 웃음소리가 들려오곤 했다. 며느리 딸 손주며느리, 그리고 죽을 이고 온 독골의 영만이 처는 돌아갔으나 기성네는 남아서 일을 도왔고 동네 아낙들도 와서 거들어 주었으므로 한결 상가는 한가롭기조차 했다. 안방에서는 노친네 세 사람이 모여 앉아 밤을 새우고 있었다.

"서운하기야 하지마는 성님 얼매나 다행입니까."

판술네 말에 두만네는,

"말로야 그러지마는 속마음이야 어디 그럴라구."

"성님이사 그래도 좀 나이 덜 들어 그랬겠지마는 이 나이가 되어 보시이소. 그런가? 잘 갔제요. 내가 먼저 죽고 영감탕구만 남아보이소? 거기다가 병이나 들어서 오줌똥이라도 받아내게 된다믄, 며느리들이 무신 할 짓이겠노."

"그거사 그렇다마는 한분 가믄 다시 못 보는데 죽음 앞에는 늘 한이 남는 기라. 초상 끝내고 혼자 되어보제? 그때는 적막강산이다."

세 안늙은이는 초상집이 아닌, 그냥 이웃집에 마실 온 사람 같이 또 영감이 작은방에서 잔기침을 하며 담배라도 피우고 있는 것처럼 담담하게 이야기를 주고받는다. 그러다가는 분위기에 어울리지 않게, 또 자신이 한 말하고는 딴판으로 판술네는 손수건을 꺼내어 눈물 콧물을 닦곤 했다.

"넘들은 호상이라 카고, 자손들이 많애서 노리가 좋았다 카기도 하지마는, 천수를 다했으니 얼매나 복이 많은가 하기도 하지마는 그것 다 우리가 살아온 내력을 모린께 하는 말이라요. 성님도 우리 살아온 거를 저저이는 모릴 깁니다."

판술네 말에 두만네는,

"와 몰라, 안다."

달래듯 말했다.

"성님이사 조선에 있일 적 일이나 알지, 말도 마시이소. 산하나 넘으믄 또 산이고 우짜믄 그렇기 첩첩이 산이겄소? 그러니께 그해, 산으로 들어가믄서부터 우리 판술아배는 내 집하고 내 고향하고 조상들 산소하고 영이별을 한 셈인데 생각 좀 해보이소. 엎어지믄 코 닿는 하동, 거기 가는 것도 큰 나들이이던 촌사램이 만리타국 되놈의 나라꺼지 갔으니, 세상에 머가 설네 설네 해도 제 고향 잃은 것보다 서럽운 일은 없일 깁니다. 간까지 얼어붙는 것 같은 벌판, 가도 가도 산 하나 볼 수 없고 눈밭 얼음판 이런 곳에서 우찌 사램이 살아남을꼬 싶었십니다."

"나도 우리 천일이한테 들었는데 오줌을 누믄은 나가는 그대로 얼어부린다 카더마요."

천일네가 아는 척했다.

"날씨만 숭악함사? 사람을 찔러 직이도 모르는 기라. 참말이제 불쌍한 조선사람들, 살라꼬 넘을 넘었건만 불쌍한 조선사람들, 그 고초를 우찌 말로 다 하겄노. 우리 판술아배도 처음에는 최참판댁 애기씨가 돈을 조금 대어주어서, 하기사 그

게 다 길상이, 아이구! 그리 불러서 되겠나? 이제는 큰사람이
됐는데 지난 적 얘기를 하다 보이."

"부처님도 안 듣는 데서는 욕한단다."

"하야간에 처음에는 홍이아배하고 장사를 시작했는데 두더
지맨쿠로 땅만 파묵고 살던 사람이 장사? 될 리가 없제."

"송충이는 솔잎을 묵어야 산다 안 카더나."

"와 아니라요. 장사는 장사눈이 밝은 사램이 하는 기라요.
우리 식구들 월선이 국밥집에 냄기놓고 판술아배는 돈 번다
고 구리광산으로 갔는데 우리 식구가 몇입니까? 주렁주렁 매
달린 애새끼들, 참말이제 목구멍에 밥이 안 넘어갑디다. 월선
이사 부치(부처) 겉은 여자니까 굶어도 함께 굶고 묵어도 함께
묵자 했지마는 임이네는 어디 그렇십니까? 더군다나 월선이
몰래 딴 주머니 차고, 국밥값 빼돌리는 데는 비호 겉고 구신
같았인께 그거를 보는 우리 식구들 눈의 까시였제요."

"그 제집 능히 그랬을 기다. 그러고도 남았일 기다."

"구리광산이라는 곳도 험하기로 소문이 난 곳이었고 사방
팔방에서 별의별 사람들이 다 모이드는데 세상하고는 딴판으
로 별천지맨크로 돼 있다 하더마요. 한분은 돌아오는 길에 길
을 잘못 들어서, 첩첩산중인데 몰래 앵숙(앵속)을 기르는 되놈
의 동네로 들어갔더랍니다. 그곳에 외지 사람이 들어갔다가
살아 나오는 일은 좀체 없답니다. 천행으로 도망쳐 나오기는
했으나."

"와 그라는 고요? 와 살아 나오는 일이 없는 고요?"

천일네가 물었다.

"나라에서 금하니께 염탐꾼으로 생각하는 기고 또 밖에 나가서 발설을 해도 큰일 나니께 그러는 갑더마."

"무섭네."

"땅이 하도 넓은께, 비적도 많다 카고 지겅지겅 얼어 죽고 굶어 죽은 시체를 짐승들이 뜯어 묵는 판국이니……."

"우리 천일이 말을 들어보믄 신경이라는 곳은 서울보다 부산보다 더 큰 도회지라 카던데……."

믿을 수 없다는 듯 천일네는 고개를 갸웃거렸다.

"우리가 갔일 직에는, 그런께 삼십 년, 사십 년이 다 돼가는 옛날이었은께, 그라고 그곳하고는 질수도 다르고, 아무튼 우리 판술아배는 농사를 지을 것을 작심하고 퉁포슬이라는 곳으로 식구들을 끌고 안 갔더나. 말이 농사지 되놈 땅을 소작하는데 뼈가 빠지게 죽도록 일을 해도 제우 식구들 입에 풀칠밖에는 안 되더마. 그때 판술아배도 나도 참 많이 울었다. 부모 묏등에는 풀이 우묵장성일 긴데 어느 누가 벌초를 해줄 것이며 이래가지고 어느 시일에 환고향하겠는가 함서 판술아배는 많이 울었제. 홍이아배가 우리 있는 곳으로 오믄서부터 그나마 의지하고 살았구마. 겨울철에는 벌목꾼으로 산에 들어가기도 하고…… 홍이아배라도 있었인께, 또 최참판댁이라는 울타리가 있었인께 명 보존을 한 기고 글안했이믄 우리 식구"

330

들 만주 벌판의 백골이 됐일 기다. 지금 생각하니 자식새끼들을 우떻게 키웠는지 감감하다."

밤 가는 줄 모르고 사근사근 노친네들 얘기는 끝날 줄 모른다.

상가는 조용했다. 바깥방에서 남정네들 목소리가 간간이 들려오곤 했다. 일하는 아낙들은 잠시 눈을 붙였는가, 아니면 일에 쫓겨서 챙겨 먹지 못한 빈속을 채우기 위해 밤참이라도 먹고 있는지, 아이들은 잠들었고 그 아이들 속에 끼어들어 나그네 같은 남희도 잠들었다. 달은 이 밤도 밝았다. 여기저기, 허섭스레기가 굴러 있는 뜰 가득히 달빛이 들어차 있었다.

"말을 할라 카믄 끝도 한도 없다. 우리 판술아배, 생시에는 여간해서 만주 얘기를 안 했네라. 생각하기 싫었던 기지. 생각하기 싫었던 기라."

판술네는 손수건을 꺼내어 눈물을 닦았고 또 콧물을 닦는다.

"잘됐다 함시로 눈물은 와 짜노."

두만네가 핀잔 주듯 말했다.

"불쌍해서 그러요. 미련퉁이라 여태꺼지 살았제요."

"다 겪었네라. 천일네는 새파랗게 젊은 시절에 겪었고 내가 겪은 일도 십 년이 훨씬 넘어갔다. 한을 안 내기는 죽음이 어디 있더나? 어디로 가는지 모르게 떠나는 죽음 그기 한이 아니겠나?"

"그러기요."

"다 떠날 날이 멀지 않았는데 서럽어할 것 없다. 사램이란 나믄서부터 적막강산이라."

"그러기요. 생각을 한께 기성 할배 돌아가싰을 적에, 장지에 갔다 온 그날 밤, 기성이아배하고 우리 집 영감쟁이하고 싸우든 일이 엊그제만 같은데…… 그새 흐른 세월도 수월찮소."

"기성이애비, 그놈의 인사 말이라 카믄 내 앞에서 하지도 마라."

"정말로 서울네하고는 갈라섰십니까?"

천일네가 물었다.

"누구 마음대로?"

"야?"

"그렇기는 안 될 기다."

"와요?"

"그런다모 그거는 사람이 하는 짓이 아니다."

"아아니 성님 누구 편을 드는 깁니까?"

어리둥절하며 판술네가 물었다.

"누구 편을 들고 말고가 어디 있노?"

"아이구 참, 그렇기 눈의 가시겉이 밉어하더마는."

"이 사람들아, 너거들도 생각 좀 해봐라."

"……"

"서울네는 애시당초 만내지 말아야 했던 사람이고."

판술네와 천일네는 더욱더 종잡을 수 없다는 표정으로 두 만네 입매를 쳐다본다.

　"그 제집이 표독스럽어서 남편 뺏고 자식까지 뺏았다마는, 애당초 기성애비 돈 보고 만낸 여자는 아니다. 그 제집이 들어와서 살림 이룩한 것도 세상이 다 아는 일이고."

　"그래서요?"

　"젊으나 젊은 화류계 제집이 늙은 영감 얻은 거사 돈이제. 돈 아니믄 머한다꼬 탕숫국 묵을 나이의 늙은것하고 붙어살라 카겠노."

　"성님도 참, 아들을 보고 탕숫국 묵을 나이라니요?"

　"탕숫국 묵을 나이가 됐지 머. 내가 너무 오래 살아서 그렇지."

하다가 자기 자신도 어이가 없었던지 웃는다.

　"그래서 우떻다는 겁니까?"

하다가 끝을 못 맺은 말을 재촉하여 천일네가 말했다.

　"우떻다는 것보다도 이마작해서는 갈라서지 못한다, 내 말은 그거다. 정 갈라설 양이믄 재산은 반분해야지."

　"성님도."

　"기성애비, 그놈이 우떤 놈이고? 욕심 때문에도 제집하고 갈라서지는 못할 기다. 서울네 명의로 된 집하고 땅도 있인께. 그놈이 기성에미 앞으로 된 땅을 뺏을라꼬 얼매나 요독(요)을 썼다고? 조강지처요 부모를 뫼시고 있고 또 우리가 농사를 짓는 땅인데도 말이다. 그것도 기여 기성이 놈이 팔아묵기는 했지만. 애비가 그 꼴이니 자식 놈도 그럴밖에, 콩 심은 데 콩 나고 팥 심은 데 팥 나기 매련이지, 서울네 그 제집도 지가 한 대로 지금 벌을 받고 안 있나?"

두만네는 아들이라 해서, 손자라 해서 눈곱만치도 인정사정을 두지 않는다.

"옛적부터 성님 맘은 넓고 공평했제요. 밉어라 하던 임이네도 동네에서 쬧기나가지고 외지로 돌아댕기믄서 오만 지랄 다 하고."

"그거사 죽지 못하고 살라 카이."

"하야간에 오만 지랄 다 하고 동네에 기어들어왔을 직에 그거를 내치지 않고 받아준 사람은 성님뿐이었소. 한복이 돌봐준 것도 성님이었제요. 그래서 동네에 뿌리박고 지금이사 남부럽지 않게 한복이가 사는 것도 다 성님 덕 아니겠소? 우째 세월이 가도 그 맴이 하낫도 변하지 않고 그대로 있십니까."

"사람의 장호가 그리 쉽기 변하겄나. 서울네가 이뻐서 그러는 거는 아니다. 기성애비가 개과천선하고 그런다믄은, 우리 기성애비 생각을 해서라도, 그러나 그기이 아니지 않는가. 복받을 짓을 해야 내가 지 편에 서지."

"사람들 맴이 모두 성님 겉으믄 세상에 억울한 일이 어디 있겄소. 기성네 따문에 애간장을 태울 직에도 저런 시어무니 울타리가 있인게 기성네는 끄떡없다 싶었는데, 그리 밉어라

해쌓던 서울네까지 감싸주는 것을 보이, 참말이제 쉽지 않은 일이구마요. 성님 맴은 대천지 한바다 겉소."

"허허어 이 사람아, 그런 소리 마라. 무신 정에, 무엇을 잘 했다꼬 그 제집을 감쌀 기고. 그간의 사정이 그렇다 그 말 아니가. 산이 높으믄 높다 해야 하고 강이 넓으믄 넓다 해야지. 찰떡겉이 붙어 살 직에는 모두가 제집 덕이라 카고 돌아누운께 제집 덕 본 거 없다 카고 사람이 그래서는 안 되는 기라."

"서울네 기, 다 죽었겠소."

천일네가 말했다.

"죽기는, 차라리 그랬이믄 신양에는 좋을 긴데 그 독기가 어디 가겄노. 지가 한 짓을 돌아보고 개과천선을 한다믄 도리어 기성애비를 잡아들일 수도 있겠는데 답댑이 그놈의 외곬, 지 하나밖에는 모리는 노래미 창자, 속이 좁아터져서 고 병은 못 고치네라. 와 내가 이 지경 됐는고, 생각할 적마다 미친 듯키 벌떡벌떡 일어서고는 하는데 그러자니, 그것도 하루이틀 이제 철골겉이(쇠빛같이 검게) 말라서 사람우 형상이 아니다. 절에나 댕기보라고 했다마는 그 말이 귀에 들어가기나 했는지."

"그라믄 성님이 가시서 위로도 했다 그 말입니까?"

"우찌 그런 말을 하노. 위로라니? 머를 잘했다고? 타일렀제. 그러다가 제집이 죽기라도 하믄 우짤 기고? 그 몹쓸 놈의 인사가 또 세상 사람들 입질에 오르내릴 거 아니가. 그때 군자금이라 카던지 그것 땜에 얼매나 입질에 오르내리고 인심을 잃었더노?"

천일네는 웃는다.

"그러니께 결국에는 아들 생각을 해서 그러누마요."

두만네는 순간 무안했던지 손수건을 꺼내어 입 가장자리를 닦으면서,

"그런 자식 둔 것도 부모의 죄라."

중얼거리듯 말했다.

"그리 하라고 부모가 시킨 것도 아니겠고 백지(공연히) 성님이 그래쌓아서 그렇지, 기성아배는 진주서 유지고 출세했다안 캅니까?"

"돈푼 있는 기이 출세가?"

"……."

"학식이 있어서 녹을 묵는 것도 아니겠고 지 푼수에 행신이나 좋아야 하는 거 아니까? 자식이 많으믄 오랭이조랭이, 별 놈이 다 있다 하기는 하더라마는."

"삼 남맨데 머가 많십니까. 많다 할 수가 없제요."

"그러씨…… 하야간에 사람 될 거는 떡잎 적부터 알더라고, 키울 때부터 벌써 다르더마. 우리 선이는 실겁어서 출가한 뒤 이날까지 집안에 풍파 한분 안 일으키고."

"그거사 복이 많아서 그렇제요. 딸자식이 그리 살기가 어디 흔한 일입니까."

"되는 집안이란 그리 돼야 하는 기라. 형제간에 우의 있고,

여수서는 부자로 명이 났지마는 기생첩이 다 멋고? 없일 때나 있일 때나 여일하니 집안 태평하고 인심 얻고, 자식들도 에미 애비 닮아서 모두 착실하고, 우리 영만이도 그렇제, 착하고 심지가 굳어서 법 없이도 살 기다. 불쌍한 형수한테도 그럴 수 없이 잘하네라. 오늘 눈감아도 걱정이 없다마는 기성애비 그놈의 인사가 내 맘에 걸린다. 누구를 닮아서 그런지."

두만네는 말하다가 하품을 깨문다.

"그런데 판술네는 어디 갔나?"

언제 나갔는지 판술네는 없었다.

"상청에 나가서 앉아 있는가 배요."

"상청에 나가?"

"야."

"하기는 그럴 기다. 말로는 잘됐느니 걱정을 덜었으니 하지마는 얼매나 허전하겠노. 며칠 동안은 사램이 간 것 겉지도 않을 기다."

또다시 하품을 깨문다.

"그럴 깁니다. 아무개야, 부르므서 마당에 들어서는 것 같을 깁니다. 천일아배 죽었일 직에도 바람에 문고리만 흔들어도 벌떡 일어나서 달리나가곤 했십니다. 그때는 나이가 젊어서 그랬던지 천지가 무너지는 것 겉고."

이십 년이 훨씬 넘은 세월이 지나갔건만 천일네 마음에는 엊그제의 일 같기만 했다. 왜헌병 총에 맞아 쓰러진 남정네의 시체를 끌어안고도 죽음을 믿을 수 없었던 천일네, 천일아배! 제발 눈 좀 떠보소! 하고 울부짖던 자기 자신의 목소리가 아직도 귓가에 울리고 있는 것만 같았다. 슬픔은 다 메말라버렸지만 기억만은 뚜렷했다.

꾸벅꾸벅 졸고 있던 두만네는 슬며시 팔베개를 하고 모로 누웠다. 천일네는 머릿장 위에 놓인 베개를 내려서 두만네 머리 밑으로 밀어넣어 준다.

"이불 덮어드리까요?"

"아니다. 방이 따근따근해서 좋구나. 번걸증이 나서 이불은 잘 안 덮네라."

"기력이 좋아서 그렇소."

"기력이 좋기는 울화가 끓어서 그렇지."

두만네는 이내 잠이 들었다.

영팔노인이 죽은 지 사흘 만에 출상을 했다. 삼일장이었다. 연학을 따라온 남희는 사흘 동안 붐비는 초상집에서 하는 일 없이 얼쩡거리다가 누가 가자 한 것도 아니었는데 장지까지 따라왔다. 검정 바지에 자줏빛 털 스웨터를 입은 채 을씨년스런 모습으로, 누구하고 어울리는 것도 아니었으며 말을 주고받는 풍경도 없었다. 마치 시간을 따라가는 듯 남희의 행동은 무디고 무감각하게 보였다. 상주인 판술이 삼 형제만 석이의 딸이거니 하여 눈여겨보았을 뿐 관심을 가지는 사람은 아무도 없었다. 판술이댁네가 먹을 것을 챙겨주기는 했다. 안늙은

이들은 장지까지 오지는 않고 집에 남았다. 갈 적에는 상여 뒤에 줄을 짓고 가던 사람들이 장사를 다 끝내고 산을 떠날 때는 삼삼오오 흩어져서 허탈한 얼굴들을 하고 내려온다. 산을 오를 때는 더러 땀도 흘렸지만 내려올 때는 삼월 초순의 바람이 그리 녹록하지는 않았다. 잡목들의 새싹이 아직은 움츠려서 나뭇가지들은 앙상해 보였고 음지인 산길에 굴러 있는 모난 돌들도 음산해 보였다. 천수를 다하고 간 늙은이 죽음이 뭐 그리 애절할 리도 없고 가족을 제외하고, 영팔노인으로서는 동료들을 다 먼저 보낸 처지인 만큼 깊이 인연 맺은 사람도 드문 터에, 더더구나 애통해할 사람은 없었다. 그러나 사람들의 심정은 착잡했다. 누구의 죽음이라서가 아니라 죽음 그 자체를, 땅속으로 들어가야만 하는 목숨의 명운을 너 나 할 것 없이 생각하며 말없이, 더러 떠드는 사람이 있어도 그 음성은 공허하게 텅 빈 것만 같은 산속에서 울리다간 사라진다.

"별 탈 없이 대사를 치르었구나. 자네 욕보았네."

맨 마지막 산을 내려오면서 연학은 판술에게 말했다.

"지가 욕본 기이 머 있겠소. 여러 사람들이 부들어서(협력해서) 이만큼이나 일처리를 한 기지요."

"무엇보다 날씨가 좋아서, 그게 큰 부조였네. 풍수쟁이는 아니다마는 터도 좋은 것 겉고."

"그러시오⋯⋯. 아부지는, 말씸이 없었지마는 평사리 가서 묻힐 것을 원했일 깁니다."

판술은 가볍게 한숨을 내쉬었다.

"시국이 이러하니 어쩌겠나. 서운한 맴이야 있겠지마는 할 수 없다. 공동묘지에 묻히지 않는 것만도 다행이제."

"지는 세상만 좋아지믄 이장할 생각입니다."

"이장이 쉬운 일가."

"만주땅에서도 해오는데, 훈장어른도 만주에서 이장해오지 않았십니까."

"그는 그렇다마는."

"자식 된 도리, 지가 아부지한테 한 기이 머 있십니까. 아무 것도 없소. 살기가 바빠서 환갑도 그럭저럭 넘기고 아들이 셋이나 되믄서."

눈물을 훔친다.

"그런 소리 말게. 늙은 부모 별 탈 없이 모시다가 탈 없이 저승으로 보내드렸으니 그게 효도지 뭐겠나. 아무리 잘해드리도 아쉬움은 남게 매련이다."

"……."

"밤낮 지작바작 두 노인이 입씨름을 하시더마는, 자네 모친이 젤 허전해하실 기다. 그 어른도 어디 얼마 남았겠나?"

"만일에 재산이라도 남겼으믄 아부지는 아마도 평사리에 데려다 묻어달라꼬 유언을 했일 깁니다."

아무래도 장지 문제가 판술의 마음에 걸리는 모양이었다.

"그랬을지도 모르지. 하지마는 돈 때문만은 아니지 않는가.

시국이 사람 다니기도 어렵게 돼 있으니."

송장 옮기기가 쉬운 일이겠느냐는 말은 생략한다.

"독골의 사돈댁도 돈이 없어 그랬겠나? 그때야 할려면 얼마든지 할 수 있는 형편이었고 하지마는 평사리에 가서 묻히지는 않았다. 그 일 가지고 꼬장꼬장 생각지 마라."

"그때 일은 저도 알고 있십니다. 아부지도 그 말을 하싰지요."

"무슨 말?"

"기성이할아부지 가슴에 남아 있는 응어리 때문이라고."

"응어리라?"

"동네 장정들이 다 산으로 떠날 직에 읍내에서 피해 있었던 그 일 때문에."

"아아."

"생시 때 기성이할아부지는 아부지보고 가끔 얘기를 했다 하더마요. 고향에 돌아갈 면목이 없다 하시믄서, 그래서 장지를 독골로 정한 모양인데."

"모두 옛적 사람들이 돼놔서 너무 깊어서 그렇다. 요새 세상이야 어디 그런가? 왜풍이 들어와서 그런 것이 다 무너지고 말았구나. 짐승 겉은 왜놈들 삼강오륜도 모리는 세상 아니가."
했을 때 연학은 남희 생각을 했다. 장지에서 얼쩡거리는 것을 보았는데 어디 갔을까 싶었던 것이다. 눈으로 찾는다. 저만큼 아래쪽에 검정 바지에 자주색 털 스웨터를 입은 뒷모습이 보였다.

'불쌍한 것, 어쩌다가 세상이 이 지경 되었는고.'

연학은 땅이 꺼지게 한숨을 쉰다. 남희에 대해서는 정말 막막했던 것이다.

산에서 내려온 연학은 얼마 동안 상가에서 머물다가 거머쥐듯 하는 판술네, 고목 같은 손을 풀고 일어섰다.

"독골성님도 가고 천일네도 가고 나는 우짜꼬?"

마치 어린애처럼 판술네는 말했다.

"앞으로 자주 오지요. 오늘은 볼일 좀 있어서, 남아 가자."

"남희는 그만 집에 두고 가시지요."

판술이 말했고 판술이댁네도 말했다.

"아니다. 최참판댁에 가야 한다, 남아."

"예."

"할무이도 혼자 기시고 한께 자주 찾아봐야 한다. 알겠나?"

"예."

그들은 식구들에게 작별 인사를 하고 거리로 나왔다. 해거름이었다. 갈까마귀 떼가 울면서 서쪽 하늘을 향해 날아가고 있었다. 연학은 아무리 생각해도 남희에 대해서 묘안이 떠오르지 않았다. 최참판댁을 향해 남희를 데려가기는 하지만 그것은 당분간이며 임시변통에 지나지 않았다.

"남아."

"예."

"너 니 아부지 돌아올 때까지 나를 아부지로 삼아라."

남희는 힐끗 쳐다보았다.

"울 아버지 정말로 돌아올까요?"

아버지에 대한 기억은 별로 없었지만 남희는 물었다.

"돌아오고말고."

"언제요?"

"가까운 시일에 돌아올 거다."

"오빠는요?"

"전쟁이 거진 끝나간께."

"돌아와도 오빠는 절 안 볼라 할 겁니다."

"어째서."

"그때 할머니랑 절 찾아서 부산에 왔을 적에 제가 숨어버렸
거든요."

하다가 남희는 으흐훗 하고 흐느낀다.

'그래…… 이눔우 자식아 그때 그만 따라왔이믄 니 몸이 이
리 되었겠나.'

그러나 남희의 흐느낌은 짧았다.

"당분간 최참판댁에 있어봐라."

"……."

"집도 넓고, 니 오래비가 있었으니 그리 낯설지는 않을 기다."

"……."

"그 집에 얽매일 필요는 없고 답답하믄 시내에 나와서 바람
도 쐬고, 그러나 장석곁이 우두커니, 만사를 그리 해서는 안

된다. 여식아이는 어디 가도 재발라야. 바느질도 배우고 음식 만드는 것도 배우고 그럴 나이 아니가. 그 댁에는 양현이, 의사 선생이 된 사람인데 너도 들어서 알제?"

남희는 고개를 끄덕였다.

"그 의사 선생이 여기서 핵교 다닐 직에 읽던 책도 많이 있다. 심심하믄 책도 읽고."

"⋯⋯."

"니 생각만 바뀌믄 언제든지 핵교는 갈 수 있인께, 전학해 오는 거는 아무 문제도 아니다."

"아저씨."

"음."

"의사 선생이라 카믄."

"말해보아라."

"그 의사 선생 밑에서 저 간호부로 있을 수는 없는지."

"머라꼬?"

"간호부⋯⋯."

"와 안 돼. 할라만 카믄 얼마든지 할 수 있제. 여기 도립병원에서도 말이다. 소핵교만 나와가지고 들어가는데 니야 여핵교까지 댕깄인께 문제없다!"

연학의 목소리는 퉁겨져 올랐다.

"그래 볼라나?"

"그러고 싶어요."

"잘 생각했다."

미리 두고두고 생각한 일이 아닌 것은 연학도 알고 있었다. 말이 나왔기 때문에 즉흥적으로 생각한 것이라는 것도, 그러나 숨구멍이 트이는 것 같았고 활로를 찾은 것 같은 기분이 드는 것이었다.

'양현이가 병원만 개업하게 되면 언제까지라도 남희를 데리고 있을 수 있지.'

나이 들면서부터 다소 유해지고 인간적인 감정을 조금은 나타내게 됐다고는 하나 연학이 다른 사람에게도 이와 같이 감정적이며 자상했던 것은 아니었다. 남희에 대한 연민의 감정은 남희 병력에 대한 충격의 반사 같은 것이었다. 그만큼 그 충격은 엄청난 것이었고 또 그것은 크나큰 상처로 연학이 가슴속에 음각과도 같이 남아 있었다. 그가 행해온 항일의 숨은 행동에는 다소의 추상적 반일감이 배어 있었으나 남희를 통하여 연학은 그 항일의 정열이 분출하는 활화산같이 된 것을 느끼게 되었다. 연학은 동물적으로 일본인을 살해할 수 있을 것 같았다. 종전까지 계산된 그것이 아닌 진정한 분노. 물론 석이에 대한 의무감 때문에 남희를 놓지 못하는 점도 있었다. 그리고 석이 가족에게 한꺼번에 몰아닥친 것만 같은 불행, 그것에 대하여 숨 막히듯 한 동정 그것도 있었다.

'모두가 힘들고 고초를 겪었으나 어디 석이네 식구 같을라구. 거기 비하면 영팔노인댁은 청풍당석이다.'

석이네 집 식구들에게 불행을 몰고 온 것은 사십여 년 전 그 무렵, 섬진강 강가에서 낚시질을 하던 석이아비, 성질이 팔팔하던 농부 정한조가 단발하고 양복 입고 서울 양반입네, 마을을 거들먹거리고 다니던 최참판댁 식객 조준구에게 경의를 표하지 않았다는 데서 비롯된다.

 호열자가 휩쓸고 지나간 뒤 홀로 남은 어린 최서희의 후견인으로 스스로가 좌정한 조준구가 최참판댁의 실권을 쥐면서부터 정한조가 평사리에 발붙이고 살기 어렵게 된 것은 말할 나위가 없었다. 도방으로 나가서 무엇이든 해 먹고살 길이 없는가, 궁리하다가 진주에 나가서 형편을 살펴보고 돌아오던 날, 그러니까 그해가 1907년이었다. 팔월에는 조선 군대의 해산이 있었고 참령(參領) 박성환(朴星煥)이 비분을 참지 못하여 자결했으며 시위(侍衛) 보병들이 궐기하여 일본군과 교전하는 사태가 서울서 벌어졌는데 그 소식을 가져온 목수 윤보에 의해 마을에서 장정들이 들고일어나 최참판댁을 습격하여 군량미를 빼앗는 동시 조준구를 살해하고자 했지만 친일파 조준구를 처단하는 데는 실패하고 결국 그 일에 가담했던 장정들이 모두 산으로 들어간 직후, 영문 모르고 마을에 나타난 정한조를 조준구는 폭도로 몰아 왜헌병에게 넘겼으며 헌병에게 끌려갈 때 석이는 신발을 벗어들고 아부지! 아부지이! 울부짖으며 따라갔으나 정한조는 총살당하고 말았다. 졸지에 가장을 잃고 마을을 쫓겨난 석이네는 삼 남매를 이끌고 진주로 흘러 들어가서 석이는 물지게꾼, 석이네는 빨래품을 팔아서 네 식구가 겨우 입에 풀칠을 하고 있었을 때 자산가였지만 인색한으로 소문난 사내의 소실이던 기화의 도움을 크게 받았다. 그러나 그 인색한과의 생활을 청산하고 서울로 간 기화는 미모와 명창으로 서의돈 황태수를 위시하여 논객들 풍류객들의 꽃이 되는데 기화의 주선과 공노인, 임명빈의 부친이자 한말 역관이었던 임덕구의 공작으로, 본거지를 서울로 옮긴 조준구 집에 석이는 사환으로 들어가게 된다. 명목은 사환이나 기실 첩자로 심어졌던 것이다. 아비의 원수를 눈앞에 보면서 살해의 충동을 수없이 느껴야만 했고 비통한 눈물을 흘려야만 했는데 결국 석이는 조준구가 무너지는 것을 목격하게 된다. 잃었던 재산을 회수하고 서희가 귀향하는데 말하자면 석이는 공신 중의 한 사람이라 할 수 있었다. 석이네가 가장 행복했던 시절은 서울서 중학 과정을 이수하고 돌아온 석이가 사립인 시은학교(보통학교 과정)에서 학생들을 가르치는 교사가 되었을 무렵이다. 며느리를 보았고 손자 손녀도 얻게 되었으며 고생은 끝나는가 싶었다. 그러나 이상현과 사이에 낳은 딸아이를 데리고 아편쟁이로 전락하여 인생의 막다른 곳을 헤매는 기화를 서희의 지시로 석이가 찾아서 데리고 온 후 석이 마음속 깊은 곳에 숨겨두었던 기화에 대한 연모의 정을 눈치 채게 된 아내 양을례는 아이들을 버리고 친정으로 돌아간다. 뿐만 아니라 나형사 회유에 빠진 을례는 일제에 저항하는 비밀조직에 관련이 있는 석이 정체를 폭로하고 석이는 쫓기는 신세가 되는데 그것은 배반에 대한 보복일 수도 있었겠지만 살기 싫은 기분이 자아낸 비정한 행동이기도 했다. 결국 조직의 붕괴를 막기 위하여 석이는 만주로 달아났다. 기약 없는 기다림의 세월, 석이네는 아비 어미 없는 성환과 남희를 최참판댁 두호 아래서 길렀는데 어미 을례가 강탈하다시피 데려간 남희는 그 어린 나이에 일본 장교에 의해 몸을 망쳤고 몹쓸 병까지 얻었으니, 오로지 희망의 등불이던 성환이마저 학병으로 끌려갔고 평사리에서 석이네는 눈먼 노인이 되었다. 자아, 이만하면 숨이 가쁜 불행의 연속이 아니고 무엇일꼬. 모두 힘들게 살아왔고 비극적 삶을 끝낸 사람들도 많지만 어찌하여 그다지도 불행의 여신은 석이네 식구들에게 달라붙어 떨어질 줄 모르는가. 절망적인 파도를 넘고 넘어 살아왔으며 또 살아가야 한다는 것은 인생이 엄숙하기 때문일까, 아니면 다만 본능적인 삶에의 욕구, 죽음이 두려운 때문인가, 전생의 업을 갚기 위한 때문인가? 그렇다면 남희는 전생에 무슨 악행을 범했더란 말인가. 사냥감같이 잡혀서 전선으로 보내어지는 조선의 순결한 딸들은 어떤 업을 짊어졌기에 일본 군대 야수 같은 몸뚱이 밑에서 살이 썩어가야만 하는가. 대체 조선 민족은 일본 민족에게 갚아야 하는 죄업이 무엇인가. 개인 하나하나의 행로를 바꾸어놓은 대일본제국의 군국주의, 침략의 그 마성을 적자생존이라는 이른바 지식인들의 논리로 진정 마감해야 하는 건가. 아니다. 그런 것이 아니다. 절대로 그렇지 않다. 악이 힘이라면 선도 힘이요, 공격이 힘이라면 방어도 힘이다. 악의 승리는 영원한 것이 아니다. 그네들은 지금 공중에서 찢기어 살점들이 흩어지고 옥쇄! 옥쇄! 전멸! 전멸! 막 스스로에 의한 지옥이 펼쳐져 있지 않은가.

남희는 걷고 있다. 간호부가 되겠노라 했으나 그의 얼굴에는 희망의 빛이 나타나 있지 않았다. 여전히 시간을 따라가듯 무디고 무감각인 양 걷고 있는 것이었다.

진주에 오기 전에 평사리에서 연학은 남희에 관한 얘기를 대강 서희에게 했다. 병에 관한 진실과 일본 장교에게 유린당한 것은 빼고, 사실 그 일을 빼고 얘기를 한다는 것은 남희의 현재를 설명하는 데 미흡한 점이 있었다. 그리고 연학의 지나치다 싶을 만큼의 관심도 의아해하게 하는 요인이었다.

"한창 나인데 절에만 두기도 뭣하고 당분간 진주 집에 데려다 놨으면, 어떨는지요."

서희는 그러라 했다.

"할머니가 실명한 일 그 애가 알아요?"

"아직 모릅니다. 알리지 않는 편이 좋을 듯싶어서 말하지 않았습니다."

어미가 데려갔고 도망쳐 나왔고 신장병에 걸렸으며 치료를 받아 이제 병은 나았다, 대강 그렇게 얘기를 받아들였으나 서희는 그것만이 아닌 것을 짐작했다. 절에 데려다놨다는 것부

터 심상치가 않았다. 혹 정신적 질환이 아닐까 서희는 생각해
보는 것이었다.

"아무튼 하던 공부였인께 핵교에 복학은 해야 하는데⋯⋯."

혼잣말처럼 뇌면서 연학은 서희의 눈치를 살핀다.

"장서방이 알아서 하시오. 그 아이아비한테는 우리도 빚을
지고 있으니, 언짢은 일들이 어찌 그리 겹치는지."

"그러기 말입니다."

"세상에는 별놈의 어미가 다 있군요."

"사람이 아니지요. 시작에서부터."

"장서방도 자질구레한 일 때문에 근심 잘 날이 없구먼."

"아무리 그래도 당사자들만큼이야 하겠습니까."

그러고 떠나온 길인데, 간호부가 되고 싶다는 말을 들으니
까 얼마간 마음이 놓이기는 했다. 남희를 데려다 놓은 연학은
안자에게 신신당부를 해놓고 떠났다.

며칠이 지나갔다. 남희는 부엌에 나가 일을 거들기도 했고
소제도 했다. 방에서 책을 읽기도 했다. 그러나 하고 싶어서
그랬다기보다 연학이 당부한 일이기에 한다는 식이었으며 여
전히 말이 없고 감정의 표시도 없었다. 집안 식구라야 모두
오랜 세월 연공을 쌓은 수족 같은 사람들이었지만 결국은 타
인들이었고 서희가 기거하던 거처와 사랑은 폐쇄된 듯 쓸쓸
해 보였다. 넓은 집 안은 조용했고 역시 쓸쓸했다. 처음에는
연학의 당부가 있어서 그랬겠지만 모두 남희에게 신경을 쓰

는 것 같았으나 남희의 이상한 분위기에 질리는 것 같았고 다음에는 관심을 두지 않게 되었다. 차츰 남희는 있는 듯 없는 듯 그런 존재가 되었다. 그리고 남희 자신도 집안의 분위기나 사람들 마음이 변화하는 데 개의치 않았고 도통 소외감 같은 것을 느끼지 않았다.

"저어."

빨래 손질을 하다가 안자는 힐끗 남희를 쳐다보았다.

"할아버지 댁에 갔다 오겠어요."

"할아버지? 할아버지라니?"

"지난번에 돌아가신."

"아아 그래. 다녀와."

남희는 집을 나섰다. 천천히 언덕을 내려와서 시가지로 들어선다. 가고 싶어 가는 것도 아니요 가기 싫은 것을 억지로 가는 것도 아니었다. 연학이 말했기 때문에 간다는 그런 심정이었다. 오늘은 검정 바지에 자주색 털 스웨터 차림이 아니었다. 보랏빛이 도는 회색, 모직 원피스에 미색 재킷을 걸친 아주 세련된 모습이다. 옛날 양현이 입었던 것을 안자가 몇 가지 챙겨주어서 남희는 골라 입은 것이다. 물론 모두 고급지였다. 옷이 날개라 하던가. 부산에 있을 적에도 옷은 잘 입은 편이었으나 평사리에 온 이후에는 초라해졌다. 그러나 거리에 나왔다 해서, 고급 양복을 입었다고 해서 남희 심리가 변한 것은 아니었다. 자유롭다는 생각도 하지 않았다. 사람들 속에 있을 때나 혼자 있을 때나, 남희는 자유라는 그 자체에 대하여 느낌이 없었다. 말하자면 일종의 마비 상태라고나 할까. 산에서 아이가 다쳤을 때 죽을지 모른다는 공포 때문에 남희는 한 번 울었다. 얼마 전에 연학이하고 함께 오면서 오빠랑 할머니랑 부산에 찾아왔을 때 자신은 숨어버렸다, 그 말을 하고서는 흐느꼈다. 그것은 멀리멀리 달아났던 감정이 한순간 돌아와 주었다고나 할까. 사진관 옆에까지 왔다. 남희는 멈추어 섰다. 쇼윈도 가까이까지 간다. 여러 사람의 사진이 내걸려 있었으나 중심은 결혼사진이었다. 신부는 머리에 꽃을 얹고, 한복에 면사포를 쓰고 있었다. 그리고 꽃다발을 안고 있었다. 남자는 검정 양복에 나비 넥타이를 하고 있었다. 무슨 생각을 하는 것도 아니었는데 남희는 골똘히 그것을 들여다본다. 한 손에는 꽃다발 한 손은 신랑 팔을 잡고 있는 신부, 남희는 한순간 부르르 떨다가 그러나 결혼사진을 끝없이 바라보고 서 있는 것이었다.

"거기서 뭣 하니?"

들려오는 목소리에 남희는 천천히 돌아본다. 친구들과 함께, 얼마 전에 만난 일이 있는 상의였다.

"아아."

"어디 가는 길이니?"

남희는 고개를 끄덕였다. 달리 할 말도 없었다. 언제까지 엉거주춤 서 있을 수도 없었다.

"그럼 가봐."

상의는 걸음을 옮겼다. 얼마만큼 가다가 뒤돌아본다. 남희는 두 팔을 늘어뜨리고 멍하니 서서 이쪽을 바라보고 있었다.

"누구니?"

오송자가 물었다.

"아버지 친구 딸이래."

"교복도 안 입구 우리 학교 학생은 아니지 않아?"

"나도 며칠 전에 처음 만났어."

"옷은 세련되게 입었는데 시골 색시같이 사진은 왜 그리 골똘하게 들여다본다지?"

남순자의 말이었다.

"그리고 굉장히 고급이야, 옷이."

장옥희도 말했다.

"나도 잘 몰라. 성질이 좀 그런 것 같기는 한데, 얘기를 통 안 하는 거야. 부산서 B여고에 다니다가 몸이 아파서 쉬고 있다던가? 우울해 뵈지?"

"우울하기보다 정신을 어디 빠뜨리고 온 아이 같더라."

남순자가 이맛살을 찌푸렸다.

"B여고라면 일본애들 다니는 학교 아니야?"

장옥희가 말했다.

"그래."

"어이구, 빽이 굉장한 모양이구나."

"글쎄……."

진영이는 아무 말 없이 걷고 있었다.

어느 때보다 상의는 활발해 보였고 적극적인 인상이다. 그냥 지나쳐도 될 것을 남희에게 말을 건 것부터가 그러했다. 그도 그럴 것이 내일, 아니 모레가 졸업날이었다. 종소리에서 해방되는 날이었다. 마지막 일요일, 마지막 외출인 것이다. 둥지를 떠나는 새처럼, 다른 아이들도 물론 들떠 있었지만 상의한테서 그것은 현저하게 나타났다. 내성적인 그가 말이 많아진 편이며 웃음소리도 높았다. 그러나 진영은 뜨악해하는 표정이었다.

이들 일행은 남순자의 친척 집에 초대되어 가는 길이었다. 큰어머니뻘 되는 사람이 사 년 동안 남순자에게 변변히 해준 것도 없고 이제 마지막 학창 생활이 끝나니까 축하 겸 음식을 차릴 터이니 동무들 몇 사람 데리고 와라, 했다는 것이다. 해서 패거리들을 이끌고 가는 셈인데 남순자 친척 집의 대문은 꽤나 컸고 살림이 유복한 것 같았다. 막 대문을 밀려고 하는데 그보다 먼저 안에서 문이 열렸다. 그리고 사람이 나왔다.

"오빠!"

청년이었다. 아니 대학생이었다. 그는 네댓 명의 여학생이 서 있는 것을 보자 당황했다. 귀뿌리가 빨갛게 변했다.

"웬일이야?"

이미 알고 있는 것 같은데 달리 할 말이 없었던지,

"큰어머니가 우릴 초대했어요."

그는 어색하게 웃었다.

"그럼 들어가 보아."

"오빠는 어디 가는데?"

"음, 좀."

하다가 그는 도망치듯 가버리는 것이었다. 잔뜩 얼어 있던 일행은 후우 하고 숨을 내쉬었다.

"이 애 너희 오빠 굉장히 미남이구나."

오송자가 감탄 섞인 목소리로 말했다.

"미남뿐인줄 아니? 수재다 수재야."

"학병 안 갔니?"

"이공과거든."

"다행이구나. 참 다행이야."

오송자는 조숙한 표정을 지으며 고개를 끄덕끄덕한다. 다른 아이들은 모두 입을 다물고 있었다.

큰어머니라는, 점잖고 신식으로 뵈는 중년부인이 기다리고 있었던 눈치였다. 일행을 맞이하며 미소 짓는 것이었다. 남순자는 멋모르고 아이들을 데리고 왔으나 사실은 그 댁 부인에게 심산이 따로 있었다. 친구들 중에 미인이 있다는 무심결에 한 남순자의 말을 귀담아두었다가 이런 자리를 마련한 것은 아들 신붓감 찾는 사업의 일환이었던 것이다. 어머니의 그 같은 속셈을 알고 있는 아들인지라 아까 부랴부랴 그는 자리를 뜬 것이다.

"어서 들어가아. 모두들 사 년간 고생이 많았지?"

하면서 부인의 시선은 진영에게 갔고 또 상의에게 가기도 했다. 영문을 모르는 남순자는 자기를 위해 자리를 마련했다 하는 생각에서 대만족이었다. 음식은 일하는 사람들이 날라왔고 부인은 간간이 들여다보며 이리해라 저리해라, 뭣이 안 나왔다 하며 간섭을 했다. 그러면서도 진영을 살펴보곤 하는 것이었다. 음식이 들어왔을 때,

"많이들 먹어라."

하며 방문을 닫아주고 부인은 나갔다.

"아, 굉장하구나! 이 댁에선 전시를 모르고 사는 것 같다 이 애."

장옥희가 탄성을 지르듯 말했다. 음식은 깔끔하고 조촐했으며 집안의 사는 풍모를 엿보게 했다.

"난 큰어머니가 이리 자상하신 줄은 미처 몰랐다. 혹 우리 아버지한테 부탁하실 일이라도 있는지 모르겠네."

남순자는 공연스레 너스레를 떨곤 한다.

"자, 어서 먹어."

문간에서 만난 남순자 사촌오빠에 대한 엷은 동경 같은 것, 호기심도 있었고 낯선 집이기도 해서 처음에는 염치를 차리느라 조용히 음식을 먹었다. 늘 양이 차지 않았던 사생들에게는 그야말로 진수성찬이었다.

"우리 정말 졸업하는 거니?"

경순이가 불쑥 말했다.

"자신 없어? 낙제할 것 같으니?"

오송자의 놀려대는 말이었다.

"실감이 안 나서 그래."

"하룻밤 자고, 또 하룻밤만 자고 나면."

손가락을 꼽으며 상의가 말했다.

"역사가 바뀐다아."

"아아주 또 거창하게 나오시네."

음식을 먹다 말고 모두 깔깔대며 웃는다.

"하지만 그리워질 거야."

"뭐가 그리워져?"

"학교가."

"나는 절대로 그리워하지 않을 거야."

상의는 힘주어 말했다.

"그럼 넌 친구 생각도 안 할 거다 그 말이니?"

"너희들은 보고 싶겠지."

하룻밤 자고 또 하룻밤 자고 나면 뿔뿔이 흩어질 학생들, 산청 함양 하동 삼천포 통영 마산, 각각 다른 지방으로 흩어질 이들에게는 다시 만날 기약도 없다. 어디서 무엇을 할지 그러나 이들의 진로는 이미 결정되어 있었다. 몇 명은 졸업과 동시 결혼이 정해져 있었고 나머지는 삼종 교원면허증을 따났기 때문에 국민학교 교사로 내정되어 있었다. 서둘러 결정한 것은 모두 정신대를 두려워한 것이 이유다. 다만 상의만은 만주 아버지에게 가느냐 병약한 어머니 곁에 남느냐, 아직 작정이 돼 있지 않았다.

"하리모토상 천천히 먹어. 주먹밥 아니니까 말이야."

오송자가 장옥희를 보고 말했다. 모두 킬킬대며 웃는다.

"맛이 있는 걸 어떻게 해?"

장옥희는 늘 식탐이 많았다.

"너 그때 배탈 났지?"

"응, 체해서 혼 좀 났다."

"나 그럴 줄 알았다. 그런데 말이야, 너 시집가서 며느리 배 크다고 시가에서 구박하면 어떡허지? 식량난에 허덕이는 요즘 같은 시국에 말이야."

장난 삼아 한 것이지만 오송자의 말에는 약간의 악의가 없지도 않았다.

"그런 걱정일랑 아예 하지 말 일이로다. 아무리 배급 세상이기로서니 천석꾼의 지주, 설마한들 며느리 식성 좋다고 쩨쩨하게 구박을 할쏜가."

남순자는 국어 선생의 문어체(文語體) 말투를 흉내 내어 말했다. 모두 까르르 웃었다.

"왜들 이래? 날 갖고 노는 거야?"

옥희는 화를 냈다.

"부잣집에 시집가니까 부러워서들 그런다."

경순이가 무마하듯 나섰다.

장옥희에 대하여 떠도는 말은 좀 있었다. 시집가게 돼 있는 집안이 소문난 부자이기는 하나 신랑 될 당자가 좀 부실하다는 얘기였다.

"내가 가고 싶어서 가니?"

"……."

"부모가 가라니까 어쩔 수 없이 가는 거지."

"그래 그게 운명이다 운명!"

여전히 장난기를 담고 오송자가 말했다. 분위기가 이상해지자 또 경순이가 나섰다.

"주먹밥 얘기가 났으니 하는 말인데 그날 밤 생각 안 나아?"

"왜 생각이 안 나. 영원히 잊을 수 없을 거다."

"잊을 수 없을 거야. 소름 끼치게 무서운 밤이었어."

"그래."

말이 없던 진영이가 처음으로 맞장구를 쳤다.

"처음에는 잠이 덜 깨서 뭐가 뭔지 몰랐고 학교 교정에 갔을 때만 해도 얼떨떨했는데 중학교를 향해 갈 때 처음으로 등골이 오싹해지더구나."

"응, 전신이 막 떨려왔어. 도대체 우릴 어디로 끌고 가나 싶어서 말이야."

"달은 왜 그렇게도 밝았는지 대낮 같은 게 더 기분이 나빴어. 부모도 모르게 이건 엄청난 비밀이 숨겨져 있다는 생각을 하니까 이제 모든 것이 끝나는 것 아닌가."

모두 한마디씩 했다.

"법이 있는데 설마, 난 그런 생각 안 했다."

오송자가 실실 웃는다.

"법? 그걸 누가 만들었는데?"

남순자가 날카롭게 반문했다.

"물론 국가에서 만들었지."

"그까짓 철없는 소리 하지도 마. 필요하다면 법은 얼마든지 만들어."

"그거야 그렇지만."

"학병 나간 것 몰라?"

"그럼 우리도 학병으로 나갈 수도 있다 그 말이니?"

"이 맹추, 정신대도 모르니?"

"그건 자원 아니니?"

"학병도 자원이야. 하지만 그게 자원해서 나간 거니?"

남순자는 흥분했다.

"관두자. 아무 일도 없었지 않았니? 우리가 지레짐작을 하고 겁을 먹었던 거야."

"그 얘기는 아키다(경순)상 네 자신이 꺼내놓고서 그러니?"

"모두 무서워했던 것만은 사실 아니니?"

"하여간에 주먹밥을 만들라 하니까 정말 어이가 없더구나. 미리 얘기를 해줄 수도 있었는데."

"군에 관한 일이니까 그랬겠지."

"그보다 그날 밤 하시모토 선생이 참 안됐어."

"전쟁이니까 할 수 없지. 빨리 전쟁이 끝나야. 공습경보가 울릴 때마다 가슴이 덜컹덜컹해."

"조선은 공습 안 할 거라 하던데?"

"그걸 어떻게 믿니?"

"조선은 그냥 지나가는 거래."

"정말 그랬으면 얼마나 좋아."

음식을 다시 내오는 바람에 얘기는 일단 끊어졌다.

"그런데 걱정이 하나 있어."

상의가 말을 꺼내었다.

"뭔데."

"나 시계를 몰수당한 것 알지?"

"이제 졸업이니까 찾아야지."

남순자가 말했다.

"그걸 졸업 전날에 찾아야 할지, 졸업한 뒤에 찾아야 할지 어떡하면 좋을까? 고민이야."

"내일 저녁에 가서 찾아."

"아니야, 졸업하구서 찾는 편이 나을걸?"

"왜?"

"졸업장 받기 전에는 학생이니까, 무슨 트집을 잡을지 누가 알어? 그 심술쟁이가."

"그건 그렇네."

"무택이가 리노이에상이라면 쩔쩔매는데 설마 트집을 잡고 그러겠니? 미리 찾아다 놔야지."

학생들이 시계를 차고 있다가 선생에게 들키기라도 하면, 통학생의 경우는 엄중한 경고를 받았고 기숙사생들은 졸업 때까지 맡아둔다는 명목 아래 시계를 몰수당하게 돼 있었다. 다른 학교에는 없는 규칙이 이 학교에는 있었는데 학생은 시계를 소지할 수 없다! 그것이었다. 그러면 먼저 설명을 해야 할 일은 사카모토 선생과 상의와의 관계다. 그때 반항 사건이 있고부터 사카모토 선생은 마치 부스럼과도 같이 상의하고는 부딪치지 않으려 했다. 그러나 어쩔 수 없이 부딪치지 않으면 안 될 적에는 매우 호의적으로 대하는 것이었다. 예를 들자면 불가피한 일로 일요일 아닌 평일에 외출을 해야 한다든지 용돈을 인출해야 할 때 일요일까지 기다려라, 하며 대개는 허락이 되지 않았고 부득불 허락할 경우에도 꼬치꼬치 따지며 아주 잔소리가 심했다. 그러나 상의에게는 그것이 수월하게 통과되었다. 상의에게 사카모토 선생이 쩔쩔맨다는 것은 그 일을 두고 하는 말이었다.

시계는 상의가 사 학년이 되면서 어머니가 준 것이었고 그 것은 원래 어머니의 시계였다. 18금의 스위스제 24석, 아주 고급 시계였으며 밀수 사건 때 금붙이는 모두 몰수가 되었으나 시계는 해당이 되지 않아 남겨진 것이다. 처음 상의는 그 것을 비로드 끈을 끼워서 팔에 묶었다. 시곗줄 대신 예쁜 리본이나 천으로 하는 것이 그때 유행이었다. 그랬는데 어느 날 손목에서 검정 비로드 끈이 살짝 비쳤던 모양이다.

"리노이에상, 시계 찼어?"

사카모토 선생이 반신반의하며 물었다. 상의는 여전히 반항적이었기 때문에 사카모토 선생을 빤히 쳐다보았다. 내심으로는 체념을 했다. 소매를 걷으라 할 것이며 시계는 빼앗길 것이라고. 그런데 이상하게도 사카모토 선생은 더 이상 추궁하지 않고 가버렸다. 그러고 나서 한 달인가 시일이 흘렀다. 상근이가 아파서 병원에 갈 일이 생겼고 사감에게 병원비를 타내어야만 했다. 상의는 직원실 앞 복도에서 시계를 끌렀다. 그때는 빳빳한 가죽 줄이었다. 만일에 시계에 대한 의혹이 남아 있다면 소매를 걷어보라 할지도 모른다는 생각을 했던 것이다. 다른 선생들도 있는데 상의에게 망신을 주기에는 썩 좋은 기회였기 때문이다. 학생이 금시계라니, 말이나 되는 일인가. 이런 시국에 외제 시계를 차고 다닌다는 것은 정신이 썩어먹은 징조다 하고 떠들지 모를 일이었다. 상의는 후환이 없게 하느라 시계를 교복 윗주머니 속에 집어넣었다. 상의로서는 사카모토 선생에 대하여 늘 방어 태세였으니까.

"동생이 아파?"

"네."

"걱정이 되겠구나."

여느 때처럼 별 탈 없이 사카모토 선생은 청구한 돈을 꺼내어주었다. 했는데 다음 순간 사카모토 선생은 팔을 뻗었다. 상의 교복 윗주머니 속에서 시계를 뽑았다. 시곗줄이 나와 있었던 모양이다. 상의는 일종의 패배감이랄까 그것을 느끼며 얼굴빛이 변했다. 그러나 어찌 된 일인지 사카모토 선생은 재빨리 서랍 속에 시계를 집어넣고 나서 아주 낮은 목소리로,

"졸업 때 찾아가."

직원실을 나서는 상의는 심한 수치감에 빠졌다.

그것은 패배감이기도 했고 묘한 자기혐오감 같은 것이었으며 누군가가 부당하다고 말하는 것 같기도 했다. 사카모토 선생에게 반항했던 그 일이 있은 후, 시일이 지나면서 미워하는 감정은 다소 엷어졌지만 서먹한 것은 어쩔 수 없었고 항상 방어 태세를 취해온 것도 사실이다. 그러나 왠지 그 방어 태세가 지나쳐서 자신이 비열한 것 같은 기분이 들었다. 그때 일은 가끔 칙칙하게 되살아났다. 상의는 시계를 포기하고 싶을 만큼 사카모토 선생과 개인적으로 대면하기가 싫었던 것이다.

일행은 잘 차려낸 음식을 흡족하게 먹었고 잡담도 실컷 한 뒤 일어섰다. 뜰에서,

"잘 먹었습니다."

"감사합니다."

미소를 머금고 바라보는 남순자 큰어머니에게 각각 인사를 하는데, 특히 오송자가,

"어머니 너무너무 맛있게 먹었습니다. 정말 좋은 추억이 될

거예요."

스스럼없이, 아양을 떨며 말했다. 숫기가 없는 진영과 상의
는 뒷전에 서서 우물쭈물하고 있었다.

앞서거니 뒤서거니 집을 나섰다. 오가는 사람이 없는 호젓
한 거리, 엷은 바람이 지나갔다. 담장을 따라가면서 오송자가
휘파람을 불었다. 평소에도 그는 휘파람을 잘 불었다. 휘파람
소리에 맞추어 남순자가 나직한 목소리로 노래를 부른다.

야자 열매 하나

고향 강변 떠나서

오늘도 물결 위

몇몇 달이 지났는가

생각하면

굽이굽이의 물결

언제 고향에 돌아가리.

"왜 이리 쓸쓸하지? 정말 학창 시절은 끝난 걸까?"

경순이가 한숨 섞어가며 말했다. 진영이 걸음을 멈추며,

"저 노을 보아."

감탄하며 말했다.

"미친 듯이 타고 있군. 정말 우리는 헤어지고 나면 다시 만
날 수 없는 걸까?"

"만나기 어려울 거야."

"통학생은 좋겠다. 그들은 만날 수 있으니 말이야."

"이 애들아 우리 남강 사장에 가자! 가서 뒹굴어보지 않겠
니? 마지막으로."

오송자가 큰소리로 말했다.

"미쳤니? 해가 졌는데 한밤중에 기숙사에 돌아갈려구?"

"지금도 시간이 지났어."

일행이 기숙사로 돌아왔을 때 식당에서는 벌써 저녁 식사
가 시작돼 있었다. 포식을 하고 온 이들은 식당에 가지 않고
각자 방으로 들어갔다. 내일 모레면 떠나게 될 이들, 외출시
간을 초과했고 식사에는 불참, 그쯤의 규칙 위반을 나무랄 사
람도 없었다.

이튿날 밤, 상의는 사감실 앞에 갔다.

"선생님, 7호실의 리노이에 쇼기입니다."

한동안 대답이 없더니,

"들어와."

목소리가 들려왔다. 상의는 방문을 열고 들어갔다. 사카모
토 선생은 잠옷 차림이었다. 처음 들어와 보는 사감실은 보랏
빛 등꽃 무늬가 화려한 방석이며 일본 인형, 그리고 빨간 불
이 켜져 있는 스탠드 하며 색채 속에 싸여 있었고 야하게 보
였다. 남자같이 억실억실하게 생긴 사카모토 선생과는 딴판
으로 요염하기까지 한 분위기가 떠돌고 있었다.

"시계 찾으러 왔지?"

"네."

"그러잖아도 널 부르려 했다."

목소리는 부드러웠고 은근했다.

"너하고는 불행하게도 불편한 관계였다."

"죄송합니다."

"추억에 남을 거야. 하지만 네겐 유감이 없다."

"……."

"그래, 진로는 정했나?"

"아직."

사카모토 선생은 상체를 비틀듯 하며 서랍을 열고 시계를 꺼내었다. 그리고 들여다보며,

"좋은 시계구나."

"……."

"이 시계 말이야, 나한테 팔지 않겠니?"

"네?"

"나한테 팔아."

상의 얼굴이 시뻘게진다. 팔라는 말을 듣는 순간 상의는 그 때 사카모토 선생에게 반항을 했을 때 결국 그러면 너만 손해다, 하던 손해라는 말이 떠올랐던 것이다. 판다는 것과 손해라는 말은 같은 것으로 상의는 느꼈다.

"어머니가 주신 것이어서 그럴 수는 없습니다."

"그래?"

실망의 빛을 나타내며 사카모토 선생은 차디차게 변한 상의 얼굴을 물끄러미 바라본다.

"자아."

그는 시계를 내밀었다. 상의는 시계를 받아들고 사감실을 나왔다. 멀고 먼 사람과의 거리를 생각하며.

다음 날 상의는 학교를 졸업했다.

7장 빛 속으로!

대문을 들어선 명희는 양산을 접으면서,

"언니."

하고 불렀다. 마루에 걸터앉아서 무리를 지어 색색으로 피어 있는 뜨락의 백일홍을 넋 빠진 모습으로 바라보고 있던 선혜는 천천히 얼굴을 들었다.

"오니?"

명희는 마루에 앉으며 땀을 닦는다.

"오래간만이지요?"

"알기는 아는군."

"그간 어떻게 지내셨어요?"

"어떻게 지내기는, 세월만 떠밀리어 간 거지. 지내고 자시고, 내 처지가 어디 그러냐?"

선혜는 화를 내듯 말했다.

"그동안 꼼짝 않더니 무슨 바람이 불어서 왔지?"

"꼼짝 안 하기로는 언니도 매일반 아닌가요?"

"그런가?"

하고 나서 심부름 아이를 불렀다.

"씨원하게 미숫가루 타오너라."

"네."

선혜는 시선을 명희에게 돌린다.

"덥지?"

"덥네요."

발이 고운 모시 적삼에 잔무늬가 있는 푸른 치마를 입은 선
혜는 몰라볼 만큼 야위어 있었다. 비대했던 사람이 살이 빠지
면 잔주름은 생기는 법, 물리적 현상이거니와, 그런데 이상한
것은 선혜가 투명하고 깨끗해 뵈는 점이었다. 목이 유달리 길
었다. 명희는 기다림 때문에 선혜의 목이 길어졌을 거란 생각
을 한다.

"너 많이 축갔구나. 말랐어."

"남의 얘기 하시네. 언니는요? 기린같이 목만 기다랗게 돼서."

심부름 아이가 미숫가루를 탄 대접을 가져왔다. 두 사람은
그것을 마시며 목을 축인다.

"여옥이는 잘 있어?"

"네, 우리 세 사람 중에서 젤 원기왕성 할 거예요."

"결혼은 왜 안 하지?"

"글쎄요……. 옛날에는 변덕이라곤 없던 애였는데 이번엔 한다고 했다가 안 한다 했다가 무슨 변덕인지 잘 모르겠어요."

"남자 쪽에 문제가 있는 것 아니야?"

"문제 될 것 없어요. 여옥이 말로는 뭐 친구로 지내겠다든지, 깊은 속이야 어찌 알겠어요."

"남자 쪽에서도 그러자 한 건가?"

"그것은 잘 모르겠어요. 두 사람이 다 결혼에 실패한 경험이 있어서."

"실패한 거야 너도 그렇고 나 역시 안 그러냐?"

"하지만 그 사람 둘은 다 같이 배신당한 깊은 상처가 있어서, 두려움이 있는 것 같아요."

"하긴……."

하다가,

"혼자 사는 게 젤 속 편하지 뭐. 날 보아. 다 늙어서 이게 무슨 꼴이니?"

"하지만 언니는 기다리기만 하면 되는 거 아니에요? 참고 조금만 기다리면 이제 막판이에요."

"조금만, 그게 언제부턴데? 비행기가 수백 대씩 날아와 폭탄을 퍼부어대지만 전쟁은 아직도 끝나지 않았어."

"언니 정신을 똑똑히 차려야 해요. 다 된 죽에 코 빠뜨린다는 말도 있지 않아요?"

"그런 말 이제 내 귀에는 안 들어와. 내가 그때까지 살아남을지 믿을 수 없고 권선생 경우도 그래."

"언니도 참, 무슨 그런 말을 해요?"

"죽일 놈들!"

"······."

"그놈들 생각을 하면 이를 악물고 살아야지, 살아서 고통받은 만큼 갚아주어야지, 그러나 아니야."

선혜는 고개를 저었다.

"마치 등잔에 기름이 졸아드는 것처럼 내 육신도 그렇게 돼가는 것을 느껴, 생각하면."

하다가 별안간 선혜의 눈빛이 파랗게 빛났다.

"동료를 모함하여 옥에 가두고 젊은 아이들 학병에 끌어내기 위해 앞장서서 온갖 감언이설의 농간을 부리던 그 쳐 죽일 놈들!"

"언니 흥분하지 말아요. 세상이 다 아는 일 아니에요?"

그러나 아랑곳하지 않고 선혜는 발작과도 같이 말을 계속했다.

"그놈들이 어째서 꽁지에 불붙은 것처럼 시골로 달아나느냐 말이다. 왜지? 시골은 조선 천지 아니야?"

"소개를 한 거지요."

"어째서 그놈들이 소개를 해? 왜 소개를 하느냐 말이다. 서울 바닥에 남아 있어도 그놈들에게는 천우신조가 있을 텐데 말이야."

선혜는 낄낄 웃었다. 명희는 불안해하며,

"문인들도 많이들 소개를 했나요?"

"그거야 내가 모르지. 하지만 내가 알고 있는 연놈들은 대개…… 쓸개 빠진 것들, 그것들 때문에도 나는 죽어선 안 돼! 참 세상인심 고약하더라."

"뭐 그게, 새삼스런 일도 아니지 않아요?"

"하도 가소로워서 그런다!"

음성이 한 옥타브 높아졌다. 감정이 격해지는데 강선혜의 지병이 도지기 시작한 것이다. 배설자가 죽은 뒤 한동안 뜸했던 그의 분노하고 증오하는 병, 과연 권오송은 살아서 출옥할 수 있을 것인가, 불안이 엄습했던 것이다. 명희는 입을 다물었다. 선혜가 무슨 말을 할 것인지 이미 알고 있었기 때문이다. 악몽을 꾸듯 늘어놓을 그 기나긴 사설을 들어줄밖에 없다.

"우리 권선생을 친일파로 찍어서 사회로부터 매장하려던 그놈들이, 하 참! 어느새 왜놈들 품 안으로 기어들더니만 이건 또 백팔십 도야. 백팔십 도로 변하여 권선생을 저항 분자로 몰아서 옥에다 집어넣고, 어째서 그래야만 했지? 우리가 저희들 애비 에미를 쳐죽인 원수란 말이야? 저희 놈들 재물을 들어먹은 약탈꾼이야? 중상모략을 해서 어느 놈 신셀 망쳤어? 우리는 아무 짓도 안 했다. 그들을 음해한 일 없어. 어설펐던 시

절 내가 문재(文才)도 없는 주제에 좀 설쳤기로서니, 설친 것
이상으로 충분하게 날 압박하고 조롱하고 능멸하지 않았느냐
말이다. 빚진 것도 받아낼 것도 없어. 그것도 옛날 옛적의 일
이야. 내가 권선생하고 결혼했다 해서 권선생한테 무슨 죄가
있어? 지레 제 발이 저려서 《청조》를 떠난 거지 누가 밀어냈
나? 그래가지고는 마포강 졸부, 강서방 딸하고 결혼했으니
그건 훼절이요 배신이라 씹고 다니던 그놈들, 아 글쎄 부르주
아를 비난하면서 뱃사공의 전신은 왜 비웃는 거지? 그건 모순
이야. 고귀한 신분을 원했다면 부르주아를 비난할 자격 없어.
마포강 강서방의 딸이 어째 동경 유학을 했느냐, 그럼 동경
유학은 명문거족의 딸들만의 특권이다 그거야? 그깟놈들이
무슨 놈의 사회주의자야. 뼛속 깊이까지 사리사욕밖에 없으
면서, 나도 사회주의는 아니지만. 무풍지대에서 입만 가지고
다 해먹는 놈들! 우리 결혼문제만 해도 그래. 잡지를 내면서
그들을 이끌었다 하여 권선생은 저희들이 선택한 여자하고
결혼했어야 했나? 저희들 허락을 받아야만 했나? 권선생은
저희들 바지저고리야? 그때, 검거선풍이 불었을 때 사실 권선
생은 그 사건과 깊은 관계가 없었고, 그래서 풀려나왔는데 뭐
랜 줄 아니? 경찰하고 내통했다! 날벼락을 맞을 놈들."

명희는 백일홍을 바라보고 있었다. 선혜는 계속해서 지껄
이는 것이었다.

"······주둥이 하나 가지고 다 해먹는 놈들, 이제 뭐가 안 돼서

시골로 달아나는 거지? 그것도 왜놈한테 푼돈 구걸해서 말야."

"당국에서 소개하라니까 그런 거겠지요."

겨우 명희가 말 한마디를 했다.

"당국에서?"

"여기저기, 벌써 여러 차례 공습이 있었잖아요. 공습이 없을 거라는 조선에도 말예요. 오키나와가 떨어지면서부터 미국 항공기가 앞집 드나들듯 하니까."

"흥! 총 들고 전선에 나가서 늙은 뼉다구라도 바쳐야 할 우국충정, 대일본제국 천황폐하의 적자인 그놈들이 시골에는 왜 가아? 시골에 가서 뭐? 시골사람들 계몽한다구? 아이들 모아놓고 글을 가르친다고? 골수까지 썩은 놈들! 학생들 쓸어다가 바쳤으니 이젠 할 일 다했다 그 말이야?"

"언니 이제 그만하세요."

"왜 날 말 못하게 하니."

"전에 언니가 그랬잖아요? 도둑질하다가 들키면 칼 들이댄다구. 자기 보신을 위해 그러는 것 다 알아요. 한번 그르치면 계속 그르치게 되는 거예요."

"그러니까 비난할 것 없이 칼 맞아 죽으라 그 얘기니?"

"언니도 참, 억지 쓰지 말아요. 지금 언니는 기다리기만 하면 되지만 그 사람들은 뭘 기다리고 있을까요? 불행을, 절망을 기다리는 사람은 없을 거예요. 제발 이제는 그 일을 잊으세요."

"당국이 소개하라니까 그런다구? 너 그것들 편드는 거니?"

뒤늦게 생각이 났는지 선혜는 명희에게 화를 낸다.

"언니."

"말 마라. 이래서 인심이 고약하다는 거야. 제 일 아니라구 그렇게 냉담하게 말할 수 있는 거니?"

"제발."

"하기야 뼈에 사무치도록 겪었다. 억울한 사람, 재미난 듯 바라보던 그들 악마의 눈동자, 다 내 탓이지만 말이야. 권선생이 나하고 결혼만 안 했어도 저렇게 되진 않았겠지. 계집의 팔자가 세면 남자 꼴을 그렇게 만들어."

전에는 그 말 끝에는 늘 흐느껴 울었다. 그러나 탈진이 되었는가, 눈물이 말라버렸는가 선혜는 울지 않았다.

"자꾸만 언니가 그러면 나 오지 않을 거예요."

"그러려무나. 오지 말어."

조금은 진정이 되었는지 외면을 하며 말했다.

"했던 말 또 하고 또 하지만, 실상 언니 마음에는 미움 같은 것 남아 있지 않을 것만 같아요. 권선생 신변이 걱정될 때마다 그것을 핑계 삼아서 해보는 거 아닌가요?"

선혜는 명희를 노려보았다. 그러나 이미 소나기는 지나간 뒤였다. 선혜 마음속에 내리는 소나기, 장대 같은 빗줄기가 포도 위에 내리꽂히면서 물보라를 일으키는, 그것은 사실 분노나 증오이기보다 공포와 슬픔이었는지 모른다. 절망이었는지 모른다. 명희는 저도 모르게 웃었다.

"왜 웃어!"

"그냥요."

"미친년 같았니?"

"그렇게 조리 있게 말하는 미친 사람도 있나요?"

"미친 사람은 옳은 말만 한대더라."

"배설자, 그 여자가 죽었을 때 언닌 그를 증오하고 저주했던 자신을 몹시 두려워했어요."

"그 얘기는 왜 하니?"

선혜는 눈살을 찌푸렸다.

"마치 언니 자신이 살인이라도 한 것처럼 말예요."

"그건…… 비참하게 죽었으니까, 너무 끔찍스러워서."

"언닌 남을 오래 미워하는 성미가 아니에요."

"미움을 받는 것보다 미워하는 것이 더 괴롭지. 사실은 그래봐야 무슨 소용이 있겠니."

"……."

"명희 너 말대로 이따금 치밀어오르면 그냥 지껄이는 거지. 공염불같이 말이야."

"혼자 있을 땐 그럼 어떻게 해요?"

해놓고 명희는 무의미한 자신의 물음 역시 선혜가 말하는 공염불 같은 것이라 생각한다. 사실 이런 시대, 참담한 이 시대, 언어란 그 얼마나 공허한 것인가.

"사람이야 있으나 마나, 백두산 꼭대기에 홀로 있어도 매한

가지, 누구 들어달라고 하는 얘기도 아니겠고, 그냥 그래. 그냥 그렇다니까. 너무나 오래가고 길어. 끝도 보이지 않게 길어. 피를 다 말린 뒤에 끝날 건가 봐."

얘기가 끊어졌다.

칠월도 막바지, 해는 힘겹게 아주 힘겹게 중천에서 이동하고 있었다. 구름은 뭉쳤다가는 흩어지고, 그리고 어딘가를 향해 흘러가고 있었다. 지상의 형세를 비웃듯 유유히. 계절이 데리고 온 더위만은 아니었다. 전쟁의 그 숨 막히고 뜨거우면서도 내일이 없는 허공과도 같은 시간이 몰고 온 더위가 한층 참담한 것 같았다. 소개를 독려하고 서두르는 서울의 풍경, 시민들의 소개뿐만 아니라 정부에서는 각종 시설물을 분산하고 있었으며 의용군 조직에 광분하고 있었다. 허물어진 개미집에서 미친 듯 알을 나르고 터전을 재정비하듯, 이런 차중에도 내로라! 했던 작가의 소개기(疏開記) 따위가 신문 구석지에 밀려서 실려 있곤 했다. 전쟁이 끝나기까지 서울로 돌아갈 수 없는 것을 아이들에게 타일렀다는 둥, 옹색한 얘기, 그는 결코 조선 민족의 꽃도 희망도 아니었으며 이제는 총독부의 꼭두각시도 아니었다. 하수인이 가야할 망각 지대, 언제일지는 모르지만 민족 반역자의 처단이 있을 때까지 망각 지대에 은신하여 일본의 명운에 한 가닥 희망을 걸면서. 칠월 초에는 본토결전 부민대회(本土決戰府民大會)가 덕수궁 광장에서 있었고, 수천 대씩 날아와서 일본 본토를 벌집 쑤시듯, 미국 항공

기의 활약은 말할 것도 없지만 조선땅도 예외는 아니었다. 불
과 며칠 전에 일본 사군관구(4軍管區)에 이천여 기의 B29를 포
함한 미군 항공기가 날아와 폭격을 감행했는데 조선에서도
청진(淸津) 부산(釜山) 여수(麗水) 등지에 미군기가 출격했던 것
이다. 물론 그것은 처음이 아니었다. 가엾은 일본은 목제(木製)
비행기를 만든다고 안간힘을 쓰고 있는 것이다.

"명희야."

명희는 선혜를 쳐다보았다.

"저기 백일홍 말이야."

"……?"

"저게 종이꽃 같지 않니?"

"글쎄요. 물기가 없는 꽃이지만."

"종이꽃 같다. 저걸 보고 있으면 상여 생각이 나아."

"네?"

"꽃상여 말이야. 상두가 부르며 고갯마루 넘어가는 꽃상여."

"왜 쓸데없이 그런 생각을 하세요?"

"너는 그런 생각 안 해보니?"

"안 해요."

"어째서?"

"무슨 이유가 있겠어요? 관은 생각해봤지만 꽃상여까지
는…… 언닌 자식이 있으니까 그런 생각 하시는 모양이지요."

"내가 꽃상여 타고 간다는 얘길 했니?"

"상주 없는 꽃상여, 그같이 쓸쓸한 게 어디 있겠어요?"

"저 꽃을 보고 있노라니 꽃상여 생각이 난다 했지. 비약하기는? 자식 운운하는 걸 보니 명희도 늙기는 늙어가는 모양이구나."

"관두세요. 얘기가 어째 그리로 빠졌지요? 하늘에서 쾅쾅대니까 그런 꿈을 꾸는 모양이에요."

"평화를 그리워했을 거야. 옛날을, 왜놈들 없었던 옛 시절을, 우리가 일본에 유학했을 때 경멸했던 그것들을."

"그래요, 언니."

"우리가 배우고 본 것은 말짱 헛것이었다. 그야말로 쇼윈도에 내걸린 유행복 같은 것, 안 그러니?"

"그 시절, 언닌 가장 모던한 여성이었지요. 자유분방하고 그때 거침없는 언니가 부럽기도 했어요."

"그 상태가 계속되었더라면 어찌 되었을까? 지금쯤 대일본제국의 찬가를 부르고 대일본제국의 승리를 기원하는 그 신여성들 대열에 끼었다가, 피신할 궁리를 하는 신세가 되었을거야. 일본이 욱일승천(旭日昇天)했을 때 감옥에서 죽고 어느 벌판에서 죽은 사람들, 지식인들은 그 죽음을 개죽음이라 했다. 자신들에 대한 변명이지. 그러나 충성스런 천황폐하의 신민이 된 그자들이, 언제인지는 모르지만 민족 반역자로 처단될 때 분명 삶의 값어치가 죽음에서 나타나는 거 아니겠어? 하기야 뭐 땅속에 들어가서 썩기는 매일반이지만."

선혜는 생각을 폈다 뒤집었다 하며 말했다.

"뭔지 자세하게는 알 수 없지만 여옥이가 그래도 제대로 길을 찾아간 것 같은 생각이 들어. 그 애는 편안한 얼굴을 하고 있어."

"옳게 보셨어요."

"그게 종교의 힘일까?"

"아닐 거예요."

묘하게 명희의 어세는 강했다.

"여옥이는 그곳을 질러나온 것 같아요. 그 애는, 그 애는 땅 위에 선 것 같아요."

"……."

"언니는…… 후회하시나요?"

"내 자신을 후회한다. 그나마 권선생을 만난 것은 축복이었지."

"깊이 사랑하시는군요. 알고는 있었지만."

"그래."

"나 혼자 빈껍데기네요."

"자초한 것 아니니?"

"자초했다면 의지라도 있었게요?"

"명희야."

"……."

"나보다 많이 참고 나보다 많이 견디며 넌 살았는데 대체 뭘 위해 참고 견디었지?"

"언니도 참…… 아마 제 자신을 위해 그랬나 봐요."

서슴없이 하는 말에 선혜는 오히려 멍해진다.

"나…… 나 말이에요, 지난 정월에 찬하 씨를 만났어요."

"뭐야?"

"조찬하 씨를 만났어요."

"……."

"혜화동에서, 추운 거리에서 마주쳤는데."

"그래서!"

"용서해달라고 빌었어요."

"기가 막혀."

"그분은 이제 평온해보이더군요. 아무 할 말도 없는 것 같 았어요."

"빌기는 왜 빌어? 네가 무슨 죄졌니? 너 자신 피해잔데."

"그렇지가 않아요. 나를 보호하기 위하여 그분의 존재 자체 를 부인하고 원망했어요."

"그야 당연하지."

"찬하 씨가 저한테 어쨌기에요? 세론에 개의치 않고 도리를 다했을 뿐인데 나는 그분한테 깊은 상처를 주었어요. 나는 다 만 내 자신만을 위하여, 내 결벽증에 사로잡혀서 터럭만큼도 희생하려 하지 않았어요. 그런데 나는 내 자신을 위해 한 일 이 뭐 있나요?"

"바로 그게 너한테는 문제다."

"나는 살아 있는 생명이 아니었던 것 같아요. 허깨비, 그것에 매달리어 내 아픔, 남의 아픔에도 눈감고 살아온 거예요."

"그만두자."

"내가 한 일은 아무것도 없어요."

"넌 친정을 돕지 않았니?"

"그건 저절로 된 일이지 내 의지는 아니었어요."

"어차피, 사람마다 차이는 있지만 모두가 다 사람은 완벽하지 못해. 다른 사람의 인생과 똑같은 삶을 살 수도 없는 거고, 불행이다 행복이다 하는 그 말도 실상은 모호하기 짝이 없어. 시시각각으로 달라지는 우리들 운명, 행복 불행이 검정 과자 빨간 과자처럼 틀에다 찍어내는 것도 아니겠고, 운명 앞에 무력해질 수 없는 것이 우리의 삶이지만 그러나 운명을 정복한 사람은 없어. 자신(自信)이라는 말같이 허망한 것이 어디 있을까. 노인을 보아. 그 경력이 화려한 노인일수록, 살아 있다는 것이 무엇인가를 뼈저리게 느끼게 해. 결국 우리는 죽어가고 있는 거야. 삶이란 덫에 걸린 짐승 같은 것, 결코 풀리지 않는 수수께끼 같은 것."

담담하게 남의 얘기를 하듯, 남의 얘기를 듣듯, 권오송이라는 존재, 현실을 잠시 잠재워버릴 듯 선혜는 얘기한다.

"언니는 어떻게 그리 말을 잘해요?"

"옛날에 웅변가가 되려 했던 것 몰랐니? 비적의 여두목도 되고 싶었고 콜론타이처럼 성(性) 혁명, 그런 소설도 쓰고 싶었고."

선혜는 허탈한 듯 웃었고 명희도 슬그머니 따라 웃었다. 두 사람이 다 같이 후회스런 청춘이었지만 그러나 아름다웠다.

명희가 혜화동 집으로 돌아갔을 때 일하는 어멈이,

"효자동 마님께서 방금 가셨는데 오시는 길에 만나지 못하셨습니까?"

하고 물었다.

"아니."

"절에는 언제 떠나시나 궁금해서 왔다 하시더군요."

"그러지 않아도 나 떠나려고 해."

"오늘 떠나시려구요."

"효자동에 갔다가."

며칠 전부터 돈을 준비해놨고 이것저것 정리도 끝나 있었으니까 여장만 꾸리면 되는 일이었다. 집 잘 보라고 어멈에게 말한 명희는 가방을 들고 집을 나섰다. 선혜를 찾아간 것은 오랫동안 가보지 못한 때문이지만 당분간 서울을 떠나 있게 되어서 인사차, 그러나 선혜가 소개해 간 사람들에 대한 비난을 퍼붓는 바람에 미처 말을 못하고 돌아온 것이다. 그렇다고 해서 명희가 소개해 가는 것은 아니었다. 그는 곧장 효자동으로 향했다.

"아니! 떠나시는 거예요?"

들어서는 명희를 보고 깜짝 놀라며 오라범댁이 말했다.

"내일 아침 차로 갈려구요. 여기서 하룻밤 자구."

"방금 혜화동에 갔었는데."

"들었어요. 오빠 옷은 준비해놨어요?"

"했어요."

"언니도 함께 가시면 싶었는데."

"좀 있다가 내려갈게요."

두 사람은 방으로 들어갔다. 방 안이 더 시원했다. 시누이
와 올케는 부채질을 하면서 서로를 바라본다.

"애들은 어떻게 할지⋯⋯."

애들이란 분가한 장남 성재와 출가한 딸 옥재를 두고 하는
말이었다.

"직장이 있으니까 움직일 수 없잖아요."

"글쎄 그렇기는 하지만, 어린것들 땜에, 정말 무슨 놈의 세
상이 이래요?"

"⋯⋯."

"일본은 쑥밭이 됐다 그러던데, 특히 동경은 완전히 둘러꺼
졌다 하는데 전쟁은 왜 끝나지 않는 거지요."

"조만간 끝나겠지요."

"일본 군대가 모조리 조선으로 나온다는 말도 있고 조선땅
에서 전쟁이 결판날 거라는 말도 있어요."

"그런 일은 아무도 확실하게는 알 수 없어요."

"요즘에는 조선에도 공습이 잦지 않아요?"

"수송을 끊느라 그러겠지요."

"아무래도 잘못 생각한 것 같아요."

"뭐가요?"

"희재를 보내는 것 아니었는데."

"……"

"산으로 보내야 했는데, 죽더라도 함께 죽게."

"지나간 일 생각하면 뭐 해요? 죽고 사는 것은 하늘에 맡겨야지요. 우리만 겪는 일은 아니지 않아요."

"그렇게 생각을 하다가도 한밤중에 눈을 뜨면 가슴이 두근두근 뛰고 후회가 돼서 죽고 싶어요."

"언니, 그만하세요."

"무망중에 그 생각을 못했으니."

"최참판댁 둘째도 나갔어요. 그 댁도 오죽했으면 내보냈겠어요?"

"그 댁에서는 김선생이 그리 되셨으니까 그랬다 하더라도 우리는……."

"마찬가지예요."

"……"

"요즘 서선생님 댁은 어떠세요."

"기막히게 됐지요."

"벌써 두 달쯤 지났군요."

"벌써……."

기막히게 됐다는 것은 서의돈의 부인 이씨가 두 달 전에 세상을 버렸다는 것이다.

"아들이 그렇게 됐어도 할아버님이 기강하시어 목소리가 쩡쩡 울리더니 며느님이 그리되고부터는 할아버님 목소리를 들을 수 없어요."

"마음고생이 오죽했어요? 돌아가신 분 말예요."

"왜 아니겠어요? 평생을 그러셨지요. 팔난봉 같은 남편."

"팔난봉이라니요, 심한 말입니다."

"나랏일 한다고 팔방으로 나돌아다녔으니 하는 말 아닙니까."

"참 안됐어요."

"시동생이야 물론 잘했지마는 그것도 일 년 이 년이지 자식들 모두 책임 지워놓고, 그 마음이, 평생 가시방석에 앉은 것 같았을 거예요."

"그래도 그렇지요. 앞뒷집에 살면서도 그이는 우리 집에 오시는 일조차 드물었어요. 주야로 방에 앉아서 바느질로 세월을 보냈지요. 할아버님께서 이것은 차례가 틀린다 하시면서 우시더래요."

"내가 어릴 적에 어머니 따라 그 댁에 가면 어머니는 그 댁 돌아가신 시어머님하고 얘길 하시고 그 아주머니는 다듬이질 아니면 다리미질을 하고 계셨어요. 참 어여쁘게 생긴 새댁이었어요. 그때 서선생님은 오빠하고 어울리어 장안이 좁아라고 나다니던 그런 시절이었어요. 새댁의 분홍 치마, 노랑 저고리, 생각이 나네요."

"그 시절이 좋았지요. 살아갈수록 태산이고."

오라범댁 백씨 눈에 눈물이 가득 찼다. 분홍 치마, 노랑 저고리의 새색시 시절, 그때는 백씨 자신의 시절이기도 했다. 시부모가 다 생존해 있었고 먹고사는 데 궁색함이 없는 살림살이, 백씨에게 임씨 가문은 무풍지대였다. 세상 물정을 몰라도 아쉬울 것이 없었다. 그 시절을 백씨가 그리워하는 것은 물론 젊음의 그 향기 때문이며 평온함 때문인데, 그러나 그것만은 아니었다. 아까 서의돈의 댁네를 두고 평생 가시방석에 앉은 것 같을 것이라 했지만, 그것은 백씨 자신 심정의 토로이기도 했던 것이다.

"그때 3·1만세 때 아버님이 대구서 돌아가시고 오빠가 형무소에 갇혔을 때 어머님이랑 나는 잠이 오지 않아서 한밤중에 장롱 장석을 닦았어요. 일을 하지 않고 맨정신으론 앉아 있을 수가 없었지요. 그래도 그때가……."

오라범댁 눈에서 눈물이 후두둑 떨어졌다.

"지나놓고 보면 궂은 일도 좋게 생각되나 부지요."

그러나 명희는, 명희 자신은 그렇지가 않았다. 궂은 일이 좋게 회상되지도 않았지만 그리워할 만한 일도 없었다. 남의 일만 눈앞에 어른거렸을 뿐이다.

"언니도 함께 가시면 좋을 텐데."

"나, 나 말예요. 어쩐지 희재가 돌아올 때까지 서울을 뜨고 싶지가 않아요."

백씨는 고백 비슷하게 말했다. 명희는 어이없어하면서,

"언니도 참, 언니 안 계시면 희재가 미아라도 될까 봐서요? 성재 옥재도 서울 사는데."

"괜히 조바심이 나서."

"이 기회에 성재더러 집으로 들어오라 하세요."

"그 애들이 들어오고 싶지 않아서 그러나요? 오빠가 허락 안 하니까 그렇지요. 어른들한테 비비댈 생각 말고 혼자 힘으로 살아라 그거 아니겠어요?"

이튿날 아침 명희는 오라범댁의 전송을 받으며 서울을 떠났다. 하릴없이 기차 타고 길 떠나는 사람이야 흔치 않은 일일 테지만 그것도 한 시절 전의 일이고 모든 것이 어려워진 요즘 절실한 목적이 있어 길들을 떠나는데 그 절실한 사람들의 수효는 어찌 그다지도 많은지, 모든 물품의 유통이 물자 부족과 원활치 못한 수송 관계 때문에 위축돼 있는 것이 실정인데 이럴 경우 나타나는 것이 소위 보따리 장사를 들 수 있다. 그들이 모두 절실한 여행 목적을 지닌 사람들인 것이다. 대합실에서, 개찰하면서부터, 필사적으로 기차에 기어오르는 데서, 명희는 아비규환을 느꼈다.

마치 무성영화같이 귀로 들은 것이 아닌 눈으로 본 아비규환이었다. 한여름의 기차간은 열기로 가득 차 있었고 사람들은 짐짝같이 빈틈없이 쌓여 있었다. 퀭하게 뚫린 눈동자, 그러나 이따금 그 눈에서는 빛이 번득이곤 했다. 햇볕에 그을은 얼굴, 깡말라서 여름 옷이 헐거워진 모습, 제대로 된 신발을 신은 사람은 그리 많지가 않았다. 낡은 보자기, 해어져서 꿰맨 자루, 그 속에 무엇이 들었는지 소중하게 안고 붙들고, 참으로 남루한 군중이었다. 백성이었다.

기차가 달리면서부터 기차 안에는 안도의 기색이 감돌았고 차창에서 바람이 들어오면서 얼마간의 열기도 식어갔다.

들판은 끝없이 푸르렀다. 벼 포기가 바람 부는 곳을 향해 나부끼고 있었다. 그리고 칠월 막바지. 마지막 날의 햇빛이 끝없이 푸른 논에 노닐고 있었다. 물이 흐르는 도랑에도 햇빛은 노닐고 때론 비수같이 희번덕였다.

'이렇게 끝없는 들판, 저 푸른 들판…… 그런데 대부분의 사람들이 굶주리고 있다. 왜!'

이제는 전쟁이 무서운 것이 아니다. 식량난, 식량이야말로 전쟁상태에 들어갔다 할 수 있었다. 사람들은 총 맞아 죽으나 굶어 죽으나 매한가지라고들 했다. 영양부족은 마치 전염병같이 만연해 가고 있었다. 지금 명희는 바로 그 식량 때문에 기차를 탔으며 지리산으로 향해 가고 있는 것이다.

차창 밖으로 바라보는 명희 눈앞에 끊어졌던 필름이 이어진 듯 세상 떠난 친정 뒷집의 이씨, 그것도 젊은 날의 이씨 모습이 떠올랐다. 그리고 오라범댁의 젊은 날 모습도. 하얀 버선발이며 앙증스런 은비녀며, 남치마, 반회장의 옥색 저고리, 콧등에 송송 솟아난 땀, 그리고 지분 냄새, 그렇게도 선명할 수가 없다. 그러나 이상하게도 명희는 자기 자신의 지난날이 도무지 떠오르지 않는 것이었다. 새까맣게 먹칠을 해버린 듯, 자신이 노처녀로 늙어버린 것 같은 착각마저 들었다. 물론 명희는 자신의 결혼 생활을 떠올리고 싶지는 않았다. 그런데 어째서 이씨와 오라범댁의 새색시 시절이 맴돌며 눈앞에서 떠나지 않는 것일까. 열리지 않는 미닫이문을 가까스로 열어젖히듯 명희는 생각을 자신에게 돌려놓는다. 앞으로 어떻게 해야 할지를 생각하려 했던 것이다. 그러나 그 속으로 뛰어들어온 것은 강선혜 집에서 선혜와 함께 주고받은 대화였다. 강선혜의 기다래진 목이었다.

달리는 기차 안의 시간은 지루하고 길었다.

정거장 아닌 곳에서 기차는 번번이 멈추었으며 한동안 기다렸다가는 떠나곤 했다. 아마 군수물자 수송 때문인 것 같았다. 차가 멈추고 기다리는 동안 차림새가 반반하고 식자깨나 있어 뵈는 사내들 몇 명이 기차에서 내려 바람을 쐬며 담배를 피우기도 했지만 참고 견디는 데 이골이 나버린 민초들은 땀을 흘리면서 자리를 지키고 있었다. 움직이지도 않고 말도 없이 기다리는 것이다. 물론 특등, 이등칸이야 쾌적한 여행 기분을 내고 있을 특별한 승객들이 있을 테지만.

"지겅지겅 이렇게 쉬었다 가몬 우짜노."

명희 맞은편 좌석에 앉은 노인이 혼잣말같이 중얼거렸다. 그러나 그 말에 맞장구를 치는 사람은 없었다. 오기를 내어본들 무슨 소용이랴. 배만 더 고프고 힘만 빠지지. 돌아가야 할 자리로 돌아가서 보리죽, 시래기죽이나마 먹고 다리 뻗는 순간이나 꿈꾸어보지. 모두 그런 심산인 것처럼 보였다.

삼랑진에서 진주행 기차를 갈아타려고 명희는 플랫폼에 내렸다. 그 순간 순사와 사복의 형사인 듯한 사내가 예닐곱 명의 사내들을 앞세우고 가는 광경이 저만큼 눈에 띄었다. 예닐곱 명 중 한 사내가 순사를 향해 무엇인지 몸을 흔들며 얘기하는 것 같았고 순사는 그를 떼밀었다.

"속절없이 가는구나."

플랫폼에 내려 서 있던 사내가 피워 물었던 담배를 버리며 말했다. 그들 끌려가는 사내들은 젊지도 않았다.

"어디로 데려가는 걸까?"

일행인 듯한 사내가 중얼거렸다.

"어디긴? 징용으로 끌고 가는 거지. 어디서나 흔히 볼 수 있는 일인데. 이 사람, 신선놀음에 도낏자루 뿌러지는 것 모르는 곳에서 왔나?"

"그거는 아는데, 어디서 집합해서 가는고, 싶어서."

그런 식으로 사내들을 잡아간다는 얘기는 명희도 들어서 알고 있었다.

"집에다 통고나 하는지 모르겠네."

"통고받으면 뭘 해. 돌아올 희망도 없는데."

"새옹지마라 하던가. 요즘 같아서는 병신들이 살판났지."

진주에서 하동으로, 하동에서 평사리로, 명희가 마을에 당도했을 때 해는 서산에 꼴딱 넘어가고, 노을을 등진 갈까마귀 떼가 날고 있었다.

양현이가 반갑게 맞이했다. 양현이는 여학생같이 검정 통치마에 분홍색 생명주 적삼을 입고 있었다.

"오신다는 기별도 없이."

건이네가 얼른 가방을 받아 들었다.

"일이 그렇게 됐다."

불경을 읽고 있던 서희도 매우 반가워했다. 두 사람은 맞절을 하고 자리에 앉았다.

"졸지간에 내려오느라 가보지는 못했습니다만 재영이 아비는 아직 안 내려왔지요?"

"며칠 있으면 올 겝니다."

"아이들 데리고 내려올려면, 요즘 기차 여행이라는 것이 여간 힘드는 거 아니더군요."

"그래서 재영애비만 다녀가라고 했습니다. 그간에도 혼자 왔다 가곤 했으니까요."

양현이 꿀물을 타가지고 왔다.

"양현이가 옆에 있어서, 참 부럽습니다. 양현이도 그렇습니다. 어머니 곁에 와 있으니까 제까지 마음이 놓이는군요."

그 말에 대해서 서희는 아무 대꾸도 하지 않았다. 양현이 어릴 적에, 자식은 없었지만 외형상 조용하와 명희의 결혼 생활이 평온했을 때 양현을 입양하겠노라 진주까지 내려왔었던 명희 생각이 났기 때문이다. 저녁을 먹은 뒤,

"앞으로 중학교도 폐쇄될지 모른다는 얘기를 하던데."

명희가 말했다.

"글쎄 그렇게 될지도 모르지요. 정세가 급박하니까. 이미 독일하고 이태리는 항복했으니까, 일본도 더 이상 못 배길 것 같기는 한데⋯⋯."

"그렇게 되면 혜화동 식구들은 이곳으로 소개하게 되겠군요."

"그건 그 애들 형편에 맡겨야지요. 사돈댁 생각이 어떨는지 모르니까."

서희는 담담하게 말했다.

"그 댁에서는 이미 다 마련해놨을 것입니다."

명희는 덕희와 양현 사이의 미묘한 갈등을 알고 있었고 덕희가 친정을 멀리 떠나 평사리에서 견딜지 그것도 의심스러웠다. 아이들 형편에 맡기겠다는 서희의 심중도 역시 자신이 생각하는 것과 같은 염려 때문이 아닌가 하고 명희는 생각한다.

"중학교, 국민학교까지 폐쇄된다면 그것은 최악의 경우일 테고, 한반도가 전쟁터로 변하는 것을 예상할 수 있는데, 실은 어디에 있든 매한가지 아닌가 싶어요. 재영애비는 그러나

서울에 남을 겁니다. 재영할아버지가 살아 계시는 동안에는."

명희는 말문이 막혔다.

"그, 그럴 거예요……. 요즘 같아서는 차라리 만주 방면이
안전할 것 같은 생각이 듭니다."

두 여자는 다 같이 이상현의 생각을 했고 양현은 송영광이
생각을 했다.

"만주 방면이 안전할까요? 틀림없이 소련이 밀고 내려올 텐
데?"

정세는 서희 쪽이 훨씬 밝았다.

"그렇군요."

저녁을 먹고 이런저런 얘기를 나누다가 서희는,

"피곤하실 텐데, 양현아."

"네."

"아주머니 주무시게 자리 보살펴드려라."

"네."

명희와 양현은 아랫방으로 내려왔다. 이미 자리는 건이네
가 깔아놨다. 요 위에는 발이 고운 돗자리를 펴놨고 모시 베
갯잇을 씌운 모란꽃 수베개가 놓여 있었고 삼베 홑이불은 얌
전하게 개켜서 놓여져 있었다. 자리끼도 마련돼 있었다. 양현
은 홑이불을 폈다. 잠옷으로 갈아입은 명희가 양현의 뒷모습
을 보며 물었다.

"하동 본댁에는 더러 가니?"

"가끔요."

"걱정 많이 하시지?"

"처음에는 그러셨어요. 많이 나무라시고, 하지만 진주의 오빠가."

진주의 오빠란 이시우를 두고 하는 말이었다.

"어머니를 많이 설득하셨어요."

하면서 양현은 돌아앉았다.

"진주서 병원 개업하고 계신다는 사람 말이지?"

"네."

"이해심이 깊은 모양이구나."

"아무래도 젊으니까요."

"둘째, 그러니까 너의 둘째 오빠는 아직 소식을 모르는 거니?"

"아무 소식이 없어요. 아마 일본의 어느 산중에라도 숨은 모양이에요."

"상처 없는 집안이 하나도 없구나. 빨리 전쟁이 끝났으면 좋겠다. 그래 넌 어떠니?"

"저요? 저는 괜찮아요. 그동안 걱정을 끼쳐서, 아주머니."

"음?"

"죄송합니다."

양현은 명희의 두 손을 잡고 쓸쓸하게 웃었다.

"그럼 주무세요."

"그래, 너도 잘 자아."

양현은 나갔다. 명희는 불을 끄고 자리에 들었다. 피곤하여 이내 잠이 들 줄 알았는데, 그러나 잠이 오지 않았다. 갑자기 집 안의 정적이 목 죄듯 가슴이 답답해왔다. 눈에 보이지는 않았지만 거대한 최참판댁 집과 그 집이 지닌 세월이 명희에게 쏠려오는 듯한 느낌이 들었다. 어떻게, 어떻게 하다가 잠이 들었다. 눈을 떴을 때 동창이 희뿌옇게 밝아오고 있었다. 다행히 꿈도 없이 깊이 잠들었던 것 같았다. 몸이 가뿐했다.

조반이 끝나자마자 명희는 산으로 간다면서 일어섰다.

"아니, 하루 더 쉬었다 가시지 않구요?"

서희가 말했고,

"아주머니 그렇게 하세요."

양현이도 아쉬워하며 말했다.

"아니, 가야 해요."

서희는 명희를 위해 건이네 부부를 붙여주었다. 산행을 하기에는 짐이 많았고 건이아범 혼자로는 거북할 듯해서 부부를 함께 딸려보낸 것이었다. 일행은 나룻배를 타고 화개를 향해 떠났다. 나룻배는 노를 저어 올라가고 강 상류에서는 돛에 바람을 가득 실은 배가 내려오고 있었다. 은빛 같은 물살이 눈부시게 일고 있었다. 명희는 돛에 바람을 가득 싣고 내려가는 배를 바라보며 서울서부터 꽤 바삐 움직여왔다는 생각을 한다. 자신의 행로에도 어쩌면 저 하구를 향해 내려가는 배처럼 바람이 실리기 시작했는지 모른다는 생각을 한다.

"양현이는 절에 간 일이 없어요?"

명희는 그냥 무심하게 물었다.

"한 번 갔었지요."

건이네가 대답했다.

"한 번 간 후로는 절에 잘 안 가려 하더마요."

안 가려는 내력을 건이네는 물론 명희도 알지 못했다. 그러
나 서희는 그 이유를 알고 있었기 때문에 한 달에 한 번 혹은
두 달 만에 한 번 가는 산행에 굳이 양현을 동반하려 하지는
않았던 것이다. 처음 모르고 서희를 따라 절에 간 양현은 그
곳에서 영선네와 마주쳤던 것이다. 서로가 당황했고 양현은
잠재웠던 상처에 심한 통증을 느꼈던 것이다. 그리고 영선네
의 출현은 영광의 비중만큼 양현을 분노에 떨게 했던 것이다.

'머플러 하나 남겨놓고 간 사람! 말 한마디 없이 떠나간 남
자!'

숲속으로 피해 가서 그때 양현은 눈물을 흘렸다. 그는 영광
이 자신을 배신했다고는 생각지 않았다. 그의 심정이나 처지
를 잘 알면서도 말 한마디 없이 떠났다는 그 자체가 아팠다.
그리고 그 상처는 너무나 깊었다.

절에 도착한 명희는 건이 내외를 돌려보내고 임명빈을 찾
았다.

"서울아씨 오싰습니까."

상좌 일봉이었다. 그의 눈에는 젊어 보였던지 유독 명희에게만 아씨라 했다.

　일봉은 소사가 지연을 보고 아씨, 아씨, 부르는 것을 흉내낸 것이기도 했다.

　"교장 선생님 방에 계시니?"

　명희도 절에서 통칭하는 대로 임명빈을 교장 선생님이라 했다.

　"아닙니다. 나가셨는데요."

하다가,

　"아, 저기 오십니다."

　명희 돌아본다. 임명빈은 농군같이 억센 삼베 잠방이 차림에 밀짚모자를 쓰고 절 마당에 들어섰다. 점잖게 양복에다 중절모까지 갖추어서 처신하던 그가 어느덧 그런 모습으로 변해 있었다. 작년 가을만 해도 그의 건강은 좋지 않았다. 서울 있을 적의 상태로 되돌아가는 듯 자리에 눕곤 했는데 그럭저럭 회복이 된 것같이 보였다. 시국이 급변하고 산속의 형편도 급변하고 있었기 때문인지 모른다.

　"왔어? 오다가 최참판댁 식구를 만났다. 거기서 하룻밤 묵었다며?"

　"네."

　"가방은 지가 갖다 놓겠습니다."

　일봉은 건이아범이 놔두고 간 가방을 들고 명희가 오면 묵게 되는 방으로 냅다 달려간다.

"이건 오빠 여름옷이에요."

명희는 명빈의 처소로 다가가 방문을 열고 옷 보따리를 밀어 넣는다.

"스님한테 인사부터 하고, 그리고 쉬어라."

"아니에요. 오빠도 함께 가세요. 스님한테 드릴 말씀이 있어요."

"무슨?"

"오빠도 함께 들어주세요."

"미리 의논도 없이."

임명빈은 떨떠름해하면서 앞장섰다.

"지감께서 계시오?"

"예, 있소이다."

"내 누이가 드릴 말이 있다 하오."

"들어오시오."

신발을 벗고 명빈이 먼저 들어갔다. 그의 뒤를 따라 명희가 들어간다.

"언제 오시었소?"

"방금 왔습니다."

명희는 고개를 숙이며 인사했다. 방 안은 세상을 버린 사람답게 아주 간결했다. 세간에 있었을 때는 그의 박식이 구전되어 명희까지 알게 되었건만 세속의 책이라곤 단 한 권도 눈에 띄질 않았고 서안에는 불경 몇 권만 놓여 있었다.

"하실 말씀이란."

"네."

명희는 핸드백을 열고 두툼한 봉투 하나를 꺼내었다. 그리고 지감 앞에 놓으면서,

"수납해주십시오."

지감과 임명빈은 다 같이 의아해한다. 임명빈이 절로 온 뒤 그의 숙식비를 우편환으로 송금해온 것이 관례였다. 일부러 명희가 지감한테 직접 건네는 일은 없었고 그것은 또한 실례이기도 했던 것이다. 의아해하던 임명빈의 얼굴이 벌게졌다.

"어째 안 하던 짓을 하느냐."

"죄송합니다. 오라버니한테 의논을 드릴까 싶었지만 깊이 생각할 필요도 없겠기에."

숙식비로만 지레짐작을 한 임명빈은 봉투가 두툼했고 아마 일시불로 명희가 목돈을 내어놓은 것으로만 생각한다.

"아주 어디 멀리 떠나기라도 하는 게냐?"

임명빈은 가시 돋친 말을 했다. 자기 자신도 알 수 없었다. 왜 그렇게 자존심이 상하는지, 그리고 지감 앞에 자신의 모습이 그 얼마나 초라한지를. 새삼스런 일도 아니건만 뼈에 사무친다. 명희는 오라비를 한참 동안 바라본다.

'나이 들수록 오빠는 어린애가 돼간다. 어찌 그렇게도 참을성이 없을까?'

"오라버니."

"할 말 있으면 해."

다소 숙어 들었다. 발끈했던 행동을 뉘우친 듯 괴로운 표정
이다.

"저도 좀 돕게 해주세요."

"점점 모르는 소리만 하는구나. 좀 더 구체적으로 얘기해."

지감은 묵묵히 앉아 있었다.

"여기 봉투 속에는 오천 원이 들어 있습니다."

"뭐라구?"

임명빈은 소리쳤고 지감도 얼굴을 번쩍 쳐들었다.

"산에 있는 사람들 식량 대는 데 보태어주셨으면 하구요."

임명빈과 지감은 말문이 막힌 듯 침묵한다. 한참 후,

"그 일을 어떻게 아시었소?"

지감이 물었다.

"지난봄에 왔다가."

"임교장께서 말씀하셨소?"

"글쎄…… 묻기에 얘기한 듯싶소이다."

전쟁이 나면서, 특히 태평양 전쟁이 나면서 화폐가치가 날
로 떨어지기는 했지만 하급 공무원 월급이 사오십 원을 넘지
않았으니까 오천 원이라면 엄청난 거금이다.

"제가 할 수 있는 일이라곤 이 일밖에 없습니다."

"좋소이다!"

지감의 목소리에는 탄력이 실려 있었다.

거금 오천 원을 희사한 명희는 절에서 하룻밤을 묵고 여옥이한테 간다면서 떠났다.

그가 떠난 다음 날 밤, 해도사 산막에 사내들이 모였다. 김강쇠 소지감 해도사 임명빈, 그리고 기별이 가서 오게 된 장연학, 젊은 축으로는 김휘 이범호 몽치, 몽치는 봄부터 산에 피신해 있었다.

어디서나 불문곡절, 붙잡아서 징용으로 끌고 가는 판국이라 마음 놓고 살 수도 없었거니와 어장 일만 해도 그랬다. 기름 배급받기가 어려운 지경이었고 하루가 다르게 어구는 구하기가 힘들게 되었으며 일손도 달리어 어장 배가 바다로 나가지 못하는 날이 많았다. 자연 여선주 부자는 어장의 명맥만을 잇고 있는 실정이었다. 게다가 산에서는 몽치가 해야 할 몫이 있었다. 그러나 산에 오기까지 몽치는 갈등을 겪었고 심한 알력이 있었다. 그것은 모화 때문이었다. 죽었으면 죽었지 산에는 따라가지 않겠다고 고집을 부렸던 것이다. 몽치는 처음으로 모화의 귀싸대기를 갈겼고 그래도 고집을 꺾지 않아 마구 두들겨 팼다.

"보소, 그라믄 지가 하자는 대로 하겠십니까."

모화는 코피를 막으며 말했다. 더 이상 때릴 수도 없는 일, 난감해 있던 몽치는 마음속으로 얼씨구나 싶었지만,

"가장이 하자믄, 하자는 대로 할 일이지 계집이 어디다 대

고 하느니 안 하느니, 간이 크기로 덕석만 하다. 그래 무신 말인고 해보아!"

눈을 부릅뜨고 말했다.

"이녁하고 관계가 있는 사람들을 만나지 않아도 되는 그런 곳에다가 우리 식구들 데리다 놓으믄 지도 가겄십니다."

몽치는 한동안 모화를 바라보았다.

"정 그렇다믄…… 그거야 어럽은 일은 아니구마는. 산에는 군데군데 쓰지 않는 산막, 목기막도 있인께로 손 좀 보믄은."

"그라믄 좋십니다."

"무신 놈의 성질이 그렇노? 나무막대기도 유분수, 임자같이 별난 계집은 난생처음 봤다."

모화는 수건으로 코피를 닦으며,

"언간히도 제집을 많이 봤는갑십니다."

부시럭거리듯 슬며시 말했다.

"멋이 우째?"

"첨 봤다 칸께 그러요."

"제에기랄! 코 벤 죄인도 아니겄고, 총각이 과부하고 산다 꼬 해서 해가 서쪽에서 뜨나? 과분지 소박데긴지 온, 자식까지 낳고 몇 년을 살았이믄 이자 쑥어들 때도 됐는데 언제꺼지 그럴 기든고?"

몽치와 관련된 사람들과 만나지 않겠다는 모화의 고집은 죄책감인 동시 자존심이었다. 어쨌든 모화네 식구들, 그러니까 모화의 모친, 전남편의 아들 웅기, 몽치와의 사이에서 태어난 딸아이를 이끌고 몽치는 산으로 들어왔다. 도솔암과는 멀리 떨어진 곳에 산막을 하나 찾아서. 산에 들어온 후,

"굶기지 않을 긴께, 그놈의 도부 장산가 뭔가 또 하믄 가만 안 둘 긴께."

몽치가 으름장을 놨으나 모화는 도부 장사를 계속했으며 봄 한 철에는 산나물 고사리 등을 캐서 장에 내다 팔았고 산막 근처 땅을 일구어 옥수수며 수수 조를 심었다. 그는 한시도 놀지 않았다. 마치 일에 미친 사람처럼 속죄라도 하는 것처럼 일을 했다. 한편 숨어 살다시피, 모습을 드러내지 않는 모화 때문에 말들이 많았다. 그러나 몽치는,

"그 일이라 카모 마, 더 이상 말하지 마이소."

하고 딱 잘라버리는 것이었다. 참, 잊은 일이 있는데, 징용에서 도망쳐 나온 홍석기가 산에 와 있는 것은 이미 아는 일이거니와 평사리의 귀남네가 오매불망하던 아들 귀남이도 산에 와 있었다. 진주여관에서 장연학이 데려다 놨던 것이다.

산막에 모인 사내들은 밤참으로 내온 냉국수 한 그릇씩을 먹는다.

"어 씨원하다."

김강쇠가 재빨리 먹고 물러나 앉으며 손바닥으로 수염을 닦았다. 한여름이지만 한밤중의 산중은 써늘했고 냉국수 한 그릇에 더욱 써늘함을 느낀다.

"우리 사부인의 솜씨는 참말이제 알아주어야 한다니까."

담배를 골통에다 재면서 강쇠는 또 말했다. 냉국수는 절에서 공양주와 함께 영선네가 만들어 가져온 것이었다.

"자기 낯 낼려고 공연히 저러지."

해도사가 핀잔을 준다.

"이런 기이 다 자식 낳아 기른 재미라."

자식을 낳아서 길렀기 때문에 음식 솜씨 좋은 사돈도 본다는 뜻인데 무자식인 해도사 약을 올리기 위해서다.

"흥, 무자식 상팔자라는 말도 못 들었는가?"

"자식 없는 중이 살까, 그런 말도 있었제."

"만나기만 하면 툭바리 깨지는 소리가 나니, 으흠."

하고 소지감이 물러나 앉는다. 밤참은 끝나고 상은 물려졌다.

소쩍새가 울었다. 이따금 뻐꾸기도 울었다. 해도사가 헛기침을 한다.

"오늘 밤 이렇게 모이게 된 것은 알려야 할 일도 있거니와 또 상의도 해야 하고."

하며 얘기를 꺼내다 말고 해도사는 임명빈을 힐끗 쳐다보았다. 임명빈은 매우 흥분해 있는 상태였다. 방 안의 다른 사내들은 전해 들어서 이미 알고 있었기 때문인지 그저 그런 모습들이었지만 이범호만은 아니었다. 전투에 임하는 병사같이, 깃털을 세운 맹수같이 날카롭고 저돌적인 분위기를 자아내고 있었다.

"그것은 다름이 아니오라 어떤 고맙고 아리따운 여인께서 생각지도 못한 거금 오천 원을 선뜻 내어놓았소. 물론 그것은 이 산에 피신해 있는 절박한 젊은이들을 위해 쓰라는 것이지마는 아무튼 우리가 용꿈을 꾸어도 예사 용꿈을 꾼 게 아니오."

해도사는 평소에 하던 대로 말투며 몸짓이 헐거웠다.

"그거야 머, 용꿈을 꾸었는지 개꿈을 꾸었는지 두고 볼 일이고."

강쇠의 말이었다.

"여하간에 사정이 그러하니, 그 금전을 어떻게 보람 있게 쓸 것이며 또 우리들의 활동도 좀 달라져야 하는 건지, 서로 간의 의견도 들어보자 그것인데, 기탄없는 말들 해보시오."

범호의 눈이 이글이글 타올랐다. 두 주먹을 불끈 쥐며 몸을 앞으로 기울여 밀고 나갈 자세를 취하였다. 그러나 해도사의 시선은 다시 임명빈에게로 갔다.

"임교장께서 할 말씀이 있으면 한 말씀 하시지요."

"내가요?"

피식 웃는다.

"원님 덕에 나발 분다는 말이 있지만 바로 그 꼴이지요. 할 말이 뭐 있겠소."

임명빈은 명희가 한마디의 의논도 없이 그런 일을 감행한 데 대하여 괘씸하다는 생각을 했고 또 그런 거금을 어떻게 만들었는가 그것도 궁금했다. 종전까지, 그러니까 병이 깊어지기 이전까지 임명빈 자신이 명희의 재산을 관리해온 만큼 그의 재산 내용에는 환한 임명빈이었다. 다소의 현금은 있었지만, 아마도 중요한 부동산을 매각했으리라. 그것도 전시인 만큼 제값을 받았을 리 없다고 명빈은 걱정도 했다. 그러나 두 어깨가 으쓱해지고 들떠 있는 것도 사실이었다.

"실은 임교장 매씨께서 이 같은 큰 도움을 주시었소. 아무나가 할 수도 없는 일이며 또 임교장의 입김이 갔으리라는 것도 짐작할 수 있지요. 아무튼 이 일은 우리에게 단비가 내린 듯 참으로 경사스런 일이 아닐 수 없소이다."

"다 아는 일을 되풀이할 거는 없지마는. 그거를 누가 모리건데? 우리끼리 입이 아프게 치사를 해놓고 머 새삼스럽기, 앞으로 할 일이나 얘기하는 것이 좋겠구마는."

강쇠는 쥐어박듯 말했다. 방 안의 사내들은 또 시작하는구나, 그런 표정을 하며 웃는다.

"오나가나 저 청개구리 같은 심통, 가만있으면 입 안에 곰팡이가 피나? 이것은 공석이고 입이 아팠던 그때는 사석이 아니었소? 저렇게 공사 구별도 못하는 사람이 여기 오기는 뭣하러 와?"

"얼씨구, 노네? 호랭이 굴에 들어가도 정신만은 똑똑히 차리라 했는데 그렇그름 들뜨는가 하믄 헤벌어지고 그래서야 무슨 일을 할 기든고?"

"아아니, 그러면 이 경사가 호랑이 굴에 들어가는 일이다 그 말씀이오? 듣다, 듣다 처음 듣는 말이구먼."

"대 끊긴 가문에 생남했소? 죽은 할아배가 살아오기라도 했단 말이오? 경사는 무신 놈의 경사, 우리가 지금 하는 일이 잔치놀음이던가? 화약고 겉은데, 사촌이 논 사믄 배아파하는 그런 심보에서 하는 말이 아니라요. 아무튼지 간에 앞일이나 얘기하소."

항상 하는 수작이었지만 강쇠 말에는 뼈가 있었다. 평생을 이 불운한 땅, 싸움의 바닥에서 산전수전 다 겪은 인물이다. 그로서는 할 수 있는 말이었다. 뭐 그렇다고 해서 해도사가 들떠 있고 헤벌어져 있었던 것은 아니었다. 소위 그의 스타일이라는 것이 마치 해파리처럼 너부러져 있다가는 슬그머니 헤엄쳐 가듯 어디까지가 속마음인지 알 수 없었고, 늘상 그랬으니까. 다만 임명빈이 난처했다. 도시 사람, 특히 유식쟁이를 좋아하지 않는 강쇠이고 보면 임명빈은 자기를 빗대어서 하는 말 같아 섭섭한 생각이 들었다. 그러나 명희가 내어놓고 간 오천 원 거금은 가뭄 든 땅에 내린 단비 같다는 것은 사실이었다. 산속의 형편이 현상 유지 하기에도 급급해 있었으니 말이다. 최참판댁에 자금을 무제한 내어놓으라 할 수는 없었다. 게다가 실의에 빠져 있는 최서희는 다분히 수동적이었으며 또 현실적으로도 어려움은 있었다. 화폐가치가 떨어진 데다가 전시에 부동산 매매는 쉬운 일이 아니었다. 그리고 만석꾼의 지주이기는 하나 곡물은 이미 공출에 묶여버렸고 현금이 무진장 있는 것도 아니었다. 환국이가 적극적으로 나온다 하지만 그것에도 한계가 있었다. 학병을 피해온 청년들, 그중에는 애당초 교묘하게 많은 거점을 거쳐서 루트를 만들어놓은 축이 있긴 있었다.

그들은 그 길을 통하여 식량이며 의복, 심지어 서적까지 공급받고 있었다. 그러나 대부분은 무계획하게 뛰쳐나와 집과의 교통은 절대 불가능하게 되어 있었다. 애초 계획으로는 그 같은 사람, 대개 부유한 그들 가정과 통로를 마련하여 다소나마 자금조달을 할 생각이었다. 그러는 데는 상당한 위험이 도사리고 있을 것이며 기술적으로, 또 면밀한 행동이 요망된다는 것을 알고 있었다. 그랬는데 장연학이 정면으로 반대하고 나선 것이다.

"그것은 되지도 않을 일이오. 화약을 지고 불로 들어가지. 안 됩니다."

한마디로 잘라 말했다.

"우리가 머 한두 번 겪었건데? 궁리도 안 해보고."

강쇠가 불만을 표시했다.

"그거는 질수가 다릅니다. 지금 왜놈들이 아무리 망하는 전쟁에 정신이 없기로, 그런 집안들 감시까지 소홀히 하겠십니까? 구렁이같이 입을 벌리고 기다리는데 조심한다 해도 쥐가 기어가는 꼴이제요."

"그 점은 있지."

지감이 말했다.

"그라고오 또, 누가 그 일을 떠맡겠십니까? 말씸으로는 탁발하는 중이나 도부꾼 행색을 하고 찾아간다, 낯선 사람이 접근해가는 방법으로는 온당합니다. 제일 좋지요. 제일 좋기 때문에 그놈들 눈에 띈다, 그놈들도 눈뜬장님이 아닌 이상 젤 좋은 방법이 눈에 띄지 않을 리가 없십니다."

딴은 그랬다.

"부모 형제만 하더라도 그렇십니다. 경찰에 시달리는 판국에 선뜻 응해줄 리도 없거니와 머를 믿고? 만일 본인의 서찰 같은 걸 지녔다가는…… 영락없지요. 들키는 날에는 빠져나갈 구멍조차 없어질 것입니다. 가사, 친지를 통해서 간접으로 접근한다 치더라도, 그 친지라는 게 믿을 만한가? 하다 보면 일은 점점 복잡해지지 않겠십니까?"

마치 거미줄을 치듯 사방팔방에다 고리를 걸어보고서 하는 말 같았다.

"어느 한쪽에서 꼬이면 많은 사람 다치게 되고, 아니 쑥밭이 되는 기지요."

"하기야 뭐 지감께서는 탁발할 상호도 아니고 아무나가 땡땡이중 노릇 할 수 있는 것도 아니고."

해도사 말에 강쇠가,

"자거 혼자 자사놓고 이제 와서 뒷북 치는 소리하네."

핀잔을 주었다.

"허허어 왜 이러시오? 사람이란 쪼그렁바가지가 되면 느는 것은 음흉이라, 노루고기를 한자리에 앉아서 함께 먹고서 혼자만 입 싹 씻는 거요?"

"뜬금 없이 노루개기 얘기는 와 나오는고?"

"잘못된 것은 모두 조상 탓이고, 휘야."

"예."

"너도 들었지?"

"무슨 말씀이신지."

"사부도 부모네라. 도부꾼 이력이 사십 년이라 하지 않던가? 땡땡이중은 지감이 하고 도부꾼은 자기가 한다 하던 말, 들었나, 안 들었나?"

휘는 슬그머니 웃기만 한다.

"한 다리가 천 리, 팔은 안으로 굽게 매련이라, 핏줄 없는 돌팔이 점쟁이가 그 이치를 우찌 알 기든고?"

주거니 받거니, 결국 그 안은 없었던 것으로 의견이 모아졌다. 장연학의 현실을 보는 시각은 명쾌했고 판단도 옳았다. 어려움을 감수해야 할 판이었다. 그러나 세 사람 중 특히 강쇠는 서운해했다. 새삼스러울 것도 없는데 늙음을 절감했고 뒷방 신세가 된 것같이, 무용지물인 것 같은 자기 자신을 느꼈던 것이다. 광주리며 체 같은 것을 칡넝쿨에다 꿰어서 어깨에 둘러메고 사방팔방 내 집 앞마당 밟듯 두루 다니면서 일을 도모했던 시절이 엊그제만 같은데, 역발산은 아니었지만 몇 사람은 거뜬히 해치울 수 있던 장사 김강쇠, 죽은 김환의 얼굴이며 송관수 생각도 났고 화살같이 가버린 세월, 황혼의 길목에서 강쇠는 말할 수 없이 쓸쓸했던 것이다.

"앞날 얘기나 하자, 소승 생각에는 새삼스럽게 할 얘기는 없는 것 같소이다. 종전대로 하면 되는 거고, 혹 김장사께서 각별하게 하실 말씀이라도 있으신지……."

소지감의 말이었다.

"내가 할 말이 있어서 그랬던 것은 아니오. 할 말이 머 있겠소. 해도사가 하도 늘어놓은께 해본 말이제요."

소지감의 말은 이범호를 염두에 두고 한 것이었다. 임명빈을 제외한 다른 사람들은 회합 첫머리에서부터 이범호를 의식하고 있었다. 그가 어떻게 나올지, 어떻게 쐐기를 박아야 할지 생각하고 있었다. 이범호가 저돌적이며 과격한 사회주의자라는 것은 다 알고 있었다. 문제는 산속의 청년들에게 그의 영향력이 크다는 것, 상당한 지지 세력이 형성돼 있다는 점이었다. 해서 섣불리 대할 수도 제거할 수도 없는 입장에 놓여진 것이다. 쌍방간에 얘기를 하다 보면 어느덧 동학혁명에 관한 것은 혹세무민 곰팡내가 물씬 풍기는 사교가 되고 사회주의 이론을 꺼내면 그것은 비수같이 희번덕거렸다.

그것은 범호가 지닌 견인력에도 있었지만 그의 학벌이 크게 작용했던 것도 사실이다. 소지감은 이범호에 대하여 솔직히 말해서 책임감을 느끼고 있었다. 소지감 자신이 범호를 산에 데려온 것은 아니었으나 이범준이 자신의 외사촌인 것과 같이 범호는 이범준의 친사촌이었고 결국 지감과는 사돈지간의 관계인데, 그러나 또 하나는 범호에게서 지감은 자신의 젊은 날을 보았던 것이다. 사회주의자는 아니었으나 사회주의를 남 먼저 이해했고 사상적 편력, 개인의 고뇌, 그런 것들이 이제는 한 줌의 재같이 차디찬 허무였던 것을 그는 산속에서 살아가는 사람들 모든 생명의 삶에서 깨달은 것이다. 삶이란 도판에 그려놓은 공식은 결코 아니었다. 삶의 신비는 개인이 어떤 생활의 방식을 취하든 무궁무진하며 끝이 없는 것이었다. 나무토막과 칼을 내어놓고 이것은 칼이다, 이것은 나무토막이다, 칼은 나무토막을 자를 수 있다. 그것은 매우 명쾌한 설명이며 가르침일 수는 있다. 그리하여 구체적인 그 한 곳에만 쏠리는 지식의 허약성, 균형의 파괴, 지감은 이범호의 오류를 그런 차원에서 바라보고 있었던 것이다. 그는 진작부터 이범호를 견제해야겠다고 생각하고 있었다.

"결국은 식량문젠데, 실은 제일 크고 근본적인 문제지만 말씀야. 하여간 올 가을 추수 때는 좀 더 많은 도부꾼을 풀어야 할 게요. 비축해야만 겨울을 나지 않겠소? 하여간 모두들 잘해주었지요. 개미 뫼 물지듯, 산사람들도 산에 양곡이 들어오는 것을 몰랐으니 그만하면 썩 잘했다 할 수 있지요. 그게 다 동학당 흐름 때문이 아니겠소?"

해도사의 말이었다. 늘어지고 느슨한 말투였지만 그 말속에도 범호에 대한 충고가 들어 있었다.

"그렇잖애도 일전에 화개장터에서 손태산이를 만났거마는. 막걸리 한잔씩 하면서 내가 치사를 했제. 그랬더니 그 작자 팔을 슬슬 만지면서 한다는 말이 팔이 근질근질하다, 말 같애서는 왜놈 몇 때리잡고 싶지마는, 우찌 그리 때가 더디 오는고, 요새 젊은것들 윗사람 앞에서 못하는 말이 없더마."

강쇠 말이었다.

"젊지도 않지. 사위 보았을 것이면 젊다 할 수야 없지."

해도사가 말했다.

"사위를 보아? 보았이믄 머하는고? 철이 들어야제. 그놈의 인사 설치다가 아비같이 조막손이 될까봐 걱정되는구마."

"그래도 심지는 단단하지요. 무식쟁이가 돼서 그렇지."

지감이 손태산을 생각하며 웃었다.

"실은 말씀이오. 조막손이 손가라고들 불렀지만 옳게 말하자면 곰배팔이지, 손이 오그라든 게 아니며 손목이 잘려나갔으니까."

"동학난리 때 오랏줄을 자른다는 것이 자기 손목을 잘랐다. 그 말이 맞십니까?"

모처럼 몽치가 이야기 속으로 기어들어갔다.

"이놈아, 너도 새겨두어라. 덤벙대다가 그 꼴 나게 하지 말고."

"아이아배가 됐는데도 계속 이놈 저놈 하실 깁니까? 높은 핵교는 안 나왔지마는 사부님, 제 체면 좀 세워주시믄 안 되 겄십니까."

"술도 안 마시고 주정하네. 몽치야."

"지는 박재수올시다, 아재씨."

해도사 강쇠 소지감이 웃는다. 임명빈은 자세한 사정을 몰 라 잠자코 있었지만 장연학은 무슨 생각을 하는지 줄곧 말이 없었다. 이범호는 누구랄 것도 없이 째려보는 듯 그런 모습으 로 앉아 있었다. 해도사는 기침을 했다.

"특별하게 할 말은 없는 모양인데 하여간 숨어 사는 처지인 만큼, 하기야 머 학병 징용 때문에 피해온 것이 처음은 아니 지. 본시부터 이 산은 도망쳐와서 숨어 사는 사람들로 이력이 나 있으니, 얼마 동안이나 끌지 그게 걱정인데."

"멀잖을 게요."

소지감이 말했다.

"그렇더라도 대비는 해야. 무엇보다도 중요한 것은 산에 길 들여진 생활을 해야 한다. 나는 그렇게 말하고 싶소."

"어떻게 길들여져야 합니까?"

포문을 열듯 비로소 이범호가 입을 떼었다.

"산이 있는 그대로 길들여져야 하네."

"사람이 산을 닮을 수는 없지 않습니까."

"닮아야 하네. 닮지 않으면 산은 자네를 죽일 걸세."

"예?"

"닮지 않으려는 인종이 많아지면 산이 죽을 거고."

"이해할 수 없군요."

"산은 넓고 깊네. 인간들 하기 나름으로 산은 많은 것을 줄 수도 있고 아니 줄 수도 있으니 말씀이야. 저 수많은 짐승 초목까지 먹여 살리는 산을 생각해보게. 그 숱한 생명들은 산에 반역하지 아니하네. 살아남는다는 것은 쉽잖은 일일세. 남을 죽게 하는 일보다 더 어려운 일인 게야. 내가 살아남는다는 것은."

조소를 머금은 이범호는,

"늘 들어왔지만 알쏭달쏭, 하나 마나의 얘기, 그게 도통한 신선의 말씀인지는 모르겠습니다만 굶주리고 헐벗고 억압받는 무산대중에게 허황된 그런 말이 무슨 소용 있겠습니까. 조선왕조 오백 년 그따위 말로 인민들은 기만당해왔지요."

"그따위 말이라니!"

몽치가 눈을 부릅떴다.

"박재수 씨!"

범호 입에서 노성이 굴러 나왔다. 방 안에 앉은 사내들 시선이 일제히 범호에게 쏠렸다.

"당신은 젊고 패기에 넘쳐 있소."

"그래서."

"가장 밑바닥 계급 출신이오. 한데 어째서 그 봉건주의 잔재에서 벗어나지 못하시오!"

이번에는 몽치가 비웃었다.

"원래부터 맑은 자리에서 깨끗한 음식 먹고, 자라서는 머리통에 먹물을 가득 집어넣은 당신 같은 사람하고는 달라서 나야 당신네들 먹다 남은 찌꺼기나 먹다 살아난 놈이니 우쩌겄소? 도리 없는 일이제."

"말장난 마시오! 만사 그렇게 얼렁뚱땅 넘기려 드는 이곳 사람들, 정말 난 질려버렸소!"

"머, 사실하고 다릅니까?"

"사실이 그래서 잔재 속에 언제까지나 뭉개고 앉아 있겠다 그 말이오? 이거 너무 처량한 얘기 아닌가요?"

"처량한 거는 바로 당신이라요. 문자나 뜯어먹고 사는 염소새끼가, 아무리 그래봐야 사냥감을 찾아서 뛰는 승냥이는 될 수 없제."

"뭐라구!"

"그만들 두게."

해도사가 입맛 쓰다는 듯 말했다.

"이 군 자네가 지나쳤네."

소지감이 밀고 들어왔다.

"이 방 안에 양반 출신이라고는 자네하고 나뿐일세."

임명빈은 저도 모르게 움찔했다.

"뭐 별 실속도 없는 것이지만…… 출신 성분을 과감하게 팽개치고 계급투쟁에 나선 범준이나 자네의 그 깨끗한 정열을 높이 사지 않는 바는 아니네만 너무 서두르고 설쳐도 일 그르치네. 늘 전신(轉身)하는 사람들의 폐단이지만. 왜 자네는 동학을 혹세무민의 사교(邪敎)로 보는가. 그 시각은 자네들이 매도하는 봉건적 군주시대, 그네들의 시각과 일치하네."

"동학을 저는 그렇게까지는 보지 않습니다. 자세히는 모르지만."

말로는 그랬으나 범호는 마음속으로 소지감을 반동분자로서 결코 용납하지 않고 있었다.

"여기 있는 사람들은 반드시 모두 동학의 교도라 할 수는 없지만 계급 타파에 대해서는 이론보다 심장으로 받아들이고 있어. 이 땅 식으로, 말하자면 토종, 순종이라 할 수 있는데 자네는 그것을 생각해본 적이 있는가?"

"결국은 민족주의 얘기로군요. 그것은 반통합적이며 세계혁명으로 가는 길에는 걸림돌이 될 뿐입니다."

"제국주의와 민족주의를 혼돈하지 말게."

"……"

"민족을 부정하면서까지 그쪽 이념을 신봉하는 이유가 무엇인가?"

"인류라는 차원에서지요."

"그 말은 인정한다. 하면은 인류라는 차원에서의 동학은 정치 이념이 될 수 없다 그 말인 게로군."

그런 말을 하는 당신의 의도는 뭔가요? 묻듯 지감을 빤히 쳐다보던 범호는 내뱉듯 말했다.

"그건 객관적인 얘기지 민족주의를 부정하는 것과는 관계 없습니다."

"객관적이라…… 아까 자네는 동학에 대해서 자세히 모른다 하지 않았는가? 한쪽은 알고 한쪽은 모르는데 객관의 기준이 설 수 있는 걸까?"

"거창하게 나오시는데 말류(末流) 종교에 불과한 동학을 마르크스의 유물사관에다 견주다니, 웃습니다. 과대망상, 황당 무계한 것도 정도껏이라야."

이범호는 분개한다.

"사람이 통계(統計)로만 사는 겐가? 아닐세."

"사돈께서는 왜 이렇게 초라해지셨습니까?"

그것은 말할 수 없는 능멸이었다. 사돈이라고 호칭하는 그 차디찬 목소리하며, 어릴 적에 보아온 이범호가 아니었던가. 그러나 범호는 즉흥적으로 분개했기 때문에 그런 말을 했던 것은 아니었다. 산에서 출가한 모습의 지감을 보는 순간 범호는 충격과 동시, 그 초라함에 혐오감까지 느꼈던 것이다. 지감이 중이 되었다는 말은 들어서 알고 왔으나 실제 만났을 때의 느낌은 상상 이상으로 격렬했던 것이다. 범호는 그가 걸치고 있는 법의에 대한 선입감 때문에 그랬는지 모른다. 기억 속에 남아 있는 준수하고 매력적이던 지감의 젊은 날 모습 때문인지도 모른다. 범호는 사돈이라는 말로써 선을 그어버렸던 것이다.

"사돈이라, 허허헛…… 속연은 끊은 것으로 아는데 사돈이라, 허허허헛…….”

지감은 헛웃음을 웃었다. 초라하다 했던가, 참나무같이 메마르고 여윈 얼굴 위에 실 줄기 같은 불빛이 흐른다. 웃음소리의 진동과 더불어 깜박거리는 등잔의 불빛이, 밤은 깊어가고 밤새 울음도 끊긴 산은 절대 정적 속에 침잠해 있었다. 이때, 나무 재떨이에다 대고 곰방대를 내리치는 요란한 소리가 울렸다. 칡범같이 얼굴이 험악해진 강쇠가,

“집어치아라! 보자 보자 하니, 자게들 말고 사램이 없나? 알아듣지도 못하는 말은 와 하노! 여기가 서울 대가댁 사랑방가!”

소리를 지르고는 곰방대를 또다시 두들기다가 담배쌈지 속에서 담뱃가루를 꺼내어 골통에 잰다. 그러나 범호는 개의치 않았다. 심줄이 돋아난 두 팔은 양 무릎을 짚고 방바닥을 내려다보고 있는 것은 김휘뿐, 방 안의 나머지 사내들 시선은 범호에게 모여 있었고 더군다나 몽치 눈에는 살기까지 넘나들고 있었건만 역시 범호는 개의치 않았다. 오히려 싱긋이 웃었다.

“맞는 말입니다. 이론투쟁은 두었다 하기로 하지요. 그보다 적잖은 군자금이 들어온 만큼.”

서슴없이 군자금이라 했다.

“군자금은 무슨 놈의 군자금, 이거 정말 화근일세.”

해도사가 말했다. 그 말은 들은 척도 하지 않고 범호는 시작한다.

"평소에도 제가 누누이 말한 바 있습니다만 여러분들은 마이동풍이었습니다. 식량문제가 각박하여 그 점을 이해하지 않는 바는 아니나 저로서는 유감이었습니다. 다행히 넉넉하게 자금이 들어왔고 우선 올 겨울의 식량은 대강 확보가 될 듯하니 이번 기회에 산사람들은 기필코 무장을 해야 합니다."

"머를 가지고?"

범호는 몽치를 노려본다.

"대포는커녕 총 한 자루가 없는데, 하다못해 쇠붙이도 동이 나서 칼 한 자루 구하기가 심드는데 손가락을 빼서 무장을 하란 말인가?"

"반드시 대포 총을 가져야만 무장이오?"

"허 참, 연장 없이 농사짓고 무기 없이 쌈을 하나?"

"정신 좀 차리시오, 박재수 씨!"

"들으나 마나 또 그 얘긴데 더 들을 필요도 없소. 여기는 왜놈들 총칼을 피해서, 개죽음 안 할라꼬 기어든 산중 아니오? 왜놈식으로 옥쇄를 한다 캐도 안고 뛰어들 화약 한 줌 없는 터에 거 어설픈 소리는 두었다가 후제 하는 것이 좋겠소."

범호는 몽치의 말은 안 듣기로 작심을 한 모양이다. 아까 하다만 말을 시작한다.

"이 말 저 말 할 것 없고, 지금이야말로 적기(適期)입니다. 무너져가고 있는 일본, 느슨해진 후방, 이때야말로 우리가 나설 때 아닐까요? 후방을 교란하는 유격대를 조직해야 합니다. 그래야만 해외파들에게 국내에서도 체면이 서는 일이며 민심에도 크게 고무될 것입니다. 앉은뱅이 늙은이도 아니겠고 암죽 받아먹는 갓난아기도 아니겠고 이 산에 있는 사람들은 피 끓는 청년들입니다. 넘쳐나는 힘, 열정에 불타고 있습니다. 어째서 그 생광스러운 힘을 산속에 사장하려는지 도무지 나는 이해할 수가 없습니다. 전력들이 범상하지 않은 여러분께서 이렇게 무기력해도 되는 겁니까? 저는 여러 번 실망했습니다. 도대체 우리는 지금 살아 있습니까? 죽어 있는 것입니까? 저기 앉은 저 화상, 말귀 어둡고 무식한 돌대가리 때문입니까? 왜 움직이려 하지 않습니까?"

범호는 몽치를 손가락으로 가리켰다. 실로 당돌하고 안하무인이다.

"멋이 우째!"

몽치가 벌떡 일어서는 것을 뒤에 있던 휘가 허리끈을 잡고 끌어 앉힌다. 범호의 말은 모두를 싸잡아서 돌대가리라 한 것에 다름 아니다. 실은 몽치가 산으로 돌아온 후 범호는 여러 차례 세뇌하려고 몽치에게 다가가곤 했다.

"짐승만도 못하게, 사람대접 못 받고 살아온 거는 우린데 와 형씨가 우리를 가르칠라 카요? 정 맴이 있이믄 우리 심부름이나 하믄 되는 기라요."

만만치가 않았다.

"유식쟁이들 졸병 노릇 할 사람 이 산중에는 없소. 대장 노릇 하고 접으믄 다른 데 가보시오."

그런 말을 하기도 했다. 그러나 두 사람은 결정적으로 충돌할 일은 없었다. 돌대가리니, 유식쟁이니 하면서도 내심 그들은 서로 상대를 인정하지 않을 수 없었던 것이다. 특히 두둑한 배짱에 있어서는, 몽치는 감고 들며 느슨한 데 비하여 범호는 가파로웠으나,

"어디다 대고 함부로 주둥이를 놀리노! 굴러온 돌이 본 돌 치고, 살리놓은께 니 보따리 내놔라 한다 카더마는 옛말 하나 그른 거 없네. 잔말할 것 없제. 수틀리믄 무거운 절보고 이러쿵저러쿵할 기이 아니라 가벼운 중 떠나믄 된다."

몽치는 호들갑을 떨며 소리를 질러댔다.

"우물 안의 개구리가 뭐 아는 게 있어야지. 나도 노동자들 많이 상대해봤지만 저런 돌대가리 옹고집은 처음이다."

비웃고 비아냥거리는 말을 범호는 여전히 삼가지 않았다.

"와글바글 여름 논바닥의 개구리 같다. 그만들 하고."

지켜보고만 있던 장연학이 처음으로 입을 떼었다.

"아까 이 군의 얘기는 대강 들었는데 내가 생각하기로는 그게 아니지 싶네. 자네 의도는 그게 아니지 않는가?"

"무슨 말씀을."

"이곳 사람들 무기력하지도 않고 눈뜬장님도 아닐세."

"마음이 급하다 보니 제가 좀 과했던 것 같습니다."

장연학에게만은 범호도 다소 고분고분,

"일본이 항복하는 것은 경각에 달려 있는 일, 굿한 뒤에 날 장구 치기 십상이제. 그거야 머 웃음거리로 삼아부리믄 그만이겠으나, 엄동설한 다 보내고 꽃바람에 중늙은이 얼어 죽는 꼴이 되어서야 쓰겠는가. 시국에 관해서는 나보다 자네가 꿰뚫고 있으니 하는 말이네."

"……."

"자네는 일본에 대항하고저 산사람들 무장을 주장한 게 아니네. 내 말이 틀렸는가?"

범호는 얼굴을 번쩍 쳐들었다.

"인정합니다."

"……."

"솔직히 말해서 그렇습니다."

"해방이 되는 날에 대비해서?"

"네."

"와 그래야 하나. 해방이 되었는데."

"사회주의 정권이 들어서야 하니까요. 반동에 대항하는 무력은 필수적입니다."

"그거는 자네나 우리들의 소관이 아닐세. 명색이 중국에는 가정부(假政府)가 있고 소련이나 만주 방면, 멀리는 미국에까지 독립운동을 해온 사람들이 부지기순데 자네가 원한다 해서 되는 일도 아니며 원치 않는다고 해서 안 되는 일도 아니네."

"물론 그것은 제 혼자의 의사가 아니지요."

"한 가지 명백하게 얘기해두어야 할 일은 여기 있는 사람 모두, 정권이나 정치하고는 인연도 상관도 없는 사람들이네. 어쩌다가 참지 못하고 이 길로 들어서서 약속도 보상도 모리고 다만 항일만 해왔던 사람들이라 그 말이제. 이렇기 말해서 될란가 모리겠다마는, 그 방면으로는 교육도 받고 훈련도 받았을 전문인 자네하고는 사정이 다르다 그 말일세."

"하지만 살아 있는 한 우리는 어느 것이든 선택해야 합니다."

"배부린 소리 하네. 선택이 어 있던고? 우리네야 늘 선택당해감서 살아왔제. 선택이 어 있노?"

범호나 장연학은 다 같이 몽치 말을 못 들은 척했다.

"바로 그렇다. 선택해야 하네. 선택할 수 있는 자유가 올 때."

"지금은, 압제자를 피해서 온 이 산속에서도 선택의 자유는 없다 그 말씀입니까?"

이범호의 얼굴이 상기되었다.

"선택할 정권이 어디 있나? 지금은 살아남아서 그날을 얻는 것만…… 기다려야 해."

"물에 물 탄 듯 술에 술 탄 듯, 머리도 꼬랑지도 없고 도무지 얘기가 되지 않는군요. 똥 마려운 사람들처럼 엉거주춤."

불손하기 짝이 없는 말을 내뱉는다.

"결국 다수에 따라라, 그 얘긴데 좋습니다. 다수에 따르지요. 그러나 조건이 있습니다."

범호는 준비해온 마지막 패를 내던지듯 말했다.

"조건이라?"

"네, 이 방 안의 사람만으로는 다수라 할 수 없습니다."

"그러니까!"

"이 방 밖에 있는 사람들도 참여해야 합니다."

"편을 가르자 그 말이구마는."

이번에는 몽치가 천천히 일어섰다. 천천히 일어서기는 했으나 비호같이 달려들어 범호의 멱살을 잡았다.

"이 새끼야 편을 가르겠다? 그 짓을 할라 캤이믄 벌써 옛날 옛적에 내가 했을 기다. 내가 니만 못해서 국으로 있는 줄 아나? 네놈 하는 짓을 다 알고 있었지마는 가소롭아서 가만있었다. 왜놈이 죽어 자빠지지도 않았는데 그 앞에서 생쥐맹쿠로 패싸움하자 그거가?"

"이것 놔!"

"그거를 믿고 네놈이 큰소리 탕탕 쳤고나. 하지마는 그렇기는 안 될 기다. 이 산에 식자 든 놈이 몇이나 되노? 그 몇 놈 몰아내는 거야 식은 죽 묵기보다 쉬운 일이제."

"놓고 말해라."

해도사가 말했다.

"니깟 놈 하나 직이부리도 이 산에서는 구신도 모린다."

"뜯어말리라."

장연학이 말했다. 휘가 뜯어말린다.

"내림이 그래서 그렇구먼. 이런 일만 있으면 치고받고 싸우는 것이."

강쇠가 쓴웃음을 띠었다. 모임이 있을 때 치고받고 싸운 장본인이 바로 자기 자신이었기 때문이다. 범호는 벌겋게 된 목을 쓸고 있었다. 그러나 두려워하는 빛은 없었다. 어쨌든 내림이 그래 그렇다는 해도사의 말은 살벌한 분위기를 많이 녹여주었다.

분위기를 녹여주었다고는 하나 이범호는 승복 안 한 태도였고 몽치는 공격 태세를 유지하고 있었다. 그러나 실상 알고 보면 이들은 나타난 것만큼 내면이 긴장돼 있었던 것은 아니었다. 임명빈만은 이범호에게 기우는 경향이 없지 않았으나 어느 편도 아니었고 어정쩡, 다소 질려 있긴 했다. 그러나 다른 사람들은 대치하고 입씨름을 하고 또 멱살을 잡는 등, 폭력사태까지 벌어질 뻔했지만 마음속으론 느긋해 있었다. 당분간 식량걱정은 안 해도 될 만큼 넉넉한 자금이 들어온 데다가 머지않아 일본이 망한다는 확고한 판단이 섰기 때문이다.

"아재씨이! 아재씨이……."

바람결같이 목소리가 들려왔다.

"이기이 무신 소리고!"

귀 밝은 몽치가 날카롭게 말했다.

"아재씨이! 아재씨이……."

목소리는 좀 가까이서 들려왔다.

"이 밤중에 웬일고?"

427

강쇠가 말했다. 방 안에는 긴장이 터질 듯 팽팽히 들어찼다. 이들 뇌리에 총검으로 무장한 일본 군경(軍警)의 모습이 지나갔다.

"아재씨!"

그것은 귀남의 목소리였다. 몽치와 휘가 방문을 박차고 달려나갔다. 어둠 속에, 무인지경과도 같이 어둠에 묻혀 있는 산속에 횃불 두 개가 있었다. 휘와 몽치는 숨을 죽이며 그것을 기다린다. 드디어 횃불을 든 귀남이와 홍석기의 모습이 드러났다. 새까만 눈동자, 입술도 새까맣게 보였다.

"무신 일고!"

으르렁거리듯 몽치가 물었다.

"큰일 났십니다!"

바싹 다가서며 귀남이가 외쳤다. 어느덧 해도사도 산막에서 나와 있었다.

"무신 일고, 색히 말해라."

숨이 차서 흑흑거리던 홍석기가,

"염탐꾼을 한 놈 잡았는데."

"염탐꾼?"

"사람들이 몽둥이질을 해서 시적 죽게 생겼소."

"평사리 우가네 식구라요."

귀남이 말했다.

"우가네!"

"개동이 말입니다."

"이눔우 새끼를!"

하는데 해도사가,

"어서 가보아라. 나도 뒤쫓아갈 것이니, 너무 심하게 다루
지 말고."

말했다. 휘와 몽치는 귀남한테서 횃불 하나를 받아 들고,
그리고 네 사람은 급히 달려간다. 방 안으로 되돌아온 해도사
는 대강 얘기를 했다. 터질 듯한 긴장은 얼마간 풀어졌으나
불안이 가신 것은 아니었다.

"그놈이 기어이 일 저지르는구마."

장연학이 뇌었다.

"모두 다 이대로 계시오. 산길이 발에 익은 내가 갔다 오리
다."

산막을 나온 해도사는 횃불을 켜 들고 아까 그들이 달려간
길을 따라 걷기 시작한다. 산속의 밤공기는 등골을 타고 흐르
듯 서늘했다. 발바닥이 축축이 젖어왔다. 쉬이! 하며 세찬 기
가 지나가는 것 같았고 숲이 꿈틀거리며 배밀이를 하는 것 같
기도 했다. 어지러우면서 맑게 개어오고 맑게 뚫려나가는가
하면 어지러워진다.

'이럴 때 내가 왜 이러는 건가?'

고라니 울음소리가 들려왔다. 정신이 번쩍 든 해도사는 걸
음을 빨리한다.

그곳에는 장정들 칠팔 명이 울타리를 치고 서 있었다. 중심부 나무에 사내 하나가 묶여 있었다. 피투성이였다. 횃불이 타고 있었다. 그것은 무슨 의식의 장면 같기도 했고, 산신들이 모여든 것 같기도 했다. 소리가 없었다. 움직임도 없었다.

"죽었나?"

해도사 입에서 목쉰 소리가 나왔다.

"아닙니다. 우리가 좀 늦게 왔이믄 죽었일지도 모릅니다."

정지해 있던 장정들이 움직였다. 몽치와 휘가 달려가서 응징, 아니 폭행을 말렸기 때문에 모든 움직임이 정지되었던 것 같다. 몽둥이를 짚고 서 있는 사내도 있었고 피 묻은 몽둥이가 나동그라져 있기도 했다. 해도사는 사람의 울타리를 헤치며 들어갔다. 나무에 묶여 있는 사내 가까이 다가간다. 목이 꺾인 듯 머리를 떨구고 있던 사내가 몸부림치듯, 그러다가 고개를 번쩍 쳐들었다. 얼굴은 피로 범벅이 돼 있었다.

"내 뒤에는 경찰서가 있다! 나를 직인다믄 너거들은 떼죽음을 당할 기다!"

외쳤다.

"저놈 하는 소리 들어보소. 저래도 염탐꾼 아니라 하겠소!"

"직이야 한다. 제 살 파묵는 저런 놈은 골백분 직이도 싸다!"

"내 뒤에는 경찰서가 있다아! 나를 직인다믄 너거들은 떼죽음을 당할 기다!"

개동은 다시 밤하늘을 우러러보며 포효했다. 해도사는 손가락으로 개동의 배를 쿡 찔렀다.

"이놈아, 이 미련한 놈아, 살고 싶거든 경찰서 얘기는 끄내지도 마라."

"내 뒤에는 경찰서가 있⋯⋯."

하다가 해도사를 멀거니 쳐다본다. 제정신이 아닌 것 같았다.

"직이야 합니다. 살리 보내믄 우리가 당합니다!"

농사꾼 같아 보이는 삼십 대 사내가 소리쳤다.

"누가 살려 보낸다 했는가?"

해도사는 돌아서며 면면들을 쭈욱 훑어본다.

"대관절 어떻게 된 일인고?"

"예."

하며 작달막한 사내가 몇 발짝 걸어 나왔다. 그는 징용을 피하여 산으로 피신해온 사람은 아니었다. 지리산에 상주해왔고 강쇠나 해도사하고도 인연이 있으며, 말을 하자면 조직에 속해 있었다.

"노서방 머가 어떻게 된 겐가."

"실은 얼마 전에도 저놈이 한분 다니간 일이 있었십니다. 그때도 수상쩍다는 생각을 했는데 오늘, 아니 어제 아침나절에 또 나타난 기라요."

"⋯⋯."

"해도사한테 가서 얘기를 할까 말까 하다가 산에 가서 저녁답에 싸리 한 짐을 비어서 내리오는데 저놈이 우리 여핀네하고 얘기를 하고 있더란 말입니다. 숨어서 동정을 살피니께로 돈을 주는 모양이라요. 여편네는 안 받었다 하고, 실랭이를 하는데 그놈 말이, 산중에 있는 놈들, 말짱 불놓아서 직일 긴데 살고 접거든 각시는 내 시키는 대로 하라 그러더란 말입니다. 사시나무겉이 떨리더마요.”

“그래서.”

“그놈이 또 말하기를 대강 어디 어디에 산막이 있으며 산막 하나에 사람들이 몇 명이나 있는가, 또 숨을 만한 굴은 얼마나 되며 어디 어디에 있는가, 그라고 절 사정도 묻더마요. 여편네는 무신 생각을 했는지 나는 모르니께 남정네가 오거든 물어라 하더마요. 지는 그 길로 산막 한곳을 달리갔십니다. 거기 있는 사람보고 말했지요. 내가 그놈을 구슬러서 잡아놓을 긴께 사람들 몇 모아 밤에 오라 했십니다. 시간이 촉박해서 해도사한테 갈 짬도 없었고 그새라도 그놈이 갔일까봐 얼매나 맘을 쫄였는지 모립니다. 싸리 한 짐을 지고 태연시럽기 갔더마는 마침 저놈이 가지 않고 있더마요. 날도 저물고 산길도 험하니 자고 가라고 권했지요. 저놈이 묻는 말에도 응하는 척하면서, 그러다가 밤에 사람들이 들이닥쳤고 여기까지 끌고 온 깁니다.”

입담이 좋은가 노서방이라 불린, 작달막한 사내는 차근차근하게, 조리 있게 말했다.

“이것저것 생각할 것 없소!”

“하모요, 저런 종자는 아예 냄기놓지 말아야제, 두고두고 화근이 될 깁니다."

"맞십니다. 직이부리야 합니다."

"말을 듣자니까 저놈의 손에 잽히서 징용으로 끌리나간 사램이 부지기수라 카는데 그만둘 수 있겠십니까?"

"직이야 합니다!"

"직이부리자!"

사내들은 몽둥이를 치켜들었고 땅에 굴러 있는 몽둥이를 주워들기도 했다. 개동이는 자기 뒤에 경찰서가 있다는 말을 되풀이하고 있었다. 그러나 그 목소리는 차츰 낮아져 갔다.

"시끄럽다! 어느 놈이든 몽둥이질 하는 놈은 가만 안 둘 기다!"

몽치가 우렁차게 소리를 질렀다.

"몽둥이 놔!"

"참 와 그 캅니까? 사돈의 팔촌이라도 되는 깁니까?"

몽둥이를 놓으면서도 홍석기 또래로 뵈는 청년이 불평을 했다.

"그런 소리 마라! 이 갈린다! 저놈의 행패는 속속들이 내가 알고 있으니 그따우로 턱없는 말 하지도 마라."

"저놈을 살리났다가 일 터지믄 우짤 깁니까?"

"일 터지믄 너거들만 화 입을 기가? 화는 우리가 더 크게 입을 기다!"

"그렇다믄 화근은 끊어야제요."

집요하게 나왔다.

"잡아놓은 개기가 어디 갈 기라고 그러노! 도마 위에 오른 개기다! 직이도 대책을 세워놓고 직이야제! 그쪽 수도 알아봐야 우리도 수를 맨들어놓을 거 아니가! 머리 좀 굴리라! 명 보존할라 카믄!"

몽치의 말속에는 분명히 이범호에 대항하려는 의지가 있었다. 모두 잠잠해졌다. 산이란 참 좋은 곳이었다. 목청이 터져라 소리질러도 산 밖에는 들리지 아니했고 횃불이 힘차게 타올라도 산 밖에서는 볼 수 없었으니.

"재수야!"

해도사가 불렀다.

"예."

"적당한 곳에다가 가두어라."

"예 그러지요."

"김휘야 자네는 나랑 가세."

"몽치 혼자 두고 갑니까?"

"혼자는 무슨, 사람 많은데, 잘할 게다."

해도사는 몇 발짝 떼어놓다가 돌아보았다.

"박재수!"

익살스런 어투로 불렀다.

"예 사부님."

몽치 역시 익살스럽게 대꾸했다.

"손발을 묶어야 하네. 그리고 교대하면서 지키게."

"누가 그걸 모릴까 봐서요? 어서 가시이소. 목이 빠지게 기다리고 있일 깁니다."

새벽이 다가오고 있는 것 같았다.

해도사는 길고도 긴 밤이 끝나가고 있는 것을 느낀다. 어쩌면 그것은 밤이기보다 깊이 모르게 파여 내려간 계곡 이쪽과 저쪽에 걸쳐 매어놓은 동아줄을 타고 가는 시간이었는지 모른다. 계곡 바닥에서는 용의 혓바닥 같은 지열이 솟아오르고 하늘에는 먹장구름이 달려오고. 방금 보았던 광경이 긴 밤 저쪽에서, 긴 동아줄 저쪽에서 마치 서산 마루에 가라앉기 시작하는 불덩어리, 붉은 해같이 떠오른다. 그것은 시간과 공간이 함께 혼합된 것이었으며 보이는 것과 보이지 않는 것의 어우러짐, 그 광경은 혈흔같이 축소되기도 했고 시뻘건 탁류같이 확대되어 소용돌이치기도 한다. 온통 붉은 빛, 미친 빛깔, 진홍의 제전 같은 것, 붉은 광무(狂舞)…… 밤은 가는데 어둠이 내려온다. 서서히 안개비가 내리듯이 어둠이, 정수리에서 발끝을 질러나가는 점막이, 모든 것이 정지된다. 해도사는 환(幻)에서 몸을 일으킨다. 옆에 휘가 걷고 있었다.

"김휘야."

"예 선생님."

"그놈이 살 것 같은가?"

"그러씨요……. 어렵지 않을까 싶습니다. 피를 많이 흘리서, 때리도 너무 무작시럽게 때렸십니다."

"내 어릴 적에 몽둥이로 개를 잡는 것을 보았지."

"……."

횃불에 놀랐는지 숲속에서 푸드득거리는 소리가 들려온다. 새일까 짐승일까. 어중간한 키의 나무들이 사람같이 우뚝우뚝 서 있었고 길 가다 멈춘 사람같이 느껴진다. 늘어진 나뭇가지가 등바닥을 툭툭 치는 것 같기도 했다.

"김휘야."

"예."

"몽둥이를 보았지?"

"……?"

"몽둥이 말씀이야."

"예……."

"몽둥이를 없애는 데는 새로운 몽둥이가 필요하다는 거지."

"무신 말씀이신지."

"범호 군의 생각일세. 하하하핫 하하."

"그기이 어디 범호 혼자만의 생각이겠십니까."

"그래. 목숨이니 그런 게야. 해서 끝이 없는가 부다."

그 말의 뜻을 휘는 알 수 없었다.

산막에 도착했을 때 임명빈은 가고 없었다. 지감과 강쇠 장연학 이범호 네 사람이 막연한 모습으로 앉아 있다가 일제히 해도사를 쳐다보았다.

"재수보고 가두어두라 이르고 왔소."

"염탐꾼이 틀림없소?"

지감이 물었다.

"네. 틀림이 없는 것 같소이다."

하고 노서방이 설명했던 것을 보다 줄여서 들려준다.

"아무래도 살 것 같지가 않소."

"……."

"개 잡듯 한 모양인데."

"무슨 말씀을 하시는 겁니까?"

범호가 발끈해서 말했다.

"도사께서는 지금 누구 걱정을 하고 계시지요? 그놈의 죽음입니까? 앞으로의 사태, 그 어느 쪽입니까."

"그렇다는 얘기지. 나는 어느 쪽도 걱정 안 하네. 다만 기분이 언짢을 뿐이네."

"하면은 아무 일도 없을 것이란 말인가요? 그놈은 경찰이 파견한 밀정이 아니다 그 말씀입니까?"

"그거야 내가 어찌 알겠나. 그놈 말로는 내 뒤에는 경찰서가 있다 하기는 하더구면."

"그런데도, 수많은 목숨이 달려 있는데도 그놈 죽음을, 이건 도저히 말도 안 되는 일이오!"

범호는 흥분하고 분개했다.

"이보게 범호."

"할 말씀이 있으면 해보시오!"

"자네가 산으로 들어올 적에 이 산을 난공불락, 철옹성으로 믿고 들어온 것은 아니지 않는가. 경찰이나 왜놈의 군대가 들이닥칠지 모른다는 생각은 항상 해왔고, 해서 자네는 수차례 무장을 주장해오지 않았는가."

"하면은 속수무책이다 그 말씀입니까?"

"나는 그런 말 안 했네."

"잠시 기다리게."

장연학이 범호를 제지했다.

"평사리 사람이라는 것은 틀림이 없십니까?"

이번에는 해도사에게 물었다.

"그놈 사정은 속속들이 안다고 재수가 말하더구먼."

"맞십니다. 평사리의 우개동입니다."

휘가 거들어서 말했다.

"자네는 그놈을 어떻게 아는가."

"몽치하고 함께 평사리에 간 적이 있었십니다. 몽치 자형하고는 통영 있을 때 친하게 지냈고."

"김영호 말이구나."

"예. 그때 우가네 식구들이 김형 누님을 내놓으라 공갈하는 것을, 몽치하고 우개동이하고 대판 싸웠십니다."

"그놈이라믄 과히 걱정 안 해도 될 성싶다. 그놈이 경찰하고 연관을 가질 그런 사정이 아닌께, 미련한 놈, 원래 그 집구

석이, 사람들 속깨나 썩였지."

"그런데 와 염탐꾼이 됐일꼬?"

담배를 뻑뻑 피우던 강쇠가 말했다.

"실은 그놈의 행패가 자심해서 면소에서 쫓기났지요. 징용
에서 빼주겠다 하믄서 딱한 사람들 돈을 많이 말아묵었는갑
십니다. 동생 놈이 초짜드막*에 자원병인가 거기 나간 덕분에
쇠고랑까지는 차지 안 했지마는, 또 동생 놈 때문에 면소 서
기도 됐고 그것을 어부새(핑계)로 안하무인 인심도 많이 잃었
고 겡찰에 빌붙을 그럴 처지는 아닐 깁니다."

"허허어 참, 그런께 경찰하고 관계도 없이 와 염탐꾼이 되
었는가, 내 말은 그런 기라."

"앙갚음할라꼬 그랬겠지요."

"무신 앙갚음?"

"최참판댁 첫째가 군수를 찾아가서, 그때는 둘째가 학병에
나가기도 했으니 찾아갈 만도 했지요. 그렇기 돼서 쫓기났는
데, 그러지 않아도 쫓기나게 돼 있더랍니다. 그놈이 면소에
있이믄서 주로 징용을 담당한 모양인데, 사람들을 많이 끌어
내어 공도 있긴 있었지요."

"자네 말대로 하자믄 최참판댁에 앙갚음한다. 그라믄 최참
판댁에서 산을 도와주고 있다는 낌새라도 챘단 말가."

"그렇지는 않을 깁니다. 최참판댁뿐만 아니라 면장에도 원
한이 컸고, 어떡허든 공을 하나 세워서 경찰서에 비집고 들어

가서 한자리 얻어보겠다 그 심상 아니었을까 싶은데, 지 나름대로 산속을 뒤져서 정보를 경찰서에 주겠다, 내 추측은 그렇십니다."

"듣고 보이 그 말도 일리는 있네."

"하기야 머, 지리산에 학병 징용 피해서 숨어 있는 젊은 사람들이 더러 있다는 것은 경찰서에서도 알고 있일 기고 산 밑 사람들도 다 알고 있는 일 아닙니까. 그러나 더러 몇 명 있는 것을 잡을라꼬 첩첩인 산중에 사람을 풀어놓을 수도 없는 일, 그러나 우개동이 같은 놈이 은신처를 하나하나 찍어서 정보를 경찰서에 내어놓는다믄 사정은 달라지겠지요. 아무튼 그 놈이 잽혔이니 망정이지 속속들이 사정을 알았다믄 큰일 날 뻔했십니다."

"숭악한 놈이다. 죽어서 마땅하제. 해도사는 머한다꼬 싱겁은 소리 해가지고 젊은 놈한테 봉변이오."

강쇠는 범호를 곁눈질해 보며 말했다.

"허 참, 중구난방이구먼. 내가 뭘 어쨌기에 김장사까지 덩달아 책망이오?"

"아무래도 살 것 같잖으니, 개 잡듯 했느니, 죽어서 마땅한 놈을 챙기기는 와 챙기는고? 경위를 알고 보이 나도 부애가 나네."

"부아 낼 사람은 내고 분개할 사람은 분개하고, 나는 신양을 위해 잠자코 있겠소."

어느덧 날이 밝아왔다. 일단 안심하고 사람들은 각자 각각으로 떠났다. 그러나 만일을 위하여 곡식이 들어오는 비밀통로는 당분간 폐쇄하기로 했으며 산막 목기막도 비워두고 각각 은밀한 은신처로 흩어지게 수배를 했다. 그리고 파수 보는 인원도 늘려 지경 지경에 배치하기로 했다.

하루해가 거의 넘어갈 무렵 휘가 절에 있는 연학에게 달려왔다.

"무신 일이 있나?"

"예. 개동이 놈이 그만."

"죽었나."

"예."

"그래……."

"내장이 터졌던 모양입니다."

말하면서 휘는 눈살을 잔뜩 찌푸렸다. 연학도 얼굴을 찌푸렸고 함께 있던 해도사는 입맛 쓰다는 듯 손바닥으로 얼굴을 쓸었다.

"우떻게 하까요?"

"송장을 놔두면 뭐 해."

해도사가 말했다.

"몽치는 거기 있나?"

연학이 물었다.

"예."

"의논해서 적당한 곳에 묻어라."

다음 날 아침 연학은 산을 내려갔다. 최참판댁에 들어갔을 때 마침 환국이가 와 있었다.

"운제 왔는고?"

"방금 왔습니다."

서희는 대청에 앉아 있었다.

"올라오십시오."

환국이 권했다. 연학은 마루에 오른다.

"일은 잘되었소?"

서희가 물었다.

"잘되었습니다."

"방금 어머님께 말씀 들었는데 명희아주머님께서 큰일을 하셨더군요."

환국은 만면에 웃음을 띠며 말했다.

"덕택에 당분간은 걱정 없을 것 같긴 한데."

"그런데?"

"아무것도 아니구마."

연학은 입을 다물었다.

"여기서 하룻밤을 묵고 갔는데 임선생은 그런 기색도 없었 니라."

서희는 아들에게 말했다.

"원래 안존한 성미에다가 그런 일은 말하기도 어려웠을 것입니다. 그런데 양현이는 어디 갔습니까?"

"이부사댁에 갔다."

"그 댁에는 자주 갑니까?"

"아니."

서희는 짤막하게 말했다. 뭔가 마음에 걸리는 일이 있는 것
같았다.

"무슨 일이라도 있었습니까?"

환국이 물었다. 장연학은 단정하게 앉아 있었다.

"별일은 아니다."

"……."

"나이만 들었지, 양현이는 연약한 아이 아니냐, 그쪽 어머
님께서 걱정을 하시니까 잘 갈려고 하질 않아."

양현이가 명희에게 한 말과는 달랐다.

"양현이를 위하시는 마음에서 그러실 테지요."

하면서도 환국은 깐깐하고 상대를 거부하는 듯, 차디찬 표정
의 시우어머니 모습을 떠올린다. 그간 우여곡절이 많았던 결
혼문제에 대하여 시우어머니가 노여워하고 있는 것은 충분히
상상할 수 있는 일이었다.

"어제 진주의 시우가 인사차 들렀더구나. 하동에 다니러온
모양인데 양현이를 데려갔다. 시우가 여러 가지, 양현이를 위
하여 마음을 쓰는가 부더라."

"그 친구 괜찮은 사람이지요."

서희는 시선을 돌렸다.

"그런데 장서방."

"네."

"명희 선생은 절에 계시던가요?"

"아닙니다. 하룻밤 묵고 가싰다 하더마요."

"어디로?"

"저어, 친구 집에 간다 하싰다던가?"

"그래요?"

서희는 섭섭해하는 것 같았다.

"절에서는 지감스님이나 임교장 두루 안녕하시던가요?"

"네. 모두 잘 기십니다."

"그곳 성질 사나운 사람들, 이번 일로 임교장 계시기가 좀 편안해지겠는지."

하며 서희는 웃었다. 환국이와 연학도 슬그머니 웃었다.

"영광이어머님도 잘 계시구요?"

이번에는 환국이 물었다.

"건강하시더마. 서울에 계시는 것보담이야 아무래도, 딸애가 근가죽이 있인께 든든하구."

"만주서는."

하다가 환국은 서희의 눈치를 보았다.

"동생 영구가 하얼빈으로 가서 형하고 함께 있다 하던데……."

"어디서 들었는고?"

연학이 물었다.

"편지를 받았습니다."

한동안 침묵이 흘렀다. 대청의 뒷문은 열어났고 발로 가려진 뒷뜰에서 매미가 찢어지게 운다.

"서울에는 언제 갈려구?"

연학이 물었다.

"여기 삼사일, 있다가 절에 가봐야겠지요. 그러고 나서 서울로 가겠습니다."

"앞으로 서울에는 공습이 없일까?"

"글쎄요."

"일본에는 공습 안 당하는 곳이 없는 모양인데."

"전쟁이 길어지게 되면 조선도 미군기가 나타나는 것으로만 끝나지는 않을 겁니다."

그간 쉬었던 매미가 다시 찢어지게 운다. 연학이 일어섰다.

"지는 볼일이 있어서 읍내에 나가보고 오겠십니다."

연학은 서희에게 인사를 하고 나갔다. 그길로 읍내에 나간 연학은 이틀 뒤, 간고등어 한 손을 들고 나룻배에서 내렸다. 마을로 들어선 그는 곧장 성환할매를 찾아간다. 꽤 오랫동안 발길을 끊었기 때문이다.

'괜찮을 기라꼬 생각을 했이믄서도 실은 그때 마음속으로는 대기 놀라고 걱정을 많이 했던갑네.'

그저께, 읍내로 나갈 때, 성환할매 집 옆을 지나칠 때 연학의 눈에는 그 집이 보이지 않았다. 어떻게 나룻배를 타고 읍내까지 갔는지, 산에서는 태연했고 서희와 환국이 앞에서도 느긋해하던 그였지만, 그러나 우개동의 염탐 행각이 경찰과 연계되어 있지는 않을까? 하는 생각을 완전히 털어버릴 수는 없었던 것이다.

성환할매 집에는 이가 빠져서 합죽이가 된 야무네가 와 있었다. 귀남네도 맷돌에 밀을 갈고 있었다.

"아이고!"

간고등어 한 손을 들고 들어오는 연학을 본 귀남네는 치마를 털며 얼른 일어섰다. 그리고 허리가 접힐 만큼 깊숙이 얼굴을 숙이며 절을 했다. 귀남이 생각을 하면 연학은 귀남네에게는 상전이나 다름없었다.

"읍내 나갔다가 마침 이기이 있길래 사 와봤소. 성환할무이 굽어 드리이소."

하고 간고등어를 귀남네한테 건네준다.

"오실 적마다, 정말이제 염치가 없고 볼 낯이 없십니다."

귀남네는 연신 굽실거리며 받아 든다.

"공자다 공자."

마루에 걸터앉은 야무네가 말했다.

"성환할매한테는 일구월심이라 카이. 어느 아들이 그만큼 공경을 하까."

성환할매는 마루 기둥에 몸을 의지하고 앉아 있다가 보이지 않는 눈으로 장연학을 찾는 것 같았지만 말은 하지 않았다.

"좀 앉지."

야무네는 손바닥으로 마루를 쓸었다.

연학은 마루에 걸터앉았다.

"요새는 살기가 우떻십니까."

야무네한테 물었다. 물어보나 마나의 인사치레였다.

"남 사는 대로, 죽이라도 묵고 산께."

재작년 겨울까지만 해도, 남희가 부산에서 도망쳐왔을 그무렵만 해도 카랑카랑했던 야무네 목소리였었는데 이가 빠져서 그랬겠지만 그의 입에서 나오는 말은 흐물흐물, 맺힌 구석이 없었다. 영양부족 탓인지 신색도 많이 기울어져 있었다.

"큰아들은 몸이 많이 좋아졌다 그러던데요?"

"하모, 전에 비하믄 사람 됐제. 그기이 다 가숙 잘 만낸 덕분 아니겠나. 묵고 굶고 간에 이자는 가심 풀 일이 없다."

"다 심덕 탓입니다."

"아 참! 개동이 놈이 죽었다 카제?"

연학의 낯빛이 싹 변했다.

"못 들었나? 그놈이 죽었다 안 카나. 에미가 산발을 하고 반미치갱이가 다 됐다."

"죽다니요? 어디서 우떻게."

연학의 목소리는 날카로웠다.

"그러세다. 어디서 우떻기 죽었는지."

"누가 그러던가요?"

"동네에 그 소문이 짝 퍼졌다. 집 나간 지가 옛이레나 됐다 카는데 종무소식이니 에미가 아들 찾아달라고 면소에도 가고 주재소에도 갔던 모앵인데 한다는 말이 징용에 붙잡혀 갔을지도 모린다. 또 설사 산에 갔다 캐도 무신 수로 찾겠는가, 그럴 인원이 어디 있는가, 상대도 안 해주더란다."

"읍내 경찰서에서는 만내주지도 않더랍니다. 자원병을 냈다 해서 대우받던 옛날 생각만 하고."

맷돌 위짝을 들어내고 엉성하게 갈린 밀을 쓸어내며 귀남네도 거들었다.

"그라믄 죽었는지 확실찮은 얘기 아닙니까."

"사람들 말이 하도 몹쓸 짓을 많이 해서 맞아 죽었일 기라, 그러고 에미도 살았이믄 소식 없이 옛이레나 집을 비울 리 없다 카고."

"어매가 큰아들 일동이를 보고 산으로 찾아나서자 했더랍니다."

귀남네가 말했다.

"그래서."

야무네가 재촉하듯,

"그 첩첩산중에 가서 사람을 찾으니 서울 가서 김서방을 찾지, 하고 아우성을 치더랍니다."

"그 벵신이 지도 죽을까 봐 겁을 내고 그랬일 기다."

야무네는 혀를 찼다. 성환할매는 보이지 않는 눈을 허공에 던진 채 종내 말이 없었다.

성환네 집에서 나온 연학은,

'도둑이 제 발이 저려 그런다 하더마는, 그럴 리가 없는데, 산에서 시체라도 떠메고 왔나 싶어서 가심이 철렁했다.'

천천히 오르막길을 걸어 올라가는데 연학은 갑자기 피곤을 느낀다. 땅바닥에 주저앉아버리고 싶었다. 토할 것만 같았다. 참 고약한 기분이다. 집에 거의 다 왔을 때 사랑 담장 밖에 모시 중의 적삼을 입은 환국의 뒷모습이 보였다. 그는 우두커니 능소화를 바라보고 있었다. 연학은 그에게로 다가갔다. 인기척을 느낀 환국이 돌아본다.

"우리 사랑으로 좀 들어가까?"

연학이 대뜸 말했다. 할 말이 있는 것을 짐작한 환국은,

"그러지요."

그들은 대문을 피해서 별채를 돌아 사랑으로 들어갔다.

"산에서 내려오던 날 말할라 캤더마는, 일단 읍내에 가서 동정을 살핀 뒤 얘기해도 늦잖겠다 싶어서."

연학은 산에서 벌어졌던 사건을 대강 설명했다. 환국의 얼굴이 딱딱하게 굳어졌다.

"읍내 경찰서 동정을 살펴보았네만 우개동하고 연관이 된 흔적은 없었다. 대개 그러리라는 생각은 했으나 그래도 만일

의 경우를 생각해서, 우선 그 일에 대해서는 안심해도 좋을 것 같다."

그리고 연학은 방금 성환네 집에서 듣고 온 얘기를 환국에게 들려준다.

"경찰서나 여기 주재소나 개동이 없어진 데 대해서 도통 관심이 없는 모양이라. 사람이 없어지는 경우가 어디 한두 번인가. 짐승만도 못한 놈이지만 그렇게 돼지고 보니 기분이 과히 좋지는 않다."

"……."

"어머님한테는 얘기하지 말게."

"그래야지요."

환국이 무겁게 입을 떼었다.

며칠 동안 환국은 말수가 적었고 우울해 보였다.

"오빠 왜 그래요?"

양현이 물었으나,

"뭐가?"

하며, 그러나 환국은 신문에서 눈을 떼지 않았다.

"무슨 일 있는 거예요?"

"아무 일 없어."

여전히 신문에서 눈을 떼지 않았다. 마을에는 신문배달이 안 되어 환국은 건이아범을 시켜 면소에서 얻어다 보기도 했고 정세가 나빠지면서 각별하게 친절해진 면장이 급사를 시켜 보내주기도 했다.

두 면에 지나지 않는 초라한 신문이었지만 또 그것이 사실대로 보도된 것이 아니었다 하더라도 전세에 대하여 얻어낼 정보는 신문밖에 없었고 그것을 통하여 진실을 추리해보는 방법밖엔 없었다. 달갑지도 않은 면소에 사람을 보내면서까지 환국이 신문을 얻어오게 하는 것은 그 때문이다.

저녁을 먹으면서 환국이 말했다.

"히로시마에 떨어졌다는 폭탄, 그게 무엇일까요?"

"글쎄다."

서희도 신문을 읽은 것 같았다.

"신문 기사에 의하면 그게 무엇인지 아직 규명이 안 됐다 하고 소수의 신형폭탄이 투하됐다, 그러는데 '비인도의 광폭(狂爆)'이라 흥분하는 것을 보아서는 아무래도 굉장한 신무기가 아닐까 하는 생각이 듭니다."

"전쟁이 막바지에 이른 모양이구나. 하루라도 빨리 일본이 항복을 해야 인명이 덜 상할 텐데……."

소련군이 일본에 공격을 개시했다는 보도가 실린 신문은 환국이 산으로 간 바로 직후, 면소 급사가 가져왔다.

"어머니! 소련이 참전했나 봐요."

양현이 급히 신문을 들고 방으로 들어갔다. 서희는 신문을 받아 읽었다.

"큰일 났구나. 예상한 대로."

"……."

"조선이 불바다가 되면 어떻게 하나."

모녀의 눈이 마주쳤다. 그들은 형무소에 있는 길상을 생각했던 것이다. 양현은 영광을 생각하기도 했다.

"재영애비가 절에서 돌아오면 나도 함께 서울로 가야겠다."

서희는 전에 없이 몹시 불안해하며 서두는 기색을 나타내었다. 그러나 산으로 간 환국은 나흘이 지나도록 돌아오지 않았다.

쾌청한 날씨였다. 한더위는 지나간 듯 아침저녁은 제법 선선했다. 양현은 작은 바구니를 하나 들고 집을 나섰다. 소련이 참전했다는 보도가 있은 후 서희는 구미를 잃었는지 밥을 잘 먹지 못했다. 그런 서희의 식욕을 돋우어보기 위해 강가에 가서 은어라도 좀 살 수 있을까 생각하며 집을 나선 것이다. 건이네가 가겠노라 하기는 했으나. 섬진강은 푸르게 소리 없이 흐르고 있었다. 어중잡고 나오기는 했는데 고기 잡는 사람이 눈에 띄지 않았다. 늘 낚시질을 하던 노인의 모습도 볼 수 없었다. 양현은 무턱대고 기다릴 생각을 하며 강가 모래밭에 다리를 뻗고 앉았다.

'어머니가 서울 가시면 나도 따라가야겠지?'

덕희의 얼굴이 눈앞에 지나갔다. 강 건너 산으로 시선을 보낸다. 산은 청청하고 싱그러웠다. 어디서 무슨 일이 일어나고 있는지 강물은 아랑곳없이 흐르고 있었다. 멈추지 않고 흐르고 있었다. 얼마나 시간이 지나갔을까. 둑길에서 사람들의 떠드는 소리가 들려왔다. 돌아보니 중 한 사람이 앞서가며,

"일본이 항복했소!"

하고 외쳤다. 뒤쫓아가는 사람들이,

"정말이오!"

"어디서 들었소!"

"이자 우리는 독립하는 거요!"

각기 소리를 질러댔다. 양현은 모래를 차고 일어섰다. 그리고 달렸다. 숨차게 달렸다.

"스님 그게 정말입니까!"

먹물 장삼의 너풀거리는 소매를 거머잡으며 양현은 꿈길같이 물었다.

"라지오에서 천황이 방송을 했소이다."

양현은 발길을 돌렸다. 집을 향해 달린다. 참, 참으로 긴 시간이었으며 길은 멀고도 멀었다.

"어머니! 어머니! 어디 계세요!"

빨래를 하고 있던 건이네가 놀라며 일어섰다.

"어머니! 어디 계세요!"

"저기, 벼, 별당에 계시는데."

양현은 별당으로 뛰어들었다. 서희는 투명하고 하얀 모시 치마저고리를 입고 푸른 해당화 옆에 서서 하늘을 올려다보고 있었다.

"어머니!"

양현은 입술을 떨었다. 몸도 떨었다. 말이 쉬이 나오지 않
는 것이다.

"어머니! 이, 이 일본이 항복을 했다 합니다!"

"뭐라 했느냐?"

"일본이, 일본이 말예요, 항복을, 천황이 방송을 했다 합니
다."

서희는 해당화 가지를 휘어잡았다. 그리고 땅바닥에 주저
앉았다.

"정말이냐……."

속삭이듯 물었다. 그 순간 서희는 자신을 휘감은 쇠사슬이
요란한 소리를 내며 땅에 떨어지는 것을 느낀다. 다음 순간
모녀는 부둥켜안았다. 이때 나루터에서는 읍내 갔다가 나룻
배에서 내린 장연학이 둑길에서 만세를 부르고 춤을 추며 걸
고 있었다. 모자와 두루마기는 어디다 벗어 던졌는지 동저고
리 바람으로,

"만세! 우리나라 만세! 아아 독립 만세! 사람들아! 만세다!"

외치고 외치며, 춤을 추고, 두 팔을 번쩍번쩍 쳐들며, 눈물
을 흘리다가는 소리 내어 웃고, 푸른 하늘에는 실구름이 흐르
고 있었다.

〈끝〉

소라다노미[そら賴み]: 허튼 기대.

스미야[炭屋]: 숯을 파는 가게, 또는 그런 사람.

시로토[素人]: 훈련을 받지 않은 사람. 비전문가. 초심자. 풋내기.

와케마에[分けまえ]: 할당. 배당. 몫.

천하무비(天下無比): 아주 뛰어나 천하에 비길 데가 없음.

초짜드막: 잠깐 동안.

토지 20
5부 5권

초판 1쇄 인쇄 2023년 5월 5일
초판 1쇄 발행 2023년 6월 7일

지은이 박경리
펴낸이 김선식

경영총괄이사 김은영
콘텐츠사업2본부장 박현미
편집 임경섭, 한나래, 임고운, 임소정 **디자인** 정명희 **책임마케터** 박태준
콘텐츠사업6팀장 임경섭 **콘텐츠사업6팀** 한나래, 임고운, 임소정, 정명희
편집관리팀 조세현, 백설희 **저작권팀** 한승빈, 이슬
마케팅본부장 권장규 **마케팅4팀** 박태준, 문서희
미디어홍보본부장 정명찬 **브랜드관리팀** 안지혜, 오수미, 문윤정, 이예주
크리에이티브팀 임유나, 박지수, 변승주, 김화정 **뉴미디어팀** 김민정, 이지은, 홍수경, 서가을
지식교양팀 이수인, 염아라, 김혜원, 석찬미, 백지은 **영상디자인파트** 송현석, 박장미, 김은지, 이소영
재무관리팀 하미선, 윤이경, 김재경, 안혜선, 이보람 **인사총무팀** 강미숙, 김혜진, 지석배, 박예찬, 황종원
제작관리팀 이소현, 최완규, 이지우, 김소영, 김진경, 양지환
물류관리팀 김형기, 김선진, 한유현, 전태환, 전태연, 양문현, 최창우
외부스태프 교정 김태형

펴낸곳 다산북스 **출판등록** 2005년 12월 23일 제313-2005-00277호
주소 경기도 파주시 회동길 490
전화 02-704-1724 **팩스** 02-703-2219
이메일 dasanbooks@dasanbooks.com
홈페이지 www.dasan.group **블로그** blog.naver.com/dasan_books
용지 아이피피 **인쇄** 상지사피앤비 **코팅 및 후가공** 평창피엔지 **제본** 국일문화사

ISBN 979-11-306-9966-0 (04810)
ISBN 979-11-306-9945-5 (세트)